Einaudi. Stile Libero Big

Dello stesso autore nel catalogo Einaudi

*Il leopardo*
*Lo spettro*
*Il cacciatore di teste*
*Polizia*
*Il pipistrello*
*Il confessore*
*Sangue e neve*
*Il pettirosso*
*Nemesi*
*La stella del diavolo*
*La ragazza senza volto*
*Scarafaggi*
*Sole di mezzanotte*
*Stesso sangue* (con Marcello Fois,
Francesco Guccini e Loriano Macchiavelli, Joe R. Lansdale)
*Sete*
*L'uomo di neve*
*Il coltello*
*Il fratello*
*Gelosia*
*Luna rossa*
*La casa delle tenebre*

Jo Nesbø

# La famiglia

Traduzione di Stefania Forlani

Einaudi

Titolo originale *Kongen av Os*



www.einaudi.it

ISBN 978-88-06-26436-9

# La famiglia

## Capitolo 1

Tutti hanno un punto debole. Papà me l'ha inculcato quando mi ha insegnato a boxare. Ero piú minuto degli altri ragazzi, ma lui mi ha insegnato che anche l'avversario piú temibile ha una falla nella sua difesa, un punto scoperto, un errore che è condannato a ripetere. Mi ha insegnato che non basta trovare quel punto, ma bisogna avere un cuore abbastanza freddo da approfittarne senza esitazioni. E proprio quello era il mio punto debole. Un cuore che sanguinava per chi era come me, che riconosceva come proprie tutte le debolezze. Ma poi ho imparato, e il mio cuore si è raffreddato. Sí, si potrebbe dire che il mio cuore adesso è un vulcano gelido, estinto, che ha eruttato per l'ultima volta otto anni fa. E già allora era freddo o, almeno, abbastanza freddo da permettermi di uccidere.

Era a quello che stavo pensando, là sui gradini di una villa con garage e un meleto dai colori autunnali a Kjelsås, un quartiere a nord di Oslo. Che sono un assassino.

Erano quasi le otto di un sabato sera e io avevo appena premuto il pollice sul pulsante del campanello. Subito sotto c'era una targhetta di ceramica a forma di cuore con scritto che lí viveva la famiglia Halden, piú una faccina sorridente.

Non so se pensai la cosa dell'assassino perché mi sentivo già la coscienza sporca o per rassicurarmi di esserne capace, visto che avevo fatto di peggio. Sentendo dei passi, il cuore accelerò i battiti. Calma. Fregatene e fai ciò che devi fare. La porta si aprí.

– Buonasera.

L'uomo era alto, molto piú del mio metro e settantacinque. Magro, quasi troppo. Capelli grigi, viso giovane. Quarantun anni, avevo controllato. Nell'ingresso, alle sue spalle, vidi due tute da sci appese all'attaccapanni e scarpe da adulti e da bambini, il tipico caos organizzato delle famiglie con figli piccoli. Secondo le informazioni che avevo trovato online, abitavano lí da quattro anni. Immaginai che la moglie di Bent Halden avesse voluto la villa perché serviva piú spazio, con la nascita del secondo figlio. Perlomeno, io l'avevo capita cosí, dalle foto del suo account Instagram. Lui invece aveva sempre desiderato vivere in collina, in modo da essere piú comodo per andare a correre e a sciare. Cercando su Google, il suo nome appariva nelle liste di diverse gare di sci e di orienteering. Ma l'ultimo risultato era di qualche anno prima, perciò doveva aver avuto meno tempo del previsto per allenarsi. In parte perché due figli dànno piú del doppio da fare di uno, ma soprattutto perché la società che aveva fondato con Jon Fuhr, il suo collega, aveva richiesto piú lavoro – non meno – rispetto a quando erano impiegati presso qualcun altro. Erano mie deduzioni, ma dubitavo di essermi sbagliato di molto. L'azienda si chiamava GeoData e aveva ricevuto l'incarico di verificare le condizioni geologiche del terreno intorno alla galleria del Todde in vista dello spostamento della strada che attraversava Os da tempo immemorabile, molto prima di essere classificata come statale nel 1931.

Mi schiarii la voce. – Roy Opgard. Non so se ti ricordi di me –. Provai ad assumere un'espressione gioviale, da campagnolo. Non è la mia specialità, ho il sospetto di mostrare sempre la mia vera natura: un po' cupa, chiusa, riservata. Per mia fortuna, però, sembro proprio il tipo di persona di cui i norvegesi si fidano. Probabilmente crediamo che ci sia una correlazione tra timidezza, goffaggine e onestà. Be', io perlomeno la penso cosí.

Bent emise un lungo «aaa», una via di mezzo tra un mormorio d'approvazione e un «non lo so».

– Ti ho riparato la macchina quando eri a Os per lavoro, – aggiunsi per aiutarlo.

Bent sferzò l'aria con l'indice. – Ma certo! E hai fatto davvero un buon lavoro –. La pelle della fronte si aggrottò formando delle *v* di preoccupazione. – Non ti è arrivato il pagamento, per caso?

– Sí, sí –. Provai a ridacchiare. – Scusa, avrei dovuto telefonarti prima, ma sai, noi gente di paese facciamo cosí, veniamo e suoniamo il campanello. Poi sono stato in Polonia, sono appena tornato. E visto che ero in città, mi è venuto in mente che nel portaoggetti avevo una cosa tua. Questo.

Lo sollevai davanti a lui. Vidi che Bent non aveva la minima idea di che cosa fosse quell'aggeggio di metallo lucido. – L'ho trovato dopo averti ridato la macchina, mi sono proprio dimenticato di rimetterlo a posto. La macchina funziona lo stesso, ma va meglio se c'è anche questo. Dov'è?

– La macchina? Adesso? Ma figurati, posso rimontarlo io. Che cos'è, a proposito?

– E dove lo monteresti, allora?

Bent mi guardò. Sorrise e scosse la testa. – Già, è vero.

– Sono stato pagato per un lavoro che non ho svolto al meglio, e mi ci vogliono solo cinque minuti. Dove...?

– In garage, – disse Bent. Si sfilò le ciabatte, prese le chiavi dell'Audi da un gancio e fece per mettersi le scarpe da ginnastica. – Camilla! Vado giú in garage!

Da dentro la casa arrivò la risposta: – Bisogna mettere a letto Sigurd.

– Inizia tu, poi vengo io a leggere!

– Hai figli? – chiese Bent sovrastando lo scricchiolio dei nostri passi sul vialetto di ghiaia che portava a un grande garage dipinto di bianco. Non ero preparato alla domanda e mi limitai a scuotere la testa cercando di non pensare che lei avrebbe avuto sette anni, ormai. In realtà non sapevo se sarebbe stata una bambina, ma me n'ero convinto sempre piú. Mandai giú il groppo che avevo in gola. Col passare del tempo era diventato piú piccolo, ma si rifiutava di scomparire.

– E quindi tu gestisci l'autofficina sull'Os? – chiese, in tono amabile. – O si dice *a* Os?

– È uguale. No, è chiusa da un bel po'. Ma io sono comunque un meccanico, perciò ogni tanto prendo una macchina, giusto per divertirmi. Gestisco il distributore di benzina lí vicino.

Arrivammo davanti al garage e Bent sollevò le chiavi in aria. La porta si aprí automaticamente. Vidi che era una di quelle costose. Oggi, Bent Halden avrebbe fatto una scelta diversa.

– Ah, adesso mi ricordo che il tizio che mi ha fatto il tuo nome me l'ha detto. Sei il fratello di… di…

– Carl Opgard, – dissi.

– Già –. Bent rise mentre entravamo. – Il re di Os.

Notai che si era reso subito conto di quanto suonasse sprezzante. Come se Os fosse un posto di merda in cui Carl si pavoneggiava, in maniera comica, come un re. Il re del letamaio.

– Non intendevo… ma a quanto ho capito è proprietario di quasi tutto, lí.

– È proprietario di quasi tutto l'*Os hotel-spa d'alta quota*. Puoi aprire la macchina?

– Be', ma in quel caso è davvero il re di Os, no?

Mi sedetti al posto di guida e Bent salí dal lato del passeggero. Tirai fuori un cacciavite, tolsi il pannello sotto il volante e iniziai ad avvitare. Bent seguiva fingendo interesse.

– A proposito, – dissi, mentre spostavo qualche cavo. – Dal rapporto preliminare ho visto che, secondo voi, la montagna di Todde è a posto.

– Esatto.

– Bene. Ne siete sicuri?

– Abbastanza, direi.

– Si può essere sicuri di una montagna che non si vede?

– Abbastanza. Ma è chiaro che c'è sempre un po' di incertezza nell'interpretazione dei dati sismici.

– E siete voi o, meglio, sei tu che li interpreti e trai le conclusioni, giusto?

– Sí, in un certo senso. Insieme al mio socio.

– Jon Fuhr.

– Jon, sí. Siamo i capi geologi.

– Tu possiedi il sessanta per cento dell'azienda, lui il quaranta, perciò cosa succede se non siete d'accordo?

– Accidenti, sai tutto di noi. Come…

– Be', basta cercare sul registro delle imprese a Brønnøysund. Vedi, di recente stavo controllando la contabilità di un'azienda americana che costruisce ottovolanti. Ma non è mica stato facile. E mi ha colpito che qui in Norvegia la trasparenza sia cosí naturale. Siamo una nazione talmente fiduciosa che un americano direbbe che rasentiamo l'ingenuità. Ma è proprio perché vediamo tutto che ci fidiamo gli uni degli altri. È come in campagna. A Os tutti sanno tutto degli altri. O quasi. Non è che ci siamo tutti simpatici, ma diamo per scontato che la gente dica la verità. Cosí come l'Ente nazionale per le strade si fida della veridicità delle conclusioni tue e di Jon.

– Abbiamo una buona reputazione, allora.

– Ma non si può dire lo stesso dei vostri conti –. Alzai lo sguardo e sorrisi con aria di scusa. – Sempre secondo il registro delle imprese.

Bent fece un sorrisetto teso. – Durante la pandemia si è fermato un po' tutto. Ma qual è la tua domanda, esattamente?

Mi concentrai di nuovo sul lavoro. – La mia domanda è: quanto sei sicuro che si possa scavare una galleria con il budget stanziato per spostare la statale? Su una scala da uno a dieci, per esempio.

– Be', – disse Bent. – Forse otto. Nove se diciamo che non costerà piú del doppio.

– Perché non dieci?

Lui non rispose, si limitò a guardarmi.

Io sollevai il cacciavite. – Cosa ci vorrebbe per farti cambiare idea?

– Cosa vuoi dire… Roy, giusto?

Sorrisi. – Mi spiace, Bent. Le domande sono tratte da tecniche di persuasione basate su ricerche. Lo scopo è fare domande e lasciare che l'altro si convinca che tu hai ragione. Le ho prese da un libro che appartiene a mio fratello, lui si occupa di cose del genere.

– Di persuasione?

– Sí. Vende progetti e roba simile. Ci sa fare.

– Quindi tu sei qui per… vendermi qualcosa?

– Sí, potremmo metterla cosí. Ma lascerò perdere la proposta di vendita.

– Ah, sí?

– Sí. Ti convincerò alla vecchia maniera. Vi darò dodici milioni di corone se nel rapporto scriverete che la galleria non si può costruire.

Calò il silenzio.

– Stai cercando di corrompermi? – chiese Bent.

Annuii – Sí. Non suona bene, ma è quello che sto facendo.

Bent sorrise incredulo. – E che cosa ti fa pensare che io accetti?

– Primo, il fatto che usi il presente.

– Eh?

– Se fosse fuori discussione, avresti detto: «E cosa ti fa pensare che avrei accettato?» È scritto in quel libro, che la nostra scelta delle parole svela quello che pensiamo, spesso prima ancora che ce ne rendiamo conto.

Bent sbuffò. – E poi?

– Eh?

– Hai detto «Primo».

– Ah, sí! – Aprii il vano portaoggetti, tirai fuori la carta di circolazione e la sollevai. – Ho dato un'occhiata a questa, quando ti ho riparato l'auto. C'è scritto che la macchina non è tua. Sembra che sia in leasing alla tua azienda. Il leasing è una cazzata, dal punto di vista economico, lo sai?

– E allora?

– E ci sono anche tre multe non pagate, ormai scadute. E ciò mi dice solo una cosa: che la tua azienda ha problemi di liquidità, Bent.

– E quindi pensi di potermi corrompere? Ascoltami bene, Roy. Piuttosto che commettere un crimine preferisco che l'azienda fallisca.

Aveva alzato la voce, ma dubitavo che fosse cosí indignato come voleva apparire. Feci ondeggiare la testa, come se stessi soppesando la sua affermazione. – Be', ma sarebbe davvero un crimine? Nessuno sa di preciso cosa c'è all'interno della montagna. Potrebbe esserci dell'acqua. Acqua che scorre. Otto su dieci, significa che c'è il venti per cento di probabilità che il rapporto preliminare sia sbagliato. Un rischio piuttosto alto, non credi? Si tratta solo di vederla da una prospettiva diversa, per capire se i dati si possono interpretare in un'altra maniera. Concordi?

Bent non rispose.

– Be', puoi far fallire l'azienda, ma che cosa ne sarà della tua famiglia? – dissi, indicando la villa con un cenno del capo. Da uno spasmo in un occhio, capii che l'avevo trovato. Il suo punto debole. La famiglia. Che era anche il mio punto debole. Ma respinsi qualsiasi moto di compassione, mantenni il cuore freddo.

– Ho controllato al catasto, – dissi. – La tua baracca è ipotecata fino al tetto. E lo stesso vale per la casa del tuo socio. Forse avete dovuto investire un po' piú del previsto, quando avete fondato l'azienda.

Bent non mosse la testa, ma ebbi l'impressione che annuisse con lo sguardo.

– E poi è arrivata la pandemia –. Sospirai. – Be', la nota positiva è che non dovrebbe essere cosí difficile per te convincere Jon ad accettare.

Bent spalancò gli occhi. – Sei pazzo. Jon è…

– … già stato condannato per appropriazione indebita, – lo interruppi. – E percosse.

Bent rimase a bocca aperta.

– Anche le sentenze sono pubbliche, – spiegai. – Non te l'aveva detto? Certo, parliamo di una piccola somma, lui era studente e lavorava in un bar, ma si è preso sei mesi con la condizionale. Quindi ce l'ha dentro. È per questo che sono venuto da te, Bent. Cosí tu lo riferisci a lui. Non dovrebbe essere difficile.

Bent degluti. Abbassò la testa e guardò a terra. Sembrava rassegnato, direi. Ma mi ricordai di quello che papà diceva sempre quando spiegava a Carl e a me come si domavano i cavalli selvaggi in America. Che il momento piú difficile è quando sembra che il cavallo si sia arreso e rimane immobile. È allora che devi stare attento, perché puoi star sicuro che ti giocherà qualche tiro.

– Posso far fallire l'azienda e il giorno dopo troverei lavoro da qualsiasi parte come geologo, – disse Bent all'improvviso, in tono tagliente. – E con uno stipendio maggiore di quanto guadagno oggi.

Era vero, lo sapevo. Ma sapevo anche che non erano i soldi, ad attirarlo. Aveva il desiderio di creare qualcosa di suo, di essere il capo di sé stesso. Quando aveva detto che io ero il gestore dell'autofficina, ero riuscito a malapena a trattenermi dal dirgli che in realtà ero il *proprietario*. Avevo persino detto che gestivo il distributore di benzina, e non che ne ero il *proprietario*. Perché sembra cosí pomposo, arrogante. Mi ricordo che Mari, la ragazza di Carl quando era giovane, mi aveva chiesto come mai eravamo cosí diversi, perché io non mi vantavo come lui. Avevo risposto che era perché io sentivo di valere abbastanza. In realtà era una balla, io non sento di valere abbastanza. Dentro di me, nella mia testa, sono solo un cazzo di affittuario che coltiva la terra, un fattore. Un solitario socialmente inadeguato, senz'altra formazione o istruzione a parte quella che sono riuscito a ottenere in un piccolo villaggio di montagna. Con un fratello dotato di tutto ciò che è sempre mancato a me. Bravo a scuola, bravo con le ragazze, bravo con la gente in generale. Carl non avrebbe mai avuto bisogno di quel libro di tecniche di vendita per sapere quali pulsanti premere, lui *era* quel libro.

– La fiducia è una buona cosa, – dissi, rimettendo a posto

il pannello sotto il volante. – È la cosa migliore che abbiamo qui in Norvegia, vale piú del petrolio. Già, le autorità si fideranno del tuo rapporto. Proprio come si sono fidate del rapporto meteorologico secondo cui a Hurum c'erano molti giorni di nebbia, e allora hanno deciso di costruire l'aeroporto principale a Gardermoen. Ti ricordi? Era il 1994. In molti avevano interesse che fosse scelta Gardermoen. E poi quell'ingegnere, Wiborg, ha iniziato a fare storie, sostenendo che le misurazioni erano sbagliate. Ma due giorni prima di presentare le sue rilevazioni al Parlamento guarda caso è morto. Suicidio, hanno detto. Anche se nessuno è riuscito a spiegare come ha fatto lui da solo, nudo, a sfondare i doppi vetri della finestra di una stanza d'albergo al quarto piano.

Bent sbatté le palpebre piú volte. Mi dispiaceva per lui, ovvio. Cosí come, in un certo senso, mi era dispiaciuto per quelli che litigavano durante le feste a Årtun perché Carl aveva flirtato con le loro ragazze. Erano gelosi, niente di strano. E di solito venivano da fuori, e non potevano sapere che Carl aveva un fratello maggiore – piú basso di lui, in realtà – che presto sarebbe venuto a picchiarli. A dargliele di santa ragione. Non mi piaceva all'epoca e non mi piaceva nemmeno adesso. Ma era una di quelle cose che vanno fatte. Per la famiglia.

Bent lasciò uscire l'aria dai polmoni guardando fuori dal parabrezza, verso la porta del garage. Sí, era chiuso dentro, se n'era accorto. I discorsi di morte e mutilazione ovviamente non erano reali, glieli feci solo per dargli qualche motivazione in piú nella discussione che avrebbe dovuto avere con sé stesso quella sera. Cosí, poteva dirsi che non l'avrebbe fatto per avidità, no, ma per salvarsi la pelle. Era pronto? Il mio compito lí era finito? Speravo proprio di sí. Non riuscii nemmeno a giocarmi l'ultima carta, cioè citare per caso il nome di sua moglie e dei due figli, e quale asilo e scuola frequentassero.

E poi, se tiri dentro la famiglia, non si può mai sapere che cosa succede.

Sollevai l'oggetto di metallo. – To', – dissi. – Mi sono dimenticato di rimetterlo a posto anche stavolta.

## Capitolo 2

Chiunque di noi può diventare un assassino? Oppure alcuni, be', i piú, hanno una sorta di sicura mentale o morale che gli impedisce di uccidere? Non sto parlando di legittima difesa o scatti di rabbia, ma è possibile spingere una brava persona, uno come Bent Halden, per esempio, a uccidere un altro essere umano a sangue freddo solo ed esclusivamente per facilitarsi la vita? Era a questo che pensavo mentre fendevo l'oscurità con la mia Volvo V60.

Come al solito, di sera tardi si faceva piú in fretta ad andare da Oslo a Os. Era appena passata la mezzanotte quando accostai sul ciglio della strada e mi fermai sul crinale dove, di giorno, si vedono il cartello con il nome e quella parte del paese che si estende lungo la riva del lago di Budal. In poche parole, il comune di Os ha tremila abitanti, di cui circa mille vivono in paese. È a seicento metri sul livello del mare e ha estati brevi, ma calde e secche, mentre gli inverni sono rigidi e intensi. Il paese e la maggior parte delle fattorie, perché questa è una zona agricola, sono protetti dalle pareti della vallata, mentre alcune proprietà, come Opgard, sono piú in alto sul monte e hanno pascoli e poco terreno coltivabile. Si dice che quelle lassú siano persone tenaci e di poche parole, che hanno imparato a sopravvivere in un ambiente sfavorevole, e non è troppo lontano dalla verità. Forse è quello, a creare un villaggio in equilibrio tra solidarietà repressa, invidia e una cultura claustrofobica del pettegolezzo.

L'attività economica piú importante è legata al turismo, soprattutto alla vendita di chalet, all'*Os spa* e al campeggio, che a sua volta affitta bungalow. Prima che l'albergo fosse costruito, e che Carl diventasse il re di Os, era Willum Willumsen a regnare, con la sua concessionaria di auto usate e il campeggio. Anche se, in realtà, a governare era il sindaco Aas, che è stato alla guida del Partito laburista per una vita, finché non ha deciso di dimettersi, ed è ancora un'eminenza grigia alla quale il suo successore deve dare ascolto.

La luna splendeva pallida sull'Ottertind e il cielo era limpido e stellato. Non ne so molto, sulle stelle, sono troppo grandi e lontane da me. Ma se non fossi stato solo, in macchina, avrei avuto molto da raccontare su Os. Avrei potuto indicare e dirle esattamente di chi erano le case, o le luci del paesaggio sotto di noi.

Per un breve istante immaginai che ci fosse *lei*, seduta accanto a me, e che nostra figlia fosse seduta dietro. E che io dicevo: vedete, dove ci sono tutte quelle luci? Lí c'è la piazza, e la luce lassú, sul monte appena dietro, è quella della casa che zio Carl sta costruendo.

Ma mi ripresi e tornai alla realtà.

Ero stato via tre giorni, e da due avevo voglia di tornare. Non so perché. Avevo perso tutto ciò che avevo, in quel villaggio. Ma avevo anche ottenuto tutto ciò che possedevo. Odiavo quel posto, ma allo stesso tempo lo amavo. Alla fine, che cos'altro si può chiedere al proprio villaggio natale?

Rimisi in moto e tornai sulla statale. Arrivato in paese, passai accanto all'officina e al mio distributore di benzina, alla casa di Grete Smitt, con le finestre sporche della polvere sollevata dalla strada e un grosso manifesto sulla parete piú corta che pubblicizzava tagli di capelli e solarium in un modo che dava l'impressione ai passanti che le due cose avvenissero in contemporanea.

Cento metri piú avanti c'era una casa di preghiera. Adesso le pareti pitturate di bianco si stavano scrostando, ma andava a momenti. Fin da quando ero piccolo, in paese le ondate di risveglio religioso si susseguivano a intervalli irregolari, e allora per un breve periodo c'erano un'esaltazione spirituale, collette e nuove mani di pittura sulla casa di preghiera. Ma ben presto, il diavolo prendeva il sopravvento e l'edificio tornava vuoto, buio e nelle pareti rimaneva l'eco di parole in lingue arcane e di confessioni piene di promesse. C'era qualcosa di spaventoso nella sala e nei sorridenti predicatori itineranti che a un certo punto apparivano e vivevano lí per qualche mese. Era come se dietro quella porta con la croce sopra fossero successe cose di cui non si poteva parlare. Cioè, oltre ai grossi scandali di cui si spettegolava, ma che probabilmente non erano mai accaduti.

In centro – sempre che la minuscola piazza possa definirsi tale – rallentai, abbassai il finestrino e guardai su verso il *Fritt Fall*, l'unico posto in cui si può andare di sabato sera a Os. Riconobbi l'elegante calligrafia di Erik sulla lavagna sopra il cavalletto fuori dalla porta: «DJ ERIK. HAPPY HOUR EVERY HOUR».

I bassi della musica rimbombavano anche nell'aria fuori. Di sicuro c'era un bel movimento e un sacco di gente. Quando ho comprato il *Fritt Fall* per un tozzo di pane da Erik Nerell non l'ho certo fatto perché pensavo che ci fosse da guadagnare, nel settore della vita notturna a Os, ma perché volevo quella proprietà. Un giorno – se tutto fosse andato secondo i piani – il suo valore sarebbe stato molto piú alto del prezzo a cui Erik era stato costretto a venderla. Era colpa sua, non era stato in grado di gestire quel posto abbastanza bene. Come parte dell'accordo, Erik aveva continuato a lavorare lí, ma io avevo anche assunto Julie – che aveva dimostrato di saper gestire il distributore di benzina in mia assenza – a dirigere il locale. Lei aveva tirato fuori il tavolo da biliardo, comprato un forno per la pizza e una macchina per il caffè espresso e ampliato l'assortimento di birre, includendo una ventina di marchi da tutto il mondo. Il locale era aperto dalle dieci di mattina alle dieci di sera, e fino all'una di notte il venerdí e il sabato. E funzionava, non era certo una miniera d'oro, ma era pur sempre meglio di niente per Os, un cenno di vita dopo le cinque. Non bisogna sottovalutare l'effetto sinergico di una cosa del genere.

Verso ovest, con la sagoma che si stagliava contro la luna, vidi la casa in cui Carl si sarebbe trasferito di lí a sei mesi circa, quando sarebbe stata pronta. La gente la chiamava «la tenuta reale» e be', sí, in effetti era una residenza maestosa, degna di un sovrano, come nella canzone di Springsteen, *Mansion on the Hill.*

Girai a destra, superai la casa di Nergard. Notai, come facciamo noi gente di paese, che la macchina di Grete Smitt era nel cortile dietro quella di Simon. Imboccai la vietta che portava in cima. Percorsi la curva del Giappone e poi quella delle Capre. Entrai nell'aia e parcheggiai tra il fienile e l'abitazione, vicino alla Bmw di Carl.

Opgard. Casa.

Carl era ancora alzato. Non si era ancora tolto il completo ed era in veranda, sulla vecchia sedia a dondolo di papà, con una birra in mano. Nostro padre aveva avuto l'idea di aggiungere un portico all'americana alla casa, altrimenti miserabile, che aveva costruito nel suo podere in montagna.

E la mamma aveva pensato di chiuderlo con delle vetrate e chiamarlo veranda. Questo vi dice qualcosa sulle loro origini. Lei aveva lavorato come domestica e governante per una famiglia di armatori in città e le piacevano le cose che suonavano inglesi e aristocratiche, perciò il nostro corridoio che puzzava di stivali da stalla veniva chiamato *hall* o «l'a-trio» (pronunciato esattamente cosí). Papà era cresciuto in Minnesota, in mezzo ai contadini, con le Cadillac, la Chiesa metodista e il perseguimento dell'*happiness*, e come secondo nome aveva dato a me e Carl quello di due repubblicani. A me Calvin, come il presidente Calvin Coolidge, e a Carl Abel, come Abel Parker Upshur, il tizio che aveva negoziato l'annessione del Texas.

Dalla veranda si vede tutto il paese. Non si riesce a vedere l'*Os spa*, che è appena dietro la collina a ovest, ma ci vuole solo un quarto d'ora a piedi nei nostri campi per arrivarci. Lo stesso tempo che ci vuole per andare giú in macchina fino al villaggio e prendere la strada asfaltata che porta all'hotel. Avevo chiesto a Carl perché insisteva a volerci andare in auto. Se avesse usato le gambe forse avrebbe perso un paio di quei chili che sembrava metter su ogni anno che passava, mentre io dimagrivo. Ma lui diceva che un direttore d'albergo doveva avere una certa dignità e i chili in piú gli conferivano autorevolezza.

Mi sedetti accanto a mio fratello, presi la scatoletta di *snus* Berry e mi infilai una bustina in bocca. Era stato papà a insegnarmi a metterlo sotto il labbro inferiore, non sotto quello superiore come fa la gente di qui. E il tabacco dev'essere Berry, non quella porcheria scandinava che comprano tutti.

– Allora? – chiese Carl.

– Vedremo, – dissi io, prendendo dal davanzale l'ultima bottiglia di birra ancora chiusa. Tirai fuori il coltellino dal fodero e la stappai. Era buona. Era sempre buona, una bottiglia di birra. Era la sete per quel qualcosa in piú che mi differenziava da Carl e papà. Io ero quello sobrio, il *driver* designato di Carl, fin da quando ero stato abbastanza grande da poter guidare. Appena compiuti i sedici anni, avevo iniziato a portare Carl e Mari a ballare a Årtun, li aspettavo bevendo Coca-Cola e facendo a botte, e li riportavo a casa. Con Mari era finita dopo che la sua migliore amica – Grete Smitt – era andata in giro a dire che si era fatta Carl. Poi lui era partito per studiare negli Stati Uniti e quindici anni dopo era tornato con una moglie e il progetto di costruire la spa. Ormai erano passati altri otto anni, la moglie non c'era piú ma l'hotel era rimasto. Un cinque stelle, un hotel d'alta quota che era una miniera d'oro, l'orgoglio del paese e l'unico motivo di fama.

– Ma secondo te? – disse Carl, soffocando un rutto.

Mi strinsi nelle spalle. – Novanta milioni di corone per delle montagne russe sono molti.

– Stavo parlando del geologo. Ha accettato l'offerta?

– Non lo so. Gli ho dato un po' di tempo per pensarci.

– Ah, sí? Significa che aveva dei dubbi?

– Significa che per fortuna ha degli scrupoli morali.

– Per fortuna?

– Sí –. Bevvi un sorso dalla bottiglia. – Adesso avrà dei rimorsi di coscienza, non è che arrivano solo dopo.

– Ed è positivo per noi?

– Certo. Significa che quando accetterà non c'è il rischio che poi si penta e cambi idea. E siccome ha una certa moralità, non dirà di sí solo per ingannarci.

– A volte si potrebbe pensare che sei tu il piú intelligente tra noi due, – disse Carl. Si portò la bottiglia alla bocca e la svuotò.

Era una battuta, ma rispecchiava comunque la verità. Sono in pochi a pensare che io sia piú intelligente di Carl.

– È arrivata la risposta dal dipartimento di sicurezza dell'Ente nazionale per le strade, – disse, alzandosi. – Birra?

Sollevai la bottiglia per fargli vedere che ne avevo ancora. Lui scomparve, e lo sentii aprire e chiudere lo sportello del frigo in cucina.

Tipico di Carl. Pianta il seme e poi ti lascia in attesa per far crescere le aspettative. Quando vende un nuovo progetto funziona bene, ma io ero talmente abituato al suo modo di fare che non morivo dalla curiosità e non ero nemmeno impaziente o irritato. Sentii che stappava una bottiglia e guardai giú, verso la curva delle Capre. Era immersa nel chiaro di luna. Il punto esatto in cui finisce la via pubblica e inizia la nostra privata è stato oggetto di discussione con l'Ente nazionale per le strade per anni. Secondo noi era compito loro installare una barriera di protezione nel punto in cui la montagna scende a precipizio per un centinaio di metri nel Salto, una gola stretta che, una volta catturate capre o persone, le lascia andare a malincuore. E se acchiappa una macchina, se la tiene per sempre.

Io avevo quasi diciotto anni, e Carl non ancora diciassette, quando papà e mamma morirono. Li vedemmo arrivare alla curva nella Cadillac De Ville nera di papà e scomparire giú. Se ci fosse stata una protezione non sarebbe successo, anche quelli dell'Ente concordavano con noi. Ma è stato solo dopo che sono cadute altre due auto che hanno fatto il mea culpa e si sono assunti le proprie responsabilità.

Carl tornò e si sedette.

– Iniziano nel fine settimana.

– Cristo! – dissi. – Che bella notizia. Come hai fatto a convincerli a venire cosí in fretta?

– Mi sono comportato da Carl, – rispose in tono serio. – Adesso vogliono solo sapere di che colore la vogliamo.

Risi, e brindammo.

– La notizia meno bella è che prima vogliono recuperare le macchine.

Stavo per scolarmi la birra, ma mi fermai. – Stai scherzando?

– No. Useranno due autogrú e delle pulegge, dicono. Io non capisco questa cosa delle pulegge, ma tu di sicuro sí.

Annuii. Anche se ho fatto solo la teoria dell'esame professionale da meccanico, so come funzionano le forze, e le lettere non saltano troppo di qua e di là quando ce ne sono solo tre o quattro nella formula.

Carl, invece, se ne intendeva di affari. Dopo che si era diplomato all'istituto tecnico economico e la storia con Mari era finita, il sindaco Aas gli aveva fatto ottenere una borsa di studio tramite un'associazione di emigranti norvegesi del Minnesota. Si era fatto sentire solo quando aveva avuto bisogno di soldi. Non l'avevo visto per quindici anni. Ma da quando era tornato dagli Stati Uniti, piú di otto anni prima, l'avevo visto quasi ogni giorno.

La gente era rimasta stupita dal fatto che noi – due fratelli adulti – avessimo deciso di vivere insieme in un podere di montagna. Erano riemerse vecchie voci. Soprattutto riguardo a me. Quando arrivi a trent'anni senza aver messo su famiglia in un posto come Os, la gente inizia a farsi delle domande.

Qualcuno diceva che avevo abusato di mio fratello quando eravamo adolescenti. Già, che in pratica eravamo amanti. I pettegolezzi non erano cessati nemmeno quando Carl si era messo insieme a Mari. La situazione si era calmata un po' quando avevo compiuto diciassette anni e la gente in paese aveva iniziato a dire che me la facevo con la moglie di Willum Willumsen. Allora erano anche finite le allusioni al fatto che avevo dodici capre a mia disposizione a Opgard. Probabilmente pensavano che, se stavo con la regina di Os, Rita Willumsen, allora non potevo essere un pervertito. E Carl, alla fine, era un donnaiolo troppo incallito per essere gay, e poi si era persino portato a casa una moglie dall'America.

La gente credeva a un sacco di cose e non sapeva quasi niente. E per noi era meglio. Mettiamola cosí: era meglio che credessero a tutte le malignità su Opgard, perché comunque non erano peggio della verità.

– Stai tranquillo, – disse Carl. – Porteranno direttamente le macchine a demolire.

– Sicuro? – chiesi. – Sei stato tu a dire che è una cattiva notizia.

– Perché pensavo che *tu* l'avresti presa cosí. Secondo me è un bene che le auto vengano demolite. Cosí non abbiamo piú la spada di Sisofo su di noi.

– Sisifo, – lo corressi. – E lui è quello della pietra. Il tizio della spada è Damocle.

Carl rise. – È stato stranissimo tornare a casa e vedere che all'improvviso sai tutte queste cose. Come se fossi andato a una scuola che nessuno conosce, tipo.

– Nessuno sapeva di quella scuola, – dissi a bassa voce, studiando l'etichetta della birra.

Carl mormorò. – Vero. Ma Rita Willumsen non può averti insegnato tutto in cosí poco tempo.

– Be', però ha messo in moto qualcosa. E forse non è che sappia «tutte queste cose», è solo che voi bifolchi siete molto facili da impressionare.

– Da impressionare? Ti riempiamo d'insulti, altroché!

Scoppiammo di nuovo a ridere. Carl era in buona. Quando era cosí, pensavo che mi sarei sentito solo dopo il suo trasferimento nella nuova villa. Ma sapevo che con un altro paio di birre sarebbe potuto tornare di cattivo umore. Come papà. Nella zona buia, silenziosa, dolorosa che era stata il mio dominio, ma che Carl – l'unico di noi due considerato affascinante, spensierato ed estroverso – ormai visitava sempre piú spesso.

– Cazzo, era bella Rita, – disse, guardando fuori dalla finestra con occhi sognanti.

– Lo è ancora, – commentai, bevendo un sorso.

– Ah, sí? Come sei messo con lei?

Ridacchiai. – Lei e Kurt Olsen si sono fidanzati la settimana scorsa, perciò immagino che tu ti riferisca al campeggio.

– Certo.

– La prossima mossa tocca a lei, e non ho ancora saputo niente.

– Non le arriveranno offerte migliori di questa. Ma se la GeoData scriverà nel rapporto che la galleria del Todde non si può costruire, il prezzo salirà alle stelle.

Annuii. Il valore degli immobili a Os era sceso in picchiata quando avevano deciso di spostare la statale facendola passare fuori dal villaggio. Era risalito un po' dopo la decisione di ampliare l'*Os spa*, ma ci sono dei limiti a quello che può fare un albergo per un comune rurale senza strade statali, persino per uno con circa tremila abitanti. Mentre a Os i prezzi stagnavano e scendevano, nel resto della Norvegia c'era stata una crescita record, sia per le abitazioni, sia per gli spazi commerciali, in campagna come in città. In poche parole: se la gente avesse scoperto che la statale sarebbe rimasta lí dov'era, Os avrebbe avuto vent'anni di crescita dei prezzi da recuperare, e la cosa sarebbe successa da un giorno all'altro. Il campeggio, con la sua posizione in riva al lago e a soli duecento metri dalla piazza, sarebbe stato il luogo piú appetibile, e il suo valore si sarebbe moltiplicato. Non c'era da stupirsi. Perciò sí, bisognava affrettarsi a comprarlo.

Il defunto Willum Willumsen aveva non solo incarnato, ma addirittura superato lo stereotipo del venditore di auto usate. Quando avevo chiesto a papà se era vero quello che si diceva a scuola, cioè che Willumsen l'aveva imbrogliato sul prezzo vendendogli la Cadillac De Ville malconcia, lui si era limitato a rispondere: «Noi di Opgard non mercanteggiamo». C'era un misto di amarezza e di orgoglio in quella risposta, secondo me. Con un tocco di imbarazzo.

– Domani Rita sarà alla partita, – disse Carl.

– Come fai a saperlo?

– Perché domani ci saranno *tutti*. Se vinciamo, la promozione è assicurata, anche se mancano ancora sette partite.

– Davvero? Promossi in che serie?

Carl sospirò. – Va bene che il calcio non ti interessa, ma questa è la *nostra* squadra, in pratica.

Era vero solo in parte. Su iniziativa di Carl, l'Os Football Club era diventato una società per azioni, di cui l'*Os spa* possedeva l'ottanta per cento. Quindi, dopo aver venduto la maggior parte delle mie azioni dell'albergo a Carl qualche anno prima, io avevo solo una minima quota della squadra. E ciò era in linea con i miei interessi. Non che Carl fosse un appassionato di calcio, ma lui voleva essere amato e si era fatto l'idea che la via per conquistare il cuore dei nostri compaesani passasse dal sostegno alla squadra locale. All'inizio l'avevamo sponsorizzata, poi Carl aveva voluto costituire una società per azioni e comprare l'Os FC, cosí da poter ingaggiare qualche buon giocatore a tempo pieno e un allenatore. A quanto pareva era inaudito per una squadra di quinta divisione, e la gente rideva e diceva che solo i russi e gli sceicchi si *compravano* una squadra. Ma si erano zittiti tutti quando avevamo ingaggiato una promessa del calcio nigeriano, oltre ad assumere l'ex giocatore chiave dell'Os FC, Kurt Olsen, come allenatore part-time. La squadra era salita subito in quarta divisione, senza mai essere sconfitta. E ora forse sarebbe salita in terza, se non avevo sbagliato a contare.

– Va bene, allora vengo, – dissi. – Altre novità?

– Alla fine sono riuscito a convincere quell'azienda tedesca a costruirmi la cucina su misura per la casa. Ah, e a Steinssetra hanno avvistato un lupo.

– Davvero?

– No, non lo so. È stato Simon Nergard a vederlo.

Scoppiammo a ridere. Nergard era il nostro vicino, anche se la sua proprietà era in pianura, molto piú in basso di noi, ed era noto per essere un bugiardo e pettegolo, specialità in cui, seppur di poco, lo superava la sua fidanzata, Grete Smitt: faceva la parrucchiera e il suo negozio era la centrale di gossip del paese.

– Ma ieri Erik Nerell ha trovato una carcassa di pecora nella stessa zona, – disse Carl. – Di sicuro opera di predatori, dice. Ma non ne avevano mangiata molta, quindi lui pensa che, se si tratta di un lupo, allora non è in branco, è un lupo solitario.

Scossi la testa. – Qui non si vedono lupi da cinquant'anni. Sarà stato un cane. Non mi stupirei se fosse il rottweiler di Simon e lui gridasse «al lupo» solo per sviare i sospetti.

Carl mormorò. – Ma ammettiamo che sia un lupo. Averne uno nell'area dove passeggiano gli ospiti dell'hotel, è buona o cattiva pubblicità?

– Be', se cosí fosse, comunque non durerebbe a lungo.

– Perché se ne andrebbe, intendi?

– Perché morirebbe. I lupi si nutrono di grandi prede e perciò devono cacciare in branco.

– Piú o meno come noi?

– Piú o meno come noi, – dissi, bevendo un altro sorso di birra. Mi sentivo accaldato e stanco. Era rilassante starsene lí a spettegolare con la persona che conoscevo meglio al mondo, talmente bene che era come un'estensione di me stesso. Se Carl cominciava una frase, dopo tre parole sapevo come sarebbe finita, e viceversa. Quindi, spesso ci accontentavamo di quelle tre parole. Era quasi come essere da soli, risparmiavi corde vocali ed energia.

– Altro da segnalare? – chiesi.

– No. Cioè, sí. Abbiamo assunto una responsabile marketing. Una ragazza di qui, giovane e intelligente.

– Ah, sí?

Carl lo fece di nuovo. Bevve con calma lasciandomi in attesa. Respirò a fondo. Invece del nome, però, arrivò un lungo rutto.

– Cristo, Carl. Oggi?

– Scusa. La figlia di Moe, l'idraulico.

– Natalie?

– Te la ricordi? Ah, già, c'era quella storia, me l'ero quasi dimenticata.

Forse mentiva a sé stesso, ma Carl non si era dimenticato, nella migliore delle ipotesi aveva represso il ricordo. Perché «quella storia» era una cosa che avevo raccontato soltanto a lui. Era stato subito dopo il suo ritorno. Natalie Moe andava alle superiori e quella ragazzina pallida e magra dagli occhi spaventati si presentava un po' troppo spesso al distributore di benzina per comprare l'ellaOne, la pillola del giorno dopo. Io avevo chiesto a Julie, che lavorava al distributore ed era in classe con lei, se Natalie avesse un fidanzato a cui suggerire l'acquisto di preservativi, ma Julie pensava che Natalie se la facesse un po' con tutti. Non so, a me non tornava. E poi un giorno era arrivato suo padre, l'idraulico Moe, e anche lui aveva comprato la pillola del giorno dopo.

Ed era stato quando avevo visto la vergogna nei suoi occhi che avevo capito.

Siccome non ero riuscito a convincere l'agente rurale Kurt Olsen a dar retta ai miei sospetti, avevo preso in mano la situazione: ero andato da Moe, l'avevo pestato per bene e gli avevo detto che sarei tornato a finire il lavoro se il giorno dopo non avesse mandato sua figlia in un luogo a debita distanza da casa. Se mi avesse obbedito, in cambio io avrei taciuto. Natalie aveva frequentato il resto delle superiori a Notodden. Una volta che ero là, mi era capitato di vederla in un bar, insieme ad alcuni amici. Non le avevo parlato, ma avevo notato che non aveva piú quell'espressione spaventata in viso.

– Stai parlando coi francesi? – dissi per cambiare argomento, visto che ci sono alcuni fatti e argomenti di cui io e Carl evitiamo di parlare.

– Tutti i giorni, – rispose lui. – Apprezzano i nostri margini operativi e i nostri numeri. I disegni della nuova ala gli sono piaciuti, perciò mercoledí manderanno due ingegneri a ispezionare l'hotel.

– Bene, – dissi. Il progetto per l'ampliamento dell'*Os spa* all'inizio era stato accolto con scetticismo dall'assemblea dei soci, che comprendeva solo investitori locali, incluso me. C'erano fondate preoccupazioni per come sarebbe andato il flusso di visitatori una volta che avessero spostato la statale. Ma le argomentazioni di Carl avevano convinto tutti. Aveva spiegato che il consolidamento era un suicidio, che se l'hotel doveva costituire un motivo sufficiente per prendere la strada che deviava intorno a Os, allora dovevamo pensare in grande, passare all'offensiva. «Cresci o muori, – era la teoria di Carl. – Non possiamo diventare un boutique hotel a cinque stelle. La visibilità è fondamentale, e non basta solo pensare alla qualità, dobbiamo superare la massa critica anche in grandezza. Voglio che non solo il villaggio, ma tutta questa parte della regione siano sinonimo di *Os spa*. E quando la gente sente *Os spa*, non deve pensare solo all'hotel e alle terme, ma all'intera esperienza. Quindi dobbiamo investire, non rallentare».

Dopodiché c'era stata una breve ma intensa discussione per decidere se fosse giusto fare una collocazione privata con qualcuno di fuori. Il buon senso aveva vinto, c'erano dei limiti alla quantità di capitali che si potevano raccogliere a Os. Il gruppo alberghiero francese Alpin possedeva già una quota del quindici per cento, da quando Carl – che conosceva l'amministratore delegato dai suoi anni nel settore immobiliare a Toronto – lo aveva invitato a partecipare al rifinanziamento dopo l'incendio. Cosí ad Alpin era stata offerta un'emissione di azioni che avrebbe portato la loro quota fino al quarantacinque per cento. Ciò significava che il controllo rimaneva ancora saldo nelle nostre mani, a Os, e allo stesso tempo il rischio era condiviso, e i francesi forse avrebbero potuto contribuire con la loro esperienza alla promozione internazionale dell'albergo. Non appena fosse stato concordato il prezzo per azione, si sarebbe proceduto con la transazione e poi con l'ampliamento dell'hotel. Quindi era chiaro che se fosse arrivato un rapporto della GeoData secondo cui era meglio non costruire la galleria, i francesi sarebbero stati disposti a pagare un prezzo per azione molto piú alto.

– Be', vado a letto, – disse Carl, alzandosi.

– Okay. Buonanotte.

– Buonanotte. Mi sembri pensieroso.

Annuii. – Sai che cosa mi è venuto in mente quando ho suonato il campanello di Halden?

– Che avresti portato a casa la vittoria?

– Sí. Ma prima di tutto ho pensato che sono un assassino. Che *noi due* siamo assassini.

Carl mi guardò inarcando un sopracciglio. – Dormi bene, – disse, e se ne andò. Come volevasi dimostrare, ci sono cose di cui evitiamo di parlare.

Rimasi lí a fissare il buio della notte, ascoltando i passi nella camera da letto di sopra.

Sette omicidi.

Carl e io abbiamo ucciso un totale di sette persone. Piú un cane.

Svuotai la bottiglia.

No, non mi piaceva l'idea che i rottami di quelle macchine fossero riportati alla luce.

## Capitolo 3

La notte prima di andare da Halden a offrirgli dodici milioni di corone per scrivere un rapporto falso, ero in Polonia. Nello specifico a Zator, una cittadina con poche migliaia di abitanti nel Sud del Paese. Piú nel dettaglio, a Energylandia, un parco divertimenti, il piú grande della Polonia. E, per essere ancora piú precisi, mi trovavo in un vagone che stava per salire in cima a Zadra, le montagne russe in legno piú alte del mondo. Cioè, in realtà erano un ibrido costruito in acciaio e legno, o almeno cosí aveva detto il costruttore Glen Moore, della Rocky Mountain Constructions, per spiegare il ticchettio delle rotaie. Il suono mi aveva fatto pensare alle catene che vengono tirate attraverso la bitta di una barca quando si leva l'ancora. Anzi, no, alle catene di un mattatoio dove vengono sollevati i cadaveri degli animali che ben presto penzoleranno all'aria aperta. Avevo provato ad ascoltare Moore che spiegava i dettagli tecnici, ma non riuscivo a concentrarmi, sapendo che dopo pochi secondi mi sarei ritrovato in caduta libera per 62,8 metri.

Lui mi guardò, e capii che mi aveva fatto una domanda.

– Scusa? – dissi in inglese.

– Ho chiesto se c'è molto vento.

– Sí.

– E fa freddo?

– Sí. È in montagna.

– Allora le costruirei in acciaio, non in legno.
– No, – dissi. – Devono essere di legno.
Moore mi guardò con aria interrogativa.
Anche se avessi voluto, non avrei avuto il tempo di spiegare, perché eravamo arrivati in cima. Il tintinnio delle catene si era fermato e davanti a noi non c'erano piú rotaie, ma solo una distesa di campi coltivati a perdita d'occhio fino all'orizzonte. Però, se avessi dovuto dare una spiegazione sommaria, sarebbe stata un nome: Shannon Alleyne.
Il vagone si fermò quasi sull'orlo del precipizio, come se avesse paura. Poi, pian piano, puntò il naso verso il basso. E via, giú. Sentii l'accelerazione solleticarmi lo stomaco e pensai che fossimo in posizione verticale, ma i binari continuavano a scomparire alla vista sotto di noi, come se puntassero *verso l'interno*. Pensai che era cosí che ci si doveva sentire su un'auto che non riesce ad affrontare la curva delle Capre, che perde contatto con il terreno e si tuffa in avanti per via del peso del motore. E alla fine ci si ritrova a fissare giú, nell'abisso del Salto. Chiusi gli occhi.
Quando Shannon Alleyne era entrata a precipizio nella mia vita otto anni prima, avevo trentacinque anni, ero single, avevo già ucciso diverse persone e, ovviamente, ero pronto a mettere su famiglia.
Scrivo «ovviamente» perché non ci avevo pensato in modo consapevole, finché lei, all'improvviso, un giorno mi aveva detto che era incinta di mio figlio e io, dalla reazione che avevo avuto, mi ero reso conto di desiderarlo. Ero sulla luna, come dicono negli States. Be', può anche darsi che io non volessi davvero una famiglia, ma il fatto che Shannon Alleyne fosse la madre cambiava la situazione. Perché lei era perfetta. Una ragazza piccola ed esile, con un viso angelico, una voce baritonale e un cervello cosí acuto che era difficile starle al passo. La sua famiglia apparteneva al

sottoproletariato bianco, alcolizzato e povero dei *redlegs* delle Barbados, discendenti di scozzesi e irlandesi emigrati qualche centinaio di anni fa. Nessuno in famiglia era andato oltre le scuole elementari, ma Shannon, sfidando ogni probabilità, aveva studiato architettura in Canada e le si prospettava un futuro tra i migliori. Era un osso duro, pazza e sentimentale. Sapeva molto bene di avere un talento speciale ed era intransigente nella sua ambizione. Non tanto riguardo a sé, quanto verso quello che creava. Ecco perché aveva lottato come una leonessa per il capolavoro minimalista che aveva progettato, l'*Os spa*, mettendosi contro gli investitori del villaggio che volevano qualcosa di piú economico, piú piatto, piú tradizionale. Eh sí: quando si trattava delle sue idee e delle persone che considerava parte della famiglia, Shannon era leale fino alla morte, una guerriera che si voleva avere dalla propria parte, non da quella del nemico. E cosí attraente, passionale e avida a letto che fare l'amore con lei era come combattere una battaglia, tutto il contrario dei movimenti placidi e cullanti di Rita Willumsen.

Shannon Alleyne era perfetta. Aveva solo un difetto.

Era la moglie di mio fratello.

Quando Shannon era rimasta incinta, Carl era disperato e aveva raggiunto il limite, sia nella vita privata, sia negli affari. L'*Os spa* era in costruzione, lui aveva perso il controllo sul budget e si era fatto prestare dei soldi di nascosto da Willumsen, con interessi da strozzino. Inoltre, Shannon gli stava addosso perché i suoi disegni non venivano seguiti alla lettera. Forse, uno dei motivi per cui Carl ogni tanto picchiava Shannon era che si sentiva sotto pressione. Io ero perdutamente innamorato di lei, da piú di un anno, e lei mi ricambiava. Cosí, senza saperlo, stavamo già andando verso l'inevitabile, quando ci eravamo ritrovati a letto insieme in una stanza d'albergo a Notodden. Era stato allora che avevo scoperto i lividi sul suo corpo. Era stato allora che ero finalmente riuscito a odiare Carl? O forse era stato poco dopo, quando avevo scoperto che aveva dato in garanzia a Willumsen una parte del mio regno? O forse non ce l'avevo fatta nemmeno allora, a odiarlo? Il debito e il senso di colpa che mi portavo dietro dall'infanzia erano ancora troppo grandi?

E poi, a Capodanno, l'*Os spa* era andato a fuoco. Un razzo, si pensava. Frode assicurativa, aveva insinuato qualcuno. Ma Carl mi aveva detto che per risparmiare non aveva stipulato un'assicurazione contro gli incendi. Ciò significava che, con il prestito, aveva sperperato non solo la sua, ma anche la mia eredità. Io possedevo solo una piccola quota dell'hotel. Il piano, ormai andato a puttane, era di venderla una volta che l'albergo fosse stato a regime, e col ricavato acquistare il distributore di benzina che gestivo. Bisognava fare qualcosa.

Il prestito di Willumsen era scaduto e il suo picchiatore danese era arrivato a Opgard su una Jaguar bianca. Era una fredda giornata invernale e io avevo aggiunto un altro omicidio alla lista mia e di Carl. Avevo gettato dell'acqua sulla curva delle Capre e l'avevo vista trasformarsi in ghiaccio liscio come uno specchio. L'agente rurale Kurt Olsen mi aveva fatto domande sull'incidente e anche su Willumsen, che era stato trovato morto nel suo letto. Io avevo risposto che gli incidenti accadono. E lo stesso valeva per i suicidi, bastava pensare al padre di Kurt, a sua volta agente rurale. Avevo visto l'odio negli occhi di Kurt, ma lui, proprio come suo padre, non aveva potuto provare nulla.

Invece la Kripos era convinta di aver trovato le prove che era stato il picchiatore a uccidere Willumsen, cioè il proprio cliente.

E quindi noi a Opgard avevamo risolto i nostri problemi piú immediati. Ma ne restava uno.

Carl.

Non ricordo di preciso se l'idea fosse stata mia o di Shannon, ma ci era chiaro che se volevamo sposarci e salvare quel poco denaro rimasto c'era solo una via d'uscita: togliere di mezzo Carl. Non era stata una decisione facile, ma una volta presa non c'erano stati problemi a metterla in atto. Bastava fare quello che aveva già funzionato in precedenza, perciò il piano non era particolarmente originale.

Avevo tolto il liquido dei freni dalla macchina di Carl, cosí non sarebbe riuscito a fare la curva delle Capre.

Quel giorno, prima di andare alla riunione degli investitori per la ricostruzione dell'*Os spa*, mio fratello aveva affrontato Shannon riguardo alla gravidanza. Le aveva detto che sapeva chi era il padre, un americano che l'aveva corteggiata e che aveva visto nella lista degli ospiti dell'albergo di Notodden quando c'era andata anche lei. Shannon si era messa a ridere e Carl, in preda a una furia cieca, l'aveva colpita in faccia con il ferro da stiro. E allora lei aveva confessato. Non con chi l'aveva tradito, ma aveva detto di essere stata lei ad appiccare il fuoco all'hotel, in modo che potesse essere ricostruito come voleva lei.

Carl l'aveva colpita di nuovo. E lei aveva smesso di ridere, e di respirare.

Poi aveva fatto la stessa cosa che aveva fatto quando aveva ucciso il vecchio agente rurale: mi aveva chiamato per aiutarlo a ripulire la scena del delitto.

Sistemata Shannon al volante, avevamo messo in moto la Cadillac De Ville di Carl e l'avevamo lasciata andare verso la curva delle Capre e il Salto. Io avevo fissato il rosso dei fanali posteriori finché non erano scomparsi oltre il dirupo, insieme alla donna che amavo e a nostro figlio. E avevo lasciato che Carl piangesse sulla mia spalla.

Quando riaprii gli occhi a Zator, in Polonia, vidi lo scheletro del traliccio venirci incontro a tutta velocità mentre le rotaie rosse si torcevano e si curvavano verso l'interno e verso l'esterno davanti a noi, come se cercassero di scappare. Ma restammo attaccati. E, all'improvviso, ci ritrovammo sottosopra. Mi avevano spiegato che la pista aveva tre di quelle «inversioni», e si provava una strana sensazione di assenza di gravità. Un'altra curva stretta, mi sembrava che qualcuno mi tirasse da un lato.

Un minuto dopo essere partiti dalla cima era già finito tutto, e il vagone rallentò con una leggera svolta a destra per poi fermarsi.

– Cosa ne pensi? – chiese Moore, guardandomi.

Annuii in segno di approvazione. C'erano stati diversi tratti ripidi, ma nessuno era come la prima caduta. Niente è come la prima caduta.

## Capitolo 4

Mancavano cinque minuti all'inizio della partita. Parcheggiammo la Bmw di Carl dietro le baracche tedesche che, dopo la fine della guerra, erano diventate gli spogliatoi dell'Os FC. Papà ci teneva a sottolineare che le strade e le infrastrutture norvegesi non sarebbero state le stesse senza i cinque anni di occupazione tedesca. E che l'aspettativa di vita media in Norvegia era aumentata, non diminuita, mentre inglesi, americani e russi combattevano la guerra per noi. E, se beveva un altro paio di birre, era abbastanza chiaro che cosa ci aspettava, spesso con la voce che gli vibrava per la rabbia: «Sapevate che nella lotta contro i nazisti sul suolo norvegese morirono piú russi che norvegesi? In terra *norvegese*! Questo popolo è il piú codardo d'Europa, per la miseria. Solo una manciata di uomini ha imbracciato le armi per difendere la patria, mentre due milioni di americani hanno attraversato l'oceano e rischiato la vita *to save our ass*! Andiamo!»

Poi avremmo dovuto sganciare il fucile Remington dal supporto sopra la porta di ingresso, uscire sulle scale e sparare a ciò che papà stava indicando.

«Questo posto è il nostro regno! – tuonava. – E se qualcuno cercherà di conquistarlo, lo difenderemo fino all'ultima goccia di sangue. Intesi?»

Carl e io annuivamo, sparando a immaginari nazisti e comunisti tra i cespugli.

Uscimmo da dietro le baracche e passammo davanti alle altre auto parcheggiate. – Te l'avevo detto, c'è anche lei, – disse Carl vedendo la macchina di Rita Willumsen, una Saab Sonett del '58, una roadster, nonché l'unica cabriolet del paese. Bisogna avere un certo stile per guidare una Saab Sonett cabrio a Os senza sembrare degli idioti totali. Rita Willumsen aveva stile che bastava e avanzava.

Girammo intorno alle baracche giusto in tempo per veder uscire le squadre. L'Os FC in divisa rossa con i simboli degli sponsor. Il piú grande era sul petto: *Os spa*. I giocatori scesero in campo tra applausi e qualche grido di incoraggiamento. A occhio e croce, stimai che ci fossero tre o quattrocento spettatori, il che non era affatto male. La maggior parte si trovava lungo la linea laterale, a ovest, dove le baracche fornivano un po' di riparo dal vento, su entrambi i fianchi di una tribuna di legno larga sette metri e alta due e mezzo. La tribuna ospitava anche i posti Vip non ufficiali per i tifosi della squadra. Lí c'erano il direttore della Os Sparebank, in piedi accanto al sindaco Voss Gilbert, che era il presidente della squadra. E, naturalmente, c'erano anche l'ex sindaco Aas, la figlia Mari e il genero Dan Krane. Krane era il direttore del quotidiano locale, l'«Os Blad», quindi pensai che fosse lí per scrivere un pezzo sulla promozione. Salendo, feci un cenno al responsabile del supermercato Coop e mi misi accanto a Rita Willumsen. Mentre la maggior parte delle persone indossava giacche impermeabili e piumini, Rita aveva un elegante cappotto bordeaux che, insieme agli stivali con il tacco alto e al suo portamento slanciato, le dava un aspetto regale. Aveva accesso alla tribuna Vip sia perché la Willumsen AS era uno sponsor, sia perché lei era nel consiglio di amministrazione dell'*Os spa*, ma qualcosa mi diceva che sarebbe finita comunque in questa tribuna, se non altro perché Rita Willumsen era la cosa piú vicina all'aristocrazia che si poteva trovare a Os.

– Non ti si vede spesso alle partite, – disse.

Io mi strinsi nelle spalle. – Forza Os, forza Os! Mangiateli vivi e sputa l'oss!

– Divertente. Ma sono anni che non la usiamo piú.

– Lo so, è solo per dimostrare che ho una certa anzianezza di servizio.

– Anzianità.

Sorrisi. Sembrava passata un'eternità dall'estate in cui io e Rita ci incontravamo in segreto lassú, alla loro malga restaurata. Era quasi come se non fosse mai successo. Ma quello che mi aveva insegnato, tra cui l'uso corretto del linguaggio, il galateo, la letteratura, la storia dell'arte e anche a fare l'amore, era rimasto a provarlo. Lei diceva che la nostra relazione era come un costante Sant Jordi, la festa catalana in cui le donne regalano un libro ai loro amati, ricevendo una rosa in cambio. Io, comunque, l'avrei ricordata per sempre come l'estate dei sonetti di Petrarca, e della Sonett di Rita.

– Grazie, – dissi a bassa voce.

– Non ringraziarmi troppo presto, – rispose lei, a voce altrettanto bassa. – Adesso c'è la partita.

Vidi che avevano appena battuto il calcio d'inizio.

– Contro chi giochiamo? – sussurrai.

– A volte me lo chiedo anch'io, – rispose lei.

– Kurt non te lo dice? – Feci un cenno verso l'altro lato del campo, dove l'agente rurale Kurt Olsen se ne stava con la sua zazzera di capelli biondi, una sigaretta all'angolo della bocca e le braccia incrociate davanti alla panchina con le riserve e lo staff. No, all'epoca erano stati in pochi a credere alle voci su Rita e il diciassettenne, ma forse l'interesse di Rita per gli uomini piú giovani era diventato piú evidente quando, dopo un paio d'anni che era vedova, si era messa insieme a Kurt Olsen, che a scuola era una classe indietro rispetto a me.

– Kurt ha l'obbligo del segreto professionale, – disse lei. – E io credo che giochi un'altra partita, rispetto a noi due.

– E noi che partita stiamo giocando?

– Lo chiedo a te, Roy. Non mi hai mai detto che cosa te ne vuoi fare del campeggio.

– Gestirlo, magari?

– Non sottovalutarmi, per piacere.

– È per questo che non hai accettato l'offerta? Vuoi saperne di piú, cosí puoi alzare il prezzo fino a raggiungere il valore che ha quel posto *per me*?

– Vedi, cosí mi piaci di piú.

– E se volessi solo il terreno?

– Balle. Il terreno non ha nessun valore, tu vuoi un ritorno economico.

– Ma noi siamo contadini. Per noi la terra è tutto. Ce l'abbiamo nel sangue, come una malattia.

Rita sorrise. – Vuoi avere piú terra di tuo fratello, qui a Os? È quello?

Mi strinsi nelle spalle. – La rivalità tra fratelli è una motivazione valida come qualsiasi altra.

– Ah, – sussurrò lei.

– Ah?

– Stai cercando di sviarmi perché ho colpito nel segno. Bene, allora adesso so perché. E che per te vale piú di quello che offri. Che ne dici se aumentiamo il prezzo del dieci per cento?

– Quindi cinque milioni e mezzo di corone? È questo il tuo prezzo?

– E se lo fosse?

Arrivarono grida di giubilo dalle persone intorno a noi. Dovevamo aver già segnato.

– Va bene, – dissi tendendole la mano. – Affare fatto.

Lei mi guardò la mano, ma non la prese. – Senza mercanteggiare?

– Noi di Opgard non mercanteggiamo.

– Già, Willum me lo diceva. Ma forse dovresti diventare piú bravo nelle contrattazioni. Adesso inizio a credere di poter alzare ancora il prezzo.

– Io invece pensavo che avessimo appena fatto un accordo.

– No, io ho detto il dieci per cento per fare un'*ipotesi*.

– Che cazzo, Rita, cominci a parlare come Willum.

Lei fece una risatina. – Tutti abbiamo avuto bisogno di un maestro, Roy. Tu hai avuto me, e io ho avuto mio marito. A proposito, preferirei non sentir pronunciare il nome di Willum dalla tua bocca o da quella di tuo fratello, grazie.

Continuava a sorridere, ma gli occhi si erano rabbuiati. Intorno al suicidio di suo marito, otto anni prima, tutti pensavano che ci fossero dei punti oscuri. Per lei, invece, era tutto piuttosto chiaro. Subito dopo che Willum era stato trovato a letto con una pistola sul cuscino, era saltata fuori una lettera in cui lui condonava all'istante trenta milioni di debiti a Carl e gliene concedeva altri trenta. Senza quei soldi, l'*Os spa* non sarebbe mai arrivato dove è oggi. E *con* quei soldi, Rita non sarebbe stata costretta a vendere il campeggio. Quindi forse non c'era da sorprendersi se, quando Carl le aveva fatto le condoglianze al funerale, lei si era chinata in avanti e gli aveva sussurrato la parola «assassino» all'orecchio.

Tuttavia, siccome a Rita mancavano piú i milioni che quel venditore truffaldino di auto usate, vecchio, grasso e geloso, e il denaro non genera mai tanto odio quanto il vero amore, sembrava che nel corso degli anni si fosse lasciata alle spalle la rabbia piú ardente. Io però non ero un ingenuo. Se Rita avesse potuto danneggiare o mettere i bastoni tra le ruote a qualcuno di Opgard, l'avrebbe fatto. Come stava facendo ora.

– Il dieci per cento in piú, – dissi. – Domani è lunedí, l'offerta è valida fino alle quattro. Dopodiché, ritorna al prezzo originale.

– Una cosa è il prezzo, – disse lei, – un'altra è il modo in cui mi pagherai. Dubito che tu abbia cosí tanto denaro, e non riuscirai mai a vendere un distributore di benzina lontano dalla statale.

– Lo sai, vero, che non è l'unica cosa che possiedo?

– Certo. Potresti anche pagarmi con le azioni dell'*Os spa*, ma non lo farai.

– Perché no?

– Perché sai che, se ottengo piú del sei per cento, in totale avrò una quota dell'undici per cento e potrei raggiungere la maggioranza nel consiglio d'amministrazione, insieme ad Alpin, quando arriveranno anche loro. E a quel punto la carriera da direttore d'albergo di Carl finirà all'improvviso, e al suo posto metteranno un pupazzo che obbedisce ai francesi. Perciò, Roy, dove li prenderai, i soldi?

Non potei trattenere un sorriso.

– Be', vorrà dire che me li farò prestare, – risposi, indicando con un cenno della testa la tribuna dietro di noi.

Rita mi osservò. Fece scivolare lo sguardo su e giú come aveva fatto in quella calda giornata estiva, un'eternità prima, quando era entrata in officina con i suoi tacchi alti e io, un diciassettenne, me ne stavo lí a torso nudo, macchiato d'olio dopo essermi dato da fare con la Saab. Aveva alzato un sopracciglio dipinto, cercando di capire se potessi darmi da fare anche con qualcos'altro. Ma quello era allora; adesso la sua occhiata serviva piú a valutare la mia solvibilità.

– Buona fortuna, – disse, riportando l'attenzione sul campo.

Salii due gradini della tribuna. Anche con la giacca impermeabile, Asle Vendelbo sembrava sempre un direttore di banca. Non dico che i direttori di banca siano tutti uguali, ma Asle Vendelbo sembrava proprio uno di loro. Cordiale e sorridente, parlava con voce bassa e vellutata. Era come se fosse nato discreto. E forse era cosí, del resto la sua famiglia gestiva un'impresa di pompe funebri a Notodden da tre generazioni. Era a loro che si rivolgeva la maggior parte della gente di Os quando qualcuno andava all'altro mondo, ed era strano pensare che in realtà, dietro molti dei loro incarichi, ci fossi io. Mi misi al suo fianco.

– Allora, Roy. Pensi che vinceremo?

– Dipende.

– Dipende da cosa?

– Se osiamo essere un po' aggressivi.

Vendelbo si girò verso di me.

– Chiederò un prestito di cento milioni, – dissi.

Vendelbo guardò verso il campo, dondolandosi sui talloni con le mani dietro la schiena e sporgendo il labbro inferiore. È strano come si possano ereditare anche tic e abitudini, perché in quel momento mi vedevo davanti Vendelbo senior, in piedi in fondo alla chiesa durante il funerale di mamma e papà.

– Vorrei fare un bel fischio, – disse Vendelbo. – Ma non so fischiare.

– Cosa ne dici? – chiesi.

– Be', dipende tutto da cosa ci vuoi fare.

– Intendo in generale.

– In generale? – Studiò il mio viso, e probabilmente non trovò nulla. – In generale direi che si tratta di un prestito molto importante, per una banca piccola come la nostra. E poi, la questione si riduce a cosa puoi fornire in garanzia.

– E se io ce l'avessi, una garanzia?

– Allora dovremmo fare una valutazione del rischio basata su quella. E comunque dovrei passare dalla sede centrale, per un prestito cosí grosso.

– Lo immaginavo.

– Devo dire che adesso sono curioso, Roy. Di che progetto si tratta?

– Lo saprai al momento opportuno. Volevo solo prepararti al fatto che potrei arrivare a chiedere un incontro tra non molto. E nel frattempo, mi aspetto che tu non parli a nessuno della nostra conversazione.

Vendelbo annuí e disse qualcosa, ma fu sovrastato dal ruggito unanime e furioso del pubblico. Guardai verso il campo. Uno dei nostri giocatori era a terra, ma l'arbitro, a quanto pareva, non aveva fermato il gioco.

Salutai Vendelbo e mi spostai piú in là. Strisciai davanti agli Aas. Il vecchio Jo mi fece un cenno, sorridendo. Mari lo imitò. Mentre la gente del paese – giovani e vecchi – diventava piú grassa e flaccida col passare degli anni, Mari dimagriva sempre piú. Non riuscivo a decidere se fosse ancora bella o se invece io ritrovavo la bellezza nel suo viso ossuto solo perché la ricordavo quando era la principessa del villaggio. Dopo aver rotto con Carl, era andata a Oslo a far finta di studiare scienze politiche, e lí aveva incontrato Dan Krane, che si era portata dietro tornando a Os. Dan Krane era magro come Mari, con un pomo d'Adamo prominente e delle vene sotto le tempie rasate che erano buoni indicatori di ciò che stava succedendo dietro i suoi occhi freddi e azzurri. Anche lui, come gli Aas, era attivo in politica, e immagino che quando era venuto qui avesse già in mente di diventare sindaco, un giorno, e vedesse l'impiego da direttore dell'«Os Blad», il quotidiano del Partito laburista, come un trampolino di lancio. Per un bel po' era andato tutto liscio. Abitavano in un posto dove non c'erano tracce di Carl o altri echi del passato, avevano due figli e Dan era, se non apprezzato, almeno rispettato. Solo che persone come Mari o Dan, per quanto cerchino di essere amichevoli e popolari indossando camicie di flanella e aggiungendo le *a* in fondo alle parole come nel nostro dialetto, non riescono a nascondere che si sentono un po' al di sopra della gente comune, in un posto come Os. Dan, però, non si era arreso e faceva di tutto per adattarsi: aveva preso la licenza di caccia, se ne andava in giro con gli stivali di gomma coi risvolti e aggiungeva sempre piú *a* in finale di parola, sia nel parlato, sia nello scritto. Ma poi era successo l'inaspettato: Carl era tornato dagli Stati Uniti. Aveva una moglie, quindi non avrebbe dovuto costituire una minaccia. Ma era splendido da guardare e anche da ascoltare mentre, sul palco di Årtun, lanciava il suo piano per la costruzione dell'*Os spa*, che voleva fosse di tutto il villaggio. Aveva detto che l'hotel era la risposta del paese alla futura galleria del Todde. Ora, nessuno aveva mai sospettato che Mari fosse una donnina allegra. Al contrario, essendo figlia del sindaco, appariva piú come una moralista. D'altra parte, ho sempre pensato che le donne come Mari provino un'attrazione irresistibile per il maschio alfa. Già, non sono nemmeno sicuro che cerchino di resistere, forse sentono che appartenere all'uomo di potere sia logico e inevitabile. E siccome Carl era il prototipo del maschio alfa, il salvatore che tornava al paese natale, era stata solo questione di tempo prima che i due riprendessero la loro relazione all'insaputa di tutti. Be', a parte Grete Smitt, ovvio, lei è come uno squalo che sente l'odore del sangue a chilometri di distanza. E anche se Grete non ne aveva mai parlato direttamente ai clienti che andavano nel suo negozio o nel solarium perché i pettegolezzi erano compresi nel prezzo, qualcosa doveva essere arrivato all'orecchio di Dan Krane. Probabilmente aveva sollevato la questione del tradimento, ma poiché avevano due figli, dovevano aver tentato di tappare le falle per tenere a galla la nave. Tuttavia, le umiliazioni non erano finite. Quando Mari aveva partorito la terza bambina, che ora aveva sei anni, la somiglianza con Carl era cosí evidente che persino Jo Aas – stando a Grete – aveva preso da parte la figlia per chiederle cosa stava succedendo. Anche Dan doveva averlo capito, ma o aveva fatto finta di non sapere oppure aveva lasciato correre per il bene dei bambini. E, con sorpresa di tutti, Mari e Dan avevano continuato il loro matrimonio, sebbene ormai Dan fosse un uomo distrutto. A me non era mai piaciuto, ma questo non significa molto: sono tante le persone che non mi piacciono. Con quella bambina che era la copia sputata di Carl, però, avevo iniziato a dispiacermi per Dan. Il passo un tempo spedito, il portamento eretto e gli editoriali ispirati erano stati sostituiti da una testa che veniva vista un po' troppo spesso china su una birra mattutina al *Fritt Fall* e da articoli mosci e apatici, senza piú ombra di entusiasmo o rabbia.

Proprio come in quel momento.

Provai a stabilire un contatto visivo, almeno per un «ciao», ma anche se Krane era sul gradino sopra il mio, mi ignorò. Aveva lo sguardo perso in lontananza sul campo, come se gli importasse davvero qualcosa di quello che capitava là.

Mi misi accanto a Carl. Guardai Kurt dall'altro lato. Da quella distanza poteva sembrare che anche lui mi stesse guardando. Che guardasse i fratelli Opgard. In molti si erano chiesti perché gli fosse stato permesso di spostare le panchine delle riserve dalla parte opposta del campo. In primo luogo, ciò significava che gli allenatori, le riserve e lo staff tecnico dovevano attraversare il campo almeno quattro volte durante una partita, e poi che dovevano restare seduti con il vento dell'Ovest in faccia per novanta minuti. Alcuni dicevano che era perché Kurt non voleva sentire i commenti maligni degli spettatori che si radunavano sempre al riparo delle baracche. Altri dicevano di averlo sentito affermare che voleva prendere le distanze dai proprietari della squadra e dagli sponsor sulla tribuna Vip. Non voleva che si mettessero a questionare le sue indicazioni. Io penso che ci fosse anche dell'altro: Kurt Olsen non voleva sedersi dando le spalle a me e Carl. Voleva guardarci negli occhi. Vedere quello che succedeva. Mostrarci quello che succedeva.

Un'inaspettata folata di vento freddo da est sollevò i gagliardetti dell'*Os spa* a entrambi i lati della tribuna.

– C'è molto odio qui, – dissi.

– Tipico dei derby, – rispose Carl con un cenno del capo. – Si meritavano almeno due cartellini gialli.

Io sospirai e guardai l'orologio. Un'altra mezz'ora. Ed era solo il primo tempo.

## Capitolo 5

La promozione della squadra fu celebrata al *Fritt Fall* quella sera stessa.

C'erano proprio tutti, come si suol dire.

Io avrei preferito passare la serata da solo, con i disegni delle montagne russe e il video di novanta secondi che avevo registrato con il telefono mentre sfrecciavo sui binari in Polonia. Mi ero studiato un po' di fisica. Velocità, peso, attrito, resistenza all'aria, temperatura e cosí via. È un gioco di forze che agiscono in direzioni diverse e devono controllarsi a vicenda. Bisogna tenerne conto, altrimenti il rischio è che vada tutto a rotoli. Ma per fortuna ogni variante è piuttosto prevedibile: la fisica, a differenza delle persone, è rispettosa delle leggi. E io adoravo guardare i disegni, la geometria rigorosa dei riquadri dei tralicci contro le curve eleganti dei binari che si stagliavano sull'orizzonte come una replica delle montagne alle loro spalle. Non erano mostri di velocità come quelli che hanno iniziato a costruire in Asia e negli Stati Uniti, *stratacoaster* d'acciaio alti centoquaranta metri con una velocità massima di duecentoquaranta chilometri all'ora. Anche se il percorso costruito secondo i disegni che avevo io sarebbe stato il piú alto del mondo in legno, si trattava principalmente di estetica, della fusione tra arte e fisica. Volevo che tutta l'esperienza, da quando uno vedeva l'ottovolante al suo arrivo fino a quando ci saliva sopra e ci si ritrovava dentro e sotto, in balia di forze su cui non aveva il controllo, fosse come un concerto dove ci si lasciava andare e si accoglieva ciò che arrivava.

Lasciarsi andare non è che proprio mi venga facile, ma la vita mi ha insegnato qualcosa anche a quel proposito.

Moore era stato scettico riguardo alla costruzione di montagne russe in base a disegni non progettati dalla sua azienda, ma aveva promesso di esaminarli.

Era stato Carl a insistere perché andassi alla festa.

– Sei uno sponsor, la gente si chiederà perché non ci sei.

Perciò ero in piedi al bancone del bar a guardare i giocatori e gli abitanti del villaggio che ondeggiavano sulla pista da ballo, urlando insieme a Freddie Mercury che loro erano i campioni.

– Non è divertente? – mi gridò Julie, intenta a versare la birra.

– Certo, – risposi. – Mi sa che stasera incasseremo di piú che in un mese normale.

– Stupido! – rise, dandomi una pacca sulla spalla con la mano libera. – Siamo stati promossi, Roy! Un po' di allegria.

Mi strinsi nelle spalle. – Ma sí che sono allegro, Julie. Mi spiace non riuscire a entusiasmarmi per il fatto che siamo passati da una divisione di merda a un'altra. Sono piú entusiasta di quella promozione lí –. Indicai la sua pancia arrotondata.

– Anch'io, – rispose. – Dicono che la seconda volta è piú facile.

Annuii. Tutto è piú facile la seconda volta. La guardai. Aveva venticinque anni, adesso, e non aveva piú l'espressione innocente e allo stesso tempo spavalda di quando, a diciassette, aveva iniziato a lavorare per me al distributore. Era ingrassata, probabilmente sarebbe diventata, come la definiva Carl, la cicciona del villaggio, e aveva acquisito quella calma e quella fiducia in sé stessa che alcune donne ottengono solo quando diventano madri.

– A cosa stai pensando? – chiese e si spostò per far passare dietro di lei Erik Nerell, che reggeva un vassoio di bicchieri vuoti.

– A quando avevi diciassette anni e mi chiamavi ogni volta che qualcuno doveva comprare il tabacco, – dissi. – Come sei cambiata.

Lei sorrise. Nessuna sorrideva come Julie.

– A proposito di cambiamenti. Hai visto Natalie Moe?

– No, so solo che ha trovato lavoro all'hotel.

– Se sei la responsabile marketing, è piú un *incarico*. A proposito di lavoro, volevamo chiederti se vuoi farci da padrino.

Avevo la birra in gola e dovetti tossire. – Ancora? – dissi. – Dopo l'altra volta non vi siete accorti che sono la persona sbagliata?

– Certo, – disse una voce. – Ma pensiamo che un pagano sia meglio. E non vogliamo mettere a rischio i bambini cristiani.

Alex, un po' brillo, era arrivato di soppiatto dietro Julie e l'aveva abbracciata.

Aveva ancora i capelli folti e tagliati cosí corti che sembravano dipinti, con la scriminatura e il gel, come un giocatore di calcio italiano, ma era lí che le somiglianze finivano. In un articolo apparso sull'«Os Blad» prima della stagione, in cui a tutti i giocatori era stato chiesto di descriversi con una frase, Alex aveva contribuito con «Non sono bravo tecnicamente, ma in compenso sono lento».

– Vai dalla parte giusta del bancone! – Julie rise e si divincolò dal fidanzato.

– Ehi, sono un giocatore! – gemette Alex con un sorriso. – E allora?

– Oggi dobbiamo solo godercela –. Si tese verso di lei sporgendo le labbra.

– Goditi questo, – rispose lei, schiaffeggiandolo con un panno sporco di birra. – Spostati!

Alex sospirò e mi guardò come per chiedere sostegno, ma io scossi la testa. Allora girò attorno al bancone. – Ti ho visto in tribuna.

– Certo, – dissi. – Hai giocato bene, oggi.

– Ma se ero in panchina!

– Appunto per quello!

Scoppiò a ridere. – Stronzo!

– Stronzo una volta, stronzo per sempre, – disse Kurt Olsen, che si era seduto accanto a me. – Una birra, Julie.

Se qualcuno era cambiato, non era certo Kurt Olsen. Era ancora lo stesso: magro, con le guance incavate e i baffi da motociclista sotto la zazzera di capelli biondi alla Boris Johnson che aveva ereditato da suo padre. Con la solita abbronzatura acquisita al solarium di Grete quando andava a tagliarsi i capelli, e completata con una vacanza invernale a Gran Canaria. Si dice che il modo in cui un uomo era vestito la prima volta che ha conquistato una donna è il modo in cui si vestirà per il resto della vita. Se era cosí, allora Kurt doveva aver trovato una donna negli anni Novanta. Era il periodo in cui gli hipster di città ascoltavano il country alternativo, come i Wilco e i Jayhawks, mentre la maggior parte della gente in campagna ascoltava Garth Brooks. L'abbigliamento di Kurt Olsen si adattava a entrambe le correnti, con i pantaloni attillati che enfatizzavano le gambe a parentesi e gli stivali di pelle di serpente che aveva ereditato da suo padre. La gente diceva che, come giocatore, Kurt era stato senza dubbio il migliore dell'Os FC. Che non solo era bravo tecnicamente, ma riusciva a correre per novanta minuti senza fermarsi, non si arrendeva mai. Che avrebbe dovuto giocare nella massima serie. Ma lui non aveva mai accettato le offerte che di certo aveva ricevuto, forse perché pensava che era meglio essere un campione nell'Os FC che una riserva nella OBOS-ligaen. E quando si era rotto il ginocchio a ventotto anni, la sua carriera era finita.

– Congratulazioni per la promozione, – mi complimentai. – Dici che salirete ancora?

– La maggior parte della gente di Os usa il «noi», non il «voi», quando parla della squadra, Roy –. Guardò Julie che spillava la birra. – E no, la divisione successiva è per gli uomini veri. Perciò abbiamo bisogno che tuo fratello sganci altri soldi.

– Per cosa?

– Per un terzino veloce.

– C'è Alex. È gratis ed è del paese.

– Ho detto *veloce*, – sospirò Kurt senza distogliere gli occhi da Alex. – Il successo nel calcio non arriva mai gratis, Roy. Ci sono un sacco di ricerche che dicono tutte la stessa cosa, cioè che le squadre vincenti sono quelle con i giocatori pagati di piú. Semplice e brutale.

– Non la squadra con il miglior allenatore, quindi?

Kurt Olsen prese la pinta che Julie gli tendeva e se la portò alla bocca. La musica cambiò, dai Queen al riff di chitarra dei White Stripes. Tutti urlavano *poo po po po po poooo poo.* Kurt si asciugò la schiuma dai baffi e posò il boccale sul bancone.

– Capisco che sei un incompetente, Roy, ma lasciati dire che nemmeno Mourinho riesce a rendere bravo un giocatore senza talento.

Io sollevai la bottiglia di birra. – Allora la soluzione potrebbe essere licenziare un allenatore stipendiato e usare quei soldi per pagare, ad esempio, Alex. Per aumentare il totale degli ingaggi dei giocatori, intendo.

Bevvi, e sentii Alex che rideva. Kurt gli disse di andarsene. Quando posai la bottiglia, Kurt mi stava fissando.

– Ci sono alcune somiglianze tra l'incarico di allenatore e quello di agente rurale, – disse. – Sai quali sono, Roy?

– È qui che dovrei dire «no, spiegamelo»?

Socchiuse gli occhi. – Bisogna giocare d'anticipo. Io mi devo assicurare che non si litighi e non si verifichino situazioni spiacevoli. La maglia numero 10 la do al migliore, ma la fascia da capitano la do a chi so che seguirà il mio schema di gioco. Dico a Stanley Spind che, in quanto medico della squadra, può indossare la nostra tuta, ma non fare la doccia con i ragazzi. Per...

– ... giocare d'anticipo?

Kurt fece roteare il boccale. – Ti ho visto parlare con Rita durante la partita.

– Mi hai *visto*? Quindi anche per te la partita è stata noiosa da guardare...

Kurt mi mise una mano sulla spalla. La strinse.

– So che Rita ha giocato un po' con te, quando eri un ragazzino. Per lei non significava niente e mi ha detto che a letto facevi schifo, Roy. Non solo eri inesperto, eri anche privo di talento.

– Quindi, se lei fosse stata come Mourinho, non sarebbe comunque riuscita...

– Roy... – Strinse piú forte, ficcandomi il pollice sotto la clavicola. – Può essere che io non sia sobrio al cento per cento in questo momento, e che sia per questo che finalmente te lo dico chiaro e tondo. Ma se ti vedo avvicinarti di nuovo a Rita, ti prendo a calci in culo.

– Vieni pure, che io allargo le chiappe.

Kurt ridacchiò sputacchiando saliva e alitandomi l'odore di birra in faccia. – Ah, speri che io venga da te, Roy? Davvero? Cosí avrai una scusa per usare il tuo famoso diretto? Sí, mi ricordo che una volta eri bravo a fare a pugni, ma è passato molto tempo da quando eravamo adolescenti alla festa del villaggio, Roy. Ci avrei pulito il pavimento, con te. Non mi credi? Allora colpiscimi per primo –. Si indicò la punta del mento. – Picchia un poliziotto, cosí finalmente ti metteremo nel posto in cui tu e tuo fratello vi meritate di stare. In galera –. Si risucchiò la guancia come per formare un grumo di catarro. Invece di sputare, però, avvicinò la testa alla mia e mi sibilò all'orecchio: – In prigione, Roy. Per tutto il resto della tua cazzo di vita. Peccato per voi che siano stati revocati i termini di prescrizione. Ciò significa che vi darò la caccia finché non morirete –. Mi lasciò andare di nuovo e rise. – Rita dice che vuoi comprare il campeggio. Se hai qualcos'altro da aggiungere riguardo a quell'offerta, sarò io a fare da tramite. Intesi? E dovrai tirar fuori la grana in anticipo. Io li so riconoscere, i pidocchi.

Prese la birra e se ne andò. A gambe talmente larghe che era difficile capire quanto fosse ubriaco.

– Che cos'è successo? – chiese Julie, che doveva averci visto, ma senza capire di cosa parlavamo.

– I White Stripes, – dissi io. – Bel riff, eh?

## Capitolo 6

Erano le sei del mattino quando entrai nel mio distributore di benzina.

A volte dovevo ricordarlo a me stesso, che era mio. L'avevo gestito per cosí tanti anni a nome della compagnia petrolifera, che avevo ancora la sensazione di essere un loro dipendente.

– 'giorno, capo, – mi salutò Egil da dietro il bancone. Lavorava lí da dieci anni, e non ricordavo una sola mattina in cui non mi avesse salutato con le stesse parole. Non importava se ormai io lavoravo lí solo ogni tanto e avevo lasciato a lui gran parte delle responsabilità. Eravamo aperti h24 e la notte tra la domenica e il lunedí poteva essere impegnativa, per via del traffico di turisti che rientravano in città. Al mio arrivo, avevo visto che Egil aveva riordinato e lavato fuori, vicino alle pompe, ma che un po' piú in là, dove parcheggiava di solito la cosiddetta «banda dei verri» – la nuova ganga di bulli della zona –, c'erano carte di salsicce e mozziconi di sigarette. Ma andava bene cosí, una persona di turno da sola, di notte, non può allontanarsi dall'edificio piú del necessario.

– Lo faccio dopo, quando esco, – disse Egil, che mi aveva letto nel pensiero. Non era sempre stato un tipo di cui fidarsi, tra assenze ingiustificate e furtarelli. Ma era successo qualcosa quando, invece di licenziarlo come si aspettava, gli avevo dato una seconda occasione. Si era comportato bene per un po', tanto che, quando aveva tirato di nuovo la corda, gli avevo dato una *terza* occasione. E ogni volta, gli avevo affidato piú responsabilità. Era maturato. Dopo che gli avevo dato un bonus in base ai risultati dell'anno, aveva rialzato la testa. Non era stata una grande cifra, ma era bastata per far sí che mi guardasse negli occhi e smettesse di avere quell'aria da cane bastonato. E quando avevamo assunto altri giovani, aveva riattaccato il cartello che un tempo avevo appeso io al muro nel bagno dei dipendenti: «Fa' quel che va fatto. Tutto dipende da te. Fallo subito», spiegando loro che non si riferiva al cagare.

– Che figata, la promozione, – disse Egil, schiacciando i tasti «cassa + shift + menu». Sentii la stampante in ufficio che macinava per sputar fuori il resoconto dell'ultima giornata. – Sei stato alla festa al *Fritt Fall*?

– Per un po'.

– Hai saputo se prendiamo quell'attaccante del Notodden?

– No, – dissi, guardando i panini che si erano scongelati ed erano lievitati durante la notte, ormai pronti per essere spennellati. – La cosa piú interessante che ho sentito sono stati i White Stripes.

– *Seven Nation Army*?

Mi ricordai che Egil era un fissato del calcio. Se non mi sbagliavo, tifava Manchester City.

– Mi stupisce che i tifosi abbiano questi gusti. È proprio una bella canzone. È per caso quella della tua squadra?

– No, la nostra è *Hey Jude*.

– I Beatles? Ma la gente di Manchester non dovrebbe odiare tutto quello che arriva da Liverpool?

– Sí, ma è proprio per quello, no? Prendi le cose buone del tuo nemico e le usi *contro* di lui.

– Ah, sí?

– È stato cosí per *Seven Nation Army*. In realtà era la canzone del Club Brugge, l'hanno cantata quando hanno battuto il Milan in Italia. Ma quando hanno giocato in casa contro la Roma, un paio d'anni dopo, i tifosi della Roma avevano imparato la lezione e hanno cantato *Seven Nation Army* al pubblico belga. E hanno vinto la partita.

Annuii. Ruba le armi al nemico. C'era qualcosa in quell'idea, anche se non sapevo esattamente cosa. Forse qualcosa che avrei potuto usare.

Egil prese la giacca nello spogliatoio dei dipendenti, disse che Daniel sarebbe arrivato alle due e se ne andò. Io gli lasciavo mettere la musica che voleva, ma non appena uscí dalla porta passai a *Stay Around* di J. J. Cale. L'album è uscito sei anni dopo la sua morte e, sí, ci sono buone ragioni per essere scettici nei confronti degli album che sono il risultato di qualcuno che passa in rassegna i pezzi inediti di un artista dopo la sua morte. Sono *davvero* belli? Non è facile essere critici nei confronti dei propri eroi o eroine morti. E io, sono stato abbastanza critico quando ho trovato i disegni dell'ottovolante, o li apprezzo perché amavo *lei*? Mi sono immaginato Shannon che li preparava nella cucina di Opgard, aspettando che iniziassero a costruire l'*Os spa*. Guardando le montagne, le loro linee. Dai disegni del lago di Budal e dell'Ottertind sullo sfondo era chiaro che aveva immaginato di eliminare il campeggio. Carl era caduto dalle nuvole la prima volta che gli avevo parlato dell'ottovolante, perciò era evidente che Shannon non aveva mai mostrato i disegni a nessuno. E perché avrebbe dovuto? L'idea di un percorso cosí grande quassú in montagna era comunque folle.

Avevo soppesato i pro e i contro di dire a Carl che avevo dei disegni e che erano di Shannon. Prima di tutto, avevo paura che mi conoscesse troppo bene, che avrebbe capito perché io, cosí sobrio e pragmatico, all'improvviso avevo un progetto che dovevo *assolutamente* realizzare. Avrebbe capito che si trattava di qualcosa di piú dell'effetto sinergico tra l'*Os spa* e le montagne russe di legno. In secondo luogo, dubitavo che avrebbe acconsentito alla costruzione, se avesse scoperto che era un'idea di Shannon. Dopo la sua morte, Carl non aveva piú nemmeno guardato le carte di sua moglie, e mi aveva detto di buttare via tutto.

«Elimina ogni traccia di quella puttana», aveva aggiunto in tono freddo e deciso.

Ma era vero quello che raccontavo a me stesso, che volevo costruire le montagne russe per onorare la donna che amavo, un monumento funebre da poter visitare, visto che Shannon giaceva sottoterra nel suo Paese natio, Barbados? O c'era qualcos'altro in me, e in realtà non ero poi cosí modesto? I re costruivano chiese per mostrare non la grandezza di Dio, ma la propria. Papà era tutto preso dall'èra vichinga, quando gli uomini erano uomini veri e cosí via, e ricordo in particolare che raccontava dei due fratelli Øystein e Sigurd che condividevano il potere reale. Øystein era il piú colto, affascinante ed estroverso dei due, e aveva costruito diversi monumenti a sé stesso, inclusa una grande baita di montagna a Dovre. Mentre Sigurd, cupo e introverso, ne aveva costruito solo uno: la cattedrale di Oslo. A quanto pare, i due avevano una relazione complicata, e Øystein era quello che la maggior parte delle persone considerava il vero re. Ma quando Øystein era morto, si erano ritrovate con Sigurd come unico sovrano, ed è lui a essere ricordato nella storia, con il nome di Sigurd il Crociato.

Guardai l'orologio. Rita Willumsen aveva ancora dieci ore.

La giornata iniziò con calma. Clienti locali che facevano il pieno, pagavano e se ne andavano senza aspettarsi chiacchiere. L'autista della Nor Tekstil, che tutti i giorni feriali ritirava la biancheria sporca all'*Os spa*, si fermò per un caffè e qualche parola sul tempo prima di proseguire verso la lavanderia di Skien. Dagur, l'islandese che guida uno dei due taxi di Os, venne a fare il pieno alla sua Mercedes rossa e disse che stava pensando di passare a un'ibrida come Lillabeth e suo marito, i proprietari dell'altro taxi: a quel che raccontavano, la loro Toyota ibrida bianca aveva ridotto i costi del venti per cento. Annuii e dissi che avevo intenzione di aggiungere altre due colonnine di ricarica veloce. Erano quasi le undici ed era stata una bella mattinata, finché non vidi Grete Smitt dall'altro lato della statale, con le Crocs e una maglietta. Purtroppo, guardò a destra e a sinistra e poi attraversò. Le porte elettriche di vetro emisero un sibilo rauco mentre si aprivano, e a me venne in mente Darth Vader.

Quando eravamo ragazzi, Grete era di un pallore grigiognolo e aveva i capelli dritti e smorti. Poi si era fatta la permanente e aveva assunto un'aria decisamente sinistra. E aveva un naso che sembrava la lama di un'ascia conficcata nel cranio, e ti veniva un colpo a guardarla. Certo, la bellezza non è un diritto dell'umanità, ma il Creatore era stato davvero meschino nei suoi riguardi. Perciò, di chiunque altro si sarebbe potuto pensare che Dio l'avesse ricompensato facendogli trovare l'amore. Ma Grete Smitt non era chiunque altro, era cosí perfida che Nostro Signore non le doveva nulla, e nemmeno io. Però lei era il mio Darth Vader, e lo sapeva. Era una dannata mina vagante, per via delle cose che aveva scoperto, visto o anche solo pensato, sempre in attesa dell'occasione giusta per rompere le palle a me e a Carl. Una mina vagante che aspettava l'occasione di avere un tornaconto.

– Ciao, Roy. Cosa te ne vuoi fare del campeggio?

Se ne stava lí di fronte a me senza nemmeno fingere di comprare qualcosa.

– Hai tagliato i capelli a Rita Willumsen, oggi? – dissi io.

– No, è passato Kurt. Mi ha chiesto se sapevo qualcosa.

– Quindi adesso anche gli agenti di polizia si fermano nella tua pettegoleria per indagare?

– Penso che sarai contento di sapere che non si tratta di un'indagine della polizia, Roy.

Nella gara di sguardi che seguí, fui io a perdere.

– Vuoi un panino, Grete?

– No.

– Sei a dieta?

– Dài, Roy.

Mi schiarii la voce. – Mettiamo che non lo voglia per gestirlo, perché dovrei dirlo proprio a te?

– Perché ti ho appena detto che Kurt sta cercando informazioni. Do ut des, giusto?

Era cosí raro sentir parlare latino in paese che dovetti guardarla ancora una volta.

Forse era quella serie tv di avvocati su Netflix che a Simon piaceva tanto.

– Allora diciamo che è per gestirlo, cosí siamo a posto, – risposi.

Lei mi fissò. – È una bugia.

Mi strinsi nelle spalle. – Tre panini al prezzo di due?

Grete Smitt girò sui tacchi facendo stridere le Crocs. Si fermò un attimo sulla soglia, lasciando entrare aria fredda.

– A proposito, Natalie Moe è tornata.

Le porte si chiusero dietro di lei con quello che sembrò un sospiro di sollievo.

Alle dodici telefonò Kurt Olsen. Aveva la voce roca dopo la festa della sera precedente. Andò dritto al punto.

– Se sali di un milione è tuo, okay?

– È un bel po', – dissi. – Penso che mi fermerò a cinque e mezzo, che ritornano a cinque dopo le quattro.

– Cavolo, allora non è vero quello di cui vai in giro a vantarti. Che voi Opgard non mercanteggiate.

– Siete voi a mercanteggiare, Kurt. Rita lo sa che mi stai chiamando?

– Certo che lo sa... perché non dovrebbe?

– Perché dubito che lei negozierebbe in modo cosí goffo come stai facendo tu in questo momento.

– Che cazzo dici?

– Rita o ci avrebbe girato intorno per vedere fin dove sarei arrivato o avrebbe semplicemente rifiutato, e poi sarebbe spettato a me fare un'offerta piú alta. Tu invece metti un prezzo sul tavolo, e allora io so che venderete. E se volete vendere non è che vi cambia chissà che, tra sei milioni e mezzo e cinque e mezzo. Nessuno sa quanto varrà un posto del genere dopo la costruzione della galleria del Todde, e non mi sembra proprio che la gente faccia la fila per comprare piazzole in un campeggio di montagna come questo.

Dall'altra parte calò il silenzio. Cioè, sentivo le unghie che sfregavano contro il mento non rasato. Mi immaginai un Kurt Olsen in preda ai postumi della sbornia e percepii una specie di scricchiolio che era Kurt Olsen che stava pensando. Siccome non era il suo forte, ci volle del tempo. Un po' troppo, a dire il vero. Perché, quando rispose, era ormai tardi.

– E invece è proprio cosí, – disse.

– Ah, sí?

– Sí. Abbiamo ricevuto un'offerta di sei milioni e quattro.
– Di punto in bianco?
– No, ho chiamato io una persona che so che è interessata.
– Al campeggio?
– Forse.
– E chi è?
– Naturalmente non posso dirlo.
– Ma tanto lo scoprirò quando lo comprerà.

Kurt non rispose. Ovvio che stava raccontando balle, e sapeva che l'avevo capito. Ora, io non odiavo Kurt quanto lui odiava me, semplicemente perché non avevo delle buone ragioni come lui. Perciò non dissi nulla, per dargli il tempo di pensarci e cogliere l'occasione per ritirarsi in modo dignitoso. Ma i secondi passavano e mi resi conto che non l'avrebbe colta. Sentii insinuarsi il dubbio. E se mi sbagliavo, se davvero avevano un acquirente? Ma chi diavolo comprerebbe un campeggio a cui di lí a poco sarebbe stato tagliato il cordone ombelicale che lo legava alla civiltà?

E in quel momento compresi.

La stessa persona che sapeva che in realtà quel cordone ombelicale non sarebbe stato tagliato.

– Ci penso, okay? – dissi.
– Fai pure. Hai tempo fino a... be', diciamo alle quattro? – Sentii la gioia nella sua voce.
– Va bene.
– E, Roy? Non mi fido di te nemmeno per sbaglio, perciò lo voglio *scritto*.
– D'accordo.

Riattaccammo e io chiamai Carl.

## Capitolo 7

Partii dalla stazione di servizio alle due e dieci, andai in centro e poi percorsi la strada che era stata costruita in concomitanza con l'hotel. Trecento metri piú in su mi fermai davanti all'edificio principale. L'*Os spa* non è cosí spettacolare, a prima vista. Ci sono pochi orpelli e le ali rettangolari seguono il terreno e si fondono con il paesaggio. L'ex sindaco Aas diceva che gli ricordava un po' i bunker tedeschi di quando era bambino, dovevi guardarli bene per riuscire a distinguerli. Quell'associazione comunque non l'aveva dissuaso dall'investire quando, dopo l'incendio, l'albergo si era costituito come società per azioni. Non aveva dissuaso né lui né piú di cento altri nel villaggio. Piccole somme, ma sufficienti perché chi ne aveva versata una sentisse di possedere una certa quota dell'hotel. E anche se i conti erano in attivo, in sette anni non era stato pagato alcun dividendo. All'assemblea dei soci, Carl aveva spiegato che spesso accadeva cosí con le aziende in crescita. E, siccome nessuno sapeva in che misura la deviazione della statale avrebbe influito sull'albergo, lo scambio delle azioni si era rivelato difficile, perciò erano in pochi a essere disposti a contribuire con altri soldi all'ampliamento, e avevano accettato di lasciare che ci provassero i francesi. La nuova ala, che sarebbe stata di cemento grigio e legno chiaro, stava per essere costruita, e macchinari e automobili con il logo dell'impresa edile lituana Aub erano già sul posto. Voss Gilbert, che a dieci anni dalle elezioni era ancora chiamato «il nuovo sindaco», disse che non vedeva l'ora di posare la prima pietra al suono della fanfara.

Entrai nella lobby. Granito, vetro e legno. Un busto di Jo Aas. Niente a ricordare colei che aveva progettato il posto, anche se ogni volta che entravo lí mi colpiva vederne la genialità. Pratico, pulito, semplice e tuttavia sofisticato, ma in modo caldo e invitante. Come Shannon Alleyne.

Feci un cenno di saluto all'addetto alla reception e mi diressi verso l'ascensore.

L'ufficio di Carl, nonché sala riunioni, si trovava al terzo piano e, oltre a essere estremamente scomodo perché tutto il lavoro amministrativo si svolgeva al primo piano, era in una posizione in cui ci sarebbe potuta essere la seconda miglior suite dell'hotel, con vista sulle montagne, battuta solo dalla suite nuziale con vista sul lago di Budal.

Carl però aveva insistito. La sua idea era di invitare lassú a pranzo o a cena gli ospiti piú affezionati o illustri dell'hotel, allo stesso modo in cui i fortunati passeggeri delle crociere venivano invitati al tavolo del capitano.

Quando entrai senza bussare, mio fratello era in piedi accanto alla finestra panoramica e guardava fuori.

– La nuova ala sarà fantastica, – disse, senza voltarsi. – Ho appena avuto un incontro con Lewi.

– Lewi?

– Il lituano a capo dell'Aub. Dice che i disegni sono cosí dettagliati e corretti che non c'è bisogno di rivederli. C'è solo da fare il lavoro manuale, iniziare a costruire –. Si avvicinò alla sedia e appese la giacca. – Quella donna era un genio, lo sapevi?

Mi guardò. Io annuii e mi sedetti al lungo tavolo da riunioni.

– È un po' che ci penso, Roy. Secondo me dovremmo intitolarle l'ala. Cosa ne pensi?

– A Shannon?

– Sí, l'ala Alleyne.

Deglutii. – Pensavo che volessi cancellare ogni traccia di... voglio dire, hai usato la parola «puttana».

Carl sospirò. – Il tempo guarisce tutte le ferite, lo sai.

Col cavolo, pensai. Le tue, forse, ma non le sue. E non le mie.

– E poi, – aggiunse, – mi è venuto in mente che potrebbe sembrare strano, quasi sospetto, se io, il vedovo, non dovessi riconoscere i meriti della defunta. Capisci?

Aprii un po' la bocca, in modo che i muscoli della mascella irrigiditi non tradissero i miei sentimenti.

Carl si lasciò cadere sulla lussuosa sedia da ufficio in pelle nera. – Allora. Che cosa succede?

Gli ripetei la conversazione avuta con Kurt Olsen. Dissi che, se non aveva mentito, il secondo offerente doveva essere qualcuno che sapeva che la deviazione della statale poteva non avvenire.

– Quindi vuoi dire che sarei *io*? – disse Carl, infilandosi quattro dita nella cravatta di seta e rivolgendomi quel sorriso malizioso che, fin da quando era ragazzo, aveva sciolto il cuore di uomini e donne. E sebbene ovviamente fosse una battuta, sentii un brivido di spavento. Perché quel pensiero mi aveva sfiorato. Anche se i nostri interessi coincidevano, i nostri destini finanziari non erano piú cosí intrecciati dopo che avevo venduto parte delle mie quote dell'*Os spa*. L'idea che io e Carl fossimo in gara l'uno contro l'altro era fuori discussione, ma non eravamo piú sulla stessa barca. Almeno non dal punto di vista economico. Quanto all'ergastolo, era una questione diversa.

– Potrebbe essere la GeoData, – dissi.

Carl scosse la testa. – Dato che qui nulla è quotato in borsa, le regole dell'insider trading potrebbero non valere. Ma acquistare una proprietà che sanno che aumenterà di prezzo dopo la pubblicazione del loro rapporto è comunque illegale, credo.

– Uno dei soci della GeoData ha già commesso atti di appropriazione indebita.

– Cinque milioni sono un buon prezzo per quel campeggio, anche *con* la statale, Roy. Non riesco a immaginare che una coppia di geologi all'improvviso scommetta sul turismo in un luogo di cui non sa nulla.

– Magari hanno capito che io ho in mente qualcosa e vogliono rivendermelo a un prezzo piú alto.

– Ma dài, Roy. Qua in giro ci saranno anche dei lucci, come Rita Willumsen e quel socio della GeoData. Ma gli squali siamo solo io e te.

– Forse hai ragione, – dissi alzandomi e andando alla finestra. Dio, che bello quando l'erica illuminava le montagne con il suo rosso autunnale e il cielo era azzurro e limpido come oggi. – Ma c'è qualcuno in giro a pesca di squali. Uno che ha gli ami grossi. Attaccati a un'autogrú. Ieri alla festa ho parlato con Kurt. Era ubriaco, ma ci sta dando la caccia, Carl. Ha parlato di ergastolo. Cioè, in realtà ha detto chiaro e tondo che ci sbatterà in galera.

– Davvero? – disse Carl, con aria seria.

– Non credo che ci siano novità, ma di sicuro si aspetta di trovare qualcosa tra i rottami delle macchine.

Carl annuí pensieroso e si strinse la pelle sotto il mento con il pollice e l'indice. – In ogni caso pensavo di proporre un nuovo contratto a Kurt, questa settimana. Ma forse alzerò un po' piú del previsto.

– Pensi che aumentandogli lo stipendio da allenatore la smetterà?

Lui si sporse in avanti sulla scrivania, di cui diceva sempre, scherzando, che era fatta con il legno di una specie di palma in via di estinzione che cresceva a Tuvalu, e prese una penna stilografica che gli aveva regalato Jo Aas. – Ho sempre pensato, – cominciò, tenendo il tempo con la penna, – che non ci sono limiti a ciò che le persone sono disposte a fare o, in questo caso a non fare. Basta pagarle abbastanza. Sotto forma di soldi, sesso, droga oppure potere e gloria. Soprattutto l'ultima. *Non* ci sono limiti.

– Inizi a ricordarmi papà, – dissi.

La penna smise di battere. Incontrai lo sguardo di Carl. Percepii il gelo.

– Scusa, – dissi, mostrandogli il palmo della mano. – Ma Kurt Olsen vuole sapere come è morto veramente suo padre, giusto? E la famiglia vince sui soldi. E su potere e gloria. Sei d'accordo?

Lui sembrava teso, sulla sua sedia dallo schienale alto. Mi fissava.

– D'accordo, – disse infine. Abbassò le spalle. – Cazzo, Roy, devo smettere di bere.

– Ah, sí, ancora?

– Perché un tempo dopo aver bevuto mi veniva solo l'ansia, – disse, ignorandomi. – Ma adesso è proprio paranoia. Questa notte ho sognato che i francesi prendevano il controllo di tutto e mi cacciavano e io venivo a chiederti un lavoro al distributore.

– Interessante. E io cos'ho risposto?

– Non mi ricordo. Oppure mi sono svegliato. Cosa farai con l'offerta?

Mi strinsi nelle spalle. – Penso che Kurt mi abbia chiamato all'insaputa di Rita per dimostrarle che è un uomo duro che sa estorcermi un milione in piú. E poi sono stato proprio io a dargli l'idea che potessero esserci altri acquirenti, e lui ha colto la palla al balzo. Solo che ci ha messo qualche secondo di troppo, quindi ho scoperto il bluff.

– Considerando che vogliamo tenercelo buono, forse dovremmo dargliela vinta.

Annuii. Il telefono di Carl squillò.

Mi girai verso la finestra e chiamai Kurt mentre lui rispondeva alla telefonata.

– Sí, – rispose con voce roca.

– Va bene, – dissi. – Sei e mezzo.

– Per iscritto, – disse Kurt, riuscendo a malapena a nascondere il sollievo. Temeva di aver mandato a puttane l'accordo che Rita aveva concluso con me.

– Certo, ma prima voglio vedere l'altra offerta.

– Ti ho già detto di cosa si trattava.

– Voglio vederla per iscritto.

– Senti...

– Visto che non ti fidi di me, nemmeno io ho motivo di fidarmi di te, Kurt. Se ti sei inventato un'offerta solo per aumentare il prezzo, per me può essere causa di recesso dal contratto. Non te l'ha spiegato, Rita?

Avrei dovuto lasciar perdere, avrei dovuto lasciare che Kurt si credesse piú furbo, ma non ce la feci. È una delle mie debolezze.

– L'offerta è stata fatta a voce, e l'offerente vuole rimanere anonimo, – disse lui.

– Be', fattela scrivere. Non ho bisogno di sapere il nome, mi basta che Rita abbia visto l'offerta e la garantisca. Di lei mi fido.

Kurt imprecò, e bisognava essere di Os per capire dove ti stava mandando.

– Alle sei, – disse. – Da Rita.

Carl mi guardò con aria interrogativa, ma quando gli feci cenno di alzarsi eseguí e continuò a parlare al telefono nel suo tipico accento americano del Midwest. Scrissi quelle poche righe di offerta al pc e segnalai a mio fratello di leggere. Senza staccare il telefono dall'orecchio, lui guardò strizzando gli occhi e corresse due errori di battitura. Non vedevo il motivo di dare a Kurt la scusa per fare battute sui dislessici. Inviai il testo alla stampante al primo piano, diedi una pacca sulla spalla a Carl e uscii.

Tenni aperte le porte dell'ascensore per una coppia di mezza età che arrivava sciabattando in infradito e accappatoio bianco. Le porte si chiusero e tutti e tre guardammo fisso nel nulla.

Mentre loro proseguivano per la spa, io passai davanti alla reception ed entrai negli uffici dell'amministrazione.

La porta della sala stampanti era aperta e io mi misi dietro una ragazza bionda che stava smistando le pagine mentre la macchina le sputava. Aveva appoggiato una tazza di caffè sulla stampante e dondolava la testa di qua e di là, a tempo con la musica proveniente dalle grandi cuffie che indossava. Mi schiarii la voce per annunciare la mia presenza in modo che non scattasse e rovesciasse il caffè nel vedermi, ma a quanto pareva la musica era troppo alta.

Quello che trapelava mi sembrò familiare. Era il riff del giorno prima.

Mi schiarii la gola piú forte.

La ragazza si voltò. Mi fece un largo sorriso. – Ho quasi finito! – gridò a voce inutilmente alta.

– Prenditi il tempo che ti serve, – dissi sorridendo. Mi aspettavo che si girasse di nuovo, ma non lo fece. Continuò a guardarmi.

– Roy Opgard?

– Sí, – risposi.

Si tolse le cuffie e io sentii che non erano i White Stripes, ma musica classica, o comunque un mucchio di strumenti a fiato e violini.

– Non mi riconosci?

La guardai. Gli occhi intensi sembravano troppo grandi per quel viso stretto dagli zigomi alti. E c'era qualcosa nel loro colore, come se le iridi fossero formate da diversi strati, con sul fondo un colore verdastro che poi cambiava in blu e diventava azzurro in alto. Ma non era solo il colore a essere speciale, era la loro espressione. Io e Carl li chiamavamo «occhi lacrimevoli». Occhi che avevano un che di sensibile e vulnerabile. Solo che questa ragazza – immaginai che fosse sui venticinque anni – non sembrava particolarmente vulnerabile o facile a spaventarsi, ma sosteneva il mio sguardo senza che il suo bel sorriso vacillasse. E probabilmente era per quello che non l'avevo riconosciuta.

– Natalie Moe, – disse.

– Natalie Moe? – ripetei incredulo prima di riuscire a riprendermi. – Ma certo! Mio fratello mi ha detto che lavori qui. Scusa, dev'essere... come si chiama? L'Alz...?

– Non preoccuparti, – rispose. – Sono solo felice se gli abitanti di Os non mi riconoscono.

– Ah, sí?

Lei si strinse nelle spalle. – Penso che tu lo capisca meglio di praticamente chiunque altro qui, Roy.

Annuii, nel modo lento di Os che può significare tutto o niente. Su e giú. Alla fine, accennai alle cuffie. – Cosa stai ascoltando?

Lei fece un rapido sorriso, capendo che volevo cambiare argomento. – La Quinta Sinfonia di Bruckner.

– Però! Non sono in molti a Os ad ascoltare questo genere di cose.

– In realtà nemmeno io. Sto solo... be', cercando.

– Cercando, – ripetei, senza riuscire a smettere di annuire. Per fortuna vidi che la sua stampa era terminata e che stava uscendo il mio foglio con l'offerta.

– Quello deve essere il mio, – dissi, indicandolo. Lei si scostò.

Presi il foglio. – Mi fa piacere vedere che sei tornata, Natalie. Dove…?

– No, non vivo con mio padre, – disse. – È da solo adesso, lo sai?

– Sí, ho saputo che è rimasto vedovo, – risposi. È possibile che con quel «solo» intendesse qualcosa di piú, ma non occorreva che lo sapessi. Bastava guardarla, era una donna adulta ormai, non la povera adolescente spaventata che aveva bisogno di aiuto. Aiuto per superare la vergogna e andar via dal villaggio. Via da casa sua.

– Ci vediamo in giro, – dissi.

– Roy?

Era strano sentirla pronunciare il mio nome in quel modo. Quando viveva qui e ogni tanto faceva la spesa alla stazione di servizio, non ci parlavamo quasi mai, eppure avevamo questa cosa che ci univa e ci teneva lontani allo stesso tempo. La volta che l'avevo vista in un bar di Notodden aveva fatto finta di non vedermi, e io ne ero stato contento.

Mi voltai e la guardai. Disse qualcosa, una parola, ma cosí piano che fu coperta dalla stampante, che in quel preciso istante segnalò che aveva finito. Sorrisi e le feci segno che dovevo scappare.

Quando uscii nel parcheggio, l'aria autunnale era fresca e piacevole sulla fronte calda.

Mi sedetti nella Volvo e misi in moto.

Avevo letto la parola sulle sue labbra.

Natalie Moe aveva detto «grazie».

## Capitolo 8

Mentre superavo la casa di Nergard e imboccavo la prima salita, vidi che stava succedendo qualcosa sul fianco della montagna sotto la curva delle Capre. Era sulla parte del dirupo che è visibile oltre il pilastro esterno, e mi ci volle qualche secondo per rendermi conto che quello che sembrava un grosso animale che si arrampicava lentamente sulla parete a strapiombo in realtà era un'auto. Mi fermai per guardare meglio. Sí, era la macchina che giaceva piú sul fondo, il rottame di una Cadillac De Ville nera del '79. Papà l'aveva comprata senza mercanteggiare da Willum Willumsen, il quale sosteneva che era stata tenuta bene e aveva percorso solo le autostrade dritte e aride del Nevada, e perciò non aveva segni di ruggine. Erano passate solo due settimane prima che finisse in officina e negli anni successivi era diventata la mia scuola di meccanica. L'insegnamento piú importante che ne avevo ricavato però era un altro, e cioè che, in effetti, le cose si possono riparare. Per un po' ho pensato che valesse per *tutte* le cose. Ora non lo penso piú.

Quando arrivai alla curva delle Capre, l'autogrú aveva già messo la Cadillac sul pianale di un camion, sopra i rottami della De Ville dell'85 di Carl e della Jaguar E del picchiatore danese di Willumsen. Gli uomini che erano lí mi seguirono con lo sguardo.

Riconobbi uno di loro, l'unico a non indossare la tuta

catarifrangente. Mi fermai davanti a lui e abbassai il finestrino.

– Gilliani? – chiesi. – Lavori all'Ente per le strade?

Il tecnico della Scientifica pakistano sorrise e spinse gli enormi occhiali da nerd piú in su sul naso. – Che memoria, Opgard. Quanto tempo è passato? Sette anni? Otto?

All'epoca, era stato Kurt Olsen a insistere perché la Kripos mandasse delle persone a esaminare i corpi recuperati dal Salto. La polizia non aveva nessuna indicazione che le vittime potessero essere morte per qualcosa di diverso dalle ferite provocate dalla caduta dopo l'incidente stradale. Quando sulla mano del picchiatore avevano rilevato anche dei residui di polvere da sparo che lo collegavano alla pistola ritrovata nel letto accanto a Willumsen, avevano considerato risolto anche quel caso. Il picchiatore aveva ucciso Willumsen. Il movente? Secondo la Kripos ne esistevano diversi, visto che c'era in ballo un debito di trenta milioni, e quindi non vedeva motivo di spendere altre risorse per quell'indagine, dato che entrambe le parti erano morte. Ma a quanto pareva, adesso, dopo sette o otto anni, il motivo lo vedeva.

– Immagino che sia stato Kurt Olsen a richiamare la Kripos, – dissi.

– Forse.

– Va be'. Porterai tutte e tre le macchine in laboratorio?

– Il piano è quello.

– Perché? È successo qualcosa di nuovo, da allora?

– Oggi le tecnologie sono migliori, – rispose Gilliani.

– Ah, sí? – Mi ricordavo gli aggeggi che si era portato l'altra volta, come quel rilevatore di polvere da sparo che assomigliava a un asciugacapelli. – Ma cosa farai con la vecchia Cadillac?

– Come forse saprai, il termine di prescrizione per gli omicidi è stato revocato.

– No, – mentii, ricordando il giorno in cui io e Carl eravamo in veranda e avevamo sentito alla radio che il parlamento aveva cambiato la legge.

– Adesso tutti gli omicidi che risalgono a meno di venticinque anni fa possono essere perseguiti per sempre, – disse Gilliani.

– Ma davvero?

– Già. Olsen dice che sono passati meno di venticinque anni da quando la prima macchina è finita laggiú. Si sbaglia?

Scossi la testa. Mi ricordavo che io e Carl avevamo imprecato mentre il giornalista spiegava che cosa avrebbe comportato quel cambiamento. Se la modifica della legge fosse avvenuta solo pochi anni dopo, avremmo avuto tre omicidi in meno di cui preoccuparci.

– E che tracce puoi trovare dopo cosí tanto tempo, allora? – chiesi.

– Vedremo. Laggiú non arrivano né il sole né la pioggia, e il Dna è piú resistente di quanto si pensi.

Guardai Gilliani, cercando di interpretare la sua espressione. Stava cercando di spaventarmi o parlava cosí liberamente perché Carl e io eravamo stati esonerati da ogni sospetto l'ultima volta che la Kripos era venuta?

– Buona fortuna, – dissi, aggiungendo che avevo del caffè, a casa, se le cose fossero andate per le lunghe. Gilliani sorrise e scosse la testa.

Ero già alla terza tazza di caffè e l'Ente strade era ancora impegnato a fare i buchi per i pali della barriera di protezione. Il vetro sottile delle finestre della cucina vibrava rumorosamente, perciò quasi non mi accorsi che il telefono stava squillando.

– Sí, – urlai.

– Sono Halden.

– Aspetta un attimo, – dissi, andando in soggiorno, dove avevamo delle finestre piú decenti. – Allora? Hai preso una decisione?

– Dove possiamo incontrarci? – Aveva un tono di voce nervoso e io riflettei. Il nervosismo era un segnale positivo. Se fosse andato alla polizia, sarebbe stato molto piú tranquillo. Non propose nessun posto o orario, lasciò decidere a me, quindi non era una trappola. E poi erano passati meno di due giorni da quando ero stato da lui, e immaginai che la polizia avesse bisogno di piú tempo per elaborare un piano.

– Notodden, – dissi.

– Non è un po' troppo vicino a Os? Se qualcuno che conosci ci vede insieme...

– L'hotel *Brattrein*, – dissi. – Mercoledí alle tre. Stanza 333, se non senti altro. Vai direttamente lí. E vieni da solo.

– Ma Fuhr vuole...

– Da solo. Se vuole, può venire con te e aspettare in macchina.

Ci fu una pausa ed ebbi la sensazione che stesse scambiando sguardi con qualcuno che ascoltava la conversazione. Fuhr, per esempio.

– Okay, Opgard.

– Bene. Ci vediamo.

Misi giú e guardai fisso davanti a me. Perché avevo detto stanza 333? Era solo perché sapevo com'era, conoscevo ogni angolo, sapevo dove si affacciava il bagno? Ma le camere dovevano essere tutte uguali, quindi forse era la nostalgia a spingermi a voler rivedere la stanza dove io e Shannon eravamo stati insieme la prima volta. Oppure era perché si trattava di un posto già colpito da una maledizione, un posto in cui avevo tradito la mia stessa carne e il mio stesso sangue e avevo iniziato la trasformazione in ciò che ero diventato in quegli otto anni: un peccatore cinico che aveva perso la bussola morale grazie a cui un tempo ero qualcosa, volevo e intendevo qualcosa. Grazie a cui ero accorso in difesa di Natalie Moe quando nessun altro aveva mosso un dito. Due volte 333. Be', quello se non altro era un numero che si adattava al nuovo Roy Opgard.

Telefonai a Carl. – Vedo i tizi della galleria domani.

– Ah, sí? Che cos'ha detto del...

– Ne parliamo stasera.

Riattaccammo. Mi sedetti sulla vecchia poltrona di mio padre che Carl aveva stranamente insistito per tenere quando avevamo fatto pulizia. Fissai il telefono. Avevo evitato di dire GeoData o Halden e avevo anche impedito a Carl di parlare troppo. Mi ero fatto spaventare dalle minacce di Kurt? Oppure era perché avevamo la Kripos letteralmente appena fuori dalla porta di casa? O mi stavo lasciando contagiare dalla paranoia di Carl?

Andai in cucina, trovai una penna accanto al portapane e firmai l'offerta. Guardai il tubo di scarico che partiva dalla stufa a legna e saliva nella stanza di quando eravamo ragazzi al secondo piano, passando da un buco con dello spazio intorno, in modo da non far andare a fuoco la casa. Carl aveva insistito perché ristrutturassimo anche la cucina, ma non so per quale ragione io mi ero opposto. Lui voleva tenere la poltrona, io volevo tenere la stufa a legna con il suo tubo. Non perché avessi dei bei ricordi, ma si sa, i legami con ciò che è stato sono una questione complicata.

Erano le sei in punto quando suonai alla porta di Rita Willumsen.

Fino ad allora la sua era stata, e al momento era ancora, l'abitazione piú grande di Os e, con quei due ridicoli pilastri ai lati della porta d'ingresso, la si poteva quasi definire aristocratica.

Mentre aspettavo, mi resi conto che nei miei quarantaquattro anni a Os era la prima volta che mi trovavo lí davanti, perché l'unica volta che ero stato in quella casa ero passato dalla porta della cantina.

La porta si aprí e Rita torreggiò sopra di me.

– Ti aspetta in camera da letto, – disse, facendosi da parte.

– In camera da letto? – dissi, entrando.

– La strada la sai, Roy.

Prima che potessi chiederle che cosa fosse quella sciocchezza, lei era scomparsa in soggiorno.

Salii l'ampia scala. Sulla parete del pianerottolo era appeso un quadro, un ritratto di Willum Willumsen. Anche se l'autore aveva ritoccato il doppio mento e cercato di dargli un'aria dignitosa anziché subdola, il risultato era poco lusinghiero, proprio come l'aspetto di Willum in carne e ossa.

La porta della camera, dove ero stato solo una volta in vita mia, era aperta. Infilai dentro la testa. Kurt era sdraiato sul letto. Sí, aveva addosso i vestiti, ma la posizione e l'atteggiamento mi ricordarono l'iconica fotografia di «Cosmopolitan», quella di Burt Reynolds nudo su una pelle d'orso. Con la differenza che Kurt tra le labbra aveva una sigaretta, non un cigarillo, e teneva il cappello con la sinistra, non con la destra. La destra era tesa verso di me.

Gli porsi il foglio con l'offerta. Lui gli diede un'occhiata e lo infilò sotto la coperta.

– Ho pensato che ti avrebbe fatto piacere rivisitare la scena, – disse.

– Ah, ma io e Rita non abbiamo mai scopato qui, – dissi.

Kurt sussultò e le vene delle tempie si gonfiarono. – Qui è dove hai sparato a Willum Willumsen, – disse.

– E mi hai fatto salire fin qua per vedere come avrei reagito? – dissi guardandomi intorno. Per quanto potevo vedere, non era cambiato nulla. Ma quella volta era inverno ed era buio, di mattino presto. Mi succhiai i denti. – E come ti sembra che funzioni la tua vista a raggi X, Kurt?

– Cazzo, sei proprio diventato una testa di cazzo imperturbabile, Roy.

– Due cazzi nella stessa frase. Il che mi ricorda che voglio vedere la seconda offerta.

– Avevi detto che bastava che l'avesse vista Rita.

– Okay, allora falla venire qui.

– Mmh, no, te la faccio vedere io –. Prese un secondo foglio da sotto le coperte. Coprí la parte inferiore con la mano e lo sollevò verso di me. Strizzai gli occhi. Era un testo breve, scritto a mano, seguito da «Cordiali saluti», ma Kurt aveva messo la mano sopra il nome. Fece per rimettere via il foglio.

– Aspetta, – dissi.

– Ah, scusa, – disse lui. – Mi ero dimenticato che sei dislessico.

Guardai di nuovo. L'offerta era davvero di sei milioni e quattrocentomila corone e non sembrava che la cifra fosse stata alterata. Lessi di nuovo il breve testo. «Offro 6,4 milioni di corone norvegesi per il campeggio di proprietà di Rita Willumsen. Cordiali saluti». Mi venne in mente una cosa. Una cosa che poteva valere piú del milione che Carl mi aveva detto di pagare per tenere buono Kurt. – Bene, – dissi.

– E la grana?

– Quella te la do alla firma dell'atto. È la prassi. Immagino che tu, essendo un poliziotto, voglia seguirla.

Lui sorrise. – I soldi sono di Rita e io non so niente di queste faccende. Ma adesso ho questa... – Accarezzò la coperta sopra al punto in cui giaceva la mia offerta. – E se tu non paghi... – Si passò un dito sulla gola.

– Chiami un picchiatore, okay, – dissi. – A proposito, se non è stato il picchiatore a mettere fuori combattimento Willum, potresti essere stato tu. Insomma, guarda dove sei adesso. Magari avevi un piano a lungo termine.

Kurt Olsen fece una smorfia. – Come se la tua anima non fosse già abbastanza brutta, Roy.

– Troverò la strada, – dissi, e me ne andai prima che si alzasse.

Passando davanti al soggiorno, infilai dentro la testa.

– Ho comprato il tuo campeggio, Rita.

– Congratulazioni, – rispose lei senza alzare lo sguardo dal libriccino che stava leggendo, probabilmente un classico. Se sperava che Kurt fosse ricettivo quanto me, sarebbe rimasta delusa. Ma forse lui aveva altre qualità.

– Perché gli hai fatto condurre le trattative? – chiesi.

Lei alzò lo sguardo. Sembrava che avesse gli occhi stanchi. – L'ha voluto lui.

– Per fare colpo su di te? – chiesi. – O semplicemente per far pressione su di me?

Rita Willumsen fece un sospiro impercettibile. I folti capelli erano intrecciati e legati stretti, forse per distendere le rughe che cominciavano a notarsi. Sentii che Kurt scendeva le scale.

– Hai visto l'altra offerta? – chiesi.

– Sei e quattro, – rispose lei. – Mi sembrava abbastanza buona.

Feci una pausa per permetterle di approfondire quell'*abbastanza*. Poi mi resi conto che ero soddisfatto sia di ciò che avevo comprato, sia di ciò che avevo ottenuto con l'acquisto. Cosí annuii e mi avviai verso la porta.

## Capitolo 9

Erano le sette e un quarto del mattino quando Carl scese in cucina.

– Pensavo fossi di turno oggi, – disse, versandosi una tazza di caffè dal bollitore che stava gorgogliando da un'ora.

– Mi sono fatto sostituire da Egil, – dissi. – Oggi mi trovo in banca con Rita per firmare l'atto, io vado giú un po' prima e lo esamino insieme a Vendelbo.

– Vendelbo è uno buono da avere nella squadra, – disse Carl, sorseggiando. Quel suono mi ricordò papà. Versava il caffè nel piattino per farlo raffreddare, e da lí lo beveva con un rumore che saliva attraverso il tubo della stufa fino alla camera da letto che noi fratelli condividevamo.

– A proposito di gente buona nella squadra, – disse Carl. – Mi è venuta in mente una cosa. Natalie Moe, cosa ne pensi di lei?

– Cosa ne *penso* di lei?

– Io penso che potrebbe essere una buona idea includerla nel progetto del campeggio. Ci ho riflettuto sopra. Abbiamo bisogno di un esperto di marketing.

Mi avvicinai alla finestra. – Forse. Ma è un po' giovane per un progetto cosí grande, no? Magari qualcun altro.

– Abbiamo bisogno di giovani. Conoscono i canali, sanno cosa funziona. Ti ho detto che aveva ricevuto un'offerta di lavoro da una delle catene di Oslo quando l'abbiamo presa noi?

– Sarà brava di sicuro, – dissi. – Ma...

– Ma?

Esitai. – Sei sicuro che possiamo fidarci di lei?

– In che senso?

– Nel senso che quello che diciamo non si viene a sapere in tutto il villaggio. Nel senso che se lavorerà con noi due, non possiamo avere qualcuno che scavi troppo nelle... cose private.

– Natalie è una professionista. Una ragazza seria. Te lo giuro.

Riflettei. Non sapevo perché, ma l'idea non mi convinceva. A quanto pareva, Natalie sentiva di dovermi ringraziare, eppure... O forse era proprio per quello. C'era il rischio di finire troppo sul personale. – Non lo so, – dissi. – Mi sembra un po' presto per pensare al marketing.

– Un po' presto? – Carl allargò le braccia. – Adesso hai il campeggio. Hai i disegni e un imprenditore che vuole costruire. Quando si saprà che la statale rimane al suo posto, non resterà che vendere il progetto a Vendelbo e alla banca. Questo è esattamente ciò che farò, lo sai.

– Dici? – risposi. Le nuvole incombevano sopra l'Ottertind, era prevista pioggia. – E se rifiutano?

– Non lo faranno.

– Ho accennato all'importo del prestito a Vendelbo durante la partita. Non gli è preso un colpo, però ha detto che è questione di garanzie.

– Appunto. Quando si saprà che la statale non verrà deviata, i prezzi delle tue e delle mie proprietà saliranno alle stelle e potremo offrire alla banca una solida garanzia. E dopo che avremo ottenuto il prestito, daremo il via allo spettacolo. E lí dovremo essere pronti a passare la notizia del progetto ai media. Una professionista come Natalie può massimizzare l'effetto wow. Hai solo una possibilità per fare una buona prima impressione, no?

Annuii controvoglia.
– Okay? – chiese Carl.
Sospirai. – Okay.
Si avvicinò e si fermò accanto a me davanti alla finestra. Mi mise una mano sulla spalla e bevve un sorso di caffè. – Sembra che stiano mettendo la barriera di protezione, – commentò.
– Già.

La Os Sparebank si trovava nello stesso anonimo edificio anni Ottanta che ospitava l'amministrazione comunale, il comando di polizia rurale e l'ambulatorio medico. Il direttore della banca, Asle Vendelbo, e io guardavamo Rita che leggeva il contratto di vendita. Vendelbo aveva spiegato che sulla proprietà non c'erano gravami, che non era soggetta a concessioni e che l'importo della vendita era stato trasferito dal mio conto a quello della banca ed era pronto per essere pagato a Rita. – Si tratta di un testo standard, – disse Vendelbo mentre lei sfogliava le pagine. – L'unica cosa è che, per dovere di cronaca, ho scritto che c'era un'offerta di sei milioni e quattrocentomila corone. Ho capito che non volete allegare il documento con il nome dell'altro offerente.
Rita e io annuimmo.
Vendelbo fece segno al suo assistente di entrare, in modo che ci fossero due testimoni mentre firmavamo l'atto con le copie e i documenti di vendita. Quando tutto fu timbrato e sottoscritto con le dichiarazioni dei testimoni, Vendelbo si congratulò con noi per la compravendita e ci accompagnò fuori.
– A proposito, Roy, potrei dirti due parole? – chiese, tenendo aperta la porta.
Annuii, e Rita sembrò sollevata di non dover uscire con me.

Restammo a guardarla. Mi capita di sospettare che le donne facciano oscillare un po' di piú i fianchi quando sanno di essere osservate dagli uomini, ma Rita Willumsen non lo faceva. Lei camminava proprio cosí, come un gatto.

– Grazie per l'aiuto con il contratto, – dissi. – E per la pronta concessione del prestito.

– Di norma non accetteremmo un'ipoteca cosí alta per un campeggio, – disse Vendelbo. – Ma poiché si trattava semplicemente di trasferire l'ipoteca da un cliente a un altro, non abbiamo voluto sollevare complicazioni.

Vedemmo Rita salire sulla Saab Sonett. Incredibile come si fossero mantenute, entrambe. Stile, pensai. Aveva molto stile. E avevo l'impressione che quella sarebbe stata l'ultima cosa a cui Rita Willumsen avrebbe rinunciato.

– La ragione per cui avete accettato di trasferire il prestito è che vi ritrovate con un mutuatario un po' piú affidabile, – dissi. – Avrete letto i resoconti della Willumsen AS, immagino. Penso che siate contenti che Rita venda e si liberi di qualche debito.

Vendelbo accennò un sorriso. I direttori di banca e la loro discrezione. Si schiarí la gola.

– Volevo solo dirti che ho informato la sede centrale della tua richiesta di un prestito di cento milioni. Purtroppo, sono un po' restii a concedere un finanziamento del genere in un villaggio di montagna. O meglio, ad accettare in garanzia qualcosa che si trova qui. Perché abbiamo visto che il vostro patrimonio è in gran parte investito in immobili a Os, e la sede centrale sa che i prezzi sono calati molto, dopo la decisione di costruire la galleria del Todde. E credono che continueranno a calare.

– Non vedono che qui stanno succedendo delle cose? – dissi. – L'*Os spa* funziona bene e continuerà a funzionare bene anche senza la statale.

Vendelbo sospirò, ondeggiò sui talloni e tirò su la cintura dei pantaloni. – L'*Os spa* da solo non basta, Roy. Il paese soffoca, non è nemmeno sicuro che questa banca sarà ancora qui fra tre o quattro anni. Quindi da parte mia accolgo con favore tutto ciò che può ridare vita al villaggio. Ma la sede centrale non ritiene Os una priorità. Hanno iniziato a guardare progetti a Todde.

– Todde? Non ci sono posti che si chiamano Todde.

– No, ma possono nascere.

– Ah, sí? E tu vorresti fare il direttore a... – strinsi le labbra come per sputare, – Todde?

Vendelbo rifletté. – No, non vorrei.

– Già. Comunque, grazie per l'avvertimento –. Allacciai il giubbotto di jeans Levi's con il colletto di pelliccia. Julie aveva detto che stava tornando di moda. Be', stavo ancora aspettando.

Mentre raggiungevo la macchina, mi squillò il telefono. Non riconobbi il numero, ma non c'erano avvisi che fosse spam, perciò risposi.

– Sí?

– Ciao, sono Natalie. Carl mi ha detto di chiamarti.

Imprecai in silenzio. Che Carl guardasse avanti era positivo, ma correva troppo, l'aveva sempre fatto. E, quando inciampava, ero sempre io, il fratello maggiore, a doverlo aiutare.

– Per un progetto di cui mi volevi parlare, se ho capito bene.

– Sí, – risposi. – Piú o meno.

– Okay, io ci sono. Tu quando potresti?

Ci pensai un attimo. Guardai l'orologio. L'indomani sarei andato a Notodden. Il giorno dopo ancora avevo promesso di fare un doppio turno per ricompensare Egil che mi aveva sostituito. Forse era meglio vedersi subito e non pensarci piú.

– Ti va bene adesso?

– Sí, dove?

– Al campeggio. Hai la macchina?

– Sí. Tra dieci minuti arrivo.

Nove minuti dopo, quando vidi Natalie scendere da una polverosa Mitsubishi e venirmi incontro, mi resi conto che era bellissima. Probabilmente lo era stata anche da adolescente, ma io non l'avevo notato, allora. O forse lei non sembrava carina, quando camminava con la schiena curva e la testa china per nascondere la faccia dietro la frangia nera. Non come Julie che, con la sua natura sfacciata ed estroversa e le sue forme precoci, sprizzava giocosità e fiducia in sé stessa e, ovviamente, era stata oggetto di molte attenzioni da parte dei tizi che gironzolavano intorno al distributore di benzina come predatori intorno a una pozza d'acqua. Un paragone davvero poco appropriato, in realtà, soprattutto perché ben presto lei si era rigirata quei pivelli intorno a un dito.

No, a quei tempi i veri predatori di Os restavano nelle loro tane, dietro quattro mura.

In ogni caso, notai che Natalie Moe aveva una camminata che assomigliava a quella di Rita Willumsen.

– È passato un bel po' di tempo dall'ultima volta che sono stata qui, – disse, ancora con quello sguardo diretto, come se a un certo punto avesse semplicemente deciso che doveva guardare la gente dritto negli occhi e si fosse esercitata. Con successo, direi. A me, comunque, sembrava del tutto naturale. Avevo spesso desiderato essere disinvolto ed estroverso, proprio come Carl. Ma forse Natalie aveva sempre avuto quella luce dentro di sé, era stata solo la sua situazione a renderla cupa e bloccarla. Io, invece, ero cresciuto nell'oscurità ed ero stato cupo fin dall'inizio. No, non mi ero mai immaginato di poter subire chissà quale metamorfosi, come si suol dire.

Senza pensarci, imboccammo il sentiero che scendeva verso l'acqua passando tra i piccoli bungalow di legno, che avevano bisogno di una mano di pittura. E l'erba aveva bisogno di essere falciata. La stagione era finita, ma Rita mi aveva fatto un quadro generale di quali dei venti bungalow erano prenotati e quando. L'accordo prevedeva che chiavi e biancheria da letto e da bagno venissero consegnate e riconsegnate presso la stazione di servizio per il resto dell'autunno.

– Sai, d'estate venivamo qui a nuotare, – disse Natalie. – In realtà mio padre non mi voleva dare il permesso, era preoccupato per i ragazzi che passavano qui le vacanze. Allora sono andata da mia madre e le ho detto che il campeggio aveva l'unica spiaggia decente, e lei mi ha detto che potevo venire.

– Saggia donna.

– Forse, – disse Natalie, sorridendo. – Ma ovviamente era una bugia, io volevo venire per vedere i ragazzi.

Scoppiammo a ridere. Qualcosa mi diceva che nella vita di Natalie c'erano stati un prima e un dopo, un periodo di innocenza prima che il predatore colpisse.

– E tu? – disse. – Venivate qui da ragazzi?

– Certo, – risposi. – Prima che costruissero i bungalow. La gente aveva tende e roulotte. Un'estate ho fatto amicizia con un ragazzo, e poi ci sono sempre tornato ma lui non si è mai piú visto. Cioè, un'estate ho visto uno che gli somigliava, perciò sono andato da lui e l'ho chiamato per nome. Ma lui ha guardato i suoi amici, è scoppiato a ridere e mi ha chiesto dove avevo lasciato il banjo. Da allora non ci sono piú venuto. Fino a un paio d'anni fa.

Lei non commentò, e mi venne in mente che quello che

avevo detto era una cosa strana da raccontare a qualcuno che non conosci. E che fino ad allora ne avevo parlato con un'unica persona, e quella volta non avevo pensato a quanto mi facesse sembrare solo. Tanto Shannon lo sapeva già.

Mi schiarii la voce. – Sono tornato qui perché mi è venuta un'idea. E poi mi sono procurato dei disegni che dimostrano che qui è possibile costruire.

Non vedevo il motivo di dirle che, in realtà, era successo in ordine contrario, ma presi nota di aver detto la mia prima bugia a Natalie Moe.

– Le montagne russe, – disse.

– Oh, cazzo, – dissi. – Carl?

– Sí.

– Speravo di vedere la tua espressione quando sentivi la mia idea per la prima volta.

– Perché?

– Per capire piú o meno dove la collocheresti sulla scala della follia.

Lei rise. – Carl voleva solo che non rimanessi scioccata.

– Ah, sí? E dire che secondo mio fratello tu sei una professionista seria...

– Lo sono! – disse, continuando a ridere. La sua risata mi ricordava quella di Shannon. Ovvio. Ogni tanto mi chiedo quando la smetterò di cercarla tra i vivi, ma è come un maledetto virus: non è sempre attivo, ma ti rimane nel sangue. Provai a scacciare l'impressione.

– Ma è cosí per tutte le idee originali, – disse Natalie. – La prima volta che le sentiamo, sembrano folli. Se però hanno successo, pensiamo che l'unica pazzia sia stata non averci pensato prima. Raccontami tutto.

– Non so cosa non ti ha ancora detto Carl.

– Lui mi ha solo detto che saranno montagne russe di legno. E che saranno costruite qui.

Annuii. Ci sedemmo su una panca sul molo davanti alla rimessa per le barche. E iniziai a raccontare. Che l'idea era quella di creare qualcosa che andasse a integrare l'*Os spa*. Qualcosa che fosse piú rivolto alle famiglie. Al momento, l'offerta dell'hotel per i bambini era limitata: una piccola piscina e la possibilità di vedere una volpe o un capriolo durante una gita in montagna. Ma le famiglie con bambini che volevano nuotare preferivano andare a Bø Sommarland, che era proprio dall'altra parte di Notodden, e quelle che volevano vedere gli animali andavano allo zoo di Kristiansand. Le raccontai che ero stato in Polonia e avevo visto Zadra, le montagne russe di legno piú grandi del mondo.

– Zadra è in un posto che si chiama Zator, non è molto piú grande di Os ed è in mezzo alla campagna, a un'ora e dieci minuti di macchina da Cracovia. Lí c'è il parco divertimenti piú grande della Polonia. Hanno di tutto, chiaro, ma la grande attrazione sono le montagne russe. Sono loro a far venir voglia ai papà di guidare per piú di un'ora di domenica.

Natalie annuí. – È questo che pensi di realizzare qui? Un parco divertimenti per famiglie?

– Sí. Ma prima di tutto bisogna costruire le montagne russe.

– Ovvio, – disse.

La guardai. Ecco la prima prova. Mi schiarii la voce. – Perché è ovvio?

Lei rispose senza esitazione. – Perché le montagne russe illustrano le ambizioni del parco. E creeranno aspettative anche per il resto. E la migliore ricetta per il successo è creare grandi aspettative e poi soddisfarle. Potrebbe anche bastare soddisfarle solo in parte, se le aspettative sono elevate a sufficienza, perché si superano comunque le aspettative medie. Non so se capisci.

– Perché?

– Perché le aspettative influenzano la percezione. Per esempio, è famoso il caso di una gastronomia negli Stati Uniti, dove hanno tagliato il formaggio e lo hanno venduto in due confezioni diverse, una che diceva semplicemente «formaggio a fette» e una che diceva «formaggio a fette - specialità della casa». Quando poi hanno chiesto ai clienti cosa pensavano del prodotto, quelli che avevano acquistato la confezione con la scritta «specialità della casa» erano di gran lunga i piú soddisfatti. Ma c'è un limite, ovvio. Se un parco tematico promette molto piú di quello che offre, i clienti lo puniranno.

Annuii alla maniera lenta di Os. – Quindi quello che puoi fare tu è…

– … creare grandi aspettative. Soddisfarle dipenderà da te.

– Capito. E come farai?

– Oggi volevo solo sapere quali sono i tuoi piani, poi ci penserò un po'. Okay?

– Be', – esitai, quasi arenandomi davanti alla sua inaspettata sicurezza. – È stato Carl a dirmi di parlarti, ma io dubito di aver bisogno di qualcuno per il marketing in questa fase. E poi l'*Os spa* e questo progetto sono due cose separate, perciò qui non hai obblighi.

– Lo so, – disse con un sorriso. – Lo farò nel tempo libero e ti addebiterò una tariffa oraria.

– Oh, cazzo, – dissi. – Hai già fatto partire il tassametro?

Lei rise. – Non ancora.

– Va bene. Fammici pensare.

Ci alzammo e ci incamminammo verso le macchine.

– Hai perso un po' l'accento mentre studiavi a Oslo, – dissi.

– Ho perso ben altro, – disse. Mi guardò, strizzando un occhio. Pensai alla *ptosi*, come la chiamava Shannon, la palpebra pesante congenita. Non saprei dire se quello sguardo fosse incoraggiante o mettesse in guardia dal chiedere di piú, ma in ogni caso lasciai perdere.

Da uno dei bungalow uscí un uomo grasso in mutande e maglietta. Ruttò e si grattò il braccio, seguendoci con lo sguardo.

Mi fermai accanto alla Mitsubishi mentre Natalie saliva. Appena girò la chiave nel quadro d'accensione, partí la musica. Violino, ma non classico. Violino dell'Hardanger.

– Che cos'è? – chiesi.

– Odd Bakkerud. Ti piace?

Ascoltai. Cigolii e ululati. Papà spegneva la radio quando davano musica folk, ma in quel momento mi venne in mente che cosa mi ricordava... be', chi mi ricordava.

– Roba psichedelica, – dissi. – È nuova?

Lei rise. – Degli anni Cinquanta. Quando suonava in un'orchestra da ballo, prima di perfezionare il suo stile.

Jimi Hendrix. Ecco chi mi ricordava. *Purple Haze*, al concerto di Woodstock. Certo che sí, cazzo.

– Sabato mattina, – dissi. – Possiamo vederci per parlare?

– Non dovevi pensarci?

– L'ho fatto. Alle dieci?

– Va bene.

– Sai dov'è Opgard?

– Certo. E tu sai qual è la mia tariffa oraria?

– No, ma do per scontato che non mi pelerai vivo.

Natalie abbassò la testa e mi lanciò una strana occhiata. – Non sono solo io, penso che anche tu sia cambiato, Roy Opgard.

– Ah, sí? E in che modo?

– Non lo so, – rispose. Poi mi disse la sua tariffa oraria, alzò il finestrino e partí. Rimasi a guardarla pensando che era ora di riconsiderare quella regola di non mercanteggiare.

## Capitolo 10

Il mercoledí mattina chiamai Vera Martinsen alla Kripos.

Era stata a Os in relazione alla morte di Poul Hansen, il picchiatore danese. Ci eravamo piaciuti. Qualcuno forse la chiamerebbe una relazione: qualche volta lei era venuta a Os e io ero andato a Oslo. Era stato piacevole e di sicuro terapeutico, ma per me era accaduto troppo vicino alla morte di Shannon perché riuscissi a provare dei sentimenti. Le ultime notizie di Vera erano che aveva conosciuto un tizio al lavoro ed erano andati a vivere insieme.

Dopo aver chiacchierato un po' delle nostre vite – Vera aveva molto piú da raccontare di me – arrivai al dunque. Cioè, ci arrivò lei.

– Vuoi sapere come stanno andando le ispezioni alle auto? – chiese.

– Sí.

– E sai che non posso dirtelo, vero?

– Sí.

– Ma me lo chiedi comunque –. Sentii il rimprovero nel suo tono.

– Certo che te lo chiedo. Sono i miei genitori, Vera. Anche tu al mio posto vorresti sapere se c'è qualcuno da incolpare per la loro morte.

– Immagino di sí. Soprattutto se io stessa fossi stata nella lista dei sospetti.

Mi irrigidii. All'epoca, Vera aveva respinto le accuse di

Kurt Olsen. Le aveva definite teorie del complotto. Mi aveva spiegato che la Kripos era venuta a Os solo perché per principio bisognava mostrarsi compiacenti nei confronti dei piccoli uffici di polizia rurale. Aveva cambiato idea?

– Non intendevo questo, – si corresse, come se avesse percepito la mia reazione. – Sto solo dicendo che qualunque cosa troveremo, quel tuo poliziotto cercherà il modo di collegarla a te e tuo fratello. Sembra ancora accalorato come a quei tempi.

– Okay, – dissi.

Rimase in silenzio per un po'.

– Avete trovato *qualcosa*? – chiesi alla fine.

– Roy...

– Lo so. Scusa. È stato bello risentire la tua voce, Vera. E sono felice che tu stia bene. Buona fortuna con la costruzione della casa, e stai attenta che non diventi motivo di divorzio.

– Lo farò. E saluta il piviere da parte mia.

– Sarà fatto.

Non riattaccai. Nemmeno lei.

– Hanno trovato del sangue, – disse. – E capelli.

Rimasi in attesa. Non disse nient'altro. Aveva messo giú.

Sulla strada per Notodden ascoltai J. J. Cale. Ma dopo un po' mi fermai sul ciglio della strada, presi il telefono e cercai Odd Bakkerud. Feci partire la prima canzone che trovai – *Fanitullen* – e proseguii. Avevo già sentito quella melodia, tutti l'avevano sentita, è quella in cui il violinista di tanto in tanto solleva l'archetto e suona le corde con la mano sinistra. Ma non era cosí impetuosa come la musica che stava ascoltando Natalie.

Mancava mezz'ora alle tre quando mi fermai nel grande parcheggio dietro l'hotel *Brattrein*. Non c'erano molte macchine lí. Solo una aveva la targa di Oslo e non era l'Audi di Halden.

Perciò rimasi sorpreso quando chiesi le chiavi della stanza 333 alla reception e mi risposero che i miei ospiti erano già arrivati.

*Ospiti*, al plurale.

Cazzo. La polizia? Mi fermai davanti all'ascensore. Era meglio scappare?

Ancor prima di fare visita a Halden a Oslo, avevo cercato di documentarmi sulla corruzione o sul cosiddetto traffico di influenze, in cui presumevo rientrasse quello che stavo per fare. Era meglio sapere cosa c'era sul piatto della bilancia per me, Halden e Fuhr. A quanto avevo capito, in un caso come quello entrambe le parti potevano essere punite con una pena detentiva fino a tre anni, ai sensi dell'articolo 389 del Codice penale. Il reato però consisteva nel ricevere tangenti, il solo negoziare o parlarne non erano punibili.

Le porte dell'ascensore si aprirono e io entrai.

Halden era seduto alla scrivania e Fuhr – che riconobbi per averlo cercato su Internet – sulla poltrona vicino alla finestra. Si alzarono e Halden e io ci stringemmo la mano.

– So che avresti preferito che venissi da solo, – disse, – ma il mio socio ha insistito per essere presente. In fondo, la posta in gioco è alta per tutte le parti.

– Jon Fuhr, – disse l'uomo accanto a lui.

Guardai Fuhr e la sua mano tesa. Era diverso da Halden. Tanto per cominciare, nell'aspetto. Capelli a spazzola, bomber verde militare. Tarchiato, muscoloso, qualche brufolo che faceva pensare all'uso di steroidi anabolizzanti. Naso storto, magari praticava sport da combattimento. E poi emanava un'aura del tutto diversa da quella del suo socio: era freddo, provocatorio e sicuro di sé. Cosí come per l'appropriazione indebita, anche per le percosse gli avevano dato la condizionale, per via del fatto che si era trattato di legittima difesa, ma con uso eccessivo della forza.

– Salve, – dissi, stringendogli la mano.

– *Roy* Opgard, giusto? – disse Fuhr.

Annuii, chiedendomi perché un semplice nome di tre lettere gli creasse problemi e tentando invano di guardarlo negli occhi.

Ci sedemmo, io nell'ultimo posto disponibile, il bordo del letto matrimoniale su cui eravamo stati io e Shannon. Almeno presumevo che fosse cosí, non sembrava che avessero cambiato qualcosa da allora.

– Allora, ci avete pensato? – dissi, e guardai Halden. Lui sbatté forte le palpebre, sembrava nervoso. Non c'era da stupirsi.

Fuhr si schiarí la gola. – Prima di rispondere, vorremmo solo chiarire alcune cose. Sei d'accordo?

– Vai, – dissi.

– Tu, Roy Opgard, vuoi corrompere noi della GeoData con dodici milioni di corone in modo che consegniamo un rapporto falso riguardo alla galleria del Todde all'Ente nazionale per le strade.

Lo fissai. Anche se quello è il nome formale, nessuno lo dice per intero, tutti dicono Ente per le strade o Ente strade. Abbassai lo sguardo. La stoffa del bomber era abbastanza sottile perché potessi intuire la luce dello schermo del telefono nella tasca.

– Scusatemi un attimo, – dissi. Mi alzai e andai in bagno.

Sí, gli asciugamani erano cambiati. Questi erano azzurri, all'epoca invece erano bianchi. Bianchi come la pelle irlandese di Shannon, che sembrava nuda quando era uscita dal bagno avvolta in un telo. Aprii il rubinetto e mi guardai allo specchio. Cosa intendeva, Natalie Moe, quando aveva detto che ero cambiato? È chiaro che le persone cambiano in otto anni, invecchiano. Ma lei intendeva qualcos'altro, o no? Tirai fuori il cellulare, feci partire la registrazione video, lo infilai per metà in uno dei bicchieri e lo puntai verso la porta. Presi uno degli asciugamani piú piccoli, me lo avvolsi intorno alla mano destra, chiusi il rubinetto e ritornai di là.

Ci sono alcune cose da tener presente quando si fa a botte. Una di queste è che puoi aver praticato tutti gli sport da combattimento che vuoi, ma se incontri qualcuno che ha trascorso la sua giovinezza picchiando gli altri alle feste, sei messo male. Soprattutto perché nello sport ti insegnano ad aspettare il segnale di inizio da parte dell'arbitro.

Non mi fermai per chiudermi la porta del bagno alle spalle, usai la velocità e feci come mi aveva insegnato papà quando ci allenavamo col sacco da boxe nel fienile: spingi il fianco in avanti e attiva la spalla. Siccome Jon Fuhr era seduto e la poltrona era ampia, dovevo tirargli un gancio basso. D'altro canto, aveva la testa appoggiata all'alto schienale, e quindi non poteva spostarla indietro o di lato per incassare meglio il colpo.

Quando il mio destro gli arrivò sul naso, ci fu un rumore come quando si sgranocchia un sacchetto di patatine.

Halden cacciò un urlo, ma Fuhr si limitò a gemere.

Non fece nemmeno in tempo ad alzare la mano che lo colpii un'altra volta. Nello stesso punto, ma non scricchiolava piú, doveva essere spiaccicato, ormai. Fuhr aveva alzato la guardia, raccogliendo gli avambracci di fronte al viso, i pugni serrati, la testa piegata in avanti. Mi spostai a lato della sedia, infilai la mano sinistra nella tasca della sua giacca e tirai fuori il cellulare. Samsung, uguale al mio. Guardai il grafico ondulato della registrazione audio in corso. Schiacciai stop e cancellai il file, poi gettai il telefono in grembo a Fuhr. Lui sussultò, forse pensando che gli stesse arrivando un pugno allo stomaco. Poi abbassò lentamente le braccia, scoprendo gli occhi bagnati di lacrime di dolore e un naso ancora piú storto, con il sangue che scorreva dalle narici e gocciolava dalla sporgenza del labbro superiore giú per il mento e sul bomber, come il ghiaccio che in primavera si scioglie sulla montagna.

– Quando si prepara una trappola, – dissi, – bisogna assicurarsi che non sia piú stupida della preda.

Fuhr mi studiò, sembrava stesse valutando di alzarsi in piedi, chiedendosi se sarebbe riuscito a prendermi. Da uomo saggio, lasciò perdere.

– Noi... volevamo registrare solo per sicurezza, – disse Halden.

Lo guardai. Era pallido e sembrava uno con il mal di mare.

– Nel caso in cui avessimo presentato il rapporto e tu non avessi pagato, – grugní Fuhr. Il fischio nel naso rotto dava alla voce una bella doppia tonalità, come quella del violino di Bakkerud.

Sbuffai. – Perché in quel caso mi minacciereste di andare alla polizia con la registrazione? Per farci condannare tutti a tre anni? Non sembra una minaccia molto credibile.

I due si guardarono. Poi Fuhr prese la parola.

– Se tu non avessi pagato, dal punto di vista formale noi non saremmo stati corrotti. E allora avremmo potuto minacciarti di andare alla polizia e dire che abbiamo presentato un rapporto falso per intrappolarti. E che lo abbiamo fatto senza avvisarli in anticipo perché alla polizia non è consentito essere coinvolta nella provocazione di reati –. Fuhr riuscí a fare un piccolo sorriso, lo stronzo. – Avremmo detto che è importante per la società che la gente contribuisca alla cattura dei criminali, soprattutto quelli piú intraprendenti. E che eravamo pronti a presentare il vero rapporto.

– Quindi avevate pianificato tutto?

Fuhr si pulí sotto il naso con la manica della giacca e annuí. – Anche tu ti eri preoccupato di avere un backup, Opgard, – sibilò nel suo doppio tono.

Annuii. Aveva ragione. Backup. Sí, avevamo pensato la stessa cosa. Se no, non avrei avuto sospetti quando aveva descritto la situazione in modo ovvio e ridondante, con quella che nei film viene chiamata «descrizione», facendomi confermare il mio nome completo e dicendo «Ente nazionale per le strade». Ma fu proprio per il loro carattere dilettantesco che credetti alla storia. Srotolai l'asciugamano che avevo sulla mano destra e lo porsi a Fuhr.

– Sentite, – dissi sedendomi sul letto. – Nessuno di noi è un criminale, facciamo solo quello che dobbiamo. E lo facciamo per qualcosa di piú grande di noi. Voi, affinché i vostri dipendenti abbiano un posto di lavoro sicuro in un periodo difficile. Io perché il nostro villaggio sopravviva. In questo momento siamo in una situazione in cui tutti possiamo ottenere ciò che vogliamo, ma è necessario che ci possiamo fidare gli uni degli altri.

Era difficile capire come avessero accolto il mio discorsetto di incoraggiamento, ma continuai.

– Atto di fiducia, – dissi. Avevo già usato quell'espressione una volta, quando Willum Willumsen e io ci eravamo stretti la mano per prometterci di non ucciderci a vicenda. Aveva funzionato, almeno per un po'.

– E come segno della nostra buona volontà, – dissi, tirando fuori la spessa busta che avevo nella tasca del piumino e gettandola sul tavolino rotondo in mezzo a loro. – Ecco un piccolo anticipo. Sono duecentomila.

Guardarono la busta. Prevedevo che sarebbe stato Fuhr a prenderla. E cosí fu.

– E il resto? – chiese mentre sfogliava con nonchalance le banconote da mille.

– Quattordici giorni dopo che il rapporto sarà reso pubblico.

– Perché cosí tanto?

– Perché è il tempo di cui ha bisogno la banca dal momento in cui riceve la mia richiesta di prestito.

– Prestito? – chiese Führ. Lui e Halden si scambiarono un'altra occhiata. – Perché devi aspettare il rapporto prima di chiedere un prestito?

– Perché è proprio quel rapporto che mi farà ottenere il prestito. Io ho un distributore di benzina e una quota dell'*Os spa* che all'improvviso saliranno di valore e potranno essere ipotecati quando si saprà che la statale continuerà a passare per il paese.

Fuhr non sembrava del tutto soddisfatto, il che comunque è difficile con un naso spappolato, immagino.

– Come ho detto prima, dobbiamo fidarci gli uni degli altri.

Fuhr guardò Halden. Annuirono.

– Il rapporto sarà consegnato giovedí della prossima settimana, – disse Halden.

Rimasi alla finestra a osservarli mentre attraversavano il parcheggio e salivano sulla Mercedes con la targa di Oslo. Avevamo esaminato i punti salienti del rapporto e loro avevano sottolineato che i dati non erano falsificati del tutto, ma semplicemente distorti, tanto che, se l'Ente per le strade avesse chiesto a un soggetto indipendente di controllare il materiale, sarebbe giunto alla stessa conclusione, o comunque non avrebbe contestato quella elaborata dalla GeoData, cioè che la galleria non poteva essere costruita. A suo tempo, il vecchio e il nuovo sindaco di Os erano andati a Oslo, erano stati al Parlamento per portare i loro argomenti a favore dell'altra soluzione, piú economica, che prevedeva un miglioramento della statale lungo il percorso già esistente. Soluzione che però non avrebbe apportato grandi benefici a chi doveva viaggiare da A a B, e Os, in fin dei conti, non era né A né B. Tuttavia, se la galleria non fosse stata realizzata, dopo la promessa di una nuova statale, ci sarebbero state ottime probabilità che il piano per migliorarla tornasse in auge. E, se fosse stato adottato, Os non solo si sarebbe salvato dall'isolamento, ma si sarebbe anche avvicinato alle zone civilizzate di Drammen e Oslo.

I fari della Mercedes si accesero, poi l'auto partí e scomparve.

Andai in bagno, dove la porta era ancora aperta, mi chinai davanti al bicchiere con il cellulare e dissi, nella mia migliore imitazione di un presentatore: – Questa è la stanza 333 dell'hotel *Brattrein* e abbiamo appena visto Bent Halden e Jon Fuhr, soci della GeoData, ricevere duecentomila corone come pagamento parziale per aver stilato un falso rapporto in merito alla costruzione della galleria del Todde.

Tirai fuori il telefono dal bicchiere e interruppi la registrazione. Tornai nella stanza, mi sdraiai sul letto e guardai il video. Halden non si vedeva, ma nell'inquadratura c'erano la mia schiena e Fuhr che contava le banconote. E poi intascava la busta. E si poteva ascoltare la conversazione. Come avevo detto, loro e io avevamo avuto la stessa idea, riguardo a un backup.

Chiusi gli occhi e sentii il mio peso sul materasso. Era lo stesso.

Tornando a casa, ascoltai un album che si intitolava *Warg Buen*. Roba piú recente. Un duetto di violini dell'Hardanger che al mio orecchio sembrava piú una competizione. Figo. Alzai il volume e accelerai, feci due sorpassi al limite: dovevo calmarmi. Va be', ma Halden e Fuhr avevano preso i soldi, il dado era tratto, bisognava festeggiare in qualche modo. Se non da solo in macchina, con chi? Con Carl? Sí, per forza, non c'era nessun altro nella nostra squadra. E il piano, qual era? Costruire le montagne russe, d'accordo, ma poi? Qual era *il piano*? Mio Dio, avrei ricominciato a torturarmi? È come chiedersi qual è il senso della vita. Devi camminare per un bel po' nel pantano prima di tornare all'asciutto. Sempre che ci torni, all'asciutto. Perché, quando ti rendi conto che quello che fai e quello che sei non hanno valore, tanto vale piantarti una pallottola in fronte. Era un pensiero che ero riuscito a mantenere a debita distanza. Dico «a debita distanza» perché in realtà trovavo conforto anche in quello, nel sapere di avere quella via d'uscita. Dopo la morte di Shannon, quando tutto era diventato insignificante, avevo capito che l'unica cosa in grado di ravvivare la mia gioia di vivere era il pericolo. Avere un costante promemoria del fatto che la vita poteva esserti portata via in realtà ti ci faceva aggrappare, come un bambino che getta un giocattolo ma urla se un altro bambino glielo prende. Forse era per quello che ero entrato nella stanza d'albergo con un senso di gioia, pronto ad affrontare qualsiasi cosa, anche la fine. Era per quello che avevo avuto una mezza speranza che il vagone, laggiú in Polonia, deragliasse. Era per quello che avevo sentito un formicolio al cuoio capelluto nel ripensare a ciò che aveva detto Vera Martinsen. «Hanno trovato del sangue. E capelli».

Perché era ovvio che ci fossero sangue e capelli negli abitacoli delle macchine in cui stavano quattro, no, cinque persone, quando erano precipitate nel Salto. Quindi era ovvio che Vera avrebbe potuto dirlo a qualsiasi giornalista l'avesse chiamata senza violare alcun obbligo di riservatezza. Quindi era ovvio che, quando me l'aveva detto, intendeva altro. Aveva voluto dirmi qualcosa senza essere esplicita. Il modo in cui aveva sottolineato «E *capelli*».

Intendeva i *miei* capelli? Se li avessero trovati in una o in entrambe le Cadillac, non ci sarebbe stato niente di sospetto. Erano macchine in cui avevo viaggiato spesso. Se avessero trovato i miei capelli nella Jaguar, ovviamente sarebbe stato un po' piú difficile da spiegare, ma ne dubitavo. Quando ero giú vicino al Salto e avevo preso la pistola del picchiatore, quella che poi avevo usato per sparare a Willum Willumsen in camera sua, ero stato attento a non lasciare impronte o altro. E poi il colore dei miei capelli non era certo insolito, e non potevano certo aver avuto il tempo di completare l'analisi del Dna.

Mi avvicinai al culo di un trattore che doveva arrivare dritto dai campi, perché le ruote lanciavano in giro grosse zolle di terra e una mi finí sul cofano con un tonfo. Non avevo fretta di arrivare da nessuna parte, eppure gli stetti addosso anche in curva, aspettando con impazienza il rettilineo che sapevo sarebbe arrivato subito dopo. Notai che la zolla di terra sfidava le forze centrifughe e rimaneva sul cofano. E fu allora che capii.

Capelli. Ciocche di capelli cosí lunghe, folte e biondo platino potevano provenire solo da due posti: dalla testa di Kurt Olsen oppure da quella di colui da cui aveva ereditato quella redazza di capelli, il vecchio agente rurale. E allora rividi Sigmund Olsen, piú di vent'anni prima, sul bordo del dirupo, mentre guardava i rottami della Cadillac di mio padre, laggiú nel Salto. E Carl che faceva un passo avanti e lo spingeva. Lo vidi chiaramente come se fossi lí, anzi, di piú. Perché nella mia immaginazione potevo rallentare gli eventi, lasciare che la decisione fatale necessitasse di diversi secondi quando, in realtà, si era trattato dell'atto impulsivo di un adolescente disperato e terrorizzato. Sigmund Olsen spinto sulla schiena, cosí forte che il suo corpo aveva girato lentamente in aria ed era atterrato a faccia in su sulla macchina là in fondo. Non sul cofano, ma sul sottoscocca, visto che anche l'auto aveva fatto una mezza capriola cadendo. Ero all'autofficina quando avevo ricevuto la telefonata di Carl, stava piangendo, dovevo andare subito da lui.

E io ero andato. Lo facevo sempre quando il mio fratellino aveva bisogno di me. Non perché io sia un idiota disinteressato, ma perché eravamo già legati insieme dal sangue, dal senso di colpa e dal destino. Quindi in un certo senso era stato simbolico, il fatto di unire con una corda lunga cento metri me e la Volvo 240 che avevo in quel momento, tenendola tesa mentre Carl faceva marcia indietro e mi calava nel Salto.

Sigmund Olsen giaceva in parte disteso sul sottoscocca, il corpo piegato a novanta gradi nel punto in cui aveva colpito il bordo. Mi ricordava una bambola senza giunture, uno spaventapasseri con il busto e la testa penzolanti davanti alla targa e al bagagliaio. Con il sangue che, dai capelli, colava ancora sulle pietre, un gocciolio morbido e lieve. Ma non era un bravo spaventapasseri, l'agente rurale, perché aveva un corvo sulla pancia, con gli artigli attorno alla grande fibbia della cintura, e non era volato via finché non gli avevo lanciato una pietra.

Carl e io eravamo riusciti a sollevare il corpo e a togliergli gli stivali di pelle di serpente, che quella stessa notte avevo messo sulla sua barca per poi spingerla al largo del lago di Budal. Poi avevamo piazzato il cadavere nella benna del trattore e l'avevamo riempita di detergente professionale Fritz, quello che adesso è vietato e che scioglieva tutto: diesel, asfalto, persino calce.

Quando la barca era stata ritrovata, e tutto stava a indicare che l'agente rurale si era annegato, era stata una sorpresa per tutti, ma si sapeva che tipi come lui non vanno in giro a raccontare di soffrire di depressione. Kurt Olsen, però, non aveva mai creduto a quel suicidio. Aveva puntato gli occhi addosso a Carl e me e non aveva mai smesso di sorvegliarci, lavoro di allenatore o meno.

Comunque non riuscivo a credere che avessero trovato sangue e capelli fuori dagli abitacoli. Dopo piú di vent'anni all'aria aperta? È vero che il Salto era protetto dalla pioggia e dal sole, ma in montagna ci sono insetti che amano il sangue, e ogni tanto laggiú c'erano raffiche di vento che avrebbero spazzato via eventuali ciocche di capelli.

Scacciai quei pensieri.

La strada davanti a me era dritta. Feci gli abbaglianti, guardai nello specchietto e accelerai. Controllai di nuovo lo specchietto. Il trattore era rimpicciolito. Alzai ancora un po' il volume dei violini. Era una specie di ritornello senza canto. Sí, si sarebbe sistemato tutto.

## Capitolo 11

Verso il fine settimana piovve, ma poi tornò il bel tempo con il cielo limpido e un'aria frizzante.

Il sabato mattina andai a ispezionare la barriera di protezione alla curva delle Capre. Dovevano aver seguito le linee guida, sembrava solida. Guardai la strada che scendeva serpeggiando a Nergard. Ritornai su e percorsi la rampa che portava al fienile. Accesi la luce, mi fermai al centro dell'edificio e mi guardai intorno. Erano anni che Carl e io discutevamo su cosa fare del fienile e della stalla per le capre. Se ristrutturare, demolire e costruire una nuova casa o semplicemente lasciarli lí finché non fossero crollati. Carl iniziava a propendere per quest'ultima opzione, pensava che avremmo potuto incassare i soldi dell'assicurazione, ma io mi ero opposto, avevo detto che dovevano pur esserci dei limiti al livello a cui potevamo scendere. Ma adesso non ne ero piú cosí sicuro. Soldi dell'assicurazione o no, non mi sarebbe importato se un temporale autunnale avesse cancellato tutto dal libro dei ricordi. Il sacco da boxe, su cui papà aveva battuto con i pugni fino a farli sanguinare, era ancora lí. E io avevo raccolto la sua eredità e fatto lo stesso.

Guardai il muro sotto gli interruttori della luce dove quella notte il fucile era stato appoggiato. Ce l'aveva messo papà, pronto, con le cartucce in entrambe le canne. Perché io facessi quello che andava fatto. E io l'avevo deluso, non solo lui, ma tutta la famiglia.

Abbassai lo sguardo sul pavimento. Era lí, proprio lí che mi ero trovato quando papà si era inginocchiato con in braccio il suo cane morto, Dog, a cui Carl aveva appena sparato per sbaglio, e che io avevo ucciso con un coltello perché Carl non riusciva a farlo.

No, non c'era molto da raccogliere lí.

Da dove mi trovavo vedevo il muro ovest della fattoria, senza finestre. Quassú, quando si costruiva, la priorità non era la luce ma tenere il nord-ovest e il freddo lontani da sé. Sul retro della casa c'era la porta d'ingresso, rivolta verso nord. Davanti a me, sul lato esposto al sole, c'era la veranda di mia madre, dove Carl adesso era seduto a leggere i giornali sul suo pc.

Tesi l'orecchio. Guardai di nuovo l'orologio. Uscii nel cortile.

Sí, era una macchina. Aveva scalato marcia, doveva essere giú alla curva del Giappone. Quando ero adolescente sapevo ancora distinguere le marche delle auto dal suono, perlomeno se non erano nuove di zecca. Adesso non c'era verso, era piú facile indovinare che tipo di gomme usavano.

Ma quando l'auto superò la curva delle Capre vidi che era la Mitsubishi di Natalie.

Scese.

– Quindi è questo è il famoso podere Opgard?

– Non ci sei mai passata?

Scosse la testa. – La strada porta solo qui.

– Intendevo se non sei mai passata da queste parti a piedi, facendo un'escursione.

– Non andavamo in montagna. Guarda, c'è la neve fresca! – Rise e indicò i terreni incolti. Durante la notte, sulle cime si era depositata una sottile spruzzata, sembrava zucchero a velo su una torta, e ora brillava opaca al sole. – Dev'essere davvero bello quassú, Roy.

– Certo –. Non so perché, ma provai un certo orgoglio. Sí, quelli che stavamo osservando erano terreni appartenenti a Opgard, ma l'orgoglio del contadino non è legato all'estetica, è legato alla bontà dei pascoli e alla gestibilità della foresta, e Opgard non aveva molto da offrire al riguardo. Collinette, betulla nana, erica e cose di cui solo le capre piú resistenti possono cibarsi. – Quindi non sei mai stata da queste parti? – chiesi.

– Non lo so. Immagino che dovrò farlo, prima o poi. Ma non mi ricordo. In ogni caso dovrei imparare a conoscere la zona, le escursioni quassú fanno parte del pacchetto che vendiamo in hotel.

– Amen. Caffè?

– Volentieri.

Mi rivolse un sorriso aperto e felice, ma io non ero pronto a ricevere cosí tanta gioia e apertura e feci finta di stare ancora studiando il paesaggio.

Entrai in casa per primo. Lei si sedette al tavolo della cucina mentre io mettevo su il bollitore. – Ciao, Natalie! – salutò Carl dalla veranda.

– Ciao, capo!

Lui rise, sembrava compiaciuto.

Mi girai. La vidi seduta lí. Vidi sul tavolo gli appunti che avevo preparato. E mi colpí quanto fosse angusta la stanza. Certo, potevamo sederci in soggiorno, ma c'erano gli avanzi della pizza della sera prima e le bottiglie di birra vuote di Carl.

– Sai una cosa? – dissi. – Visto che prima hai detto che vuoi conoscere la zona, cosa ne dici se mettiamo il caffè in un thermos e andiamo a fare una passeggiata?

D'istinto, lei abbassò gli occhi e si guardò. Jeans attillati e Converse leggere.

– Ti posso prestare gli scarponi da trekking di mia madre, – dissi.

Trovai le vecchie scarpe di cuoio nel baule del portichetto e, mentre Natalie si sedeva sul coperchio per allacciarle, guardai il fucile Remington appeso sopra la porta.

– Remington 700 Cdl? – disse la sua voce.

Mi girai. Natalie si era alzata, aveva tirato su la cerniera della giacca Patagonia ed era pronta per partire.

– Te ne intendi di armi? – chiesi.

Scosse la testa. – È solo che mio padre ne ha uno identico.

– Va a caccia?

– Un tempo sí.

– Tu non andavi mai con lui?

– No. E non potevo nemmeno toccare il fucile, solo guardarlo. Soprattutto non dopo che a Natale avevo ricevuto un pirografo e disegnato un cuoricino qui –. Si alzò in punta di piedi e fece scorrere un dito sul retro del calcio. – Era quasi invisibile, ma Dio santo, non sai che sgridata mi sono presa.

– Un uomo severo, – dissi, con la mano sulla maniglia.

– Ah, ma è stata mia madre a sgridarmi, era lei a dire che non potevo toccare il fucile.

Scacciai la serie di domande che mi erano venute in mente, aprii e la luce inondò la stanza.

Ci incamminammo nell'erica. Mi accorsi che Natalie alternava passi brevi e passi piú lunghi, quasi saltando, come se non fosse sicura di come procedere sul terreno.

Arrivati in cima al primo colle, da dove si vedeva l'albergo, era già senza fiato.

– Sei proprio un tipo da montagna, vero? – mi disse.

– Non lo so, – risposi.

– Sí, invece. Sembra che tu stia andando piano e a passo costante, ma poi mi lasci indietro. Proprio come Ola.

– Ah, sí? E chi è Ola?

Piegò la testa, strizzò un occhio e mi guardò. – Uno. Uno con cui sono andata a caccia.

– Ah, quindi hai sparato?

– No. Non ho la licenza, perciò potevo solo guardare. Andiamo?

– Okay. Dove?

Lei sorrise. Bocca ampia, labbra morbide e denti grandi e bianchi. – Fino in cima, ovvio.

Proseguimmo. Io camminavo piú piano, appena a destra del sentiero poco visibile, in modo che lei potesse venire vicino a me.

– A proposito di sparare, – disse. – Non voglio respingere subito l'idea di un parco divertimenti a Os, ma ho fatto qualche ricerca.

– Spara, allora.

– C'è una cosa che tutti i parchi divertimenti norvegesi di successo hanno in comune. Sai che cos'è?

– Potrei tirare a indovinare, ma dimmelo tu.

– Si trovano tutti su una strada principale. I quattro piú grandi – Tusenfryd, Kongeparken, lo zoo e Hunderfossen – si trovano tutti vicino a una strada europea. Sommarland costeggia una statale. Se la cava, ha circa centocinquantamila visitatori all'anno, ma avrebbe abbastanza attrazioni da poter battere Hunderfossen. La differenza è il traffico che passa da lí. Quindi, il giorno in cui Os perderà la statale, la probabilità che un grande parco divertimenti sia redditizio è piuttosto bassa, secondo me. Perciò la mia prima domanda è: hai considerato l'idea di un parco piú piccolo?

– Sí, – dissi. – E l'ho scartata.

– Perché?

– Perché la costruzione delle montagne russe costa cento milioni e allora è ovvio che poi bisogna avere diverse migliaia di visitatori all'anno.

Natalie annuí come se avesse capito, ma vidi che non era cosí.

– Ti stai chiedendo se è una buona idea dal punto di vista imprenditoriale, – dissi, – o se quella delle montagne russe è solo una mia fissa.

– Lo è?

La guardai, e lei mi restituí lo sguardo, dritto negli occhi come al solito. Qualcosa mi diceva che mi stava studiando. Mi studiava come io avevo fatto con l'adolescente maltrattata che veniva al distributore di benzina per comprare la pillola del giorno dopo. E quando la vedevo studiarmi cosí provavo lo strano desiderio di raccontarle tutto. Be', non proprio tutto. Una parte. Però non potevo.

– Il calcolo è un po' piú complesso, – dissi. – Ci sono gli effetti sinergici. Non solo tra il parco divertimenti e l'*Os spa*, ma anche sulla stazione di servizio, sul *Fritt Fall*, sui prezzi degli immobili da queste parti. Si tratta della massa critica, di mettere in moto una reazione autorinforzante con le montagne russe come catalizzatore.

– Bene, – disse, ancora poco convinta. Forse perché non aveva seguito il corso di chimica alla scuola superiore di Notodden, o semplicemente perché non credeva ai miei grandi calcoli matematici.

– Be', tu non mi hai assunta per valutare l'idea imprenditoriale, però volevo avere ben chiaro quello che volete. Quindi delle grandi montagne russe e un grande parco. Perché questo pone delle premesse su come bisogna commercializzarlo.

– Che cosa intendi?

– Tutti capiscono che progetti grandi e costosi richiedono piú soldi da investire nel marketing, ma non pensano che spesso anche l'investimento in percentuale è maggiore. Prendi il mondo del cinema, in cui ogni film è un progetto separato. Per i film indipendenti piccoli e piú economici, il marketing rappresenta forse il dieci, venti per cento del budget totale, mentre per i film grandi e costosi arriva al cinquanta per cento o anche di piú. Tu hai quei soldi?

– No, – ammisi.

– Lo immaginavo. Considerando che Os è lontana dalle grandi città e che presto perderà quasi tutto il traffico di passaggio, e che non hai i soldi per convincere le madri...

– Le madri?

– Le ricerche dimostrano che sono loro a decidere dove vanno le famiglie nei fine settimana e nelle vacanze.

– Okay.

– Quindi mi è venuta un'idea e ti vorrei a bordo.

Annuii per far capire che stavo seguendo.

– Secondo me tu, Roy Opgard, devi rischiare il tutto per tutto e scommettere su una carta. Che è...?

– Eh?

– Devi chiedere «che è»?

Alzai lo sguardo al cielo. – Che è?

Si fermò e si voltò verso di me. Aspettò di guardarmi negli occhi prima di pronunciare le parole, lentamente e ad alta voce.

– Le piú grandi. Montagne russe. Del mondo.

Non capii niente perché poi mi afferrò la mano, mi strattonò il braccio e tirò su la manica del piumino. – Vedi? – rise, facendo scorrere le dita sul mio avambraccio nudo. – Vedi?

– Cosa devo vedere?

– La pelle d'oca. Ecco la tua unica carta.

– La pelle d'oca? – Mi lasciò andare il braccio e io abbassai la manica.

– Un budget limitato non limita solo la forza con cui puoi gridare, ma anche quello che riesci a dire. E l'unica cosa che devi dire è «Le piú grandi...» – Mosse entrambe le mani come un direttore d'orchestra e capii che non si sarebbe arresa finché non avessimo concluso all'unisono.

– «... le piú grandi montagne russe del mondo».

– Queste sette parole costituiscono il messaggio e devono essere ripetute ogni volta che si fa pubblicità o si rilascia una dichiarazione ai media.

– E tu pensi che basti a convincere la gente a venire?

– Le uniche due volte nella storia di Tusenfryd in cui il numero di visitatori ha superato il mezzo milione sono stati i due anni in cui hanno inaugurato le nuove montagne russe. E non erano nemmeno le piú grandi del mondo. Se a Os ci saranno le montagne russe piú grandi del mondo, anche i padri si lasceranno coinvolgere nel decidere dove andrà la famiglia. Per non parlare di tutti gli appassionati di questo tipo di giostre, che verranno a visitarle. Solo negli Stati Uniti hanno dei club con migliaia di membri che organizzano viaggi per vederle.

– Forse hai ragione, – dissi. – Ma questo non sarà il percorso piú grande del mondo, solo il piú bello del mondo. Anche per il panorama.

– Il fattore estetico probabilmente attirerà gli appassionati, ma non la massa. Loro vogliono avere la conferma di salire sulla giostra piú grande del mondo.

– Quindi mi stai dicendo...

– ... che devi costruire le piú grandi del mondo.

– Per poi vedere che solo due anni dopo ne costruiscono di ancora piú grandi a Dubai?

– Se guardi il numero dei visitatori dei parchi divertimenti, puoi notare che sono abbastanza stabili, il che significa che il primo anno fornisce una stima abbastanza accurata di come andranno i successivi venti. Un po' come il weekend di apertura dei film blockbuster. Se poni l'accento sul messaggio «le piú grandi del mondo» fin dall'inizio, la gente ricorderà il prodotto per molto tempo anche dopo che non potrai piú pubblicizzarlo in quel modo.

– Mi hai dato qualcosa su cui riflettere, – dissi, grattandomi il mento. Per la prima volta da un bel po', la mattina avevo evitato il rasoio elettrico e usato quello con la lama per radermi, e mi sentivo la pelle strana.

– Andiamo là, a bere il caffè? – chiese Natalie, indicando il Nesaksla innevato.

– È un po' piú lunga di quanto sembra, – dissi.

– E allora?

Mi strinsi nelle spalle. – Se ti piace il caffè freddo...

Natalie sorrise. – Andiamo fin sulla neve e prepariamo il caffè con ghiaccio? – Senza aspettare risposta, si incamminò. Io rimasi fermo, in attesa che si girasse. Ma lei non lo fece e dopo un po' la raggiunsi.

Il sole scivolava nel cielo mentre trottavamo verso la neve del Nesaksla.

Natalie aveva imparato in fretta a muoversi sul terreno accidentato, e alla fine riuscivo quasi a camminare al mio solito ritmo. Parlammo ancora del parco divertimenti e mi resi conto che c'erano molte cose che non avevo considerato. Non perché lei affermasse di avere delle risposte, ma aveva un sacco di domande. Pian piano, la conversazione si spostò su quello che vedevamo intorno a noi. Io le indicavo le cime delle montagne e sapevo dire come si chiamavano e quanto erano alte, e lo stesso valeva per gli uccelli che volavano sopra di noi. E conoscevo i nomi delle malghe, mentre lei poteva parlarmi dei canti dei pastori della zona. Delle guardiane di vacche che trascorrevano le estati da sole quassú cantando canzoni popolari. O a cui venivano dedicate canzoni, scritte appositamente per loro.

– «Kari Midtgard di Tinn, forse la conosci già? – cantò Natalie con una voce sonora e brillante, intonando alla perfezione quel tono malinconico. – I ragazzi, i ragazzi lei entrar non lascerà».

Era cosí bello che mi fermai. E dovevo anche aver spalancato la bocca, perché lei scoppiò a ridere. E si mise una mano dietro l'orecchio quando ricevette una risposta in lontananza, un'unica nota lunga e triste che restò sospesa nell'aria. – Che cos'era?

– Il piviere, – dissi.

– Il piviere? È un uccello?

Annuii. – Non lo possiamo vedere perché siamo in due. Ma se sei da solo, si mostra. Il piviere è il fedele accompagnatore delle persone sole.

– Allora ecco perché, – disse, annuendo tra sé e sé come se avesse appena capito qualcosa.

– Cosa?

– Quel canto. Ora capisco. Tu e il piviere vi vedete spesso, vero?

Invece di incontrare i suoi occhi, che sapevo essere fissi su di me, guardai l'orologio. – Sei sicura di non voler tornare? – chiesi.

– Non ho programmi oggi. Tu?

Scossi la testa e continuai a camminare.

Camminavamo da piú di tre ore quando finalmente arrivammo alla neve. Stava per sciogliersi, si erano formati piccoli ruscelli gorgoglianti e sul pendio che scendeva dolce si intravedevano sporgenze e macchie di erica.

Trovammo due sassi asciutti e io aprii la borsa, tirai fuori il thermos e versai il caffè in due bicchieri di plastica. Faceva ancora un po' caldo sotto il sole, anche se stava iniziando ad avvicinarsi all'Ottertind, ma a quanto pareva Natalie preferiva bere il caffè caldo, senza ghiaccio.

Su un alberello sradicato c'era un batuffolino con il becco sottile e la coda diritta, che ci scrutava.

– È un piviere che vuole compagnia? – chiese Natalie.

Scossi la testa. – È uno scricciolo.

– Ah, sí? E fa il nido qui, secondo te?

– Ne dubito, il maschio solitamente lo costruisce nel bosco, dove può trovare materiale.

– È il maschio che costruisce il nido?

– Sí. Poi arriva la femmina e lo ispeziona per approvarlo.

– Davvero? E cosa succede se non lo accetta?

Mi strinsi nelle spalle. – Non lo so. Lui ne costruirà uno nuovo. O magari lei si trova un altro maschio con un nido piú bello.

– È per quello che non sei fidanzato, Roy?

La domanda mi colse talmente alla sprovvista che riuscii solo a rispondere: – Non sono fidanzato?

– Ieri sono andata a tagliare i capelli, e Grete Smitt ha detto che non hai piú avuto una donna da quando c'era una poliziotta che veniva a trovarti, cioè cinque anni fa.

Scoppiai a ridere. – Grete tiene conto del tempo meglio di me. È impressionante.

– E quindi, – Natalie mi puntò gli occhi in faccia, – perché non hai la fidanzata?

Portai il bicchiere alla bocca per guadagnare un po' di tempo.

– Scusa se sono andata un po' sul personale, – disse lei, a bassa voce.

– Ma no, – mentii. – Non c'è molto da dire. I giorni passano e sono già abbastanza pieni, no?

Lei annuí, seria, guardando il paesaggio vuoto e desolato dove i colori autunnali presto sarebbero sbiaditi nella luce calante. – Ho solo pensato che, con quello che sai di me e della mia famiglia, sarebbe utile bilanciare un po' le cose. Almeno per me.

– Capisco, – dissi.

Vuotò il resto del caffè nella neve.

– Devo fare pipí, – disse. – Controlla che non arrivi nessuno.

Era una battuta, ma entrambi percepimmo il doppio senso involontario e non ridemmo.

– Controllerò.

Lei scomparve su per la cresta verso un masso, mentre io guardavo il sole e calcolavo che saremmo riusciti a tornare indietro in due ore e mezza, adesso che la pendenza ci aiutava e Natalie aveva imparato a tenere un passo piú regolare.

– Roy!

Il grido produsse un'eco.

Mi girai.

– Vieni qui!

Mi alzai e percorsi i cinquanta metri fino al masso. Natalie si trovava dall'altro lato e indicava la neve. – Tracce, – disse.

E in effetti c'erano impronte di zampe, quattro dita e il cuscinetto posteriore, a forma di cappello da giocoliere.

– Non è un lupo? – chiese.

– Potrebbe essere, – dissi. – Ma è piú probabile che sia un cane.

– Non è troppo grossa?

– Dipende dal cane. È praticamente impossibile distinguerle.

– Una signora dal parrucchiere ha detto che sono stati avvistati dei lupi da queste parti.

– Mi sa che in quel salone inventano un po' di fake news. Questa è una zona di caccia, ci sono un sacco di cani nei dintorni.

– Ma... e se è un lupo? E fra poco tramonta il sole...

Mi guardò con espressione spaventata.

– C'è solo una traccia, quindi anche se fosse, è un lupo solitario, – dissi, cercando di sembrare fiducioso. Non doveva essere troppo difficile, per un uomo di quasi vent'anni in piú di quella ragazza cresciuta troppo in fretta.

– Di solito a rimanere da soli sono i maschi che hanno perso la battaglia con il maschio alfa, – continuai. – Ergo, questo non è il lupo piú forte. E, senza il branco, è già affamato, indebolito e condannato alla morte. Inoltre, ha piú paura lui di te che tu di lui.

– Scommettiamo?

Dietro lo spavento, apparve un piccolo sorriso. Aveva davvero paura o mi stava solo prendendo in giro?

– La prossima volta ci conviene portarci dietro i nostri Remington, – dissi dopo che avevamo rimesso tutto nella borsa ed eravamo ripartiti.

– Non è permesso sparare ai lupi, – disse lei.

– Per legittima difesa è permesso sparare a quello che vuoi.

– Sicuro? – Si girò senza rallentare. Strizzò ancora l'occhio. – Se ti trovi sul patibolo e sei condannato a morte, ti è permesso strangolare il boia? Se il re ti ordina di andare alla carica contro il fuoco delle mitragliatrici nemiche, ti è permesso sparare al re?

Mi limitai a scuotere la testa.

– Ma sí, erano domande del cavolo, – concluse con una voce fintamente profonda.

– Guarda avanti, cosí vedi dove metti i piedi, – dissi.

– Ammettilo, che pensi che fossero domande del cavolo –. Nei suoi occhi dagli strani colori intravidi il divertimento.

– Penso, – dissi, spingendola in avanti, – che fossero domande del cavolo.

La sua risata rotolò, rotolò nell'aria buona e frizzante, sotto il cielo autunnale che impallidiva.

Era il crepuscolo quando Natalie salí in macchina e ripartí.

Carl non era a casa. Era in albergo, di sicuro. E immaginavo anche con chi.

Rimasi a guardare i disegni fino a tarda notte. Avevo le misure di Zadra e stavo cercando di capire in che modo ingrandire l'ottovolante ne avrebbe influenzato la fisica. Lottai un po' con le formule, ma mi resi conto che non avevo abbastanza esperienza, quindi prima di andare a letto mandai un'e-mail a Glen Moore chiedendogli se fosse possibile. E quanto sarebbe venuto a costare.

Prima di addormentarmi sentii un suono lontano, lungo e triste, proveniente da fuori. Pensai al piviere, ma non era un uccello. E nemmeno un cane. O un lupo. Non che io abbia mai sentito lupi, ma sembrava troppo umano. Come una canzone. Probabilmente ero scivolato nel sonno quando la canzone venne interrotta da un grido gelido che arrivava dal Salto. E allora vidi il corvo appollaiato sulla fibbia della cintura di Sigmund Olsen.

## Capitolo 12

La domenica portò con sé vento e una piatta coltre di nubi che sfrecciava nel cielo.

Giocavamo ancora in casa. Carl mi spiegò che il calendario era stato creato in modo che l'Os FC giocasse tutte le partite casalinghe prima di novembre e facesse le ultime partite autunnali in trasferta, in pianura, dove il rischio neve era minore.

Quando salii dietro di lui nella tribuna Vip, i gagliardetti svettavano nell'aria.

Mari Aas si limitò a lanciargli uno sguardo, notai, con un sorriso rapido e formale, come se solo poche ore prima non fossero stati abbracciati da qualche parte all'*Os Spa*. Lui e Mari non erano mai stati un argomento di conversazione tra me e mio fratello. Piú per un mio desiderio, perché semplicemente non volevo essere suo complice in quella particolare cosa, e lui doveva averlo capito. Ma forse anche per Carl era piú facile, se il segreto non era stato confidato a nessuno, perché allora poteva quasi immaginarsi che tutto avvenisse solo nella sua testa. Almeno, per me e Rita era stato cosí, all'epoca. E anche per me e Shannon, ovvio. Sí, quando si tratta di Shannon, a volte devo ancora chiedermi se è successo davvero o se è stato tutto solo un sogno.

Quel giorno c'erano meno spettatori, sia in tribuna sia intorno al campo. La promozione era ormai assicurata e ciò si rifletteva anche nella formazione della squadra. Vidi Alex togliersi la tuta da allenamento, a quanto pareva avrebbe giocato.

Prima che entrassero gli arbitri e i guardalinee, lo speaker andò a centrocampo con un microfono senza fili in una mano e un tagliando nell'altra. Era stata un'idea di Carl quella di premiare, prima di ogni partita, il miglior giocatore della partita precedente con un buono per un trattamento di due ore in hotel.

Quando lo speaker pronunciò il nome, la gente applaudí e Kurt Olsen corse verso il cerchio centrale, Carl mi lanciò un'occhiata maliziosa.

– È in aggiunta alla proposta di contratto che ha ricevuto venerdí, – mi sussurrò.

Kurt ritirò il buono, ma invece di dire il solito «grazie» e andarsene, prese in mano il microfono. Una folata fece gracchiare gli altoparlanti, cosí lo speaker invitò Kurt a voltarsi spalle al vento, in modo che il microfono fosse riparato.

– Mi sa che è la prima volta che un allenatore viene dichiarato il miglior giocatore, – disse. – Ma non potrei essere piú d'accordo.

Risate dalla tribuna Vip.

– Ma questa forse è anche l'occasione giusta per informare la società, e voi che la seguite, che ho preso una decisione.

Carl ridacchiò e si piegò leggermente all'indietro, con le mani intrecciate sul fondoschiena e la pancia in fuori. Fino a quel momento non mi ero accorto che aveva guadagnato non solo autorità, ma anche peso. Tanto da doversi inclinare all'indietro per mantenere l'equilibrio. E mi colpí un altro pensiero, che forse pure il fisico del precedente re di Os – Willum Willumsen – sarebbe stato cosí, all'età di Carl.

– Ho deciso che il mio incarico in questo club è giunto alla fine, – disse Kurt. – Mi sarebbe piaciuto continuare, ma come agente rurale ho un altro incarico che, per vari motivi, mi impegnerà molto nel prossimo futuro.

Adesso si sentivano solo il sibilo del vento e lo sventolio dei gagliardetti.

– Ho ricevuto una proposta di contratto da quei ricconi laggiú –. Kurt indicò me e Carl, e ci fu una sola risata a bordo campo, sembrava quella di Erik Nerell. – Ed è abbastanza allettante, ci mancherebbe, possono permetterselo e io sono un allenatore davvero bravo.

Ancora una volta fu Erik Nerell, il fedele discepolo di Kurt, a ridere.

– Ma ora voglio e sono obbligato a concentrarmi completamente sul mio lavoro in polizia e perciò devo passare il testimone a qualcun altro. Grazie per la vostra fiducia, grazie di tutto –. Mostrò il buono omaggio, parlando sopra gli applausi. – Non ho tempo per questo, quindi lo darò a qualcun altro! Alex è stato bravo nell'ultimo allenamento, può andare a farsi una sauna!

Guardai mio fratello, che aveva un'espressione rigida sul viso e picchiava i palmi delle mani uno contro l'altro come se li stesse punendo.

– Che cazzo sta facendo? – sibilò da un angolo della bocca.

– A quanto pare si è procurato una bomba, – sussurrai mentre applaudivo anch'io. – E adesso prende le distanze.

Carl annuí, aveva capito cosa intendevo. Kurt aveva dell'esplosivo, ma prima di far esplodere la bomba doveva uscire dalla stanza. Allontanarsi un po' da noi: nessun legame, nessun interesse in comune. Avevano trovato qualcosa nei rottami delle auto, questo era l'unico motivo plausibile per cui ora rinunciava al contratto e all'opportunità di diventare una vera leggenda nell'Os. Cioè, in realtà aveva ancora intenzione di diventare una leggenda, però in un campo diverso. Voleva diventare l'uomo che non solo risolveva l'omicidio di suo padre, ma anche altri sei, un totale di sette omicidi sui quali Kurt Olsen aveva indagato piú o meno da solo in tutti quegli anni. Quindi continuai ad applaudire. Perché se li meritava, gli applausi, quel tenace guerriero che aveva mantenuto la sua posizione in trincea sebbene fosse passato un sacco di tempo senza che arrivassero notizie dal fronte.

Rita si voltò e ci guardò, e nei suoi occhi vidi qualcosa che non avevo mai visto prima: odio, freddo e puro. Mi attraversò il corpo come un cazzo di raggio gamma, e rabbrividii. Perché non importa quanto razionalizzi il motivo per cui vieni odiato da una donna che un tempo ti ha aperto il suo cuore e la sua camera da letto, non puoi comunque evitare di chiederti: ha ragione? Sei davvero il ripugnante mostro immorale che vede lei? Eppure non devi esserlo sempre stato, se una volta ti amava o perlomeno si interessava a te. E allora quando è successo, di preciso, quando hai perso il contatto con la tua umanità? È stato quando hai visto la Cadillac con Shannon che precipitava? O prima ancora, quando hai visto sparire la Cadillac con mamma e papà? O ancora prima, quando avevi dodici anni e stavi sdraiato nel letto di sopra, con le mani sulle orecchie, cercando di immaginarti in un altro posto?

Rita si girò di nuovo verso il campo. Le squadre si stavano preparando al calcio d'inizio. A quanto avevo capito, gli altri avevano una posta in gioco piú alta, erano in zona retrocessione. Quindi era la solita partita: i migliori, piú svegli e piú forti contro quelli che ce la mettevano tutta per vincere.

Tornati a casa dalla partita, preparai un po' di pasta e, mentre mangiavamo, Carl e io discutemmo di che tipo di bomba avesse trovato Kurt Olsen.

– Allora, – disse mio fratello, – se la tizia della Kripos ha detto che hanno trovato sangue e capelli, e secondo te vuol dire che non li hanno trovati in un posto ovvio, allora magari li hanno trovati nel bagagliaio della mia Cadillac.

Notai che evitava di pronunciare il nome di Shannon. Dopo che Carl l'aveva picchiata a morte, l'aveva messa nel bagagliaio e mi aveva chiesto aiuto. Ovvio. Per me è ancora un mistero come avevo fatto a non tradirmi quando avevo capito cos'era successo. Mentre la mia vita andava in frantumi, però, avevo preso il controllo, avevo deciso che avremmo dovuto spostarla al volante, far precipitare l'auto dal dirupo e farlo sembrare un incidente.

«Un altro incidente alla curva delle Capre?» aveva chiesto Carl. Avevo risposto che statisticamente quasi la metà delle uscite di strada avvengono in luoghi dove si sono verificati incidenti nello stesso anno, quindi non era poi cosí strano che alla curva delle Capre ce ne fossero stati tre in diciotto anni.

Infilzai un fusillo con la forchetta. – Abbiamo lavato quel baule cosí a fondo che dubito ci abbiano trovato qualcosa.

– E allora cosa potrebbe essere?

Mi strinsi nelle spalle. – Forse sono paranoico. Magari hanno solo trovato qualche capello qua e là, e quando controlleranno scopriranno che è delle vittime, o mio o tuo, quindi non c'è da preoccuparsi. Dolce?

– Abbiamo qualcosa?

– No, a meno che tu non abbia fatto la spesa.

Ci guardammo e scoppiammo a ridere.

Carl andò a letto presto, la sera prima l'avevo sentito tornare a casa tardi.

Ero curioso di sapere chi si era prestata per fornire una scusa a Mari. La sua amica d'infanzia Grete Smitt? Sí, poteva essere. E, a proposito, non era proprio cosí che avevano fatto le grandi nazioni, prima del 1914? Non si alleavano con quelle che temevano di piú di incontrare in guerra? Restai lí a riflettere. Mari si era alleata con il corrispettivo del Kgb di Os? Perché era davvero un'impresa mantenere segreta una storia del genere per cosí tanti anni. Avevo forse qualcosa da imparare?

Controllai le e-mail e vidi che Moore aveva risposto. Scriveva che gli sarebbe piaciuto venire a vedere il terreno e discutere del progetto. Che avevo ragione nel supporre che non si trattasse solo di moltiplicare tutte le dimensioni e che il costo marginale per costruire delle montagne russe piú grandi e piú alte non sarebbe diminuito, ma aumentato, secondo la regola. Gli risposi dicendo che non avevo nulla in calendario che non potesse essere spostato, perciò poteva venire quando voleva, anzi, il prima possibile.

Dopodiché cercai cantanti popolari e *Kari Midtgard*, ma non venne fuori nulla, e mandai un sms a Natalie chiedendole come si chiamava la canzone che aveva cantato.

La risposta arrivò dopo due minuti.

«*Kjenner du Kari Midtgard?*»

Trovai il disco su Spotify. Un tizio anziano, una vecchia registrazione, aveva poco a che vedere con la resa pulita di Natalie, ma okay, anche questa versione aveva un'anima, sebbene diversa.

Poco dopo arrivò un altro messaggio.

«Ti interessa davvero?»

Scartai un paio di risposte che volevano essere brillanti

(«Definisci "davvero"» e «Mi chiedevo solo se ci abita qualcuno, tra qui e Nergard») e digitai due lettere: «Sí».

Non sentii piú nulla.

Andai a letto, lessi un po' di *La montagna incantata* di Thomas Mann, che è una medicina efficace per dormire. Ci provavo da due anni e non riuscivo mai a leggere piú di una pagina prima di crollare. E stavo proprio per farlo, quando arrivò un altro messaggio.

«Scusa se rispondo in ritardo, ho fatto una lunga telefonata. Puoi venire al concerto a Notodden mercoledí se vuoi sentire un po' di musica folk hardcore. Abbiamo bisogno di pubblico».

Mercoledí. Turno serale. Le risposi.

«Mi piacerebbe, ma devo lavorare. Un'altra volta volentieri».

Pollice in su.

Lessi un'altra pagina della *Montagna incantata.* E un'altra ancora. E poi un'altra. Sospirai, spensi la luce e rimasi lí a sbattere le palpebre nel buio. Mi girai e rigirai. Pensai che non è cosí strano rimanere svegli quando si è appena saputo che l'agente rurale è sul sentiero di guerra e potrebbe esserci una bomba nella stanza.

Alla fine mi addormentai lo stesso.

## Capitolo 13

La bomba esplose il martedí mattina.

Erano le dieci, eravamo di turno in due e quindi io ero rimasto fuori, nell'area delle pompe, e stavo raccogliendo le cartacce, asciugando le pistole, cambiando i rotoli di carta e l'acqua saponata. Sentii un'auto che scalava la marcia e lo scricchiolio della ghiaia sull'asfalto rivelò che era entrata nella stazione di servizio. Mi voltai. L'auto frenò e vidi l'uomo dietro il parabrezza. Da sotto un cranio lucido con solo qualche pelo qua e là, mi fissavano un paio di appannati occhi azzurri. Le guance infossate davano al viso pallido e tirato la forma di una clessidra, sembrava malato. Ma l'idraulico Moe sembrava malato da che mi ricordassi. Quando Moe faceva il pieno, pagava con la carta e non entrava mai, non dopo quella volta che l'avevo picchiato nella cucina di casa sua. Risucchiò le guance ancora di piú, come se stesse pensando di sputare, ma in tal caso avrebbe dovuto abbassare il finestrino del vecchio furgone, e probabilmente era un gesto troppo ostentato. Invece, diede un colpo di acceleratore come per avvisare, poi rilasciò la frizione, si reimmise sulla statale e scomparve verso est.

Mentre ero lí a guardarlo, squillò il telefono.

Era Dan Krane dell'«Os blad».

Devo ammettere che rimasi paralizzato, quando lo disse. Che c'era stata una fuga di notizie. Che avrebbero occupato tutta la prima pagina del quotidiano il giorno dopo, e sarebbero state online di lí a un'ora. Che erano una bomba. Usò proprio quell'immagine. E ora voleva un mio commento.

– Allora innanzitutto dovrai spiegarmi cos'è questa bomba, – ribattei mentre il mio cervello cercava di andare su di giri, tentando di prevedere ciò che sarebbe successo, di elaborare veloce come un fulmine una strategia su ciò che avrei detto. O meglio, *non* detto. E anche una spiegazione del perché non volevo dirlo. Avevo letto che, con le nuove tecnologie, la polizia poteva ottenere i risultati delle analisi del Dna molto piú in fretta di prima, quindi non avrei dovuto stupirmi, in fondo era passata piú di una settimana da quando avevano recuperato le auto.

La cosa piú sorprendente era che la stampa ci avesse contattato prima della polizia, a quanto pareva entrambe stavano cercando una spiegazione a quello che avevano scoperto. E la fuga di notizie, dov'era avvenuta? Kurt Olsen, di sicuro, altrimenti l'«Os Blad» avrebbe avuto la notizia dopo i giornali della capitale. Avrei dovuto capire che Kurt sapeva già a chi puntavano i test del Dna, quando il giorno prima aveva annunciato le dimissioni da allenatore, capire che aveva fretta di uscire dal libro paga dei fratelli Opgard. E non mi sarei nemmeno sorpreso se Kurt l'avesse inscenata di proposito, la fuga di notizie, con il pronto appoggio di quel tirapiedi di Krane, che ci odiava. Voleva vederci friggere sotto gli occhi del pubblico prima che riuscissimo a nasconderci dietro i nostri avvocati. Mi batteva forte il cuore, non potevo dire altro.

– La bomba, – disse Krane, e la sua voce non rivelava la gioia maligna che invece doveva provare, – è che abbiamo saputo che il rapporto dell'Ente nazionale per le strade, che sarà reso pubblico domani, conclude che la galleria del Todde non può essere costruita.

– Che cosa? – esclamai, senza aver bisogno di fingere un tono sorpreso.

– Secondo il rapporto, la galleria verrebbe a costare molto piú di quanto stanziato dal Parlamento. E comunque non è detto che sarebbe possibile metterla in sicurezza. Insomma, è una bomba che manda all'aria l'intero progetto. Sto facendo un giro di telefonate perché voglio la reazione immediata da parte di coloro che sono piú interessati. Da titolare del distributore di benzina e altre strutture, cosa ne dici?

Lasciai uscire l'aria dai polmoni. Vidi Egil dietro il bancone che infilava tre panini al prezzo di due in un sacchetto di carta, rendendo felice l'ennesimo cliente. Poi le sue labbra formarono una parola. Il prezzo. Era una cosa che aveva preso da me, quando ancora la gente pagava in contanti, quella di dire il prezzo a voce alta. Adesso che tutti pagavano con la carta e vedevano il prezzo sul terminale, io avevo smesso di dirlo, ma Egil no. – Centosessantadue corone, – diceva, e capitava che i tipi piú scontrosi rispondessero «Lo vedo», ma lui non si scomponeva. Bene. E con la statale che rimaneva dov'era, anche lui avrebbe avuto lavoro per molti anni a venire.

Allora dissi qualcosa a Krane, non ricordo bene come mi espressi, ma era qualcosa a proposito dei posti di lavoro, e che se la statale non fosse stata spostata, perlomeno avrebbero dovuto allargarla.

– Ne abbiamo già parlato con Jo Aas e lui è d'accordo.

Era ovvio che Aas fosse di nuovo in campo. Lui, che a suo tempo aveva parlato invano al ministro dei Trasporti del costo troppo elevato della galleria e delle zone rurali condannate a morte, ancora una volta aveva avuto ragione.

– Ho visto che la settimana scorsa hai comprato il campeggio di Rita Willumsen, – disse Krane. – Che tempismo. Quell'acquisto improvviso non sembra piú cosí avventato.

– Vuoi dire che prima di questo rapporto ti sembrava avventato? – Lo dissi in tono scherzoso per dargli un aggancio, ma mi ignorò.

– Sei milioni e mezzo sono tanti per quella metratura, anche con la statale che gli passa a fianco, ma per un posto destinato a rimanere deserto... Qualcuno la definirebbe una grossa idiozia. Un commento sull'acquisto e sulle tempistiche?

– No, – dissi, sollevando la pistola di una pompa e pulendo l'impugnatura dalla benzina. – Senti, Dan, devo lavorare.

– Capisco, – disse Krane. – Chiamerò tuo fratello, allora, e sentirò cos'ha da dire lui. Questa notizia è positiva anche per l'*Os spa*.

– È positiva per tutto il villaggio, – dissi. – Ed è una giornata di giubilo anche per il vostro giornale. Sono davvero colpito da come mantieni la tua compostezza, Dan.

Krane fece una risatina. – Davvero?

Non risposi. Krane si era dimenticato di attaccare le *a* in fondo alle parole, lo faceva spesso dopo un bicchiere o due. Ed era come se, con la sua risata amara, per un attimo si fosse aperto un po', mostrandomi quanto odiava il villaggio. Il posto che lo teneva prigioniero, un cornuto con tre figli e troppe responsabilità per potersene andare. O forse era Mari, forse era il suo amore per lei a tenerlo prigioniero. Perché l'amore non ti rende libero, ti rinchiude e ti toglie la volontà. Quello lo avevo imparato, quindi me ne stavo alla larga. Se ci pensavo, non potevo fare a meno di provare una certa simpatia per Dan Krane. E in quel momento mi resi conto che poteva aver visto la galleria del Todde come una via d'uscita. Os, senza linfa vitale, sarebbe appassito, il giornale avrebbe chiuso, lui e Mari si sarebbero dovuti trasferire per trovare lavoro e una scuola per i figli. Ecco perché aveva perseverato, era stata la sua salvezza. Era un pensiero cosí triste che mi sentii in dovere di concludere la telefonata con qualche parola di incoraggiamento, persino gentile.

– Ci vediamo, – dissi, e riattaccai.

Andai nella piccola officina dietro il distributore e mi chiusi dentro. Attraversai la sala di lubrificazione, oltrepassai il trattore senza targa parcheggiato sopra la fossa. Su uno scaffale, come un promemoria, c'erano due vecchie taniche di detergente professionale Fritz, che avevo cercato di capire dove buttare. Mi sedetti nella camera da letto che avevo arredato, tempo prima. Chiamai Carl e gli dissi della fuga di notizie, che la GeoData a quanto pareva aveva scritto quello che avevamo chiesto.

Mi sembrò abbastanza composto. A quanto pareva, l'aveva già dato per scontato. Lo avvertii che Dan Krane l'avrebbe chiamato per chiedere un commento.

– Io e te dobbiamo parlare, – disse lui.

– Certo, alle sei finisco.

– Sarebbe meglio prima –. Aveva una voce strana, era stressato. – Puoi venire a pranzo in albergo?

– Okay, – dissi. – C'è qualcosa che non va?

– È solo... un po' troppo.

Riattaccammo. Guardai le targhe insolite che avevo appeso al muro. Basutoland, Africa Equatoriale Francese, Johor, Honduras Britannico. Proprio in quel momento mi colpí qualcosa a cui non avevo mai pensato: avevo semplicemente raccolto cose che non esistevano piú. Non avevo fotografie di amici e conoscenti o di me e Carl, nemmeno una. Nel mio libro dei ricordi raccoglievo solo ciò che non c'era piú.

Rientrai nella stazione di servizio.

Per Egil non era un problema che uscissi a pranzo.

– Allora puoi uscire un po' prima questo pomeriggio, – gli dissi.

Lui si strinse nelle spalle. – Ma no, rimango qui. Non è che abbia chissà cosa da fare, durante il giorno.

– Ah, no?

– A casa mi annoio. Se ne sono andati tutti.

Con «tutti» Egil intendeva i due amici con cui giocava ai videogame durante l'adolescenza.

– Se vuoi, domani sera puoi fare un turno extra.

Egil si illuminò. – Davvero?

Sorrisi. – Certo.

Verso le dodici, uscendo dal distributore, decisi di fare una rapida visita in banca, prima di andare in hotel.

Vendelbo venne ad accogliermi e mi portò nel suo ufficio.

– Hai sentito? – chiesi.

– Naturalmente, – disse. – L'ho sentito alla radio. Ci sono già stati commenti da parte di parlamentari laburisti e conservatori. Dicono che, se le indiscrezioni sul rapporto sono vere, allora si è punto e a capo con la nuova statale. E in caso di deviazione, se ne parla tra quindici, vent'anni, forse mai. Perché alla radio locale sia Aas sia Voss sostengono che senza galleria la strada deve girare intorno a Os, non ci sono alternative.

– Allora forse dovrai restare qui, dopo tutto, – dissi.

– Mi trovo bene a Os, – disse Vendelbo con un sorriso.

– Forse adesso anche la mia richiesta di prestito appare sotto una luce diversa?

– Ci avevo già pensato, sí –. Vendelbo si appoggiò allo schienale, con le mani incrociate dietro la nuca. – Il distributore di benzina è pagato per intero e non ha gravami, vero?

– Esatto –. Lo imitai, mettendo le mani dietro la nuca.

Avevo letto che l'imitazione è un'espressione inconscia di empatia, ma suppongo che ci siano delle eccezioni.

– Lo stesso vale per Meierigården, – dissi. – Per il *Fritt Fall*, il campeggio, il venticinque per cento dell'edificio in cui ci troviamo adesso, le azioni dell'*Os spa* e la mia parte di campi a Opgard. Zero debiti.

– Bene. Fissiamo un incontro con la sede centrale?

In albergo mi dissero che Carl aveva pranzato, che era giú alla spa. Scesi le scale fino alla reception dove la donna stuccata e pitturata dietro al bancone mi disse che mio fratello era nel bagno turco, e che le era stato chiesto di mandarmi dentro quando fossi arrivato. Le risposi che l'avrei fatto solo a condizione che spegnesse la musica *mindful*, melensa come uno sciroppo, che fluiva dalle casse.

La donna sorrise come se pensasse che era una battuta e mi porse un asciugamano.

Mi svestii nello spogliatoio e andai da Carl.

Appena aprii la porta, uscí un vortice di vapore e per qualche secondo lo vidi, seduto sulla fila di panche piú in alto, nudo. Poi la porta si chiuse dietro di me e lui scomparve di nuovo nella nebbia bianca.

Mi sedetti nella fila sotto la sua, cercando di convincere il mio corpo che non era pericoloso respirare con un'umidità prossima al cento per cento, e aspettai. Sentii che Carl inspirava, con un suono roco.

– Il ministro dei Trasporti, online, afferma che non rilascerà alcuna dichiarazione finché non avrà letto l'intero rapporto.

– È plausibile, – dissi. – Ma concluderà che il progetto della galleria del Todde è morto.

– Già. Come va la richiesta di prestito?

Fissai nel bianco senza rispondere.

– Rilassati, siamo soli, – disse mio fratello.

– Andrà tutto bene, – dissi. – Piú tardi manderò la descrizione del progetto con il budget a Vendelbo. Non appena avranno una nuova valutazione delle mie proprietà, ci incontreremo. Vendelbo ha il piede sull'acceleratore e conta di farlo all'inizio della prossima settimana. La decisione sul prestito sarà la settimana successiva.

– Cosí tardi?

– Ho detto alla GeoData che ci vorranno quattordici giorni prima che ricevano i loro dodici milioni, e hanno capito. Cos'è che ti preoccupa?

– Perché, sono preoccupato?

– Sí.

Sapevo che non avrebbe provato a protestare, mi conosceva bene quanto io conoscevo lui.

– L'Alpin, – disse.

– Che cos'è successo?

– Vogliono uscire.

– Cosa?

– Dicono che i loro ingegneri hanno trovato ingenti danni nascosti causati dall'incendio.

– Che tipo di danni?

– Non l'hanno specificato. Strutture portanti e danni che, a lungo termine, distruggeranno le fondamenta, hanno detto. Abbastanza da non voler correre il rischio di investire.

– Davvero? – Mi voltai a guardarlo, ma era nascosto nella nebbia.

– Davvero.

– E tu ci credi? Non è che abbiamo ordinato un falso rapporto tecnico e in cambio ne abbiamo ricevuto uno a nostra volta?

Carl fece una risatina priva di gioia. – Mi piacerebbe pensare che stiano barando. Dopotutto sono francesi, quindi se avessero utilizzato il rapporto per contrattare sul prezzo di emissione, mi sarei insospettito. Ma dicono di no all'intera operazione, punto.

– Però adesso la statale rimarrà al suo posto. Forse cambieranno idea quando lo sapranno.

Silenzio.

– Se annuisci o scuoti la testa non ti vedo, Carl.

– No, – disse la sua voce. – Non cambieranno idea.

– Perché?

– Perché gli avevo già detto che la strada avrebbe continuato a passare per Os.

– Cosa?

– Sí, gliel'avevo già attualizzata.

Era una delle sue parole preferite di quando studiava economia negli Stati Uniti. Calcolare il valore del flusso di cassa futuro alla data odierna. L'altra espressione era «attacco preventivo», che sosteneva di aver imparato da me durante le risse a Årtun. Colpire per primo, attaccare non appena ti sembra che l'altro abbia intenzione di attaccare te. Sospirai. – Quindi ora i francesi sanno che qualcuno, cioè noi, probabilmente, ha comprato quel rapporto?

– Possono pensare quello che vogliono, ma non gli interessa, Roy. Questo è solo uno tra cento progetti alberghieri che stanno prendendo in considerazione, la maggior parte dei quali in Paesi piú corrotti della Norvegia.

Sentii qualcosa scorrermi sul corpo, non sapevo piú cosa fosse sudore e cosa vapore condensato, ma mi faceva il solletico. In tanti posti. Nei posti sbagliati.

– Quindi adesso cosa fai? Interrompi la costruzione dell'ala?

– È troppo tardi, i contratti sono stati firmati e annullare cosí vicino all'inizio dei lavori ci costerebbe un patrimonio.

– E allora?

– E allora mi chiedo quanto otterrai in prestito.

Ovvio. Ovvio che ci trovassimo di nuovo in quella situazione. Carl aveva rovinato tutto e aveva bisogno del suo fratellone per salvarsi. Ma non stavolta. Avevo chiuso. Shannon, quella era stata l'ultima volta.

– Quel prestito è per il parco divertimenti, Carl. Capisci che non posso usarlo per tirarti fuori da una situazione difficile.

– Un'altra situazione difficile, vuoi dire?

– Non ho detto questo, ma va bene. Un'altra situazione difficile.

– Però sai che me lo devi.

Mi voltai di nuovo, fissando nella coltre di lana bianca. Avevo sentito bene? Sí, è vero che avevo un debito con lui, che dovevo risarcirlo per l'infanzia che aveva avuto. Ma ero io a pensarlo, non lui. Era tutto sbagliato. Sembrava che lui, la vittima, avesse accettato, e forse in parte represso, gli abusi notturni nella camera da letto che condividevamo. Mentre io ero quello che non riusciva a lasciarsi tutto alle spalle. Carl aveva sempre piú o meno inconsciamente giocato sui miei sensi di colpa, ma non aveva mai detto chiaro e tondo che gli dovevo qualcosa. E la sua voce fremeva di amarezza, un'amarezza che non avevo mai sentito prima.

Quando continuò, però, la sua voce era di nuovo morbida e lusinghiera. Il solito Carl persuasivo che conoscevo.

– Siamo una famiglia, Roy. L'hotel è mio, il parco tuo, ma qui uno piú uno fa piú di due.

– Lo so, ma...

– La banca non presta *molta* attenzione a dove vanno i soldi finché ha delle garanzie e gli interessi e le rate vengono pagati. Ed è una cosa temporanea, solo un mese. Massimo due, finché non avrò trovato un nuovo investitore. I due cinesi a cui avevo detto di no sono ancora interessati.

Posso scatenare una guerra di offerte tra loro. Ti prometto che riavrai i tuoi soldi molto prima di dover pagare le montagne russe. Che ne dici, fratellone?

È strano che qualcuno abbia cosí tanta presa su di te, che anche se vedi cosa sta facendo, anche se capisci lontano un chilometro il trucco che sta facendo con la mano sinistra mentre pensa che tu guardi la destra, ottenga comunque quello che vuole. Perché ha in pugno il tuo cuore, e a quel punto destra o sinistra è uguale.

– Ci penserò, – dissi.

– Bene, non chiedo altro. Stasera tornerò a casa tardi, dei dettagli ne parliamo domani dopo il lavoro?

– Va bene. Ah, no, devo andare a Notodden.

– Ah, sí? A fare cosa?

– Un concerto.

– Da solo?

– No. Con Natalie, pensava potesse piacermi.

Lo dissi in tono un po' disinteressato. O forse no, forse in un tono troppo disinteressato, quasi esagerato. In ogni caso, da dietro la cortina di vapore non sentii nessuna reazione.

– Divertitevi, – si limitò a dire. – Dopodomani, allora?

– Sí, – risposi. – Adesso devo tornare al lavoro.

– Va bene. Io rimango ancora un po'.

Mi voltai per aprire la porta e la tenni aperta mentre il fumo bianco usciva, finché non ci fu abbastanza visibilità da capire che Carl era solo lí dentro. Solo e nudo e con uno sguardo che non riuscivo a decifrare. È strano che una persona con cui hai vissuto a cosí stretto contatto per tanti anni possa improvvisamente sembrare un estraneo. Magari pensi che sia la luce, o che sei stanco, che quello è il tuo fratellino, uno che non può nasconderti nulla. E poi ti rendi conto che non hai nemmeno una visione completa di te stesso.

## Capitolo 14

– Allora? Ci facciamo belli per Natalie Moe? – disse Grete Smitt mentre mi massaggiava il cuoio capelluto.

Io giacevo relativamente indifeso sulla sedia, con la testa riversa nel lavandino, e speravo solo che il rumore dell'acqua corrente facesse sí che gli altri due nel salone non la sentissero. Gli affari le andavano bene, aveva assunto una ragazza e sapevo che stava cercando un locale piú adatto vicino alla piazza.

– Il solito taglio, – dissi. – Non c'è bisogno che mi fai piú bello.

Non so se avesse colto l'insulto implicito, né come avesse ottenuto l'informazione che io e Natalie saremmo andati a Notodden quella sera, ma non avevo intenzione di fare domande al riguardo. Mi avvolse i capelli in un asciugamano, mi condusse a una poltrona vuota, mi pettinò e si mise all'opera con le famose forbici giapponesi Niigata 1000 che prima o poi avrebbe infilato nel suo monologo dicendo che erano costate quindicimila corone.

– Non invecchi mai, tu, Roy, – disse.

Rimasi un po' sorpreso dal complimento. Studiai la mia faccia. Immagino che in un certo senso avesse ragione. Un naso brutale e bitorzoluto, bocca larga, mento squadrato, occhi infossati e capelli scuri con l'attaccatura bassa e folta, di quelle che promettono di non ritirarsi mai. Non brutto, comunque. Era stata l'associazione mentale a una donna molto piú giovane a provocare quel commento? Ma c'era qualcosa nel tono della sua voce che suggeriva una continuazione alla sua frase, che lei aveva tralasciato. Poi capii di cosa si trattava. *Non come tuo fratello Carl.*

L'avevo capito non tanto perché era vero – in effetti lo era –, quanto perché Grete era ancora ossessionata da Carl. Un tempo, per lui aveva provato un'infatuazione a senso unico, appiccicosa e senza speranza, durata anni, che si era conclusa con un'unica scopata una volta che Carl era ubriaco fradicio. Adesso invece voleva solo avere la conferma che era stata molto piú fortunata a mettersi insieme a Simon Nergard. E anche se Simon Nergard era un babbeo noioso, o forse proprio per questo, probabilmente aveva ragione.

– Tuo fratello deve andare in qualche posto caldo? – chiese.

– Perché? – Mi pentii subito di non aver risposto con un semplice «non lo so».

– È venuto al solarium due volte la settimana scorsa.

– E allora? La vitamina D fa bene, no?

– Sí, ma in paese la gente pensa che gli uomini che vanno nei solarium siano gay. Ecco perché qui ne vengono solo tre, di uomini. Il direttore della banca, Stanley Spind e Kurt Olsen. E tutti sanno che a Kurt piacciono le donne. Ma a Os la gente è terrorizzata da qualsiasi cosa abbia a che fare con l'omosessualità. Te lo ricordi, Adrian? Lavorava qua.

Me lo ricordavo. Era un ragazzo che Stanley aveva conosciuto in vacanza a Ibiza e che si era trasferito nel villaggio. Aveva resistito otto mesi, niente male.

– Parrucchiere abilissimo, ma ho dovuto lasciarlo andare. Persino le donne erano nervose ad avere un gay che le maneggiava.

Non avevo idea di dove volesse andare a parare Grete Smitt, e non volevo nemmeno saperlo, perciò chiusi gli occhi nella speranza di farle capire che non ero interessato.

– Ma sarebbe carino se Carl e Kurt potessero prendere il sole insieme. Non sono esattamente in ottimi rapporti, visto che Kurt non vuole piú allenare la squadra di Carl. O no?

Di' il meno possibile, pensai. – Credo che manterranno un certo contegno, – dissi.

– Non sembrava proprio cosí quando Carl è uscito dal comando di polizia rurale, ieri mattina, – disse Grete. – Qualcuno mi ha detto che aveva un'aria infuriata, imprecava e se n'è andato sgommando dal parcheggio.

Mi concentrai sul respirare lentamente. Perché diavolo non avevo chiesto a Julie se poteva spuntarmi i capelli un po' dietro le orecchie e sul collo nella stanza sul retro del *Fritt Fall*? Mi schiarii la voce. – Avrà fatto a Kurt un'offerta ancora migliore, che lui ha rifiutato di nuovo.

Il cigolio delle forbici giapponesi cessò. Era chiaro che Grete doveva concentrarsi per riflettere sulla mia spiegazione.

– Forse è cosí, – disse alla fine. Le forbici si rimisero in moto. – A proposito di offerte. Un parrucchiere di Notodden mi ha chiamata la settimana scorsa e voleva comprare le mie Niigata 1000. Indovina quanto mi pagherebbe?

Guardai l'orologio a muro dietro di me nello specchio. Sarei dovuto andare a prendere Natalie all'hotel alle sei, quindi avevo tutto il tempo. Tutto il tempo che volevo, in realtà. E il pensiero che negli ultimi otto anni era apparso a intervalli irregolari sollevò la sua brutta testa senza preavviso. Avevo molto piú tempo di quanto ne volessi.

Piovigginava quando lasciammo il villaggio. *Don't Go to Strangers* allo stereo. Come al solito, guardai nello specchietto subito dopo aver superato il cartello del comune.

– Zo, – disse Natalie.

– Cosa?

– Allo specchio diventa Zo. È per questo che guardi lo specchietto, vero?

Dovetti sorridere. – Pensavo di essere l'unico a pensarci.

– Ah, no. Ero sempre felice quando vedevo la scritta «Zo». Perché allora voleva dire che me ne stavo andando.

Annuii. Non sapevo come interpretare quell'affermazione. Se significava che erano successe cose spiacevoli quando tornava a casa in visita dopo essersi trasferita. Speravo di no. Non solo per il bene di Natalie, ma anche per il mio e di Moe. Avevo promesso che lo avrei ucciso se avesse toccato di nuovo sua figlia, e avevo tutta l'intenzione di mantenere la promessa.

– Che musica è questa? – chiese.

– J. J. Cale, – risposi. – Roba anni Settanta.

– È quello che canta *Don't Talk to Strangers*?

– Quasi.

– Me lo diceva sempre mia zia. Di non dire niente agli altri.

Per alcuni secondi nell'auto ci fu silenzio. Solo J. J. Cale e i tergicristalli. – La zia mi diceva che lei stessa era stata abusata dal nonno. Sia lei sia mio padre.

– Cosa intendi? Che tua zia sapeva che…

– Sí. O almeno l'aveva capito.

Sentii che il cuore mi batteva piú forte, e mi accorsi che, inconsciamente, avevo premuto l'acceleratore. – E ti ha solo detto di non *dirlo* a nessuno?

Natalie si strinse nelle spalle. – Se fosse stata la tua famiglia, sei sicuro che *tu* l'avresti detto a qualcuno?

Sentii il suo sguardo su di me. Non sapevo cosa rispondere, e comunque all'improvviso la mia gola era diventata troppo stretta.

– Mi ha detto che sarebbe finita, – riprese Natalie. – Col nonno era andata cosí. Un bel giorno aveva smesso. Poi non è mai piú capitato, e dopo qualche anno era come se non fosse capitato mai, come quando il corpo ingloba un proiettile.

– Mah, – risposi. Avevo rallentato. – È vero? Che è come se non fosse mai successo niente?

Scosse la testa. – No. No che non lo è. Ma non ho piú paura di lui.

– Perché no? È ancora fisicamente abbastanza forte da… – Cercai un'altra parola, finché non mi resi conto che non aveva piú senso evitarla. La guardai. – Violentarti.

Natalie non batté ciglio. – Certo, – disse. – Ma non può piú *manovrarmi*. Non ha piú il controllo su di me. E, dopo la morte di mia madre, ha perso anche quel poco che aveva su sé stesso. È un uomo triste, Roy. Se ne sta lí a casa a… non lo so. Ad aspettare di morire. Non lo odio. O meglio, sí, ma gli voglio anche bene. So che è pazzesco, ed è questo che mi fa infuriare. Che un uomo che non merita nemmeno una delle mie lacrime mi faccia piangere perché mi dispiace per lui. Perché io *vorrei* odiarlo, sai? Il mio cervello lo odia, ma il cuore mi tradisce, capisci?

Annuii. Perché capivo.

Guidammo per un bel po'. Lasciammo che J. J. Cale facesse le sue cose, mentre i battiti del cuore si calmavano. Finché non mi pose la fatidica domanda, quella che mi aspettavo.

– Perché l'hai fatto?

– La cosa con tuo padre?

– Sí. Voglio dire, non eri l'unico ad avere sospetti.

– Ah, no?

– No. Ma tu sei stato l'unico a fare qualcosa. Perché?

– Dev'essere stato perché sono un cittadino responsabile, allora.

Guardò fuori dal finestrino. Era ormai buio e la pioggia era aumentata, quindi non c'era niente da vedere.

Poi lo disse. A bassa voce. – Non vuoi parlarne?

Vidi le mie nocche diventare bianche intorno al volante. E se non avessi voluto dirlo? Ma sí, tutti vogliamo parlare. Raccontare ed essere capiti. Tutti chiediamo a qualcuno di aiutarci a ridiventare umani, a riuscire di nuovo a sopportare la nostra immagine allo specchio. Ma non c'era nessuno a cui parlarne. Nessuno avrebbe capito. Nessuno di cui fidarsi che mantenesse il segreto.

– Roy?

Tranne Natalie. Che l'aveva provato. Che metteva sul piatto il segreto della sua famiglia. Feci un respiro, e per un attimo mi domandai se la mia voce avrebbe retto.

– Anche mio padre era un violentatore.

Ecco, lo avevo detto.

Feci un altro respiro. – È per quello che l'ho capito, vedendo il tuo. La vergogna, se la portava addosso come uno zaino pieno di sabbia.

– Avevo immaginato che fosse qualcosa del genere, – disse. – Quanto è durata?

Esitai. Dovevo dire che la vittima era Carl, e non io? Che io ero il fratello maggiore che giaceva nel letto di sopra e faceva finta di dormire, lasciando che accadesse, perché pensavo di non poter fare nulla, e che era solo una di quelle cose che succedono in famiglia e che non bisognava dire a nessuno? No, non potevo esporre Carl, era il suo capo, questa era la sua storia. – Da quando avevo circa dodici anni.

– Come me, – disse. – E poi è finita?

– I miei genitori sono morti in quell'incidente.

– A proposito, – disse. – Stai andando a piú di cento all'ora.

– Oh, cazzo, – dissi, rallentando di nuovo. – Grazie.

Mi mise una mano sul braccio. Sentii il calore attraverso il giubbotto e la camicia di flanella.

– Sono io che devo ringraziare te. Lo sai, vero, Roy? Che mi hai salvato la vita?

– Tutto quello che so, – dissi, sperando che non togliesse mai la mano, – è che mi hai dato un'altra possibilità di fare la cosa giusta.

– Ribellarsi all'aggressore.

Annuii. Guardai il dito medio della mano destra che si alzava un po' piú degli altri dal volante. Il risultato di un attacco preventivo. Quando ero nella cucina di Moe e gli avevo dato il mio ultimatum, dicendo che sarei stato zitto solo se sua figlia fosse andata via, lui era riuscito a rompermi l'articolazione del dito con un martello prima che iniziassimo a picchiarci. Alla fine però era lui quello singhiozzante in posizione fetale sul linoleum, con il sangue che scorreva in un rivolo fino al sedile di una sedia rovesciata. E pochi giorni dopo Natalie era andata a Notodden.

Lei tolse la mano. Alzò il volume. Io mi abbandonai contro il poggiatesta e fissai lo sguardo sulla strada, il piú in là possibile nel cono di luce dei fanali.

*Oh, woman, when in doubt, call on me.*

Fu un concerto diverso, in ogni caso non assomigliava a quelli a cui ero stato prima.

Il locale non era grande. Un bar, qualche tavolo e un palco improvvisato realizzato con moduli rimovibili. Il pubblico, una cinquantina di persone, si comportava come se conoscesse o fosse imparentato con quelli che suonavano. Il primo era un ragazzo giovane in costume regionale della valle di Hallingdal, con la giacca bianca, il gilet rosso, pantaloni neri e calze bianche. Suonava il violino dell'Hardanger e batteva il ritmo talmente forte da far traboccare il bicchiere di birra che aveva lasciato sulla sedia accanto a sé. Dopo due brevi pezzi, si avvicinò un altro giovane, con il costume della valle di Setesdal e il tipico, grande cappello nero. Dal suo carisma e dalla risposta del pubblico, capii che tra i due la star era lui. Un tizio enorme con lo sguardo infuocato e una voce nasale che disse, in svedese, che avrebbe suonato una canzone scritta dall'uomo che era stato il suo insegnante. Quando si mise il violino nell'incavo della gola e afferrò il manico, vidi una croce tatuata sul dorso della mano. Contò, iniziando da cinque, e allora capii che sarebbe stato qualcosa di differente. L'esecuzione era dura, aggressiva, e già dopo la prima canzone la luce del palco scintillava sui fili strappati dell'archetto. Invece di battere i piedi per terra, premeva su uno stomp box: sembrava una grancassa e allo stesso tempo un basso a una nota. Chiusi gli occhi. Era una musica selvaggia, grandiosa, cosí familiare eppure nuova, come una ragazza con cui sei cresciuto che torna al villaggio cambiata, diversa, come una persona che conosci per la prima volta. O forse sei tu, forse sei tu che impercettibilmente, poco a poco, nel corso degli anni sei cambiato, hai acquisito quel discernimento di cui avevi bisogno per vedere, vedere e ascoltare e capire quello che avevi avuto davanti per tutta la vita.

Guardai Natalie. Anche lei mi guardò, e alzò la bottiglia di birra in un brindisi a cui io risposi con il mio bicchiere d'acqua.

Poi arrivò tutta la band. Batteria, contrabbasso a due corde, fisarmonica e due violini dell'Hardanger.

Suonavano forte. Tutti tranne i due violini facevano da accompagnamento. E dai violini uscivano suoni armonici, distorsioni e linee di basso, due ritmi che divergevano, che minacciavano il caos, ma che tuttavia si incontravano di nuovo, come il tre e il quattro che si trovano nel dodici. Quando pensavi che sarebbero andati a sinistra andavano a destra, e tu riprendevi fiato solo per precipitare di nuovo in caduta libera. Però, come su delle magnifiche montagne russe di legno, sentivi che c'era un'armonia di fondo, un ordine, un significato.

Lo svedese sollevò il cappello nero. Aveva i capelli corti, a parte la frangia. Nera e lucida, pettinata di lato e infilata in un orecchino. Avevo già visto una cosa del genere nelle foto di vecchi violinisti. Lo svedese mostrò i denti, con gli occhi che sporgevano, e soffiò verso di noi nel momento in cui la musica era piú intensa.

Dopo un'ora, quando pensavamo – e sono sicuro che alcuni lo speravano – che la band avesse finito, lo svedese chiamò Natalie sul palco. Lei salí e sollevò uno strano strumento a fiato di forma conica, alto quasi quanto lei. Era lo stesso strumento che avevo visto sul poster fuori dal locale, una vecchia illustrazione, nazional-romantica, di una guardiana delle vacche che suonava un corno di corteccia di betulla nei pascoli. Avevo già visto quell'illustrazione, con le stesse lettere gotiche con cui avevano scritto «Hell Spelemannslag», il nome della band, solo non riuscivo a ricordare dove. Natalie appoggiò le labbra all'estremità piú stretta, gonfiando il petto. Poi soffiò. E adesso fui io a riconoscere quella lunga nota triste, quella che lei aveva sentito e riconosciuto durante la passeggiata in montagna.

Era il verso del piviere. Natalie suonò un totale di tre note, ripetendole piú volte nello stesso ordine in una melodia sempre piú suggestiva. Lo svedese cominciò a battere piano lo stesso ritmo lento sulla stomp box. Poi Natalie si mise a cantare. Nel locale era sceso il silenzio, si sentiva solo quella voce simile a una campana, quasi piangente, e un ritmo, come di battiti cardiaci lenti e pesanti. Chiusi di nuovo gli occhi. Imprecai dentro di me. Perché adesso ero veramente in caduta libera.

Dopo il concerto, la band, compresa Natalie, scomparve da una porta dietro il palco.

Quando rientrarono, gran parte del pubblico se n'era andata. Natalie e lo svedese si sedettero con me. Lui si era tolto la giacca e la camicia bianca era talmente inzuppata di sudore che gli si appiccicava ai muscoli del petto. Con un tonfo, posò un thermos al centro del tavolo.

– Roy, – mi presentò Natalie. – Roy, lui è Ola.

– Ah, quindi tu sei Roy, – disse lui in svedese con l'accento del Bohuslän. Mi tese la mano. – Ha ragione Natalie.

– Ragione? – dissi, stringendogli la mano.

– A dire che assomigli a Leonard Cohen, anche se non sei altrettanto bello. Vuoi un *uddevallare*? – disse, sollevando il thermos. La croce sul dorso della mano si incurvò sulle vene.

– Che cos'è?

Sorrise. Doveva avere un paio d'anni piú di Natalie, eppure in bocca gli si intravedevano diversi denti d'oro. – Caffè e acquavite. Caffè corretto.

– Grazie, ma devo guidare.

– Okay –. Riempí il suo bicchiere e quello di Natalie. – Che cosa ne pensi, Roy?

– Di cosa?

– Di noi, ovvio.

Io guardai prima Ola poi Natalie, poi di nuovo Ola.

Lui ridacchiò. – Della band. Della musica, che cazzo.

– Ah, sí… – Riflettei. – È… forte.

– Forte? Come un *uddevallare*?

– Come un Jimi Hendrix.

Ola annuí soddisfatto. – Bene. Allora l'hai capita –. Bevve un lungo sorso dal bicchiere. – Quasi, perlomeno.

– Quasi?

– Be', Natalie dice che le sembri appassionato di musica. Sei molto piú vecchio di noi, e norvegese, perciò pensavo che avresti colto che è un riferimento un po' piú vicino.

– Ah, sí?

– Sí. Dopotutto, c'è una linea retta che unisce questi due momenti salienti della musica norvegese. Musica popolare e...

Rimase fermo, in attesa, guardandomi con il divertimento che danzava nei suoi occhi intensi. Mi scervellai. Ma no... Sí, un attimo, il poster. Mi si accese una lampadina.

– Black metal, – dissi. – Burzum. Il poster con la guardiana delle vacche è la copertina di uno dei suoi album.

Ola si rivolse a Natalie. – Non è male, il tuo amico. Devo uscire a fare un sacrificio, cara –. Posò la mano con il tatuaggio su quella di Natalie, si alzò e si avviò verso l'uscita.

– Un sacrificio? – chiesi.

Natalie rise e bevve un sorso dalla bottiglia di birra. – È una cosa della Setesdal. Fino a non molto tempo fa, nelle fattorie piú remote si offrivano ancora cibo e sangue agli dèi. Ola dice che va a fare un sacrificio quando esce a vomitare.

– Lo fa spesso?

– Prima di ogni concerto e qualche volta anche dopo. Prima, per i nervi. Poi, per la stanchezza. È un artista e pretende molto da sé stesso.

– Intendi dire che si guadagna da vivere con questo?

Lei sorrise. – No, lo vedi anche tu che non può. Lavora come sacrestano alla chiesa di Notodden. Ma vive e respira solo per la musica. Suonava la *nyckelharpa* quando viveva nel Bohuslän. Ha iniziato a cinque anni.

– Nyckelharpa?

– Sí, è una specie di versione svedese del violino dell'Hardanger, però devi premere dei tasti e hai solo quattro corde. Poi Ola ha scoperto il violino, durante una vacanza a casa dei suoi parenti nella Setesdal, quando ha assistito a un concorso di musica tradizionale. Cioè, là usano quello che si chiama «violino rurale», anche lui ha le corde inferiori ed è un precursore del violino dell'Hardanger. E Ola è rimasto incantato. Ha trovato uno dei migliori insegnanti della Setesdal e si è trasferito là.

Annuii. – E adesso fa il sacrestano, prendendo a modello i tizi che incendiano le chiese?

Lei rise. – Ola ascolta solo la musica e i sentimenti. Tutto il resto è una distrazione, per lui.

Sentii l'ammirazione nella sua voce, la vidi nel bagliore dei suoi occhi. Era ora di tornare a casa. Guardai l'orologio.

– Vuoi fermarti qui? – chiese.

Alzai lo sguardo – Fermarmi?

– Facciamo un po' di festa. Io resto da Ola. C'è posto anche per te.

Sentii una stretta allo stomaco. – Devo tornare a casa, domani mattina devo andare a lavorare presto. Tu puoi prendere l'autobus –. Non appena le parole mi uscirono di bocca, mi resi conto di che impressione davo. Di uno che si sentiva usato, in un certo senso. Ed era troppo tardi per rimangiarsi le parole. Dalla sua espressione compresi che voleva dire qualcosa, chiarire, assicurarmi che non mi aveva offerto di restare solo per poter avere un passaggio l'indomani. Ma lei si limitò a portarsi la bottiglia di birra alla bocca, sbattendo le palpebre e distogliendo lo sguardo. La mano che mi aveva messo sul braccio in macchina, ovviamente, era stata solo quello: una mano sul braccio. Adesso la conversazione ci aveva intrappolati, sedevamo lí in silenzio, e all'improvviso mi vidi attraverso i suoi occhi, attraverso gli occhi di Ola e di tutti gli altri in quella stanza: un uomo di mezza età che sbavava per una donna di cui poteva quasi essere il padre. No, non che sbavava, che faceva il muso lungo. Tutto ciò mentre il suo ragazzo era uscito un attimo. Cazzo, che scena patetica.

Strinsi i pugni sotto il tavolo. Cosa c'era che non andava, in me? Quello che le avevo appena mostrato di me stesso era cosí imbarazzante che per un momento mi dispiacque che non ci fossimo schiantati in macchina mentre andavamo lí. Cioè, io, non lei. Lei e Ola sembravano due che avrebbero potuto rendersi felici a vicenda. Inoltre, volevo una seconda occasione, visto che al ritorno sarei stato solo. Scoppiai a ridere.

Natalie mi guardò sorpresa. – Che cosa c'è?

– Niente, io... in realtà pensavo che avremmo potuto approfittare del viaggio fin qui per parlare dell'inaugurazione delle montagne russe e del parco, visto che a quanto pare la statale continuerà a passare da Os. Ma è stato piú bello parlare di musica e della nostra infanzia. A parte...

– ... l'infanzia, – dicemmo in coro. Adesso fu lei a ridere.

Mi alzai. – Possiamo parlarne al telefono nel fine settimana, – dissi.

Lei mi guardò. Aveva qualcosa negli occhi, come se l'avessi schiaffeggiata, erano occhi da vittima, per cosí dire. – Okay, – disse. – Grazie di essere venuto. Guida piano.

Fuori, mentre andavo alla macchina, vidi Ola e il ragazzo con il costume bianco della Hallingdal che litigavano. Ola aveva le mani sulle spalle dell'altro, era talmente ubriaco che sembrava appoggiarsi a lui. Loro non mi videro.

Era l'una e mezza di notte quando parcheggiai nel cortile. L'auto di Carl non c'era. Andai in cucina, presi qualche bottiglia di birra e mi sedetti in veranda. Dopo dieci minuti fui accecato dai fari della Bmw. Mio fratello entrò, anche lui con una birra in mano, e si lasciò cadere accanto a me.

– È tardi, – dissi. – Sei stato a festeggiare per la statale?

– No, – rispose. – Sono stato a scopare con Mari Aas. Di nuovo.

Bevemmo un sorso, guardando fuori nel buio. Pioveva ancora.

– Non mi sembri sorpreso, – commentò.

– L'unica cosa che mi sorprende è che tu me lo dica. O, meglio, che tu me lo dica solo adesso. Perché?

– Perché voglio sapere cosa ne pensi.

– Di cosa?

– Di me e lei che diventiamo una coppia. Per davvero.

– Cioè, vuoi dire che lei divorzia da Dan?

– Sí.

– Lo farà sul serio? Con i bambini e tutto il resto, intendo.

– Sí. Dan Krane vuole andar via da Os. Lei no.

– E tu le vai bene come marito e padre? – Sollevai la bottiglia in un brindisi in direzione del podere degli Aas, laggiú da qualche parte. – Non è una cattiva idea quella di Mari Aas, sostituire uno che non mantiene i suoi impegni con il re di Os. Che tempismo. E potrà anche trasferirsi in un castello nuovo di zecca, tra l'altro in tempo per decidere l'arredamento. E buon per te, non sei proprio tagliato per vivere da solo.

– Un momento, Roy. Non è che Mari e io non ci avessimo pensato prima.

– Ah, sí? E cosa vi ha trattenuti?

Carl alzò le spalle. – È stata lei a trattenersi. Probabilmente per una somma di piú cose. Anche un po' per orgoglio, perché ai tempi io l'ho tradita e in paese lo sanno tutti.

– Cristo, ma è successo una vita fa.

– Sí, ma rimane il fatto che non si fida completamente di me. Dopotutto, io e lei abbiamo iniziato a frequentarci quando Shannon era ancora viva, quindi mi ha già visto tradire due volte. E poi i bambini sono affezionati a Dan, lei dice che è un papà super –. Carl scosse la testa e alzò gli occhi al cielo, come per significare qualcosa. – Cioè, lo era. Anche lí è andato un po' fuori rotta.

Si sporse in avanti sulla sedia, appoggiò i gomiti sulle ginocchia e intrecciò le mani attorno alla bottiglia di birra. – Io le ho detto che se lo facciamo ora, che la gente parla solo della statale, desterà meno attenzione. Lei non ammetterà mai che l'attenzione le dà fastidio, ma è chiaro che è cosí. Comunque, stasera sembrava piú propensa a lasciarlo.

– Ovvio, – dissi io. – Perché la statale all'improvviso farà sí che lei possa restare a Os, ma allo stesso tempo sa che Dan non può sopportare di rimanere in un paese dove sia lui sia tutti gli altri sanno che è becco.

Carl mi guardò. – Dici che lo sa?

– Gli occhi ce li ha anche lui, Carl. Tutti hanno capito che la piú piccola è tua.

Carl guardò di nuovo fuori dalla finestra. – Oh, cazzo, – disse a voce bassa.

– E devi stare attento, i becchi sono pericolosi.

– Già, tu ne sai qualcosa.

Annuii. – Rita mi ha detto che becco è una parola dall'etimologia incerta. Ma i cornuti si chiamano cosí perché le capre femmine cambiano maschio con disinvoltura. Rita ha detto che dovevamo stare attenti alle corna del becco. Se non l'avessi fatto io, Willum avrebbe ucciso prima me e poi te.

– Amen, – disse lui.

Per un secondo fui di nuovo in macchina con Natalie,

prima di rendermi conto che era stato Carl a mettermi la mano sul braccio.

– Sai una cosa, Roy?

– Che cosa?

– Sei il miglior fratello maggiore che un idiota come me possa avere.

Lo disse con tale calore e intensità che sentii il bisogno di deglutire. Quando si hanno vite cosí intrecciate come le nostre, è impossibile vedere e sentire tutto allo stesso tempo. Puoi concentrarti sui frammenti, puoi dire «ti ricordi quella volta?» e allora per un breve istante esiste solo ciò che è successo, e le sensazioni che evoca.

– Be', immagino di essere altrettanto idiota, – dissi, rendendomi conto che avrei dovuto schiarirmi la voce, prima.

Lui si voltò verso di me. – Che cos'è successo?

Sbuffai e bevvi un altro sorso.

Carl mi strinse il braccio, senza lasciarmi con lo sguardo.

Cosí gli raccontai com'era andata la serata. E che mi ero illuso prima di capire all'improvviso quello che stavo facendo. O meglio, non quello che stavo facendo, perché non stavo facendo niente, ma quello che provavo.

– Sei innamorato, – esclamò lui ridendo. Si dondolò avanti e indietro sulla sedia. – Cazzo, Roy! Non ti ho mai visto innamorato.

Le sue parole mi fecero rivoltare lo stomaco. Sembrava cosí felice e non potevo certo dirgli la verità. Che ero stato cosí innamorato di colei che era sua moglie, che mi ero trasferito a Kristiansand solo per scappare, che in uno dei momenti piú bui avevo pensato di buttarmi da uno dei ponti della città.

Allora provai a unirmi alla sua risata. – Passerà, – dissi.

– Ah, ma puoi vincere contro quel violinista, – disse Carl, aprendo due bottiglie e porgendomene una.

– Non mi hai sentito? – risposi. – *Non voglio* vincere contro nessuno. Stiamo parlando di Natalie Moe, la figlia dell'idraulico. Fino a *ieri* era una bambina! Resterò in castigo nell'angolo finché non mi sarà passata.

Ma Carl non si arrese. – È bello, questo Ola?

– Non saprei. Ma ha la voce di Jimi Hendrix. Anche per un bellone come te sarebbe difficile vincere contro di lui.

Mio fratello ridacchiò soddisfatto. – Dài, Roy. Sei bello anche tu.

– Scemo –. Brindammo. Guardai l'orologio: di lí a quattro ore scarse avrei dovuto alzarmi. Scoppiai a ridere. – A proposito, lei ha detto a Ola che io sono la brutta copia di Leonard Cohen.

– È una contraddizione in termini.

– E poi mi è venuta in mente questa storia mentre tornavo a casa. Fine degli anni Sessanta a New York. Leonard Cohen è un canadese maturo che è arrivato in città e frequenta i giovani della scena musicale folk. Tra di loro c'è una ragazza stupenda con la chitarra e una voce meravigliosa, Joni Mitchell. Lui l'ha invitata a uscire, hanno mangiato e stanno tornando al *Chelsea Hotel* quando alle loro spalle arriva una limousine. Il finestrino oscurato si abbassa, e là dietro c'è Jimi Hendrix. Lei si illumina. «Ciao, Jimi!», e lui «Ciao, Joni, ti va di fare un giro?»

– E poi?

– E poi? Poi fanculo *Suzanne takes you down* e *Hallelujah*, ecco *Purple Haze* e *Voodoo Child*, e penso che se fossi stato Leonard avrei spinto via Joni e sarei salito io, sulla limousine con Jimi, sperando che mi scopasse.

Carl rovesciò indietro la testa. Spalancò la bocca, inspirò. E cominciò a ridere. Fu un sollievo sentirlo. Era la risata di Carl per dire che, cazzo, la vita non è poi una cosa tanto seria. E nemmeno l'amore. E nemmeno la morte. Per dire che puoi goderti i momenti che hai, che tutto è temporaneo e niente, niente in assoluto, è reale, vero o duraturo.

– Che cos'è successo, poi? – disse, asciugandosi le lacrime. – È rimasta con Jimi?

Ci pensai. – Non mi ricordo. Immagino di sí.

Mi alzai e andai al frigorifero per prendere altra birra. Sarebbe stata una lunga notte.

## Capitolo 15

Il mercoledí Glen Moore arrivò a Os con un'auto a noleggio.

Lo andai a prendere in albergo e lo portai al campeggio. Era entusiasta all'ennesima potenza. – Wow, Roy, adesso capisco perché vuoi che il profilo dell'ottovolante segua quello delle montagne. E il lago! Sai una cosa? Secondo me ha buone possibilità di diventare un capolavoro, a prescindere dalle dimensioni.

Aveva domande sulle condizioni del suolo e sul possibile acquisto delle proprietà agricole circostanti, perché pensava che il terreno attuale fosse un po' piccolo. Io risposi meglio che potevo, spiegando le regole relative alle concessioni e all'obbligo di gestire le proprietà agricole per un certo numero di anni.

– Comunque, – disse Moore, – visivamente sarà fantastico sia per chi sarà sull'ottovolante, sia per gli spettatori e le persone che passano in macchina. Mettiamola in questo modo: vorranno fermarsi e andare a fare un giro anche loro.

Decidemmo di pranzare in albergo e di guardare lí i disegni.

– Stagione di caccia? – chiese mentre passavamo davanti a tre tizi in vestiti mimetici su sedie pieghevoli davanti a uno dei bungalow. Due di loro stavano lucidando i fucili.

– Sí.

– Cosa si caccia da queste parti?

– Perlopiú cervi. Alci. E qualche capriolo –. E ogni tanto le persone, pensai. Avevo appena visto Kurt Olsen passare nella sua Land Rover. Non avevo piú saputo nulla delle indagini sui rottami delle auto, quindi forse la storia dei capelli e del sangue era stata un falso allarme. Eppure in quell'istante sentii un formicolio tra le scapole: la sensazione che qualcuno mi avesse preso di mira.

Dopo pranzo ci misero a disposizione una sala riunioni. Entrammo mentre un gruppo di persone stava uscendo, e tra loro c'era Carl. Mi rivolse un sorriso furbo e complice. E quando vidi Natalie dietro di lui, capii il perché.

– Ciao, Roy, – disse lei sorridendo.

Ricambiai il sorriso. Non l'avevo piú chiamata dopo Notodden. Ovviamente avrei dovuto farlo, se non altro per dirle che non mi sarei concentrato sul marketing finché non avessi sistemato il resto, cioè finché non avessi trovato un costruttore in grado di realizzare le montagne russe e una banca che mi concedesse il prestito. Avrei potuto fermarmi in quel momento e dirglielo, ma successe tutto un po' troppo in fretta. E mi sentivo le guance in fiamme.

– Dimmi, ma perché le donne norvegesi sono cosí belle? – chiese Moore quando ci fummo chiusi la porta alle spalle.

Mi strinsi nelle spalle ed evitai ulteriori domande.

Per le quattro ore successive esaminammo i disegni, sia gli originali di Shannon sia quelli di Glen Moore, di una pista piú grande con lo stesso profilo.

– Saranno le montagne russe di legno piú alte del mondo, – disse lui. – Piú alte anche di quelle di Zator, ma solo di due metri.

Ma se pure fossero state piú alte, non pensava che le nostre avrebbero battuto la velocità massima di Zator, centoventun chilometri all'ora. Il motivo era che il clima piú freddo di qui avrebbe causato piú attrito fra ruote e rotaie. Secondo Moore, ciò avrebbe avuto un impatto maggiore rispetto alla minor resistenza dell'aria quassú in montagna. Ma non avremmo potuto calcolare la velocità con precisione prima di aver costruito l'ottovolante.

– Stiamo parlando di dodici o tredici milioni di dollari, – disse quando affrontammo la questione dei costi.

Risposi che, a essere sincero, dipendevo dal prestito della banca locale, che mi avrebbe richiesto un budget coerente, e che con una stima realistica degli introiti per me sarebbe stato difficile riuscire a pagare il prezzo richiesto dalla sua azienda.

– Be', – disse. – Vediamo cosa si può fare. Ogni cliente sostiene che il suo è un progetto unico, che dovremmo concedergli uno sconto perché per noi sarà una vetrina. Questa è la prima volta in cui è effettivamente vero. Le tue possono essere delle montagne russe davvero speciali, Roy. Mi piacerebbe realizzarle, mi piacerebbe da morire.

Io sorrisi. Riflettei. Avevo appena mercanteggiato, vero?

Quando piú tardi lo seguii fino alla macchina, si stava facendo buio.

Sopra di noi tuonò uno sparo, la cui eco arrivava dall'Ottertind. Glen Moore guardò il crinale a occhi socchiusi.

– Speriamo che il cacciatore veda a cosa sta mirando, – disse.

Già, pensavo mentre guardavo i fanali posteriori scomparire giú verso il paese. Speriamo che il cacciatore sappia a cosa sta sparando.

Carl e io avevamo appuntamento alla banca il venerdí, due giorni dopo la presentazione del rapporto sulla statale e sulla galleria del Todde. I media avevano già coperto la fuga di notizie in modo talmente approfondito che la pubblicazione non destò grande interesse. Alcuni rappresentanti dei partiti nella commissione trasporti del Parlamento rilasciarono dei commenti, ma nessuno sembrava voler contestare la conclusione degli esperti. Come aveva affermato il rappresentante del Partito liberale: «Accoglieremo questo rapporto con gioia, non con tristezza. Pensate a tutti i miliardi che altrimenti sarebbero stati sprecati».

Nella sala riunioni della Os Sparebank le opinioni erano divergenti. I due rappresentanti della sede centrale di Notodden ritenevano che fosse una giornata luttuosa per tutta la regione, a parte Os, mentre Vendelbo citò il rappresentante dei liberali.

Carl era pallido e insolitamente silenzioso. Erano già le undici del mattino, ma mi aveva chiesto di guidare e spiegato che Lewi, il capo dell'Aub, era passato a firmare gli ultimi contratti per la nuova ala e che poi avevano festeggiato con una cena e un giro al bar.

– Quei lituani sono tosti, – aveva sospirato.

Io mostrai una presentazione PowerPoint del progetto «Parco divertimenti di Os» che mi era sembrata piú coinvolgente quando l'avevo guardata nella cucina di Opgard. Anche dopo aver eliminato le stime di visitatori piú sobrie e mostrato cifre rimpolpate, con piú traffico, considerando il potenziamento della strada statale che era letteralmente a un tiro di schioppo dalle montagne russe, non vidi alcuna eccitazione sui volti, nemmeno su quello di Vendelbo.

Com'era ovvio, Carl se ne accorse, e forse fu per quello che ci andò giú un po' pesante quando si mise a parlare degli effetti a catena del parco divertimenti, che di certo avrebbero portato benefici a molti altri clienti della banca, tra cui l'*Os spa*. Come al solito, il suo entusiasmo fu contagioso e vidi persino che uno dei tizi di Notodden annuiva. Ma quando lui finí e i bancari cominciarono a porre domande, le facce tornarono impassibili. Mi fecero notare che nel parco avevo incluso le proprietà vicine, che erano terreni coltivati, e chiesero come avremmo risolto il problema. Dissi che nei giorni precedenti avevo parlato con i due proprietari, che uno era interessato a vendere se il prezzo era adeguato e l'altro era disposto ad affittare con un contratto ventennale. Avevo anche avviato un dialogo con il Comune sulla riassegnazione dei terreni agricoli e finora avevo interpretato i segnali come positivi. Dopotutto, si trattava di qualcosa che poteva dare una spinta all'intero paese.

Vendelbo concluse l'incontro ringraziando e dicendo che ci avrebbero dato una risposta entro una settimana.

– Quello stronzo pieno di sé, – disse Carl dopo che ci fummo seduti in macchina. – Hai visto come si divertiva?

– Vendelbo?

– Ci odia da quando abbiamo rilevato l'Os FC e la sua piccola banca di merda non può piú mettere il nome sulla maglietta. Ma oggi se ne stava seduto lí, con il suo vestito da poveraccio, a servire pasticcini sentendo che, per una volta, ha il potere che si merita.

– Secondo me ti sbagli, – dissi uscendo dal parcheggio.

– Ah, sí?

– Credo che Vendelbo stesse semplicemente facendo il suo lavoro. Io, invece, il mio non l'ho fatto. La presentazione era mediocre.

– Stupidaggini. È che loro non riescono a cogliere il quadro generale.

– Nessuno coglie il quadro generale, Carl. La presentazione era mediocre. Tu hai fatto quello che potevi.

– Ovvio, sei mio fratello.

– Grazie, ma forse il fatto che siamo fratelli è un po' il problema, in questo caso.

– Fanculo! – Carl sbatté il palmo della mano sul cruscotto. – Una buona argomentazione è una buona argomentazione, non importa da chi proviene.

Mentre entravo nel parcheggio di fronte al ristorante dell'hotel, vidi che era affollato.

– Sembra abbastanza pieno, – dissi.

Carl sospirò. – Deve esserlo, per poter giustificare lo stipendio di uno chef che ha vinto il Bocuse d'Or –. Aprí la portiera del passeggero. – Se Vendelbo ti rifiuta il prestito, gli negherò l'accesso alla sauna.

– E secondo te è una minaccia che prenderà sul serio?

– Sí, sí.

– Okay. E... Carl?

– Sí?

– Spruzzati un altro po' di quello spray per la bocca prima di entrare.

Lui ridacchiò. Fece come avevo detto. Mi accarezzò la guancia prima di scendere e correre verso l'ingresso. Non perché avesse fretta, ma perché – come mi aveva spiegato – negli affari vale la stessa regola di vita che in un vicolo di Caracas dove vuoi evitare di essere aggredito: fingiti indaffarato.

– Per il resto della vita, – disse Stanley Spind con il suo accento del Sud, guardandomi da dietro la stretta scrivania.

– Devo prendere queste pastiglie *per il resto della vita*? – chiesi incredulo, fissando la ricetta che mi aveva consegnato. Mi aveva spiegato che la mia condizione era probabilmente piú genetica che dovuta a uno stile di vita poco sano.

– Tu e centomila altri norvegesi con il colesterolo alto, – disse. – A meno che tu non voglia morire di infarto, per esempio. Come centomila altri...

– Grazie, – lo interruppi guardandolo.

Mi piaceva, Stanley. Aveva una camicia hawaiana a teschi aperta sotto il camice da medico, i capelli schiariti e sembrava un trentenne, ma aveva la mia età. – Inoltre dovresti cambiare alimentazione. E fare piú esercizio fisico.

– Pensavo avessi detto che è una questione genetica e non di stile di vita.

– Sí, ma questo significa solo che devi essere ancora piú severo di...

– Centomila altri norvegesi?

– Esatto. Puoi acquistare le pastiglie in tutte le farmacie. La piú vicina è...

– Notodden, – sospirai.

– Lo so, – disse Stanley, annotando qualcosa sul computer. Si fermò all'improvviso e mi guardò. – Il vostro distributore di benzina è soggetto al controllo dell'Autorità per la sicurezza alimentare, vero?

– Sí.

– Os è troppo piccolo perché qualcuno voglia aprirci una farmacia, ma lo sai che puoi avere un punto vendita di medicinali al distributore?

– Certo, vendo un sacco di farmaci da banco. Paracetamolo, pillola del giorno dopo e simili.

– Ma io intendo che puoi accettare le prescrizioni e farti spedire i medicinali dalle farmacie. Cosí la gente non deve prendere la macchina per andare fino a Notodden. Un po' di lavoro extra, però potrebbe dare i suoi frutti adesso che sembra che il villaggio non si spopolerà. L'ho proposto alla Coop, ma secondo loro non hanno abbastanza dipendenti sopra i diciotto anni. Asle mi ha detto che la banca sarebbe felice di concedere un prestito iniziale a coloro che vogliono aprire un punto vendita.

– Grazie, ma non credo che utilizzerò la mia linea di credito per una cosa del genere, – dissi, sentendo il telefono vibrare in tasca. Ripiegai la ricetta, ringraziai Stanley, uscii dallo studio del medico e risposi alla chiamata nella sala d'attesa.

Era Julie: diceva che sua figlia era malata e nessuno dei sostituti poteva fare il turno serale al *Fritt Fall*.

– Immagino che Erik se la possa cavare da solo?

– No, Roy. Non di venerdí sera.

– Manderei volentieri qualcuno dal benzinaio, ma l'unico abbastanza adulto da poter vendere alcolici è Egil e deve andare a un raduno di motociclisti a Kongsberg questo fine settimana.

– Egil? Mica guida la moto.

– No, ma lui e Børge hanno fondato un club.

– Børge Lid? Ha la patente della moto? Quando è andato via era cieco da un occhio. Almeno.

– Nessuno dei due ha la patente. In compenso, Børge ha una moto senza targa.

– E hanno fondato un club?

– Lid&Evensen. Hanno un bel logo, non l'hai mai visto?

Julie rise. Aveva smesso di fumare quando era rimasta incinta la prima volta, però le sigarette si sentivano ancora nella sua bella risata, roca e gorgogliante, che già di per sé era una ricompensa.

– Posso andarci io, – dissi.

– Tu?

– Sono capace di spillare una birra, cambiare i fusti e usare un registratore di cassa. E anche di fare il dj.

– Fare il dj è una cosa di Erik, non credo che ti cederà il posto, ma grazie. Sei un angelo, Roy.

– Angelo è il mio secondo nome.

## Capitolo 16

Quando arrivai al *Frill Fall*, Erik era seduto a uno dei tavoli con il cavalletto davanti a sé. Erano le sette, la clientela del giorno se n'era andata a casa e quella della sera non si sarebbe fatta viva prima di un'ora o due.

Mi misi dietro di lui e lo guardai muovere il gesso sulla lavagna. Aveva scritto DJ ERIK FRIDAY NIGHT LIVE in maiuscolo, a caratteri ordinati, e adesso stava aggiungendo «Solo grandi successi».

– Cosa ne pensi? – chiese, cercando di piegare la testa. Dico *cercando* perché Erik aveva una testa talmente piccola per il suo collo grosso e muscoloso che le due cose, testa e collo, sembravano un tutt'uno. E, dove finiva Erik, cresceva un taglio a spazzola che una volta era stato folto come quello di Djokovic, il tennista, ma che adesso si era diradato su tutto il cranio. Era come se la polizia si fosse sciolta: non ci si poteva piú fidare di nulla. In piú aveva cominciato a tingersi, forse nel tentativo di mantenere il suo biondo grano giovanile, ma con l'unico risultato di far assomigliare i capelli a spaghetti crudi.

– Bello, – dissi, guardando la lavagna. – Hai un tuo stile, dovresti dare il tuo nome a quel carattere tipografico.

– Be', – disse Erik senza alzare lo sguardo, – almeno io so scrivere senza fare errori.

Vidi la pelle sulla sua nuca tendersi, come se avesse capito di essersi spinto troppo oltre. Scoppiai a ridere. – Uno a zero per te. Dimmi pure cosa vuoi che faccia, capo.

Finalmente alzò lo sguardo e mi rivolse un sorriso acido. – Pensavo che fossi tu il capo.

– Sai, proprietario e capo sono due cose diverse –. Ricambiai il sorriso, ma intuii che la serata avrebbe potuto essere faticosa.

Era già iniziata bene.

Alle otto e mezzo gli ospiti cominciarono ad affluire e alle dieci era pieno.

Io mi misi a spillare le birre ed ero piuttosto occupato.

Il lavoro da dj di Erik consisteva nel riprodurre la playlist che aveva sul telefono. E mantenne la parola: erano solo grandi successi. O, per essere precisi, un mix di successi dozzinali come *Bombadilla Life* e di altri incontestabili, come *Hungry Heart* e la canzone simbolo del locale, *Free Fallin'*. Io esploravo la stanza ogni volta che avevo un attimo di respiro. Non so per quanto tempo riuscii a illudermi di non star cercando nessuno in particolare. Comunque lei non c'era, e andava bene cosí.

Se vuoi aprire un locale in un posto come Os, non puoi pretendere una clientela speciale. Viene gente di tutti i tipi. Eppure rimasi un po' sorpreso quando mi ritrovai di fronte Asle Vendelbo che ordinava quattro birre. Non solo perché era divertente vedere il direttore della banca senza giacca, ma perché aveva una moglie e due figli, a casa. Lo seguii con lo sguardo fino al tavolo, dove posò i bicchieri davanti a tre ragazzi.

Ne riconobbi solo uno, una testa calda, un tipo poco sveglio che si chiamava Johnny Depp. Johnny perché era il suo nome, Depp da *deputy*, perché era il vice dell'agente rurale Kurt Olsen. I ragazzi presero i bicchieri, ma sembravano disinteressati a chiacchierare con Vendelbo, il quale si era seduto accanto a Johnny che si stava scolando la sua birra. Vendelbo gli mise una mano sulla spalla, e Depp la guardò come se fosse una merda di uccello, si alzò e, con un cenno agli altri due, cambiò tavolo.

Quando Erik fece un giro nel locale per raccogliere i bicchieri vuoti, presi il suo telefono da sotto il bancone, aprii Spotify e digitai «Hell Spelemannslag». La band esisteva, senza foto, certo, ma almeno aveva 137 follower mensili e undici canzoni. Ne cliccai una, *Ihjælslått*, alzai il volume e premetti play. I violini dell'Hardanger partirono all'attacco e, per un istante, il locale fu come la scena congelata di un film. Poi partí anche il resto della band e, be', si scatenò l'inferno. Misi uno straccio sul telefono e tornai allo spillatore mentre Erik arrivava di corsa.

– Che cazzo fai? – gridò per sovrastare le note stridenti. – Vuoi mandar via la gente?

– Ho pensato che sarebbe stato carino mettere qualcosa di locale e che non puzzasse di muffa.

– Muffa? Se c'è una cosa che puzza di muffa, è la musica di quei violini. Dove cazzo è il mio telefono? – disse, frugando febbrilmente tra i bicchieri sotto il bancone.

– Te lo cerco io appena finisco di spillare questa, – dissi.

Erik mi guardò infuriato.

Le canzoni degli Hell Spelemannslag duravano quasi tutte dai due ai tre minuti, quindi *Ihjælslått* fece in tempo a finire e ripartirono i Creedence. Svuotai la lavastoviglie per la seconda volta nella serata e dissi che sarei andato a fare un giro per raccogliere i bicchieri.

Passai davanti a Vendelbo, che era seduto da solo, posai il vassoio sul tavolo e mi sedetti.

– To', ma guarda chi si vede, – disse lui con un pallido sorriso. Non sembrava del tutto sobrio.

– Allora, – esordii, – cos'hanno detto i tizi del quartier generale dopo che siamo andati via?

Vendelbo fece girare il bicchiere. – Cosa pensi che abbiano detto?

– Che non credono al progetto.

– Un parco divertimenti in un villaggio di montagna, Roy. Devi ammettere che sembra un'idea fallimentare.

– Okay, – dissi. – Ma non è necessario che ci credano, quello che conta è che io riesca a fornire delle garanzie.

Vendelbo non rispose. In jeans e maglietta sembrava piú vecchio, non piú giovane. Ma non era quello a stonare, c'era qualcosa nella sua espressione.

– Non è vero? – aggiunsi.

– Già –. Bevve un sorso di birra. – Non è vero.

L'agitazione mi colse. – Che cosa stai dicendo, Vendelbo?

Il direttore della banca mi guardò dritto negli occhi. E il suo sguardo aveva ancora addosso la giacca.

– Si riduce tutto a una questione di fiducia, Roy. Forse non dovrei dirtelo, ma il problema è il coinvolgimento di Carl.

– Carl? E perché è un problema?

– L'*Os spa* non ha pagato il suo debito con la puntualità desiderata e la sede centrale non ritiene che i conti di Carl facciano abbastanza chiarezza su ciò che sta realmente accadendo nell'azienda.

Deglutii. – Ma l'*Os spa* e il parco divertimenti sono due aziende diverse.

– Come ho detto, – continuò, lasciando vagare lo sguardo nel locale. – Tutto si riduce alla fiducia. Voi vedete le due società, noi invece vediamo il debito totale. Forse dovresti provare con un'altra banca, una che non abbia un rischio di credito verso Carl.

– Ma… nessun'altra banca capisce il valore di quello che ho qui a Os.

– Di sicuro saranno piú cauti, ma se gli dài tempo ti faranno un'offerta.

– Quanto tempo?

– Vai da diverse banche e concedigli un mese o due. Non cercare di mettergli fretta, altrimenti ti dicono di no.

– Ma io non ho un mese o due.

– Sí, invece. Non devi iniziare a costruire in primavera?

– Sí, ma… – Avevo la bocca secca. Quello era un fulmine a ciel sereno. E che cavolo avrei potuto dirgli? Che mi servivano dodici milioni per una tangente da pagare entro due settimane?

– Asle, – dissi. Pronunciavo quel nome per la prima volta in vita mia, e in bocca a me suonava falsissimo. – Convinci la sede centrale che ci si può fidare di noi. Te lo chiedo per favore.

Vendelbo scosse la testa. – Volendo potrei, Roy. Ma il problema è che ho anch'io le stesse preoccupazioni. Non riguardo a te, ma a Carl.

Lo guardai: dovevo chiedergli se sapessero qualcos'altro su mio fratello? Lasciai perdere.

– Quand'è che deciderete? – chiesi.

– Ne parleremo mercoledí nella riunione sul credito.

– Okay, – dissi alzandomi. – Allora mi inventerò qualcosa per convincerti.

Vendelbo mi rivolse di nuovo quel sorriso triste e pallido. – Mi farebbe davvero piacere, Roy.

Abbassai lo sguardo su di lui. Una parte di me lo odiava, in quel momento, ma un'altra parte provava compassione. Sembrava totalmente fuori posto, lí, e solo.

Per il resto della serata rimasi dietro al bancone a spillare birra, mentre i miei pensieri correvano. Se avessi mostrato a Halden e Fuhr la registrazione in cui accettavano i contanti nella camera d'albergo, probabilmente li avrei spaventati abbastanza da farli pazientare un po' per il pagamento. Ma allo stesso tempo sapevano che anch'io avevo molto da perdere in uno scandalo di corruzione, quindi la loro pazienza aveva un limite. Quasi di sicuro avevano pronto anche il vero rapporto, che adesso era da qualche parte in un cassetto, in attesa. Bastava che dicessero che avevano riesaminato i dati, qualcosa del genere, e sarebbero stati fuori pericolo, senza paura che qualcuno controllasse il rapporto falso. Dovevo parlare con Carl, doveva rendersi conto di come diavolo stavano andando le cose.

– Una birra, zio Roy, – farfugliò qualcuno ad alta voce davanti a me, suscitando le risate dei suoi vicini.

Alzai lo sguardo. Era Johnny Depp, ormai ubriaco, con gli occhi annacquati.

– Mi spiace, non possiamo servire persone ubriache, – dissi, sperando, contro la mia esperienza, che la cosa finisse lí.

Johnny rise. – E cosa cazzo ti fa pensare che sono ubriaco, zio?

– Per cominciare, il fatto che credi che sono tuo zio.

– Non mio, stupido. Di uno dei figli di Aas –. Johnny cercò il sostegno dei suoi due compari. I tre stavano ridacchiando soddisfatti, ma smisero e mi guardarono tesi. Dalle casse usciva *The Jean Genie* di David Bowie – bella scelta, Erik – e la canzone era alla fine, dove si sviluppa in un crescendo.

– Ma certo, – dissi. – Pensandoci bene, non è nemmeno escluso che io sia tuo zio.

Quando si pensa che inizi un altro ritornello, *The Jean Genie* invece si interrompe di colpo e, nel silenzio che seguí, Johnny mi fissò. Apriva e richiudeva le mascelle, come un pesce nell'acquario.

– Non sai come ribattere, Johnny? – dissi. – Con un tempo di reazione cosí lungo, saresti punibile anche per guida in stato di ebbrezza, giusto? Facciamo una Coca-Cola, allora? No? Una Coca Zero?

Johnny Depp scosse lentamente la testa, che aveva piegato come se volesse darmi una testata. Le pupille dilatate erano nascoste dalle palpebre.

– Come vuoi, – dissi. – Ah, e salutami tua sorella.

Uno dei suoi amici si distrasse e rise, ma si ricompose subito.

Johnny mi colpí.

Io avevo una mano sullo spillatore e l'altra sul bicchiere mezzo pieno, ma non era una scusante. Le feste da ballo a Årtun mi avevano dato l'esperienza sufficiente a capire quando un ragazzo sotto l'effetto di alcol e ormoni sta per esplodere. Dalla sua postura avevo capito che stava preparando il colpo, quindi perché non mi ero allontanato? Ero diventato vecchio, lento e ottuso? Forse. Ma l'avevo istigato fino a non lasciargli scelta, no? E non avevo quasi accolto con gioia quel colpo? Sapevo che, con il bancone tra noi e le braccia corte di Johnny Depp, c'era un limite alla potenza che poteva usare, ma che l'avrei sentito comunque. Avrei sentito *qualcosa*. Il colpo però fu piú forte del previsto. Vidi le stelle, caddi all'indietro e all'improvviso mi ritrovai con il culo per terra, i cocci di vetro tra le cosce e la birra schiumosa che mi inzuppava i pantaloni.

Qualcuno chiamò. La musica si spense. La gente accorse.

– Che cazzo sta succedendo? – gridò Erik, che si era fatto largo fino al bancone.

Mi alzai in piedi, mi massaggiai il mento e incontrai lo sguardo terrorizzato di Johnny. Gli occhi non erano piú annacquati, all'improvviso sembrava sobrio. Perché, a differenza di Erik, lui aveva capito esattamente cosa stava per succedere. Si vedeva già davanti agli occhi il titolo sull'«Os Blad»: «Poliziotto ubriaco aggredisce barista». Con tutti quei testimoni in fila davanti allo spillatore, Dan Krane non avrebbe avuto remore. Forse Johnny si immaginava già di sfogliare il giornale per consultare le offerte di lavoro.

– Niente, – risposi. – Sono solo inciampato –. Alzai la voce. – Non è successo niente, ragazzi! Torniamo a bere e a ballare!

Risate sparse.

Erik si avvicinò all'amplificatore dietro il bancone e alzò di nuovo il volume.

Uno degli amici di Johnny gli aveva messo una mano sulla spalla cercando di trascinarlo via, ma lui era rimasto lí a fissarmi. Mi tolsi i frammenti di vetro dai pantaloni e mi chinai verso di lui, parlando a bassa voce in modo che nessun altro potesse sentire: – Ce lo dimentichiamo, eh, Johnny? Cosí puoi continuare a essere Depp. Ma ciò significa che mi devi un favore. Lo capisci, vero?

Johnny continuava a fissarmi sbattendo le palpebre, assente. Aprí e chiuse la bocca prima di riuscire finalmente a formulare una frase coerente.

– Stronzo bastardo.

Spostò la mano dell'amico, girò sui tacchi e si avviò barcollante verso l'uscita.

Io guardai l'orologio. Non era ancora mezzanotte. Erik alzò il volume mentre suonava *Macarena*. Sí, sarebbe stata una serata faticosa.

Quando uscii nella notte, poco dopo le due, tirai fuori il cellulare e vidi che avevo due chiamate perse. Una era di Carl. L'altra era di un numero che non avevo nei contatti, ma che comunque ricordavo. Lo stesso numero aveva inviato anche un sms. «Chiamami. Fa niente se è tardi».

Cliccai sul pulsante di chiamata e misi il telefono all'orecchio mentre attraversavo la piazza, diretto alla macchina.

– Ciao –. Natalie rispose con un sussurro ubriaco di sonno.

– Ciao, – dissi. – Ti ho svegliata?

– Sí. Dove sei?

– In piazza. Stasera ho lavorato al *Fritt Fall*. Ho visto solo adesso il tuo messaggio.

– Ah. Io volevo giusto... – Si interruppe per sbadigliare. Mi domandai se stesse sussurrando perché c'era qualcuno lí con lei, ma non avevo intenzione di scoprirlo. – Mi chiedevo se ti dispiacerebbe farmi vedere come si va a caccia.

– A caccia? Di animali, intendi?

Dall'altra parte c'era silenzio. Ma quel silenzio era pieno di qualcosa che mi fece capire che era sola.

– Natalie? – dissi, sussurrando anch'io.

– Sí. No. Non l'ho mai fatto prima.

– E pensi che invece io l'abbia fatto?

– Non è cosí?

– Solo due o tre volte. A parte la selvaggina piccola.

– Selvaggina piccola?

– Lepri e uccelli. Di quelli che mangi in una sera.

Lei rise piano. Sentii una melodia in lontananza. Dalle cuffie forse.

– Sei sparito, – disse.

– Forse sí, – dissi, salendo in macchina. – Non sono ancora sicuro che abbiamo bisogno l'uno dell'altra in questo momento. E tu sei impegnata.

– Impegnata?

– Col lavoro.

– Ah, sí, è vero, – disse lentamente. Forse mi sbagliavo, forse non era il sonno ma qualcos'altro, nella sua voce. Non era ubriaca perché parlava in modo chiaro; forse era fatta? Marijuana? Metanfetamine? Pillole?

– Comunque posso mostrarti quel poco che so sulla caccia, – dissi.

– Quando?

– Tu quando puoi?

– Ho tutto il fine settimana.

La sua voce lenta e velata le diede un tono un po' patetico, come se mi stesse offrendo non solo due giorni, ma il resto della sua vita. Era ridicolo, eppure il mio cuore accelerò i battiti. E dire che mi stavo riprendendo cosí bene.

– Domani, – proposi. – Alle dieci in hotel, okay?

– Okay.

Riattaccammo e io appoggiai la fronte al volante.

Maledizione.

# Capitolo 17

Era una di quelle calde giornate di ottobre che quassú ci arrivano come regali inaspettati. Qualche nuvola bianca attraversava il cielo e, non appena il sole vi scomparve dietro, la temperatura scese. Ma per il resto quella vecchia stella scaldava abbastanza.

Dopo un chilometro, Natalie e io ci togliemmo i giubbotti in gore-tex e li ficcammo negli zaini. Io avevo preso il fucile dal muro sopra la porta e lo tenevo appeso a una cinghia sulla spalla. Mentre camminavamo spiegai quello che sapevo sull'esame per la licenza di caccia, che non era molto: era diventato obbligatorio solo dopo che io avevo già iniziato a cacciare, a sette o otto anni.

– In realtà, forse io e Carl avremmo dovuto sostenere l'esame, ma papà ha scritto alla Commissione montana dicendo che eravamo qualificati, ha inviato una nostra foto con i fucili accanto ai cadaveri di due capre e ce la siamo cavata cosí.

Natalie rise.

Uscimmo dai sentieri per dare la caccia a qualche pernice bianca, ma le spiegai che, anche se in teoria si poteva sparare agli uccelli con il fucile, noi stavamo dando la caccia alle lepri.

C'era poco vento, cosí potemmo fare la prima pausa caffè in cima a una collina con vista in tutte le direzioni, senza metterci i giubbotti.

– Bene, e ora iniziamo con la lezione, – dissi dopo aver vuotato le tazzine del caffè.

Caricai il fucile e le mostrai la posizione sdraiata. La presa. Come mirare. La respirazione. Come premere il grilletto, senza tirare.

Sparò un colpo. Lo schiocco rimbombò nell'aria e l'eco tornò solo dopo parecchi secondi.

– Ancora! – gridò.

Io risi e ricaricai il fucile.

– Adesso devi mirare a qualcosa, – dissi indicando. – Immagina che quella betulla nana laggiú sia un nazista.

– O un comunista? – Chiuse un occhio e premette piano il grilletto. Al terzo tentativo, dopo aver ricaricato da sola, si vide l'albero tremare leggermente.

– Sei un talento naturale, – dissi con un sorriso, mentre lei esultava.

Festeggiammo con un altro goccio di caffè.

– Pensi che potrei uccidere qualcuno? – chiese, fissando la montagna piatta mentre si scaldava le mani sulla tazza. – Nella realtà, intendo dire.

– Uccidere un innocente?

– Non per forza innocente. E non in guerra, dove in un certo senso non hai scelta. Ma decidere che quella vita lí, in particolare, io la troncherò.

– Dipende dalla motivazione, – dissi. – Se pensi che il mondo sarà un posto migliore senza quella persona, allora forse sí.

– Ci ho pensato, sai. Se avessi la possibilità di sparare a un paio di capi di Stato che hanno causato e continueranno a causare sofferenze all'umanità, sarei in grado di farlo? E sai cosa? Penso di no. Cioè, vorrei farlo ma non ci riuscirei. E tu?

Feci schioccare le labbra come se stessi assaporando la domanda. – Difficile da dire.

– Già, vero?

Sembrava che intendesse portare avanti l'argomento, quindi mi schiarii la voce e le chiesi se pensava che la band di violinisti fosse interessata a tenere un concerto al *Fritt Fall*.

Lei aggrottò il suo bel viso e scosse la testa. – È un paradosso, – disse, – ma piú piccolo è il posto, meno le persone sembrano interessate alla propria musica popolare.

– Sarà, – risposi. – Ma forse Ola sarebbe disposto a combattere per la musica, visto che è il paese della sua ragazza.

Natalie si girò verso di me. – Che tipo di caccia hai detto che era, questa?

– Caccia alla lepre.

– Allora non è che stai sbagliando preda?

Mi limitai a sorridere. Anche lei sorrise, e poi tornò a voltarsi verso il panorama. – Ola non è il mio ragazzo. È uno dei miei migliori amici, siamo piú come fratello e sorella. Non abbiamo segreti, abbiamo visto il meglio e il peggio l'uno dell'altra e ci vogliamo bene lo stesso.

– Peccato, sareste davvero una bella coppia di sposi.

– Sposi? – Sbuffò. – Ola ha detto che suonerà al mio matrimonio solo se può farmi da testimone. Ma non ci sarà mai nessun matrimonio.

– Perché no?

Si strinse nelle spalle. – Tu mi hai liberata. Preferisco continuare a rimanere libera.

– Non ti ho liberata io. L'hai fatto da sola.

– Okay, ma comunque sei stato tu ad aprirmi la porta.

Non risposi. Lasciai vagare lo sguardo sul tappeto rosso di erica, e per un istante mi sembrò che i suoi pensieri fossero i miei, perché disse: – Dio, sembra in fiamme.

Restammo seduti a bere in silenzio. Poi, senza dire una parola, ci alzammo, prendemmo gli zaini e proseguimmo. Un'ora dopo arrivammo a un laghetto con un bosco di betulle e sorbi selvatici.

Non so se sia giusto dire che mi colse di sorpresa quando lo disse.

– Bagno?

Accendemmo un fuoco prima di spogliarci. Tenemmo addosso la biancheria intima, anche se sapevamo che dopo saremmo dovuti restare nudi sotto i vestiti, perché il fuoco non sarebbe riuscito ad asciugare il cotone pesante. Io entrai per primo. L'acqua era cosí fredda che persi subito la sensibilità alle gambe.

– Si può cambiare idea? – chiesi.

– Proprio no! – urlò Natalie, superandomi di corsa e gettandosi in acqua con le braccia tese. Scomparve e riapparve qualche metro piú in là.

Imprecai sottovoce e mi tuffai dietro di lei. Per un momento, pensai che avrei perso conoscenza. Quando tornai su, incontrai Natalie che nuotava disperatamente verso riva, con gli occhi spalancati e le labbra già blu.

– Oh no, tutto qui? – gridai, tornando indietro a mia volta.

Ci asciugammo, ci cambiammo e ci sedemmo vicino al fuoco. Mentre continuavamo a digrignare i denti, ci stringemmo l'uno all'altra per cercare di diffondere un po' di calore nei nostri corpi. Lei mi infilò il naso gelido nell'incavo della gola e mi premette la fronte contro la guancia. Io la strinsi ancora di piú e sentii che i nostri respiri si calmavano. Poi alzò il viso verso il mio, e io guardai in quegli occhi dal colore tutto sbagliato. Continuai a guardarla e lei tenne il viso fermo lí, e io aspettai. La baciai perché era l'unica possibilità rimasta. Lei mi aprí la camicia. E io sbottonai la sua. Aveva la pelle d'oca e tremava, e all'inizio non sapevo se fosse per il freddo o per l'eccitazione. Ma quando sbottonò i miei pantaloni, e poi i suoi, e mi trascinò nell'erica, allora capii. Si sedette sopra di me e le gocce che le colavano dai capelli bagnati mi colpirono come piccoli baci. Volevo dire qualcosa, dire che non dovevamo farlo, che dovevamo fermarci, ma non appena presi fiato lei mi mise una mano sulla bocca, come se mi avesse letto le obiezioni in faccia.

– Non uso niente, – sussurrò, sporgendosi in avanti e guidandomi dentro con l'altra mano. Il suo respiro mi soffiava sul collo.

Era una sensazione irreale e molto reale allo stesso tempo. Il sogno di fare l'amore con Natalie mi aveva tormentato giorno e notte, e adesso ero dentro quel sogno. Ma non stavamo facendo l'amore, stavamo scopando. Come se fosse qualcosa che dovevamo buttar fuori, come se fossimo l'uno la medicina dell'altro.

Quando lei si mise sopra di me, appoggiandosi al mio stomaco con i palmi delle mani, l'erica mi grattò la schiena. Vidi la sua sagoma stagliata contro il cielo, i seni che ondeggiavano, gli occhi chiusi, il viso rivolto in alto, altrove. Eravamo una cosa sola, come si suol dire, eppure lei sembrava cosí lontana, cosí sola. Come se *volesse* restare sola. Poi il suo respiro divenne piú irregolare, si mosse piú veloce, e io capii che non dovevo disturbarla e cercai solo di seguire il ritmo, di non essere d'intralcio, di rinforzare quello che stava facendo lei, con delicatezza. Emise un lungo gemito, furioso e tremante. I capelli le caddero sul viso e lei si lasciò andare sopra di me.

Restammo cosí, completamente immobili. Le punte delle sue dita erano contro le mie, ma non ottenni nessuna reazione quando le accarezzai. Avrei voluto abbracciarla, invece lasciai stare. Doveva venire da me quando si sentiva pronta. Allora rimasi ad ascoltare il suo respiro che si calmava. Un uccello fischiava da qualche parte, sembrava un merlo dal collare. Mi tornò in mente una cosa che avevo detto una delle prime volte che Shannon, Carl e io avevamo parlato, e cioè che gli uccelli di montagna maschi non cantano per le femmine, le quali pensano che sia un'ostentazione. Invece, costruiscono nidi per impressionarle.

«Hotel, – aveva chiesto Shannon. – O distributori di benzina?»

«Sembra che gli hotel funzionino meglio», avevo risposto io.

Natalie si mosse. – Oh, no, – disse con una voce profonda che imitava la mia. – Tutto qui?

Sorrisi.

– È quello che stai pensando, vero? – disse.

– No, – dissi, mettendole il braccio intorno alle spalle. – Sto pensando «wow, e questa è solo la prima volta».

Percepii una leggera contrazione nel suo corpo, e mi pentii di averlo detto.

– Rilassati, – dissi. – Era solo un'offerta. Penso che sia stato bello. Okay?

Sentii la tensione allentarsi.

– Grazie, – sussurrò, e mi baciò sulla guancia.

Subito dopo si alzò e cominciò a vestirsi.

– Torno indietro, – disse.

– Di già? – Raccolsi i pantaloni.

– Be', io la mia preda l'ho presa, no?

Sapevo che voleva essere una battuta, ma nessuno di noi due rise.

– Vado da sola, – disse. – Tu continua a cacciare.

– Ma no, ovvio che torno anch'io, – dissi, aprendo lo zaino. – Però non facciamo uno spuntino, prima?

Natalie scosse la testa. – Ho un po' di cose al lavoro che devo finire prima della festa dei dipendenti. E poi, se per te va bene, avrei voglia di sentire cosa si prova a camminare da soli in montagna. Va bene?

Dovevo avere un'aria sbalordita, perché lei rise. – Non mi perderò, Roy. Vedo l'Ottertind e ho il Gps. Va bene o no?

– Certo che va bene, – dissi, con un punto interrogativo nel tono di voce.

Ma lei non rispose, prese lo zaino, mi diede un rapido abbraccio e se ne andò per la sua strada.

Io rimasi seduto accanto al fuoco a guardarla. Mi chiedevo cosa fosse appena successo. Cosa fosse andato storto. Se l'errore fosse stato mio. O se fosse lei a volere quello, l'amore fisico, con la minima intimità possibile. Ovviamente poteva aver a che fare con la sua infanzia sputtanata. Sarebbe stato strano che quello che le era accaduto non avesse influenzato il suo rapporto con il sesso. Ma giunsi alla conclusione che non aveva senso pensarci troppo, forse era solo che non le era piaciuto. O magari le era piaciuto, ma non era un'esperienza che sentiva il bisogno di ripetere. O forse era cosí che andava adesso, quando uno conquistava una preda.

Natalie divenne sempre piú piccola e, alla fine, scomparve dietro un crinale.

Mi versai un altro caffè.

Il fuoco si spense e il fumo si arricciò verso il cielo, nell'aria senza vento.

Era passata quasi un'ora e io ero riuscito a costringermi a pensare ad altro, a come diavolo avrei convinto Vendelbo a concedermi il prestito, quando lo vidi. Se non fossi rimasto cosí immobile, o se non avessimo avuto l'acqua a dividerci, di sicuro non si sarebbe mostrato.

Non l'avevo visto arrivare, ma ora era lí su una roccia in riva al lago, tra di noi un centinaio di metri di acqua calma. La pelliccia era grigia e nera contro l'erica rossa, le orecchie erano dritte sulla testa massiccia. Era il lupo. Era magro, ma grande. Zampe anteriori lunghe, petto ampio.

Ci studiammo a vicenda, entrambi immobili. Il fucile era appoggiato a un tronco a due metri da me e, anche se l'animale ovviamente non sapeva che questo mi rendeva meno pericoloso, la sensazione che avevo io era quella. Due lupi solitari nello stesso territorio. I miei pascoli, il suo terreno di caccia. Stava pensando? Ne era capace? Se fosse stato abbastanza affamato, avrebbe potuto considerarmi una possibile preda, ma ne dubitavo. Credo che stesse cercando di determinare se fossi un rischio. Poi, come se avesse concluso che, *be', non mi creerà alcun problema*, mi mostrò il fianco, trotterellò lungo la riva e scomparve nella direzione opposta a Natalie.

Avevo appena versato acqua sul fuoco e stavo per andarmene, quando sentii uno sparo. Proveniva dalla direzione in cui era andato il lupo. Forse era sulle tracce della stessa selvaggina a cui il cacciatore aveva sparato.

Era ancora pieno giorno quando arrivai a piedi all'hotel, dove avevo parcheggiato la macchina.

Vidi la Land Rover di Kurt accanto alla mia Volvo. Mentre mi avvicinavo, le portiere anteriori si aprirono e scesero Kurt e Johnny, entrambi in jeans, ma con i giubbotti riflettenti della polizia e le armi in pugno.

– Polizia! – gridò Kurt. La parola risuonò tra le macchine e le finestre del ristorante. – Roy Opgard, prendi il fucile per la canna e mettilo a terra! Subito!

Per un momento pensai che stesse scherzando, o perlomeno che non andasse preso alla lettera, e fui sul punto di togliermi il fucile e sollevarlo per fargli vedere che potevo darglielo senza che se lo venissero a prendere. Ma poi, dal linguaggio del corpo, capii che facevano sul serio. E che sventolare un fucile poteva essere il pretesto che Kurt Olsen aveva sognato in tutti quegli anni.

Allora feci come mi aveva detto, afferrai il fucile in alto sulla canna, mi chinai e lo appoggiai con cura sull'asfalto. Poi mi raddrizzai.

– Togliti lo zaino e alza le mani, in modo che possiamo vederle, – gridò Kurt. Obbedii. Le teste all'interno del ristorante si girarono a guardarci.

– Adesso fai quattro passi verso di noi, poi girati e stenditi a pancia in giú, con la faccia sull'asfalto! Subito!

Era assurdo. Quello non era il Bronx, era Os, e lui era Kurt Olsen, un agente rurale con le gambe a parentesi e una testa alla Boris Johnson, e probabilmente era cosí che suonava quando comandava i suoi giocatori di quarta divisione.

Però obbedii. Mentre facevo i quattro passi prestabiliti, vidi un muro di visi terrorizzati all'interno del ristorante. E tra di loro anche Natalie, in piedi tra due tavoli con una mano davanti alla bocca.

Mi sdraiai a terra, respirando la polvere della strada, e pensai che se avessi seguito le istruzioni alla lettera almeno non avrei dato a Kurt la scusa per umiliarmi piú del dovuto. Ma ovviamente mi sbagliavo. Per prima cosa, mi si sedette sulla regione lombare, come se fossi un pony, e mi piegò le mani dietro la schiena, facendomi scattare le manette attorno ai polsi. Poi, visto che non riuscivo ad alzarmi da solo, mi afferrò per il bavero del giubbotto e mi tirò su. E mentre stavo lí, con le mani di Kurt che mi tenevano, vidi dei lampi davanti a me. Era Dan Krane. Se ne stava a cinque metri di distanza, tra le macchine, e mi puntava contro la macchina fotografica. Vidi lampeggiare altre due volte.

– Grazie, – disse Dan, non so se a me o a Kurt, studiando il risultato sullo schermo. Tutto questo, mentre Kurt continuava a tenermi stretto e aspettava. Poi Dan alzò lo sguardo e gli fece un piccolo cenno del capo.

– Allora andiamo, – disse Kurt, spingendomi in direzione della Land Rover dove Johnny teneva la portiera posteriore aperta. La macchina era alta, eppure Kurt mi mise una mano protettiva sulla testa mentre salivo, forse perché voleva mostrare al suo pubblico che, a Os, gli agenti rurali erano professionisti fin nei minimi dettagli. E forse avrebbe voluto che anche noi avessimo il Miranda, come negli Stati Uniti, per potermelo recitare.

Johnny gettò zaino e fucile nel bagagliaio e si sedette dal lato del passeggero. Mentre partivamo, vidi il flash di Krane lampeggiare ancora un paio di volte.

## Capitolo 18

Dopo un paio di minuti in silenzio, vidi che Kurt mi guardava nello specchietto retrovisore.

– Non me lo chiedi nemmeno, Roy? È cosí ovvio?

Io mi strinsi nelle spalle e guardai fuori dal finestrino. Stava per rannuvolarsi. Tutto sommato, si preannunciava un fine settimana molto peggiore di quanto fosse apparso quel mattino.

Al comando di polizia, Johnny mi tolse le manette e mi disse di sedermi su una sedia nella stanza senza finestre che fungeva da cella e veniva utilizzata anche come magazzino per raccoglitori e documenti, impilati lungo le pareti. Poi mi portò una tazza di caffè e i nostri sguardi si incontrarono. Il primo a distoglierlo fu lui.

Arrivò Kurt e si sedette.

– Va bene se registriamo? – chiese, e mise sul tavolo un telefono. Vidi che era già in funzione.

– Sí, – dissi. – Basta che poi io abbia accesso alla registrazione.

– Certo, – disse lui, sorridendo. – Puoi fornirci il tuo nome, data di nascita e indirizzo di residenza?

Feci come diceva.

Kurt incrociò le mani e snocciolò una data, anno compreso. – Ti ricorda qualcosa? – chiese.

– È passato molto tempo, Kurt. Tu e io eravamo nella tarda adolescenza allora, ma siccome sei tu a chiedermelo e siccome stai cercando di incolparmi della morte di tuo padre da quando sei diventato un agente tu stesso, allora proverò a indovinare: è il giorno in cui è scomparso, forse il giorno in cui è stata ritrovata la sua barca vuota con sopra gli stivali.

– È il giorno in cui è scomparso, Roy. Cosa hai fatto, tu, quel giorno?

– Me lo hai già chiesto otto anni fa, proprio qui. Controlla i tuoi appunti.

– Voglio che frughi nella memoria –. Fin dal momento dell'arresto davanti all'hotel, Kurt era stato di una freddezza allarmante, quindi doveva avere buone carte in mano. Ma adesso vidi che le sue mascelle si contraevano per le emozioni represse. – E nella tua coscienza, – disse, con la gola piú stretta e la voce metallica.

Mi sporsi un po' in avanti e parlai forte e chiaro. – Dunque, per amor di precisione vorrei sottolineare che a questo punto dell'interrogatorio né la persona che mi interroga, l'agente rurale Kurt Olsen, né nessun altro presso il comando di polizia, mi ha informato del motivo per cui sono stato arrestato e dei miei diritti, né mi ha detto se sono obbligato a rispondere ad altre domande, oltre a quelle sulla mia identità, o per quanto tempo vogliono o possono trattenermi e se ho la possibilità di contattare un avvocato.

Lui ridacchiò e guardò Johnny, che era appoggiato al muro dietro di lui. – Non ti agitare, Roy, stavamo per arrivarci.

– Nota per la registrazione, – dissi. – L'agente rurale Olsen conferma quindi di aver avviato l'interrogatorio senza avermi fornito queste informazioni.

Kurt si sporse in avanti, rosso in faccia, e premette stop. – Non cercare di fare il furbo, Roy, non puoi vincere a questo gioco. Coopera o sarà peggio per te.

– Se lo dici tu. Cancellerai la registrazione o me la darai?

– Secondo te? – sbottò.

Non risposi.

Lui chiuse gli occhi e fece un respiro profondo. Julie aveva detto che Kurt era stato l'unico uomo a partecipare al breve corso di yoga che si era tenuto nel seminterrato della libreria, quindi forse quella era una roba zen. Sí, forse aveva immaginato come sarebbe andata a finire e voleva riportarmi in carreggiata. Fece ripartire la registrazione e, quando parlò, la sua voce era morbida come velluto.

– Innanzitutto, possiamo trattenerti per quarantotto ore poiché quello per cui sei sospettato prevede una pena superiore a sei mesi. Dopodiché, è necessaria un'udienza per decidere se trattenerti piú a lungo. Puoi contattare i parenti stretti e puoi rivolgerti a un avvocato. In ogni caso, non sei obbligato a rispondere a nessuna delle domande che ti poniamo. È chiaro?

– Sí, – risposi.

– Sei stato arrestato con il sospetto di aver ucciso o collaborato all'uccisione di Sigmund Olsen, agente rurale del comune di Os.

– Va bene, – dissi. – Si tratta ancora dei tuoi sospetti privi di fondamento, Kurt, o c'è qualcosa di nuovo nel caso?

Lui strinse le labbra in quello che poteva sembrare un sorriso. Io ebbi un brivido e cercai di farmi forza. «Hanno trovato sangue e capelli», aveva detto Vera. Non sembrava chissà che. Ma l'espressione di Kurt non prometteva niente di buono. Anzi, forse prometteva bene per lui.

– I tecnici della Scientifica hanno dovuto cercare un bel po', ma alla fine hanno trovato del sangue sulla Cadillac dei tuoi genitori, – disse. – Sangue e tre ciocche di capelli.

Mi strinsi nelle spalle. – Be', ci mancherebbe pure.

– Sí, ma hanno trovato tutto *all'esterno* dell'auto, Roy. Nello specifico, svitando la targa posteriore.

Sembrava che mi stessero tirando la pelle attorno al cranio. Vedevo tutto come in un flash, e capii cos'era successo. E che era un disastro. Vedevo la bocca di Kurt muoversi e al contempo sentivo la mia pelle che veniva tirata via dagli occhi, dalle orecchie, dalle mascelle. Quando Sigmund Olsen aveva colpito il bagagliaio della Cadillac, una parte di schiena penzolava giú dal bagagliaio e la testa aveva battuto contro l'auto, proprio sopra la targa. Il sangue che era colato dietro la targa aveva portato con sé alcuni capelli e li aveva cementati attorno alle viti e ai dadi. E lí, quei maledetti campioni di Dna erano rimasti protetti, aspettando pazientemente che qualcuno fosse abbastanza zelante da trovarli. Qualcuno come Kurt Olsen. Adesso aveva un'aria trionfante, doveva aver sognato l'espressione che avrei avuto quando me lo avrebbe detto, ed era per questo che non riusciva a fermarsi.

– Il motivo per cui ci è voluto un po' per scoprire che si trattava del sangue e dei capelli di mio padre è che non avevamo il profilo del suo Dna né altro materiale genetico. Nessuno all'epoca ha pensato di dover conservare i capelli trovati sul giubbotto, e tutto è stato pulito o buttato via. Tranne una cosa –. Kurt alzò l'indice in aria. – Anzi, due –. Sorrise e alzò anche il dito medio verso di me. – I suoi stivali di pelle di serpente. Che *tu stesso* hai rimesso nella barca per far sembrare che si fosse annegato. Quelli non li abbiamo buttati. Ho continuato a usarli, in omaggio al miglior agente rurale che sia mai esistito a Os, o no? E meno male, perché sotto la soletta abbiamo trovato resti di unghie dei piedi. Sue e mie –. Kurt adesso aveva un ghigno selvaggio sul viso. La mia faccia doveva aver soddisfatto tutte le sue aspettative. Sentii una pressione sulla fronte, ancora un paio di giri di vite e la faccia mi sarebbe esplosa.

– Sappiamo che mio padre era venuto a Opgard il giorno in cui è scomparso, ma adesso sappiamo anche che non se n'è mai andato. Che è finito giú nel Salto e ha sanguinato sul rottame dell'auto. All'epoca, tu e tuo fratello avete detto di averlo visto partire. Ma adesso cosa dici, Roy?

Dovetti stiracchiare la mascella un paio di volte prima di poterla usare.

– Dico che chiamerei volentieri quell'avvocato.

– Il piú vicino è a Notodden, in totale ci sono due avvocati sulla lista e sono abbastanza sicuro che entrambi siano impegnati, di sabato. Ma se vuoi restare qui il resto del giorno e della notte ad aspettare che arrivi qualcuno da lí o da Oslo, fai pure. L'alternativa è che tu risponda ad alcune domande, poi puoi andartene.

– No.

Kurt mi guardò con occhi inespressivi.

– Va bene, – disse infine. – Prendiamo nota che ti rifiuti di rispondere alle domande in assenza di un avvocato. Se firmi questo documento in cui accetti l'obbligo di presentarti al comando ogni due settimane, allora puoi andare.

– Improbabile, – dissi.

– D'accordo, – rispose Kurt, appoggiandosi allo schienale della sedia. Tirò fuori un pacchetto di sigarette accartocciato dalla tasca dei pantaloni, ne prese una e se la mise tra le labbra. – Ma siccome non c'è pericolo che le prove vengano inquinate, e io dubito che tu intenda fuggire dal Paese, allora non c'è motivo di trattenerti.

Allungò la mano per interrompere la registrazione e mi lanciò un'occhiata penetrante.

– Intendo che è improbabile che io me ne vada, – dissi. – Mi avete prelevato vicino alla mia macchina davanti all'hotel, adesso dovete riportarmi indietro.

Kurt mi studiò. Di sicuro stavamo pensando la stessa cosa. Che la gente al ristorante, che aveva assistito all'arresto, avrebbe potuto pensare che la polizia si era sbagliata, vedendomi ritornare solo mezz'ora dopo.

– L'interrogatorio è stato registrato, – dissi. – Allora?

Gli occhi di Kurt ribollivano di odio.

– Johnny, – disse, con lo sguardo fisso sulla mia fronte.

Seguii Johnny Depp nel parcheggio. A metà strada mi voltai. Kurt Olsen era in piedi sui gradini davanti all'edificio. Cominciava a fare buio e vedevo la sigaretta accesa nel punto in cui si trovava. Le luci della banca, dello studio medico e dell'amministrazione comunale erano spente. Kurt aveva il risultato del test del Dna da un paio di giorni: aveva scelto di arrestarmi di sabato perché sapeva che sarebbe stato difficile trovare un avvocato? In ogni caso, era ovvio che aveva avvertito Dan Krane con largo anticipo, chi ha figli piccoli è molto impegnato nei fine settimana. Magari non aveva avuto grandi speranze di ottenere qualcosa da me, ma aveva avuto lo stesso ciò che voleva: umiliarmi. Far sapere a tutto Os che ero sospettato. Dare il via ai pettegolezzi, far uscire allo scoperto i parassiti e portarli alla luce del giorno. Dare una seconda occasione a chi sapeva qualcosa di quello che era successo all'epoca, ma non l'aveva detto alla polizia.

Johnny aprí la portiera del passeggero di una vecchia Honda Civic ammaccata.

Si infilò dentro e avviò l'auto, che si mise in moto raschiando, con l'accompagnamento di un inconfondibile stridio e ticchettio.

– Devi stare attento a questi rumori, – dissi.

– È solo la cinghia della ventola allentata, – disse Johnny, immettendosi sulla strada. – La aggiusterò.

– La cinghia della ventola puoi anche ripararla, ma questo rumore arriva da quella di distribuzione, che è usurata. Se si rompe, addio motore.

Johnny mi guardò come per controllare se stavo dicendo la verità.

– Lunedí passa alla stazione, – continuai. – Cosí la cambiamo in officina. È una cosa veloce.

Johnny si concentrò nuovamente sulla strada.

– Quella sceneggiata non è stata una mia idea, – disse. – Siamo venuti a Opgard a prenderti, ma tuo fratello ci ha detto che eri in albergo. E allora Kurt ha deciso che ti avremmo aspettato lí.

– E Dan Krane?

– Kurt si era messo d'accordo con lui perché scattasse delle foto davanti al comando di polizia, al nostro arrivo. Ma quando ha deciso di aspettarti all'hotel, ha chiamato Krane e gli ha detto di andare lí. Un po' di melodramma in piú, tipo.

Annuii. Per un po' proseguimmo in silenzio.

– Grazie, – disse Johnny. – Di non aver parlato di ieri.

– Se dovessi denunciarti, non lo farei a Kurt, ma alla polizia di Notodden, – risposi.

– E lo farai? – chiese, visibilmente a disagio.

Scossi la testa. Non avevo intenzione di denunciare il ragazzo, pensavo che avesse imparato la lezione. E poi adesso avevo un sacco di altre cose a cui pensare. Test del Dna. Natalie. Una tangente, e un investimento che stava per andare a farsi benedire. Era abbastanza per far precipitare chiunque nella disperazione. Abbastanza per farlo aggrappare all'ultimo filo di speranza. Forse fu per quello che risposi con una domanda.

– Che cos'è 'sta storia fra te e Vendelbo?
– Storia?
– Lui che offre da bere a te e ai tuoi amici.

Johnny ridacchiò. Era titubante, ma intuí che avevo collegato la denuncia alle informazioni che gli stavo chiedendo, che doveva mostrarsi collaborativo. – Vuole portarmi a letto. Seriamente. Non succederà mai, ma se vuole offrirmi birra, cene e prestiti, sono affari suoi.

– Prestiti?
– Sí, ma la cosa non è andata in porto.
– Racconta.
– Be', un paio di settimane fa gli ho fatto vedere la foto di una Porsche usata. Una bella macchina, in vendita a Notodden. E lui ha detto che mi avrebbe concesso un prestito a un tasso inferiore a quello di mercato.

Sentii il cuore, che quel giorno aveva già dovuto faticare, aumentare di nuovo i battiti. Poteva essere il filo a cui aggrapparsi? Deglutii. – Ma l'ha detto cosí per dire, no?

– No, no, faceva sul serio.
– E come fai a saperlo?
– Mi ha inviato l'offerta completa tramite sms. Rate basse e interessi zero o quasi. Ha detto che potevamo firmare il contratto in banca dopo l'orario di chiusura. Che si sarebbe inventato un modo per farmi pagare. Ma io ho capito l'antifona e ho detto di no. A me piacciono le donne, eh?
– Capisco, – dissi. – Deve averti inviato diversi messaggi di testo. O cosa?
– Eccome, – ridacchiò Johnny.
– Anche foto?
– No, no, Vendelbo è sposato, non può rischiare che si sappia in paese, sai.
– Ma quegli sms potrebbero rivelare che cosa vuole?
– Be', sí, devi essere proprio cretino per non rendertene

conto –. Johnny spostò lo sguardo dalla strada a me, e vidi il sospetto nei suoi occhi stupidi. – Dov'è che vuoi andare?

– All'albergo, – risposi.

Proseguimmo, ma lui aveva rallentato, come se aspettasse qualcosa, senza sapere cosa.

– Johnny, che ne dici se io e te facciamo un piccolo accordo?

## Capitolo 19

La domenica lavorai alla stazione. Se non altro, stare lí dava un po' di pace al mio cervello, che altrimenti avrebbe continuato a rimuginare sui test del Dna e sul fatto che dovevo procurarmi centoventi milioni di corone, di cui dodici piuttosto in fretta.

Il sabato sera, Carl e io avevamo parlato con Liv Goebbel, un'avvocata penalista che Carl conosceva a Oslo e con la quale avevamo organizzato un incontro su Zoom per lunedí. Goebbel era una donna schietta e vivace, sulla cinquantina, che avevo conosciuto durante una cena all'*Os spa* e della quale io, che tengo l'asticella piuttosto in alto, mi ero subito fidato. E adesso era lí sullo schermo con una scrivania ordinata, il municipio inquadrato nella finestra dietro di lei, una risata al whisky e un chiacchiericcio cosí veloce che faticavo a starle dietro. Spiegò che anche senza l'unghia del piede la polizia avrebbe probabilmente scoperto che il sangue dietro la targa proveniva da Sigmund Olsen.

– Con gli strumenti di analisi odierni, una goccia di sangue di una donna incinta può fornirci non solo il profilo del Dna del feto, ma anche il profilo del Dna del *padre* del nascituro. In questo caso, potrebbero usare il Dna di Kurt Olsen per dimostrare che il sangue proveniva dal padre.

Disse che era sorpresa che la polizia non avesse interrogato anche Carl, che pareva che ce l'avessero solo con me.

Mi chiese quanti anni avevamo all'epoca e, quando seppe che io avevo appena compiuto diciannove anni mentre Carl non ne aveva ancora diciotto, disse che era quello il motivo. Sebbene l'età per la responsabilità penale fosse quindici anni, c'era una chiara distinzione dopo i diciotto. È difficile che qualcuno sotto i diciott'anni venga accusato e incarcerato, quindi, se dovevano spendere risorse su quel vecchio caso, avrebbero perseguito colui che poteva ottenere una condanna. Me.

L'homepage dell'«Os Blad» aveva un breve articolo su un arresto in seguito al ritrovamento di Dna relativo a un vecchio caso di persone scomparse, ma non menzionava quale caso né il mio nome, e non c'erano le foto dell'arresto. Goebbel pensava che fosse per via del codice etico che la stampa si era autoimposta, secondo cui finché io fossi stato in libertà e non ci fossero state accuse contro di me, la collettività non aveva bisogno di saperne di piú. Io e Carl ci eravamo guardati sconsolati. La signora di Oslo evidentemente non si era resa conto che tutti, proprio tutti a Os, sapevano già da tempo chi era stato arrestato e perché. Che Kurt Olsen stava solo aspettando la telefonata di qualcuno che aveva qualcosa da dire.

Non avevo quasi dormito ed era stato un sollievo quando l'orologio era suonato alle sei del mattino. La domenica era il giorno piú affollato alla stazione di servizio, i villeggianti tornavano a casa dall'hotel e dagli chalet della valle. Non avevano bisogno solo di benzina, ma anche di cibo e bevande in vista del lungo viaggio. Nei suoi momenti liberi, Egil raccontò del raduno dei motociclisti, che secondo lui era stato un grande successo. Quando gli domandai come misuravano il successo di un raduno di motociclisti, se con il numero di persone presenti, lui rispose che era secondario, l'importante era che quelli che c'erano si divertissero.

– Piú del previsto? – chiesi.

– Eh?

– Se è stato un successo, dev'essere stato piú divertente di quanto ci si aspettasse.

– Per me è stato un gran successo, – disse lui.

Avevo appena messo sul bancone cinque salsicce con pane e insalata di gamberetti quando vidi entrare Natalie. Aveva i capelli raccolti in un berretto e indossava una felpa con cappuccio di Tame Impala. Sembrava stanca, lí accanto al contenitore del liquido lavavetri. Quando la coda fu smaltita, si avvicinò a me.

– Cosa desideri? – chiesi.

Mi guardò dritto negli occhi e io sentii una scossa. Cazzo.

– Dimmi che cos'hai, – rispose a bassa voce.

– Be' –. Presi fiato. – Avevo della carne di caprone dura. Era vecchio, ma direi che portava bene i suoi anni.

Lei rise piano, con gli occhi stanchi. – Direi. Ma io intendevo quella carne che è stata confiscata ieri. È successo qualcosa?

Mi strinsi nelle spalle. – Qualcuno sostiene che, quando tu eri appena nata, il capretto abbia incornato il vecchio agente rurale e l'abbia fatto cadere nel Salto.

– Ed è vero?

Scossi la testa. La porta si aprí ed entrò un cliente. Egil era occupato fuori, a far benzina. – Ma la carne bisogna buttarla comunque, – dissi, guardando il cliente. – Devi cercare da qualche altra parte, dove hanno prodotti piú freschi.

– Roy?

La guardai. Lei sorrise, ma era un sorriso sfuggente, come se non riuscisse a mantenerlo.

– Scusa.

Provai a sorridere anch'io. – Non c'è niente di cui scusarsi. Tu devi fare quello che vuoi, Natalie.

– Okay –. Fece un respiro, sembrò alzarsi in punta di piedi. – Vorrei… – Si interruppe. Il cliente aveva preso una tanica di liquido lavavetri e si era messo dietro di lei. – Rivederti. Se vuoi, eh?

Io la guardai. Era cosí bella, come quelle canzoni che ti fanno venire voglia di piangere. E non è che avessi paura di essere usato, spesso è una cosa positiva, ma la situazione si era complicata un po' troppo, non sarei riuscito a gestire anche questo, oltre a tutto il resto. Il problema era che vederla era come iniettare morfina in un corpo sofferente, era impossibile non desiderarne di piú. Quindi mi costrinsi a distogliere gli occhi da lei e mi rivolsi al cliente alle sue spalle. – Facciamo il tre per due, di quelle.

– Ah, – disse lui in tono entusiasta e, senza lasciarmi il tempo di dire che avrebbe potuto prenderle uscendo, si diresse barcollando verso lo scaffale.

– Ne parliamo piú avanti, Natalie. Quando le cose si saranno calmate un po', okay?

La guardai di nuovo. Aveva gli occhi velati da una membrana lucida e le pupille grandi e nere. Era fatta? O stava piangendo?

– E quand'è che si calmeranno le cose? – chiese, con voce impastata.

Deglutii. – Tra cinque, sei… – cominciai, non sapendo se dire settimane o giorni. Poi vidi una lacrima nelle ciglia corte e sottili sotto uno di quegli occhi dal colore sbagliato.

– Ore, – dissi. – Quando finisco di lavorare. Ci vediamo fuori alle sei.

Alle quattro uscii, pulii un po' le pompe e mi avvicinai alla nuova generazione di «verri» perditempo parcheggiati nelle loro macchine truccate.

– Raccogliete i mozziconi, – dissi, indicando cinque filtri di sigaretta sull'asfalto.

– Sí, certo, papà, – rispose il tizio che fumava, seduto al volante. Si appoggiò al braccio nudo che spuntava dal giubbotto di jeans con le maniche tagliate. Un tatuaggio proclamava «*No Mercy*».

– Adesso, – dissi io.

– Le raccogliamo prima di andarcene, – disse lui, facendo un tiro convulso dalla sigaretta.

– No, voglio che questo posto sia pulito.

– Quando ce ne andiamo, papà –. Sollevò la Coca-Cola e ridacchiò. – Siamo clienti paganti, no?

Gli tolsi la sigaretta di bocca prima che potesse reagire. La lanciai sul sedile posteriore dove una ragazza e un ragazzo cacciarono un urlo, saltando via.

– Che cazzo…! – gridò il tizio al volante.

– Cosí sai come la penso, – dissi, e andai fino al guardrail che dava sul pendio verso il lago di Budal. Tirai fuori il telefono e chiamai Asle Vendelbo.

– Sí?

– Credo di avere le carte in regola perché tu mi conceda il prestito, – dissi.

– Sei tu, Roy?

– Sí. Nel mio patrimonio è appena saltata fuori una cosa che puoi prendere in garanzia. Va bene se vengo domani mattina?

– Be', questa è una buona notizia, – disse, senza sembrare proprio in preda alla gioia. – Ma mi risulta che la polizia ti sospetta di qualcosa.

– È un malinteso, – dissi io. – Ma di questo e di altre cose possiamo parlare domani. Va bene alle dieci?

– Domani è un po' difficile, Roy.

– Un po' difficile è meglio che molto difficile. A proposito, ti saluta Johnny Depp.

Dall'altra parte scese il silenzio.

– Alle dieci? – chiesi di nuovo.

Vendelbo si schiarí la voce. – Se riusciamo a sbrigarcela in mezz'ora...

– Credo che ci metteremo molto meno, – dissi.

Riagganciammo. Il punto debole. L'avevo trovato. E adesso, avrei avuto un cuore abbastanza freddo per approfittarne?

Mi girai e mi avviai verso la stazione. Il tizio in gilè di jeans era sceso dalla macchina e mi aspettava. Spostava il peso da una gamba all'altra, batteva i piedi. Un ragazzo coi capelli rossi di un'altra macchina si avvicinò e gli sussurrò qualcosa. Lui lo guardò incredulo, poi guardò me. Il rosso tornò di corsa da dov'era venuto e giubbotto-di-jeans aprí la portiera per risalire in macchina.

– Ehi, ehi! – Lo chiamai. – I mozziconi, prima.

Lui mi fissò, anche da dieci metri di distanza vedevo il suo pomo d'Adamo che andava su e giú. Poi si accovacciò e cominciò a raccogliere. Ero sicuro che il rosso gli avesse appena detto che ero io quello arrestato il giorno prima con l'accusa di aver ucciso il precedente agente rurale.

– Buu! – Lo sussurrai soltanto, passandogli vicino, ma lui sussultò e fece cadere i mozziconi per terra.

Sí, certo che avevo il cuore abbastanza freddo, cazzo.

Alle sei precise, uscii dal distributore.

Natalie era in piedi accanto alla mia macchina, a braccia conserte, e batteva i denti. Rimasi un po' sorpreso perché non faceva freddo, tutt'altro.

– Aspetti da molto? – chiesi.

Lei scosse la testa.

– Hai freddo, mi pare. Andiamo a fare un giro?

Lei piegò la testa di lato. – È questo che facevate, quando eri giovane?

– Certo. Se avevi la macchina e la patente, eri a posto.

Lei rise. – Quindi tu facevi l'autista mentre gli altri bevevano e abbordavano le ragazze?

– È cosí ovvio?

– Forse. Non c'è un posto dove possiamo stare da soli? Al chiuso, preferibilmente.

– Certo, se non ti dà fastidio l'odore dell'olio…

Aprendo la porta dell'officina, mi venne in mente che l'ultima persona a essere venuta lí, oltre a me, era stata Shannon.

Ci sedemmo nella stanza dove avevo vissuto per molti anni. Io sulla poltrona antistress, lei sul letto. Era pallida e tremava come una foglia, cosí accesi il potente termoventilatore che usavo durante l'inverno. Misi sul giradischi l'unico album degno di nota di Lou Reed, *Transformer*, e preparai un po' di tè. Il miele era nell'armadietto sopra la cucina elettrica da almeno dieci anni, ma siccome il miele, come l'omicidio, non ha data di scadenza, feci scivolare tre cucchiai nella bevanda bollente e gliela misi davanti.

– Non hai una bella cera, – dissi.

– Sto male, infatti, – disse, bevendo un piccolo sorso. – Grazie. Che cosa sono? – Indicò il muro.

– Targhe di Paesi che non esistono piú, – dissi. – Mio zio le raccoglieva, quindi alcune le ho trovate qui quando ho rilevato l'officina. E qualcun'altra l'ho comprata io.

– Basutoland, – lesse ad alta voce.

– Adesso si chiama Lesotho, – dissi.

– Lesotho?

– È un piccolo regno, un'enclave del Sud Africa. Sicuramente molto bello. È montuoso, e sulle cime piú alte nevica anche.

– Un po' come qui, allora. Un regno tra le montagne. Chi è il re?

Presi una bustina di *snus*. – Là o qui?

Lei sorrise, sollevando la tazza. – Sai delle cose davvero strane, Roy.

– Non ricordo il nome del re, – dissi. – Però è salito al trono dopo che suo padre è morto in un incidente d'auto.

– Ah, sí?

– Ha lasciato il podere per andare a controllare il bestiame, poi è uscito di strada ed è caduto in un dirupo. C'è chi crede che l'auto sia stata manomessa, che sia stato un attentato.

– E tu cosa ne pensi?

Mi strinsi nelle spalle. – Che sono teorie del complotto. Adesso, comunque, è il figlio a sedere sul trono.

– E come si chiama?

– Non lo so.

– Lo cerchiamo su Google?

– O magari lo lasciamo in sospeso?

– Va bene lasciarlo in sospeso, – disse. – Ti va di baciarmi?

Questa volta fu completamente diverso. Ci cercammo piano, con pazienza e tenerezza. E, quando ci trovammo, continuammo con un'intensità costante, a fuoco lento. Un paio di volte dovetti trattenerla, ma poi capí. E, come due ballerini, finalmente trovammo il ritmo e la lunghezza d'onda l'uno dell'altra, e solo allora iniziammo pian piano ad aumentare la frequenza.

Questa volta venne in silenzio. E pianse, tremante ma sempre in silenzio, contro la mia spalla.

Bevemmo altro tè. Girai il disco e facemmo di nuovo l'amore. Poi guardammo il vecchio film d'esordio di Peter

Jackson, *Fuori di testa*, che avevamo scoperto che piaceva a entrambi.

Andai al distributore di benzina e presi una pizza surgelata che riscaldammo nel forno.

Adesso nella stanza faceva caldo, eppure lei batteva i denti. Ma non aveva la febbre, anzi, quando l'abbracciai aveva il corpo freddo di sudore.

– Ma che malattia hai? – chiesi.

– Secondo te?

– Secondo me la tua malattia si chiama astinenza.

Lei annuí.

– Di cosa ti fai?

Si strinse nelle spalle. – Mi pongo dei limiti, ma sono abbastanza flessibile.

– Che vuol dire?

– Molly, speed, cocaina. Microdosi di ketamina quando sono depressa. Erba per dormire. Ayahuasca, quando la trovo e posso permettermela. Ma non uso mai metanfetamine, morfina o eroina.

– Sei dipendente?

– No. È piú un'abitudine, se capisci quello che intendo. Ogni volta che ricomincio, poi devo smettere, ma posso farlo quando voglio. Come adesso. Va tutto bene, tra un giorno o due starò meglio.

– E perché ricominci?

Gonfiò le guance, soffiò fuori l'aria. – Bella domanda. Perché sono annoiata. Perché sono depressa. Perché per un po' mi ferma il traffico nella testa.

– Stai dicendo che l'ayahuasca ferma il traffico?

– Be', perlomeno è un traffico diverso…

– Dove prendi la roba?

– Devo andare a Notodden.

– Da Ola?

Mi guardò per un momento, come per assicurarsi che potesse fidarsi di me, poi annuí.

– Come hai fatto ad arrivarci?

– A Ola? Be'. È un tizio che ama il black metal e suona il violino, no?

Lei sorrise e scosse la testa. – Sbagliato. I tizi del black metal sono disfunzionali, ma disciplinati e convenzionali, sono nerd laboriosi, che vivono in paesini piccoli piccoli. Sono i musicisti folk che fanno una vita da rocker. E ne muoiono. È sempre stato cosí. Sai, porto sempre con me una bottiglietta di sciroppo di ipecac per via dei ragazzi della band. Be', piú che altro per Ola, è lui quello che si impasticca di piú.

– Bottiglietta di cosa?

– Sciroppo di ipecac. Fatto con la radice della pianta di ipecacuana. Ti fa vomitare di brutto. Ma devi prenderlo entro un'ora dall'overdose, altrimenti sei finito –. Tacque. – Ti sto spaventando?

– Spaventare me?

– Faccio uso di droghe. Ho subito abusi. Mi viene la depressione. La vita è piú facile se uno sta lontano da persone come me.

– Ah, capisco. No, non fa niente. Anche io ho i miei problemi –. Tirai fuori la pizza dal forno, la misi su un piatto e iniziai a tagliarla. Sentii Natalie spostarsi sul letto dietro di me.

– A parte il fatto che tuo padre ti ha molestato, gli altri quali sono?

– Non basta quello? – chiesi senza voltarmi.

– Sí, certo. Ma c'è dell'altro, no?

– Be', forse. C'è sempre dell'altro.

Tagliai la pizza in sei, la misi sul piumone insieme a due piatti e mi infilai sotto, al suo fianco.

– Se ce la fai, – dissi, con un cenno verso la pizza.

– Sí, ce la faccio, – rispose. – Racconta.

– Volevo dire...

– Lo so cosa volevi dire. Ma io voglio sapere.

Staccai una fetta. Era come se le strisce bianche di formaggio volessero rimanere aggrappate al resto della pizza, come se fossero riluttanti o forse incapaci di lasciarsi andare. Mangiai un boccone e masticai mentre lei mi guardava, in attesa. Deglutí mentre mi guardava, in attesa. Inspirai ed espirai alcune volte mentre lei mi guardava, in attesa.

– Moshoeshoe II, – dissi.

– Cosa?

– È cosí che si chiamava. Il re del Lesotho. Il figlio maggiore si chiama Letsie III. Ci sono state speculazioni su come sia potuto accadere, ma nessuna conclusione chiara. E anche mio padre definiva Opgard il suo regno. Lui era Moshoeshoe e io il Letsie che ha rilevato la fattoria. Con una differenza.

Natalie prese una fetta di pizza. – Quale?

– Non credo che Letsie abbia ucciso suo padre.

## Capitolo 20

Avevo diciotto anni, Carl non ancora diciassette.

Avevo promesso a Carl che papà non lo avrebbe piú molestato, che lo avrei ucciso. Anche papà lo sapeva, l'aveva visto nei miei occhi e mi aveva accolto, forse desiderando che lo liberassi dalla camera di tortura che aveva nella testa. Quella notte era stato nella nostra camera da letto e poi era andato nel fienile. Prendeva a pugni il sacco da boxe e sapeva che io ero dietro di lui. Aveva tirato fuori il fucile da caccia. Era appoggiato al muro, carico e pronto, io dovevo solo spararagli alla testa a bruciapelo e appoggiare il fucile al suo fianco. L'agente rurale Sigmund Olsen avrebbe concluso che quello era il classico metodo di suicidio degli uomini, da queste parti. Ma non ci riuscivo. Non ci riuscivo, cazzo. Perché non importava quanto lo odiassi, lui era me e io ero lui.

E allora continuò.

Fino a quella sera dello stesso anno, in cui Carl e io eravamo seduti nella vecchia Volvo che mi aveva regalato zio Bernard, parcheggiata nel cortile davanti alla veranda. Di fronte a noi c'era la Cadillac con papà e mamma che scendeva verso la curva delle Capre. E io sapevo cosa sarebbe successo. Mi ci era voluta mezz'ora per allentare la vite e il bullone che fissavano il piantone dello sterzo alla cremagliera, fare due fori nel tubo del freno e raccogliere il liquido in un secchio. Non mi ero aspettato che ci fosse anche mia madre, in macchina, ma anche in questo c'era una sorta di giustizia. Lei aveva sempre finto di non sapere cosa succedeva, e non mi ascoltava quando cercavo di parlarle. Aveva sempre amato papà piú di Carl e me, può darsi che fosse un'anomalia biologica, come dicono, però era cosí. Non che non la capissi, che non capissi quanto fosse opprimente quella vergogna. Neppure io avevo mai detto niente a nessuno. Ma non pensavo nemmeno che sarebbe stato ingiusto se avessi ricevuto anch'io la pena di morte che avevo inflitto a mia madre.

Ricordo ancora come mi batteva forte il cuore, tanto che pensavo si potesse sentire nel silenzio, dopo che lo scricchiolio della ghiaia sotto gli pneumatici svaní. Ricordo ancora il fanale posteriore rosso che mi fissava, come l'occhio di un testimone silenzioso. E poi era scomparso. Caduta libera per cento metri. Ricordo il rumore sordo dell'auto che colpiva il fondo del Salto, un rumore sorprendentemente basso, e il mio primo pensiero era stato che magari erano sopravvissuti. Che presto avremmo visto papà apparire da sopra l'orlo, insanguinato ma non morto, con quella rabbia piena di odio per sé stesso negli occhi. Eravamo rimasti seduti finché non eravamo stati sicuri.

– Hai fatto quello che dovevi, – sussurrò Natalie. Ci avevo messo molto tempo a raccontare la storia, avevo risposto alle sue domande e avevo aperto un paio di vecchie birre ancora bevibili. Non avevo protestato quando si era fatta una canna per attutire l'astinenza, come aveva detto lei. Era calata la notte senza che accendessimo le luci.

– Sí, ho fatto quello che dovevo, – risposi. – E lo rifarei di nuovo –. Imitai la sua voce, come faceva lei con la mia: – Ti sto spaventando?

Percepii il suo sorriso nel buio. Mi passò una mano sul petto nudo, sulla guancia, sui capelli, sul collo.

– No, – disse. – E adesso ho solo un'ultima domanda.

– Sí?

– Come fai a sapere che puoi fidarti di me?

Sorrisi. – E chi ha detto che mi fido? Però sei nuda, quindi posso vedere che Kurt Olsen non ti ha messo un microfono, e senza una registrazione è solo la mia parola contro la tua.

Mi diede un colpetto. – Non scherzare. E se prendo qualcosa, qualcosa di piú forte di questa... – sollevò la canna, – e divento loquace? Non che succederà, ma tu non puoi saperlo.

Mi strinsi nelle spalle. – Bisogna pur correre qualche rischio, nella vita.

Non vedevo il colore, ma solo il bianco dei suoi occhi e i contorni della testa, del corpo. Era cosí buio che, se avessi voluto, avrei potuto immaginare che fosse Shannon. Ma non volevo. Non ne sentivo la necessità.

Si sporse in avanti e mi baciò. Sapeva di erba, birra e Natalie. Ricambiai il bacio, non perché fossi eccitato, ma per la curiosità di scoprire se lei si sarebbe eccitata. Il bacio divenne piú avido e io reagii all'istante.

– Cazzo, – dissi, lasciandola andare.

– Lo so! – gridò, ridendo.

Spazzai via le briciole di pizza dalla coperta, mi alzai e lavai il piatto vuoto sotto l'acqua corrente. Rimasi lí, dandole le spalle, a chiedermi in che razza di situazione mi fossi cacciato. Le avevo confessato l'omicidio come dichiarazione d'amore? Avevo messo il mio destino nelle sue mani per dimostrare qualcosa? Oppure stavo facendo quello che aveva fatto mio padre? Appoggiare il fucile contro il muro, carico e pronto, e poi voltarle le spalle sperando quasi che cogliesse l'occasione? Forse. O forse no. Perché le avevo raccontato solo dei miei primi due omicidi.

Erano riusciti a estrarre i corpi di papà e mamma dal burrone, ma avevano lasciato la Cadillac. Sarebbe stato troppo costoso e pericoloso cercare di sollevarla. Non avevo detto a Natalie che, quando Sigmund Olsen aveva sospettato che non si fosse trattato di un incidente ed era venuto a Opgard, e voleva scendere nel Salto per controllare la macchina, Carl lo aveva spinto. O del picchiatore, di Willumsen, o di Shannon e del bambino.

Tirai via le mani quando mi resi conto che il dolore che provavo era causato dall'acqua del rubinetto: era diventata bollente.

## Capitolo 21

– Ma basta parlare del tempo, – disse Asle Vendelbo, guardando l'orologio come per ricordarmi che avevamo al massimo mezz'ora. – Hai detto che avevi novità sul tuo patrimonio.

– Certo, – dissi e guardai fuori dalla finestra, verso la piazza. Il traffico sulla statale che attraversava Os era piuttosto lento in quel lunedí mattina di ottobre. Ma c'era. Aspettai che me lo chiedesse lui.

– Di che tipo di beni stiamo parlando?

Spostai lo sguardo su Vendelbo che, seduto alla scrivania su cui campeggiava la foto di famiglia, premeva le punte delle dita le une contro le altre. Le maniche della giacca gli stavano corte. Non so perché i direttori di banca delle piccole località scelgano di vestirsi peggio dei loro colleghi di città, a quanto ne so la paga è la stessa. Forse perché vogliono far sentire ai bifolchi che il direttore della loro banca è vicino al popolo? Perché un abito di Ermenegildo Zegna apparirebbe decisamente comico – quasi offensivo – al cliente medio di Os?

– Stiamo parlando di quello che in inglese si chiama *goodwill*, – dissi.

– *Goodwill?*

– Sí. Nel bilancio si definisce bene immateriale.

– Lo so che cosa significa, – disse Vendelbo. – Ma è un

termine generico che indica tutto ciò che non è tangibile, quindi di che tipo di bene immateriale stiamo parlando? Un marchio? Una buona reputazione? Un brevetto?

– Buona reputazione, – risposi.

– Vuoi dire che hai ricevuto una o piú offerte per l'acquisto del distributore di benzina che superano notevolmente il valore del patrimonio?

– No, – dissi.

Vendelbo fece un sospiro pesante. E anche di sollievo, a quanto pareva. Quando ero arrivato, alle dieci e cinque, aveva il labbro superiore imperlato di sudore e mi aveva portato dritto in ufficio, dove aveva già il caffè pronto, e si era messo a parlare del piú e del meno. Doveva aver avuto un brutto presentimento e si era chiesto che novità ci fossero. Ma adesso sembrava piú fiducioso.

– Allora l'aumento di valore dell'azienda è solo una tua supposizione. E comunque la banca non accetta una buona reputazione in garanzia, cose del genere possono svanire dall'oggi al domani. Soprattutto se... – Arricciò le labbra.

– Soprattutto se? – chiesi.

Vendelbo si raddrizzò sulla scrivania. Mi puntò gli occhi in faccia in un modo che, secondo lui, voleva essere autoritario. – Soprattutto se il titolare dell'azienda è sospettato dalla polizia. Ma, come ho detto, in ogni caso non accettiamo una garanzia come quella.

– Anche se non si tratta della *mia* buona reputazione?

– Scusa?

– Anche se il bene immateriale che ho acquisito non è la mia, ma la *tua* buona reputazione?

Deglutí e la sua voce risalí alla frequenza che aveva quando ero arrivato: – Cosa intendi, Roy?

Gli misi il telefono davanti e indicai.

– Questi sono messaggi ed e-mail che hai inviato a un ragazzo. Che tu voglia un amante è una questione tra te e tua moglie, ma può anche essere che lei non ne sia informata. In tal caso, se io le inoltro tutto, magari dovrai togliere la foto di famiglia.

Mentre osservava lo schermo, il viso gli si illuminò come se gli avessero acceso la luce rossa dei freni in faccia.

– Ma forse il peggio è che anche la tua carriera andrà a rotoli –. Passai alla pagina successiva sul telefono. Gli diedi il tempo di leggere le sue stesse parole prima di continuare. – Non avresti dovuto fare quell'offerta per iscritto, Asle. Proprio tu mi hai informato in modo cosí approfondito sulle linee guida per i prestiti e perfino io ho capito che questa roba non è prevista. Pur di attirare un tizio, sei disposto a usare i soldi della banca per offrire un prestito senza garanzie, a un tasso di interesse molto inferiore a quello di mercato. Come la chiami, questa? Corruzione? Appropriazione indebita? Non sono un esperto, ma sono sicuro che la sede centrale avrà la definizione giusta. O magari ce l'hanno Dan Krane e l'«Os Blad».

Vendelbo aveva alzato lo sguardo e mi guardava. Quando parlò, aveva una voce cosí roca da essere irriconoscibile. – Cos'è che vuoi?

Io annuii lentamente e guardai l'orologio da polso. – Abbiamo ancora venti minuti per discutere i dettagli e ciò che bisogna fare, – dissi. – Ma la versione breve è che voglio un prestito di cento milioni entro una settimana. Se ci riesci, non dovrò cliccare qua sopra.

Indicai il simbolo dell'inoltro e mi appoggiai allo schienale della sedia, in attesa, guardando Vendelbo che fissava un punto davanti a sé e respirava con affanno dal naso.

Alla fine, si schiarí la voce. – Che tasso di interesse avevi in mente?

– Il tasso corrente, – risposi io, intrecciando le mani sullo stomaco. – Noi di Opgard non mercanteggiamo.

Mentre attraversavo la piazza vidi che Natalie aveva chiamato.

– Ciao amore, – rispose quando la richiamai.

Ovviamente scherzava, ma quelle parole mi rimescolarono lo stomaco.

– Lavori stasera?

– No, – risposi.

– Se vuoi, posso preparare la cena.

– Volentieri.

– Alle sette?

– Perfetto. Devo portare qualcosa?

– Tipo?

– Una bottiglia di vino, per esempio.

Lei rise. – E andresti fino a Notodden al monopolio?

– Non credi che potrei averne qualcuna in casa?

– Mi sbaglio?

– Sí.

– Ah, sí?

– No, ne prendo una da Carl.

La sua risata mi solleticò l'orecchio. – Grazie, ma per me no, Roy. Stasera bevo solo acqua.

– Capisco.

– Davvero?

– Il vino era una cattiva idea. Ieri hai detto che da oggi in poi vuoi essere sobria.

– Le vie di mezzo non funzionano, con me. Ti piace la trota?

– Il pesce di lago?

– Sí, trovato nel frigorifero della Coop.

– È cosí che ci piacciono, allevati, sottomessi e morti stecchiti. Se ne mangi abbastanza, uccidi la clamidia.

Sapevo che le mie battute erano pessime, ma finché riuscivo a farla ridere, avrei continuato.

Riattaccammo e io mi fermai a guardare le scritte convolute di Erik sulla lavagna, prima di entrare al *Fritt Fall*.

– Nuova zuppa di zecca? – chiesi al bancone.

Erik alzò gli occhi dal giornale. – Nuova zuppa di zucca.

– Ma è buona o è solo un bello scioglilingua?

– È buona! – Ridacchiò. – Ma è anche un bello scioglilingua, no?

– E gli affari, come vanno? – chiesi, lasciando scorrere lo sguardo in giro. Dieci clienti. Dodici, se si contavano i due vecchi seduti a compilare i tagliandi del lotto.

– Tutto bene. Indovina quanto abbiamo incassato venerdí.

– Molto, – dissi. – Ma è perché c'era un tizio in gamba a spillare birra.

– Sono state le canzoni! – disse Erik. – So che ti senti molto al di sopra di quella musica, ma ha un gran successo. Bisogna solo trovare dischi che piacciano a tutte le età, a entrambi i sessi e ai quattro orientamenti sessuali che abbiamo a Os –. Erik mostrò i due denti d'oro in un sorriso ancora piú ampio e speranzoso, ma io non gli chiesi quali fossero i quattro orientamenti. L'avevo già sentito raccontare quella barzelletta e, anche se non la ricordavo, sapevo che non avevo bisogno di sentirla di nuovo. – Tra l'altro, abbiamo contattato l'Ente strade per far mettere sulla statale uno di quei cartelli blu con coltello e forchetta, dato che offriremo un menu completo. Speriamo di rubare qualche cliente al tuo distributore.

– Prego, – dissi, con un sorriso. – Ma se il cartello ricorda agli automobilisti che hanno fame, probabilmente ne trarremo beneficio entrambi. È stata un'idea tua o di Julie?

Erik assunse un'espressione perplessa. – Ehm... Di tutti e due, direi.

Annuii, con estrema lentezza. Quindi l'idea era stata di Julie.

– Va bene avere idee, – dissi. – E iniziativa. Ce n'è bisogno, per aumentare la redditività. È anche un po' per questo che sono venuto.

Erik Nerell mi guardò, vigile. Non c'era da stupirsi, era abituato al fatto che, quando avevo qualcosa da dire, si trattava perlopiú di brutte notizie per lui.

– Ho dato un'occhiata ai conti trimestrali, – dissi. – Il problema non sono i costi variabili, ma quelli fissi. Cioè, in pratica, i salari dei dipendenti a tempo indeterminato.

Gli lessi negli occhi che era quello che temeva. Perché il *Fritt Fall* aveva solo due dipendenti: Julie e lui. E Julie era brava e anche incinta, quindi non volevo né potevo mandarla via.

– Non ho ancora parlato con Julie, – proseguii. – Volevo dirlo prima a te.

– Dirmi cosa? – La sua voce aveva già un tono aspro, di disperazione e rabbia.

– Ho intenzione di offrirle una parte del *Fritt Fall* in cambio di una riduzione dello stipendio fisso. In questo modo siamo sulla stessa barca, che le cose vadano bene o vadano male. Mi pare un'offerta vantaggiosa, adesso che la statale continuerà a passare di qui.

Vidi i muscoli della mascella di Erik Nerell contrarsi. – E io? – chiese con voce roca.

– Ho intenzione di offrirti la stessa cosa, – dissi.

– La stessa? – Mi guardò incredulo, come se il fatto che io avessi detto «la stessa cosa» nascondesse in realtà tutt'altro, un pessimo affare.

– Sí, che tu, Julie e io diventiamo proprietari di un terzo ciascuno.

Erik strizzò un occhio, ma non come faceva Natalie, non per curiosità, piú con sospetto.

– Vuoi che compriamo delle quote?

– No, – dissi. – Ve ne do un terzo, gratis. E in cambio voi riducete il vostro stipendio fisso del quindici per cento. Se prendiamo come base i risultati degli ultimi due semestri, per Julie corrisponderebbe a un aumento del reddito del venticinque per cento, e per te del ventotto.

– Ci guadagno *piú* di Julie?

– Lei ha uno stipendio piú alto del tuo, quindi per lei ridurre del quindici per cento significa perderci un po' di piú. E, come ho detto, avrete la stessa quota di utili del locale.

Erik Nerell sembrava non sapere a cosa credere. – E perché lo faresti?

Allargai le braccia. – Come ho detto, credo che dobbiamo stare sulla stessa barca. Voglio dare alle persone intraprendenti e creative la proprietà di quello che gestiscono. Perché quello che è buono per loro, è buono anche per me. Come la tua zuppa di zucca. E *Bombadilla Life*.

Erik rise. Si zittí. Rifletté. Scosse la testa e rise di nuovo. – Che cazzo –. I denti d'oro luccicarono. Io sapevo come si sentiva. Per me era stato lo stesso, quando avevo finalmente potuto acquistare il distributore di benzina dove avevo lavorato per tanti anni. Ciò che era mio, finalmente era *mio* per davvero. È il contadino dentro di noi, dobbiamo possedere, avere terreni, stare sulla nostra terra e magari comprarne altra, è come una malattia. E adesso si era risvegliata in Erik, era come vedere il demone del contadino che guardava fuori dai suoi occhi.

– Ma è chiaro, – dissi. – Quando si è sulla stessa barca,

vuol dire che se uno affonda, affondano anche gli altri. Bisogna aiutarsi a vicenda.

– Chiaro, – disse Erik, distratto, mentre percorreva la stanza con quello che era già uno sguardo diverso, lo sguardo del proprietario che valutava entrate e uscite.

– Per esempio, devi aiutarmi a ricordare una cosa accaduta l'inverno di quando avevo diciassette anni. Tu ne avevi quindici.

– Ah, sí? – Erik mi guardò di nuovo. – C'entra qualcosa il fatto che Kurt ti ha portato al comando di polizia prima del fine settimana?

Annuii. – So che tu e Kurt siete amici…

– Be', amici non lo so, – si affrettò a dire Erik. – Piú che altro viene da me quando ha bisogno di aiuto. E sa che lo otterrà, perché qui la licenza di vendita degli alcolici dipende dal fatto che lui garantisce per me e per il locale, no?

– Ma tu sai anche che Kurt non è mai riuscito a venire a patti con l'annegamento di suo padre e ha coltivato questa teoria del complotto che include me e Carl, non è vero?

– Sí, un po' di anni fa voleva portarmi giú al Salto per controllare la macchina.

– Ecco, vedi? È per quello che devi aiutare me ad aiutare lui a ricostruire cos'è successo quella volta che papà si è infilato con la Cadillac in un cumulo di neve vicino alla tua fattoria quando avevi quindici anni.

Erik mi guardò con aria interrogativa. – Tuo padre ha fatto una cosa del genere?

– Sí, non ti ricordi?

Si grattò i capelli color spaghetti. – Cosí su due piedi, no.

– Be', è normale. È passato un po' di tempo, e non è stato un incidente drammatico. Ma lascia che ti descriva tutto nei dettagli e vedrai che ti tornerà in mente. Sai, con i ricordi d'infanzia è strano, hanno bisogno di essere riattivati.

Erik mi ascoltava a bocca semiaperta, con uno sguardo concentrato. Poi annuí lentamente, *molto* lentamente.
– Forse è cosí, – disse.

## Capitolo 22

– È iniziato tutto quando avevo dodici anni, – disse Natalie. – Quando mi sono arrivate le mestruazioni. Non so se sia quello, il nesso. Ho provato a chiedere informazioni ad amici psicologi, stando sul vago, perché non racconto a nessuno quello che è successo a casa mia all'epoca. E dicono che sí, certo, è una questione biologica. Ma gli psicologi sono come gli astrologi: dicono di sí a tutti gli schemi e ai nessi piú banali. E in questo caso, il nesso avrebbe dovuto avere l'effetto opposto. Non è proprio una scelta furba, dal punto di vista biologico, mettere incinta la propria figlia. E anche mio padre lo capiva. Ecco perché veniva da voi a comprare la pillola del giorno dopo quando pensava di non essere stato attento.

Si sistemò meglio sul mio braccio. Il suo letto era stretto come quello che avevo in officina, ma a quel punto della nostra relazione qualsiasi letto piú largo di un metro sarebbe stato spazio sprecato.

– Fino a dodici anni sono stata una ragazzina estroversa e felice, – disse. – Ma da allora sono diventata cupa e silenziosa, una con cui alla fine nessuno voleva stare. E che non voleva stare con nessuno. Ma né gli insegnanti né altri adulti hanno mai fatto domande.

– Per Carl è stato lo stesso, – dissi. – Cioè, quando finalmente sono sorti dei vaghi sospetti, hanno sospettato di me.

– Ecco, vedi? – disse. – Ma penso che sia sbagliato dire che gli adulti avrebbero dovuto accorgersene. La maggior parte di noi attraversa un cambiamento di personalità durante l'adolescenza. Forse sarei diventata cosí anche senza gli abusi. Non che lo pensi, ma non lo so. Forse io sono cosí. E lo stesso vale per la droga.

– Davvero?

– È stato in quegli anni che ho scoperto l'alcol. Se fosse stato accessibile, avrei bevuto ancora di piú. Mi appiccicavo ai ragazzi piú grandi che si procuravano sottobanco i liquori distillati. E forse è per questo che mi sono guadagnata la reputazione di ragazza facile. Ma era vero solo in parte. A ogni modo, ubriacarsi ed essere promiscui è il classico comportamento da vittima, ma non so come sarei stata senza le violenze. Forse mi piace sballarmi. E scopare in giro.

– Ah, sí?

Fece un respiro profondo. – No. Prima di quest'ultima volta, non prendevo niente da un anno, quindi, a quanto pare, preferisco essere sobria. E sono andata a letto con otto ragazzi, te compreso. Non so con quante sei stato tu, ma otto fanno di me una suora, nei giri che frequento.

– Otto sono piú di quante ne ho avute io, ma in effetti non ne ho avute molte, – dissi.

– Be', nove se conto anche mio padre.

Ci fu qualche secondo di silenzio e poi scoppiammo a ridere.

– Non ti sembra assurdo che riusciamo a parlarne in modo cosí distaccato? – chiese.

Scossi la testa. – Penso che sia l'unico modo in cui possiamo sopportare di parlarne.

– È strano, – disse. – È come parlare di qualcosa che è accaduto in un universo parallelo, è come se fosse un sogno o un incubo. Ma poi trovi le prove che è successo per davvero. Le mutandine che ha strappato, il suo odore fra le tue lenzuola…

Si interruppe, forse percependo che mi ero irrigidito e notando la furia improvvisa che mi assaliva quando mi ritrovavo di fronte a certe immagini. La sola vista del letto a castello nella mia stanza poteva farmi accelerare i battiti del cuore.

– Tutto bene? – chiese.

Inalai il profumo dei suoi capelli. Il cuore si calmò. Fuori, nella piazza, un'auto suonò il clacson. Il suo appartamento era al secondo e ultimo piano di Meierigården. La camera da letto era come il soggiorno, arredata in modo minimale e senza niente alle pareti. La casa di una che si era buttata nel lavoro fin da quando era arrivata e non aveva né tempo né interesse per il luogo in cui viveva. O di una che non aveva intenzione di restare lí.

– Dovrei essere io a chiederti se va tutto bene, – dissi. – Vai avanti.

– Okay –. Mi baciò la spalla. – Dopo che me ne sono andata di casa, mi sono chiesta a lungo come fosse potuto andare avanti per tutti quegli anni. Ma il fatto era che mio padre aveva campo libero: vivevamo soli, io ero figlia unica e mia madre era già malata e perlopiú confinata a letto. Le interazioni sociali erano minime e non avevamo vicini o parenti che disturbassero. Ma comunque, io lo sapevo. Non come quella ragazza che ho conosciuto a Notodden… mi ha detto che suo padre le aveva fatto credere che lo voleva anche lei. E anche se lei sapeva che non era vero, sentiva ancora il peso di quella vergogna. A dire la verità, mio padre ha provato a fare lo stesso con me. Per rendermi piú compiacente o per assicurarsi che non l'avrei detto a nessuno, credo. Però non ci è riuscito. Non è per questo che non l'ho detto a nessuno. Avevo paura, ma non per me stessa. Avevo paura di quello che sarebbe successo a lui. Non è pazzesco? Preoccuparsi per la persona che odi di piú al mondo?

– Sí, – dissi. – Ma non è proprio questa la definizione di famiglia?

– A volte mi leggeva la Bibbia ad alta voce. Passi su uomini di Dio che fanno sesso con i loro familiari. Abramo con la sorellastra, Lot con le figlie e cosí via. Mio padre era un uomo timorato di Dio, ma aveva rinunciato a catechizzarmi. Eppure, usava queste storie per convincermi che non saremmo bruciati all'inferno.

– Sembra che stesse cercando di convincere piú sé stesso che te.

– Forse. In ogni caso, provava a dipingere un quadro in cui quello che faceva andava bene. O, perlomeno, non era una cosa mostruosa. Dopotutto bisogna convivere con sé stessi.

– Sí, – dissi, infilandomi una bustina di *snus* in bocca. – Bisogna farlo. Finché si decide che non lo si deve piú fare.

Ascoltai la sera d'autunno. Il fruscio delle foglie nel vento e la bellissima musica a due voci proveniente da un motore che ruggiva e da un paio di pneumatici che stridevano lasciando a terra i segni della gomma.

– Tuo padre e il fucile contro il muro? – chiese Natalie.

– Se avessi voluto punirlo, l'avrei dovuto lasciare in vita, cosí avrebbe continuato a convivere con sé stesso, appunto. Ma dovevo farlo per salvare mio fratello. In questo senso si è trattato piú di suicidio assistito che di omicidio.

L'auto adesso non c'era piú. Mi immaginai che fosse una Volvo, con due ragazzi a bordo, che adesso sfrecciava a centoventi all'ora sulla statale, diretta verso il confine comunale, per allontanarsi da Os. Poi risposi alla sua domanda inespressa.

– E mia madre... non lo so. Sí, l'ho condannata a morte per non aver fatto nulla. Ma era come se sapesse che cosa sarebbe successo. Era la notte in cui avevo deciso di uccidere papà, mi ero portato il coltello da caccia nel letto e aspettavo solo che lui entrasse nella nostra camera. Lui è arrivato, ma forse ha fiutato il pericolo e se n'è andato. E poi, dal buco del tubo della stufa, ho sentito piagnucolare giú in cucina. Sono sceso e c'era mia madre. Non abbiamo mai fatto parola su ciò che papà faceva a Carl, ma quella notte lei l'ha detto apertamente, come una preghiera. «Sai, Roy, voglio talmente bene a tuo padre che non posso vivere senza di lui. Se mai avessi dovuto scegliere tra salvare la vita tua e di Carl o la sua, avrei scelto lui. Dovevo dirtelo. Non sono piú una madre».

– Quindi avrebbe scelto di sedersi in macchina con tuo padre, secondo te?

Io sbattei le palpebre, cercando di vedere nel buio.

– Non lo so. Siamo bravi a credere a quello a cui abbiamo bisogno di credere. Vale per me come per tuo padre.

– Roy, – disse, strisciando piú vicina a me, nuda e calda, – non nominare mai piú mio padre e te nella stessa frase, okay?

– Okay, – dissi.

Andò in bagno e, quando accesi la lampada sul comodino per cercare le mutande, scoprii qualche macchiolina di sangue sul lenzuolo. Natalie tornò, e rise nel vedermi.

– È divertente? – chiesi.

– La tua espressione, – disse, baciandomi sulla fronte. – Sembra che pensi di avermi ucciso. È solo che a volte sanguino un po', dopo i rapporti. Non è pericoloso né insolito.

Tirammo il piumone sopra di noi e ci accoccolammo di nuovo l'uno accanto all'altra, ascoltando i suoni provenienti dall'esterno, per vedere se c'era stato qualche cambiamento.

– Senti, – mi chiese. – Sei stato a Cracovia?

– Cracovia?

– Quando sei andato in Polonia. Hai detto che è vicina a quel parco divertimenti. La città vecchia di Cracovia dev'essere fantastica.

– Cosí dicono. Ma... be', io sono andato da solo, perciò non avevo motivo di visitarla. Sono andato al parco divertimenti e poi ho preso il primo volo per tornare.

– Cosa ne dici di andarci nel fine settimana?

– Noi due, intendi?

– Sí. Ci prendiamo una pausa da Os. Anche tu ne hai bisogno, no?

– Forse, – dissi.

– Mi sarebbe piaciuto partire venerdí, ma c'è una festa per noi dipendenti, al lavoro. Però ho controllato, ci sono voli diretti che costano poco anche sabato, da Oslo.

– Ma intendi *questo* fine settimana?

– Perché no?

Sbattei di nuovo le palpebre. Lei e io, tipo. A Cracovia, tra tutti i posti del mondo. Ma sí, che cavolo. Perché no? Cosa c'era di male? Niente. Anzi, era perfetto.

## Capitolo 23

Il mercoledí pomeriggio ricevetti la telefonata che aspettavo da Asle Vendelbo.

Avevano discusso del prestito durante la riunione sul credito. E me l'avevano concesso.

Parlammo brevemente degli aspetti pratici senza accennare all'altra parte dell'accordo. Non aveva motivo di preoccuparsi, ormai eravamo sulla stessa barca: se fossi andato da qualcuno con quello che avevo su Vendelbo, sarebbe saltato fuori che l'avevo usato per fare pressione su di lui perché mi concedessero il prestito, e allora sarei finito nei guai anch'io. Ma dal modo in cui parlavamo al telefono, pareva che si trattasse di un prestito del tutto normale. Sí, riuscí anche a congratularsi con me in tono cordiale. Pura recitazione. Come se sospettasse che qualcuno ci stesse ascoltando.

Fino a quel momento, il pensiero non mi aveva nemmeno sfiorato. Che Kurt Olsen mi avesse arrestato solo per spaventarmi, per vedere cosa facevo. Che mi stesse spiando nella speranza di sentirmi rivelare che avevo un omicidio da coprire. Non avevo nessuna intenzione di offrirgli anche un caso di corruzione come bonus.

Cosí, non chiamai Halden dal mio telefono, ma presi in prestito quello di Egil.

– Sí?

– Buongiorno, Halden, chiamo dall'autofficina di Os. L'auto è pronta. Dove la dobbiamo consegnare?

Nel silenzio che seguí, sentii la voce di Jon Fuhr in sottofondo, sembrava che stesse terminando una telefonata.

– Un momento, – disse Halden con un evidente tremore nella voce. – Ti passo l'altro proprietario dell'auto.

Sentii il telefono cambiare di mano e poi la voce di Fuhr.

– Dovremmo incontrarci, – disse. – E controllare ancora una volta i termini di consegna. In modo da essere sicuri.

– Certo, – risposi. – L'albergo a Notodden?

– No, da qualche parte sulla statale. Ti manderò le coordinate. Domani alle cinque in punto. Ce la fai?

– Alle cinque del mattino?

– Abbiamo una giornata lavorativa piena di riunioni e immagino che a quell'ora saremo piú tranquilli. Porta il telefono a cui manderò le coordinate. Va bene?

Ascoltai. Come se le onde sonore della rete telefonica potessero spiegarmi che cosa stava pensando Fuhr.

– Va bene, – dissi, e riagganciai.

Poi chiamai Carl e gli dissi che avevamo ottenuto il prestito.

Esultò talmente forte che dovetti allontanare il telefono dall'orecchio.

Nel pomeriggio andai a Opgard e, quando entrai in cucina, trovai Carl che stappava una bottiglia di champagne con un sorriso sulle labbra.

Il tappo colpí il soffitto e lui riempí due calici verdi che, secondo papà, erano il regalo di nozze piú stupido che avesse ricevuto ed erano stati usati solo una volta. Non quando eravamo nati io o Carl, ma quando aveva comprato la Cadillac.

Io sorseggiai il vino, mentre lui lo trangugiò di colpo.

– Okay, – disse. – Ho parlato con il consiglio e il piano è questo. Tu compri tutte le azioni a cinquecento corone l'una, per un totale di cinquanta milioni.

Stavo per bere un altro sorso. – Comprare? Ma cazzo, abbiamo parlato di un prestito! Un prestito *a breve termine*.

– Sí, sí, rilassati. *Contestualmente* all'acquisto delle azioni, ottieni un'opzione put che ti dà il diritto, ma non l'obbligo, di rivendere le azioni all'*Os spa* tra sei mesi, a cinquecentodieci corone. I sei mesi ci dànno tempo piú che sufficiente per trovare nuovi investitori. Le dieci corone di differenza coprono gli interessi che paghi alla banca e ti avanza qualcosa. Ciò significa che, anche se il titolo cala, tu potrai comunque rivenderlo senza perdite. E se salirà oltre le cinquecentodieci corone, potrai mantenere il possesso della tua quota.

– Ma non posso, tra sei mesi avrò bisogno dei soldi per costruire le montagne russe.

– Lo so, e visto che non è che ci sia un reale mercato per il titolo dell'*Os spa*, tra noi possiamo già dire che emetteremo le azioni a cinquecento e le ricompreremo a cinquecentodieci. Okay?

Mi rigirai il bicchiere in mano. – Quindi in pratica è come un prestito da parte mia all'azienda?

– Esatto. Non ci guadagni molto, ma almeno per sei mesi hai il trenta per cento delle azioni e un posto nel consiglio di amministrazione.

– Il trentasei per cento, se aggiungiamo le azioni che già possiedo. A questo punto, dovrei diventare presidente del consiglio.

Carl rise. – Penso che possiamo superare questi sei mesi senza cambiare presidente, sembra che Jo Aas stia facendo un buon lavoro. Che ne dici, fratellone?

Feci schioccare le labbra. Non mi piace molto lo champagne, ma quello aveva un sapore migliore degli altri che avevo bevuto. Sollevai il bicchiere.

– Ti voglio bene! – urlò Carl, battendo il suo bicchiere contro il mio e facendo strabordare il vino.

Mettemmo una pizza precotta in forno e gli raccontai della telefonata con Halden e Fuhr e di quello che ne pensavo. Lui annuí e poi chiamò Goebbel, dicendole che le avrei mandato del materiale.

Mangiammo al tavolo della cucina e Carl si lamentò di dover bere tutto lo champagne da solo.

– Io devo guidare, – risposi.

– Guidare? Hai tutta la notte per smaltirlo prima di incontrare Fuhr domani mattina alle cinque.

– No, devo guidare adesso. Vado a dormire da Natalie.

Alzò un sopracciglio. – Davvero? Tre notti di fila? È cosí brava a letto?

Mi strinsi nelle spalle e presi una delle croste di pizza che Carl era solito avanzare.

– Andiamo a Cracovia questo fine settimana, – dissi.

– Ah, sí? Volete dare un'altra occhiata alle montagne russe?

– No. Solo...

– Solo...

– Fare un giro nella città vecchia e dare un'occhiata. Bere vino. Mangiare bene.

– Tu? – Rise. Ma era come se fosse successo qualcosa alla sua risata negli ultimi giorni, non aveva l'allegria spensierata che la rendeva cosí contagiosa. Era successo prima dell'arresto, quindi non era quello a preoccuparlo. Era Mari Aas, le riflessioni sul fatto di fare il grande passo e diventare una coppia? Era la casa, con tutto quello che doveva essere aggiustato e sistemato e i continui ritardi? Oppure era solo il lavoro, la lotta quotidiana per mantenere la facciata mentre cercava di migliorare la redditività prima che il rosso dei conti non fosse piú correggibile? Naturalmente avrei potuto chiederglielo. Perché non glielo chiedevo? Era successo qualcosa tra noi che me lo rendeva impossibile? Ma no, e cosa? Quindi glielo chiesi.

– Cos'è che ti preoccupa, Carl?

Mi guardò pensieroso. – La somma, – disse. – La somma di tutte le cose. Be', lo sai, guarda anche tu come sei sotto pressione.

– In che senso?

– Nel senso che secondo te Kurt Olsen ha iniziato a intercettare i nostri telefoni. È paranoia, e si diffonde in tutte le cose.

Annuii. – Hai ragione. È importante mantenere la calma. Stare attenti senza farsi prendere dal panico –. Guardai l'orologio e mi alzai.

– Te ne vai già?

Sembrava che quelle parole gli fossero sfuggite, in tono forse piú supplichevole di quanto intendesse. Guardai i begli occhioni del mio fratellino e per un istante pensai quasi di chiamare Natalie e dirle che Carl aveva bisogno di compagnia quella sera.

Uscendo dal cortile, fu come se lo vedessi in piedi dietro di me, nella veranda, e vedessi la sua faccia diventare rossa alla luce dei freni, quando premetti il pedale prima della curva delle Capre.

E poi, mentre ero tra le braccia di Natalie, con lei che dormiva dopo aver fatto l'amore, rimasi sveglio con la voce di mio padre che mi risuonava in testa: «Siamo una famiglia. Abbiamo noi stessi e nessun altro. Amici, fidanzate, vicini di casa, concittadini, lo Stato. È tutta un'illusione e non vale un cazzo nel momento del bisogno. E allora siamo noi contro di loro, Roy. Noi contro tutti gli altri».

# Capitolo 24

Quando uscii dall'autostrada vicino all'area di sosta indicata dalle coordinate, erano le cinque e cinque ed era ancora buio. I miei fari inquadrarono Jon Fuhr appoggiato con le braccia conserte all'unica macchina presente. Non era la stessa della volta precedente, ma una Suzuki Across. Alla luce dei fanali vidi il logo della *Bislet Bilutleie*. Aveva scelto bene: le macchine si fermavano raramente lí, forse perché quell'area aveva un'aria desolata e angusta allo stesso tempo, imprigionata com'era tra pareti montuose nere e verticali che bloccavano la vista su tre lati e un cumulo di pietre che dal guardrail portavano a un brutto laghetto. O forse perché bastava guidare altri venti minuti per arrivare a Os, dove l'area di sosta aveva cibo, una vista sul lago piú bella e pompe di benzina.

– Allora? – dissi scendendo e guardando giú per il ripido pendio dove la luna si specchiava nell'acqua nera e stagnante. – Halden non è venuto?

– Non ce n'era bisogno, – disse Fuhr, grattandosi la guancia. Dall'ultima volta gli era venuto qualche brufolo. – Volevo solo darti l'Iban e il numero di conto su cui versare i soldi.

Mi porse un foglio. Mentre leggevo, un corvo strillò sul fianco della montagna.

– Due conti alle isole Cayman? – chiesi.

– Anonimato completo. Immagino che sia un vantaggio per entrambi.

– Immagino di sí –. Piegai il foglio e feci per infilarlo nella tasca posteriore dei pantaloni.

– Devi ridarmelo, quel foglio, – disse Fuhr. – Devi fare il bonifico adesso.

– Adesso?

– Hai portato il cellulare, vero? – Mi prese il foglio di mano. Aveva la luce della luna alle spalle, quindi non riuscii a cogliere la sua espressione.

Mi sfregai le mani, faceva freddo. – Che fretta c'è?

– Ho fretta perché sei sospettato di omicidio e non credo che tu possa trasferire denaro mentre sei dentro.

– Cristo, – esclamai. – Chi te l'ha detto?

– Alcune persone del luogo che lavorano alla galleria. Cioè, forse è piú corretto dire *lavoravano*. Se la polizia ti sta braccando, e indaga, il rischio che questa faccenda salti fuori aumenta. Bent pensa che dovremmo lasciar perdere, dire di no ai soldi e presentare un rapporto riveduto. E fregarcene delle tue minacce di buttarci fuori dalla finestra di un hotel o quel che è.

– Già, perché non c'è molto da temere se sono dietro le sbarre, secondo voi?

Fuhr non rispose. Guardò un camion che passava.

– Quindi, – dissi, – Halden non è venuto perché avete paura di me. Avete pensato che, se sono un assassino, allora magari potrei farvi fuori, adesso che il rapporto è uscito, cosí non dovrei pagare i dodici milioni.

Fuhr si strinse nelle spalle. – Ed eviti anche il rischio di una nuova versione del rapporto. Non è insolito che si riscrivano i rapporti.

– È una minaccia?

– No, è uno sprone –. Fuhr distribuí il peso su entrambe

le gambe. Adesso era preparato, non avrei potuto sfruttare l'elemento sorpresa per metterlo ko come l'altra volta. E non sembrava nemmeno tanto spaventato. I brufoli stavano a indicare che aveva aumentato l'assunzione di steroidi e fatto salire il livello di testosterone, era cosí? Oppure era armato? Cazzo, sí che lo era. Da sopra la cintura, dietro il bomber, sporgeva qualcosa. Poteva essere qualsiasi cosa, ma io sapevo che era una pistola. Il mio cuore aumentò i battiti.

– Va bene, – dissi, sperando che non sentisse la paura nella mia voce. – Non perdiamo tempo a discutere di sciocchezze –. Tirai fuori il telefono. – Mi bastano pochi clic per darti i soldi.

– Non sono pochi clic, – disse Fuhr. – Devi fare due bonifici, perciò sediamoci nella tua macchina.

– Due?

– Hai visto che ci sono due conti. In uno ci andranno sei milioni e nell'altro nove.

– Secondo i miei calcoli il totale fa quindici.

– Il prezzo è aumentato, Opgard. Come ho detto, se hai la polizia alle calcagna il rischio per noi è completamente diverso.

– Sei per Halden e nove per te, suppongo.

– Dài, sediamoci nella tua macchina.

Deglutii. Era talmente tranquillo, lí, che non era passata nemmeno un'auto dopo quel camion.

Fuhr vide la mia esitazione e lasciò cadere le braccia lungo i fianchi, incerto.

Mi avviai verso la macchina e mi misi al volante, sentendo il suo sguardo vigile su di me. Lui si sedette dal lato del passeggero. Un pensiero folle mi attraversò la mente. Che non aveva ancora tirato fuori la pistola, quindi se avessi messo in moto, chiuso le portiere e abbassato il finestrino dalla mia parte, e avessi lasciato andare l'auto verso il lago, l'abitacolo si sarebbe riempito d'acqua prima che lui potesse reagire, mentre io sarei uscito dal finestrino aperto. Fu solo un'idea folle, ma Fuhr dovette leggermelo in viso perché quando mi girai verso di lui aveva tirato fuori la pistola. E non era proprio una pistola da niente.

– Non farti venire strane idee, Opgard. Trasferisci i soldi adesso, davanti a me, e poi ce ne andremo ognuno per la propria strada e non ci parleremo mai piú. D'accordo?

Annuii, fissando la canna della pistola, la cui bocca prometteva una morte rapida e relativamente indolore. Se me la fossi trovata di fronte due settimane prima, ne avrei avuto paura anche allora, ma in un certo senso l'avrei accolta. Adesso era diverso. Non perché avessi ottenuto un prestito di cento milioni, un campeggio e una statale, ma perché avevo due biglietti aerei per Cracovia, comprati a meno di mille corone.

– A proposito, – disse. – Sblocca il telefono e dammelo.

Feci come mi ordinava. Lo guardai mentre digitava con una mano sola, tenendomi d'occhio. Me lo restituí e vidi che aveva cancellato l'sms con le coordinate che mi aveva inviato.

– Capisco, – dissi.

– Cosa capisci?

– Capisco qual è il tuo piano.

– Be', te l'ho appena detto.

– Sí, il fatto che non ci parleremo mai piú è certamente vero.

Mi mise in grembo il foglio con i numeri di conto. – Basta con le cazzate e comincia a scrivere, Opgard.

Io non mi mossi, mi limitai a guardare il foglio.

– Subito! – gridò, premendomi la canna della pistola contro la tempia.

– Dubito che mi sparerai prima che io abbia fatto il bonifico, – dissi. – Dopo, però...

Passò un autobus, poi tutto tornò tranquillo. Si sentivano solo due uomini che respiravano in un abitacolo angusto.

Cioè, che respiravano *ancora*.

– Scrivi! – mi sibilò Fuhr nell'orecchio.

– Scrivi tu, – dissi io, dandogli il telefono.

– Cosa?

– Non ti ricordi cosa ti ho detto a Notodden, Fuhr? Quando prepari una trappola, devi assicurati che non sia piú stupida della preda.

– Che cazzo stai dicendo?

– Il tuo piano, perché sono abbastanza sicuro che sia tuo e non di Halden, era di incontrarmi in un luogo deserto, senza testimoni, cosí nessuno avrebbe potuto scoprire che ci eri stato. Ecco perché sei venuto con un'auto a noleggio, e sono quasi sicuro che hai lasciato il cellulare a casa. Vero?

Fuhr non rispose, si limitò a premermi la pistola ancora piú forte contro la tempia.

– Adesso, cancelli dal mio telefono il messaggio con le coordinate che un poliziotto *potrebbe* scoprire, se non fosse cosí evidente che si tratta di un suicidio. Perché cosa c'è di piú ovvio di un tizio che sta per essere arrestato per un vecchio omicidio e sceglie la via piú facile? Il classico uomo solitario. Prima dell'alba, in un luogo deserto, nella sua macchina, con una pistola. A proposito, sembra che tu abbia trovato l'angolazione giusta per spararmi, Fuhr. Presumo che questa pistola non sia rintracciabile. Forse te la sei procurata da qualche delinquente del tuo vecchio giro? È in quel giro che ti sei beccato la condanna per percosse, vero?

Spostò la presa sulla pistola, come se l'avesse strizzata talmente forte da sentire l'acido lattico nell'avambraccio. Allungò la mano libera e mi infilò qualcosa nella tasca della giacca.

– Che cos'è?

– La tua lettera d'addio, Opgard, cosí non ci saranno dubbi. Ma non è troppo tardi. Se trasferisci quei soldi, non morirà nessuno.

– Ah, certo. Pensi che sia stupido? Non hai scritto quella lettera per minacciarmi, ma per *usarla*. L'unica cosa che può salvarmi in questo momento è proprio *non* trasferire i soldi.

– Ci sono cose peggiori di una pallottola in testa, Opgard.

Scoppiai a ridere. – Pensaci un attimo, Fuhr. Intendi dire un po' di tortura? Con il cric? Con un coltello? Ma poi non sembrerà piú un suicidio, no?

– Vaffanculo! – Sembrava che gli avessero pompato del sangue nei brufoli. – Se non ti muovi, ammazzo prima te, poi...

Il suo respiro mi soffiava contro l'orecchio e nell'abitacolo adesso c'era un odore che, se si deve credere ai thriller americani, era di paura, testosterone o adrenalina. O tutt'e tre le cose.

– Poi chi ammazzi? – chiesi. – È un bel problema. Perché io forse sarò arrestato per omicidio eccetera, e non ho troppa paura di morire in questo momento. Allo stesso tempo, non ho nessuno piú importante di me stesso che tu possa uccidere. Certo, è triste, ma in questo momento è una fortuna.

Fuhr deglutí, riprendendo il controllo del respiro. Di sé stesso e della situazione.

– Tu non capisci, Opgard. L'opzione migliore è che ci dài i soldi. La seconda opzione è che tu scompaia, e con te tutta questa faccenda, e noi torniamo al punto di partenza, prima che arrivassi tu. Capito? Quindi, se non inizi a scrivere, tra cinque secondi ti sparo. Se invece paghi, c'è qualche possibilità che non ti spari. Perché non cogli l'occasione, eh?

– No, invece voglio farti un'offerta che non puoi rifiutare, – dissi. – Un'offerta che risolve tutto per il meglio, per entrambi.

– Ah, sí?

– Entra nella mia e-mail, – dissi, indicando il telefono. – Nella cartella della posta inviata. In cima c'è un messaggio a Liv Goebbel. Aprilo.

Con la pistola puntata alla tempia, ascoltai Fuhr che digitava, guardando dritto davanti a me. Fuori dal finestrino, nel buio. Mi sbagliavo o c'era un accenno di grigio nel cielo nero dall'altra parte del lago? Comunque, sapevo che in quel momento Fuhr stava leggendo l'e-mail che avevo inviato la sera prima.

> Con riferimento alla nostra telefonata. In caso di mia morte o di assenza per piú di tre giorni, Liv, in qualità di mio avvocato, è autorizzata ad accedere al link sottostante, ad aprire il filmato allegato e a metterne a conoscenza le autorità competenti. Cordiali saluti,
> Roy Opgard

Ci vollero alcuni secondi prima che sentissi le nostre voci nella camera 333 dell'hotel *Brattrein*. Fuhr ascoltò tutto, compreso il mio riassunto alla fine.

La pressione della pistola scomparve e io lo guardai. Aveva la testa china e fissava il telefono.

– La buona notizia, – dissi, – è che noi di Opgard non mercanteggiamo. Quindi io ti darò dodici milioni come pattuito. Perché erano dodici, vero?

Fuhr non distolse lo sguardo dallo schermo, si limitò ad annuire, cosí lentamente che si sarebbe potuto pensare che fosse di Os.

– Bene, allora siamo pari, – dissi. – Dammi il telefono, cosí procedo.

Avrei dovuto prevederlo, ma dovevo aver perso la capacità di sentire quando qualcuno stava per scattare. Fuhr mi colpí. Usò la pistola, ne vidi il luccichio quando mi arrivò sulla fronte. Il sangue mi colò in un occhio e, quando tirai fuori la lingua, ne sentii il calore e il sapore metallico.

– Ecco, – disse lui, porgendomi il telefono. – Adesso sí che siamo pari.

Dopo che se ne fu andato, mi sedetti e sentii il battito del cuore che si calmava pian piano.

Mi frugai nella tasca del giubbotto e tirai fuori il biglietto che ci aveva infilato dentro. Aveva scritto il messaggio in stampatello, probabilmente per evitare che venisse confrontato con la mia calligrafia.

NE HO ABBASTANZA DI QUESTA VITA. ADDIO. OPGARD.

Conciso ed efficace. In un certo senso rimasi impressionato, perché era piú o meno quello che avrei scritto io.

– Sembra un millepiedi che mi striscia sulla testa, – dissi, mentre Stanley Spind mi metteva di fronte uno specchio.

– Cosí non dovrai comprarti una maschera per Halloween, – disse lui, sistemando gli strumenti usati per ricucirmi. – E giusto perché tu lo sappia, Roy, non ci credo che hai sbattuto contro lo stipite di una porta.

– È la scusa migliore che mi è venuta in mente, – dissi, passando la punta del dito sui punti freschi sulla fronte.

– Non toccare, – disse Stanley. Si mise alle mie spalle e iniziò a bendarmi. – A proposito, cos'è questa storia dell'arresto?

Di Stanley ci si poteva fidare, non aveva nessun secondo fine ed era completamente disinteressato agli intrighi tanto cari al resto del paese. Era un tipo diretto, diceva quello che pensava e chiedeva quello che gli interessava sapere. Come adesso, visto che, da immigrato, non era tanto addentro ai pettegolezzi quanto i nativi.

– Be', – dissi, – hai l'obbligo di riservatezza?

– Se vuoi.

– Hanno trovato un po' di sangue del vecchio agente rurale sulla Cadillac dei miei genitori. Kurt cerca di collegarlo a chi è rimasto vivo. Non gli piace la storia che suo padre si è suicidato.

– Capisco, – disse Stanley. – È cosí che facciamo noi esseri umani, inventiamo le storie a cui preferiamo credere. Anche tu lo fai, no, Roy?

Mi strinsi nelle spalle. – Immagino che tutti vogliamo essere gli eroi del nostro film. O no?

– Hai proprio ragione. Ecco qua, finalmente anche a Os c'è una persona col turbante –. Stanley fissò la benda con un paio di lacci e si sedette dietro la scrivania. – Come va l'amore, Roy?

Sorrisi. – Non hai dei pazienti in attesa?

– Certo, è per questo che te lo chiedo.

– Ah, sí? – dissi mentre toglievo il giubbotto dall'attaccapanni sul muro.

Mise le mani dietro la testa e sorrise. – È il mio controllo rapido della salute. Se le persone sono innamorate, di solito sono sane.

– Davvero? Hai delle statistiche su questo?

– Solo prove aneddotiche, ma sono comunque valide. Chi è la fortunata?

Non potei trattenermi dal ridere. – Pensi di poterlo *vedere* nelle persone?

– Lo vedo dalla pressione sanguigna, dal battito cardiaco e dalla sclera, – disse.

– Quindi forse è il contrario. Le persone sane si innamorano con piú facilità.

– Forse, – rispose.

– E a te come va l'amore, Stanley?

– Vedremo, andrò allo chalet nel fine settimana –. Scrisse qualcosa su un foglio e me lo porse. – Antidolorifici. Se ne senti il bisogno.

Guardai il foglio. – Senti, ho una curiosità. È vero che si può fare il test di paternità durante la gravidanza?

– Certo. Il profilo genetico del bambino si può determinare facendo un semplice esame del sangue alla madre.

– Bellissimo.

– Vero?

Quando attraversai la sala d'attesa, vidi Moe l'idraulico. Fissava rigido un settimanale e non alzò lo sguardo. Doveva aver sentito la mia voce nello studio del medico.

Misi il piede sul pedale della piccola pattumiera lucente. Ci lasciai cadere dentro il preservativo. Mentre il coperchio si richiudeva, ebbi un brivido.

– La tua testa brilla al buio, – disse Natalie quando tornai in camera da letto.

– «L'uomo invisibile», – dissi.

– Che cosa?

– Si vede solo la benda. Se tolgo la benda sono invisibile e posso fare di te quello che voglio.

– Mi sembra che tu faccia lo stesso anche *con* la benda.

Mi infilai nel calore del letto e lei mi voltò le spalle, sporgendo il sedere. Le baciai il collo e lei gemette felice.

– Posso chiederti una cosa? – domandai.

– Vorrei dire di sí, ma visto che esordisci cosí non ne sono molto sicura, – rispose, allungando le braccia all'indietro per attirarmi a sé.

– Un'altra volta, allora, – dissi. – O meglio, mai.

– No.

– Sí.

– Adesso è troppo tardi. Dài.

– Io...

– Spara!

– Sei mai rimasta incinta?

Fu come se le avessero tolto la corrente. Mi lasciò andare.

– Non lo so, – disse dopo una lunga pausa.

– So che hai preso la pillola del giorno dopo, ma ti è mai capitato di sapere di essere incinta?

Il cuscino frusciò quando lei scosse la testa.

– È una cosa a cui pensi? – chiesi. – Avere figli.

La sentii irrigidirsi.

– No, no, – mi affrettai a dire. – Non sto suggerendo nulla, sono solo curioso.

Lei rimase in silenzio, a lungo, e mi pentii di essermi avventurato su quel terreno.

– Sí.

– Sí? Hai *pensato* di avere figli?

– No, mi è capitato di saperlo –. Si voltò verso di me. – Di essere incinta. Una volta.

– Con...

– Sí, con *lui*.

– E lui lo sapeva?

– Sí. È stato lui a mandarmi dal dottore. Per... – Cercò una parola diversa, ma rinunciò subito. – L'interruzione.

– Ti ricordi se ti hanno fatto l'esame del sangue?

Mi guardò. – No. Dove vuoi arrivare, Roy?

– Non lo so, – dissi, sdraiandomi sulla schiena e guardando il soffitto. – A essere sincero non lo so.

In quel silenzio era come se qualcosa fosse cambiato nella stanza. Come se un ospite non invitato si fosse infilato nel letto in mezzo a noi. Sapevo di doverlo cacciare, in fretta, prima che si stabilisse lí. Di dover dire qualcosa. Deglutii.

– Ti amo, – dissi.

– Cosa? – chiese, e io percepii un genuino stupore.

Mi schiarii la voce. – Scusa per la cattiva pronuncia. Non ho molta pratica con quella parola. Ho detto…

Le sue labbra contro le mie fermarono il resto.

– Ahi, – feci, quando smise di baciarmi.

– Oh, scusa. La fronte.

– No, non fa molto male, – dissi, tirando di nuovo la sua testa contro la mia.

– Mettiti… – mormorò dopo un po'.

– Finiti, – dissi.

– Ti voglio dentro di me, ma stai attento. Ho l'ovulazione.

– Ah no, non mi fido di nessuno di noi due. Aspetteremo fino a Cracovia, i preservativi polacchi costeranno anche di meno.

Sentii che iniziava a sussultare.

– Immagino che tu stia piangendo di gioia, vero? – dissi. – Anch'io vorrei essere scopato da me stesso.

Si rovesciò sopra di me, ancora tremante dalle risate. Il miglior pubblico che avessi mai avuto.

– Stai ridendo perché sono divertente o perché apprezzi i miei tentativi? – chiesi.

– Diciamo che è un mix, – rispose, accarezzandomi la guancia.

Dopo un po' si voltò e mi sussurrò all'orecchio.

– Non si può dire quello che hai detto tu dopo solo due settimane, lo sai? Ma va bene, ti amo anch'io.

Prima di addormentarmi, pensai che le cose si sarebbero sistemate. Cazzo, se si sarebbero sistemate!

Peccato che, ovviamente, valesse per quel giorno.

Due giorni dopo, tutto si capovolse di nuovo.

## Capitolo 25

Erano le sei di sabato mattina e c'era una nebbia fitta. In piú, c'era un leggero strato di neve sulla strada che scendeva da Opgard, vicino a Nergard e persino sulla piazza. Erano previste temperature sopra lo zero, perciò si sarebbe sciolta durante il giorno, ma fui contento di aver messo le gomme invernali, cosí non avrei dovuto guidare a passo di lumaca fino all'aeroporto.

Tutto sommato, negli ultimi giorni le cose erano procedute molto in fretta.

Siccome l'assemblea generale aveva già deliberato l'emissione, era bastata una rapida riunione del consiglio per approvarmi come acquirente, e i soldi – cinquanta milioni – erano già stati versati, cosí le azioni erano mie. Almeno per sei mesi, quando le avrei rivendute. Avevo letto attentamente il contratto di emissione e l'opzione put. Sembrava tutto in ordine, ma è chiaro, pagare una somma cosí ingente fa venire la cagarella.

Ero fuori da Meierigården e vidi la mia immagine riflessa sulla porta. Constatai che la frangia copriva gran parte della cicatrice, dopo che mi ero tolto la benda quella mattina. Suonai di nuovo il campanello di Natalie.

L'avevo chiamata al telefono prima di partire e, visto che non aveva risposto, avevo pensato che stesse dormendo, dopo essere tornata a casa tardi dalla festa dei dipendenti dell'hotel. Io ero stato svegliato dall'arrivo di Carl alle tre del mattino, e quando me n'ero andato lui russava come un motore a due tempi. Però mi preoccupava vedere che nemmeno il campanello la svegliasse. Io l'avevo sentito, una volta che lei era tornata dopo essere uscita a comprare la colazione, ed era come la campanella della scuola.

Guardai l'orologio.

Le varie risposte alla domanda «che cazzo è successo?» mi attraversarono il cervello, ma le respinsi tutte, tranne una. Che aveva ceduto e adesso era ubriaca fradicia o svenuta a causa di qualche droga. Perciò me ne fregai dei possibili pettegolezzi che avrei suscitato e suonai il campanello del vicino. E sentii che anche quello rimbombava mica male.

Dopo un po' dal citofono gracchiante risuonò una voce ubriaca. Spiegai la situazione, sembrava che Natalie dormisse e dovevamo prendere un volo. Il vicino era scettico, oltretutto avevo detto il mio nome e la gente ormai lo associava a «presunto omicida». Quando però gli dissi che Natalie era stata a una festa capí la situazione e, come ci si poteva aspettare lí a Os, disse che si erano scambiati le chiavi dei rispettivi appartamenti, per ogni evenienza.

Salii al secondo piano, dove il vicino, in pantaloni della tuta larghi e maglietta con la scritta «Don't Suck», era pronto ad aprire.

Rimase nel corridoio mentre io entravo. Non so cosa mi aspettassi. Ma non c'era nessuno. E il letto era rifatto. E, certo, rimanevano un paio di altre opzioni.

Solo che non mi tornavano.

Uscii e mi scusai per la confusione, dissi che probabilmente l'avrei trovata da qualche altra parte.

Andai in macchina fino all'hotel.

La ragazza alla reception rispose che era stata in servizio tutta la notte e quindi non aveva partecipato alla festa, ma che sí, aveva visto i suoi colleghi andare e venire.

Sapeva benissimo che ero il fratello del suo capo nonché azionista dell'hotel, eppure esitò quando le chiesi a che ora se ne fosse andata Natalie Moe. Le mostrai il biglietto aereo con sopra il suo nome, spiegandole che non era a casa quando ero passato a prenderla. La ragazza arrossí e disse che Natalie era uscita presto dalla festa, verso le nove e mezza, se ricordava bene, e aveva preso un taxi. Potevo solo immaginare cosa significasse quel rossore, per cui glielo chiesi, prima di lavorare troppo con la fantasia.

– Da sola o con qualcuno?

– Da sola, – rispose la ragazza.

– Era sobria?

La ragazza gonfiò le guance con aria infelice. – No.

Okay, quindi poteva significare che era andata a trovare qualcuno. Un amante? Un amico?

– E non sai dov'è andata?

– No.

– Che taxi era?

Cominciò a toccare lo schermo, per vedere se il taxi era stato chiamato da lí.

– Era un'auto bianca o rossa? – chiesi.

– Rossa.

– Ah, basta cosí. Grazie –. Uscii e chiamai Dagur.

Rispose al secondo squillo e gli chiesi dove aveva portato Natalie Moe.

– Scusa, Roy, – disse nella sua bella versione cantata del nostro dialetto, – ma questo non posso dirtelo.

– Non me ne frega niente di chi è andata a trovare, Dagur, voglio solo sapere se sta bene.

– Capisco, ma ho l'obbligo di riservatezza.

Sbuffai. – Non è vero, dài.

– Sí, invece. In molti non lo sanno, ma abbiamo l'obbligo legale di riservatezza.

– Che cosa?

– Se dico qualcosa rischio sia una condanna, sia la licenza. Mi dispiace, ma devi rivolgerti a Kurt se vuoi che rilasci informazioni sui miei clienti. Adesso devo riattaccare, Roy.

La comunicazione fu interrotta.

– Cazzo! – Mi accorsi di aver lanciato il telefono, andai a prenderlo, lo raccolsi e vidi che c'era una crepa in un angolo dello schermo.

Passai il dito sull'irregolarità del vetro, chiedendomi cosa dovevo fare, quando il telefono si illuminò. All'inizio pensai che fosse stato il mio dito ad attivare lo schermo, ma poi sentii la vibrazione e vidi che era Natalie che chiamava. Fu come svegliarsi da un incubo, finalmente.

– Pronto? – dissi, quasi urlando. Cioè, urlai proprio.

– Roy? – non farfugliava, ma non sembrava in forma. – Mi dispiace tanto.

– Dove sei? Tutto a posto?

– Non ci sarà nessun viaggio a Cracovia per me, Roy.

– Non fa niente. Dove sei?

– Però credo che *tu* debba andare.

Mi interruppi. – Credi… Perché dovrei andarci da solo?

– Perché… perché io non posso venire con te.

Ascoltai per capire se c'era qualcun altro con lei, o se qualcosa potesse indicarmi dove si trovava.

– So che ieri sei stata male, – dissi. – Capita. Ma faremo quel viaggio un'altra volta, non è successo niente di grave. Davvero.

– Sí, invece, – disse. – Sí, che è successo –. Capii che era sull'orlo del pianto. Forse era per quello che veniva da piangere anche a me.

– No, se stai bene, – dissi. – Ho la macchina, lascia che ti venga a prendere.

– No, – disse in tono duro. Troppo duro.

– Okay, – dissi. – Okay. Meglio che non ti assilli, in questo momento. Giusto?

Lei non rispose.

Soffiai fuori l'aria dalle guance. Ero proprio un coniglio del cazzo.

– Natalie? Chiamami quando ti senti meglio. Oppure... be', chiamami e basta.

– Roy?

Non mi piacque il modo in cui pronunciò il mio nome, come preludio a qualcosa che mi sarebbe piaciuto ancor meno. – Sí? – mi costrinsi a dire.

– Non possiamo piú vederci.

Deglutii. All'improvviso fu come se non mi fossi ancora svegliato da quell'incubo.

– Perché no? – chiesi, in tono cauto. – Hai detto che... – Non finii la frase.

– Dimentica quello che ho detto, Roy. Okay? Dimentica tutto. È stato un errore. Errore *mio*. Va bene?

– Ma...

– Niente ma, Roy. Adesso riattacco.

– C'è un altro, è per quello?

La sentii esitare.

– Diciamo solo che sono io, okay? Non è nessuno di cui sentirai parlare.

– Se non è nessuno di importante, va bene, Natalie. Davvero. Sono un uomo adulto, so che certe cose succedono. Possiamo parlarne.

– No! No, non possiamo, Roy. Mi dispiace.

– Oppure non parlarne. Possiamo...

– Ascoltami, Roy!

Mi colpí il fatto che, se c'era qualcuno che doveva urlare al telefono, quello ero io. Ma non ne avevo voglia.

– Ti ascolto, – dissi.

Fece due respiri, forti e tremanti.

– Devi promettermi una cosa, Roy.

– Sí?

– Non cercarmi. Me lo prometti?

Deglutii di nuovo, piú volte. Mossi la lingua, modellai le guance e le labbra finché non riuscii a sussurrare quelle tre misere parole.

– Te lo prometto.

Coniglio. Come quello descritto nel dramma di Ibsen che Rita Willumsen mi aveva letto a voce alta diverse volte, quella famosa estate di tanti anni prima. «Aslaksen è un pulcino bagnato, non è un uomo, è un coniglio».

– Grazie, – disse Natalie, e riagganciò.

Rimasi lí nel parcheggio. E mi accorsi che mi trovavo piú o meno nel punto in cui mi ero inginocchiato quando Kurt Olsen mi aveva arrestato. Avrei voluto inginocchiarmi di nuovo. Era successo davvero? Che cavolo di modo di divertirsi era, giocare cosí con me? Ma poi mi venne in mente che doveva essere una punizione. Una punizione per i sette omicidi.

– Ciao, ma non dovevi prendere un aereo? – chiese Egil da dietro il bancone quando entrai dalla porta.

– Annullato, – risposi, proseguendo verso la stanza sul retro.

– Per la nebbia?

Allargai le braccia in modo da lasciargli libertà di interpretazione. – Devo sbrigare alcune pratiche, – dissi. – Chiama se hai bisogno di aiuto.

– Va bene –. Egil mi seguí con lo sguardo come se fossi una bomba sul punto di esplodere.

Il lavoro è sempre stato la mia medicina contro la malinconia. Come la maggior parte delle medicine, non ha mai guarito nulla, ha solo attenuato il dolore. Ma finché potevo tenerlo occupato con compiti manuali come pulire l'autolavaggio o intellettuali come controllare i conti, il cervello aveva meno capacità di riflettere inutilmente sulle questioni di cuore.

Nella stanza sul retro, appesi il giubbotto accanto alla giacca di pelle di Egil. Sopra c'era il simbolo del Lid&Evensen MC Club: due ossa incrociate dentro un circolo formato dalla scritta in lettere gotiche. Mi sedetti alla piccola scrivania, che quasi oscillò sotto il peso delle pile di carte, spinsi da parte i campioni di prodotti e la caffettiera rotta e cominciai a sfogliare le pagine con i conti dell'ultimo trimestre che non ero ancora riuscito a leggere. Ero confuso. Non è che io sia un profondo conoscitore dell'animo umano. No, penso che la maggior parte delle persone direbbe che Roy Opgard è un uomo semplice e pratico che cerca soluzioni semplici e pratiche. Quindi forse era quello il problema, non riuscivo a capire come funzionavano il cervello e il cuore di persone come Natalie.

Allontanai di scatto i fogli dei conti.

Perché non era vero che non capivo le persone. Era come leggere: ero dislessico e a volte capivo male, ma sapevo *leggere*, che cazzo. E quindi, cosa si nascondeva dietro tutto questo? Se Natalie si era ubriacata e aveva passato la notte con un altro, qualcuno con cui non aveva intenzione di avere una relazione, e allora? Si vergognava, chiaro. Poteva darsi che lei avesse interpretato il fatto di essere stata infedele... Infedele? Ma che cavolo, non avevamo nemmeno ancora definito se fossimo una coppia! Comunque, poteva darsi che secondo lei quel tradimento fosse un messaggio con cui l'inconscio le diceva che non era pronta per nessuna relazione, tanto meno con me. O no? No, era come con i numeri del trimestre: i conti non tornavano! Avrebbe potuto tranquillamente venire da me e spiegarmi che non voleva piú vedermi. Senza drammi e urla isteriche al telefono.

E dunque cos'era successo? Quando aveva detto che anche lei mi amava, non era sincera? Io non ci avevo solo *creduto*, l'avevo *sentito*. Ma allora il resto non quadrava, semplicemente non quadrava.

Chiusi gli occhi e strinsi le mascelle. Tenni a bada i pensieri. Poi riaprii gli occhi, ripresi i fogli dei conti trimestrali e misi il dito sulla prima colonna. Feci un respiro. E iniziai a cercare l'errore.

Erano le dieci e ormai avevo quasi finito di consultare gli ultimi tre rapporti mensili, quando mi immobilizzai. Da dove sedevo, con la porta aperta e solo un sottile muro tra me e il bancone, si sentiva Egil che serviva i clienti. E in quel momento mi arrivò una voce familiare: quella di Natalie.

Non capii le parole, ma sentii un lieve tonfo sul bancone e la voce forte e chiara di Egil. – Trecentoquattordici corone.

C'era solo una cosa che costava trecentoquattordici corone, ed era proprio dietro il bancone. EllaOne, la pillola del giorno dopo.

Afferrai il bordo della scrivania e strinsi gli occhi e le mascelle. Strinsi forte come per aggrapparmi, come se fossi sott'acqua e la corrente mi stesse spingendo fuori da lí, verso di lei, dove avrei aperto la bocca per dire qualcosa, ma sarebbero uscite solo bolle d'aria e lei mi avrebbe guardato annegare, proprio davanti ai suoi occhi. Solo quando sentii il rumore metallico dalla porta, segno che era uscita, boccheggiai e mi resi conto che avevo trattenuto il respiro.

Rimasi accasciato sulla scrivania finché non mi rimisi abbastanza in sesto da alzarmi e andare in negozio a prendere una tazza di caffè. Mentre stavo davanti al distributore di bevande guardai fuori dalla finestra. La neve si era sciolta, ma la nebbia era ancora fitta. Scorsi la schiena di Natalie sulla pista ciclopedonale che portava alla piazza. Camminava piano, ricurva, con addosso un parka oversize che non avevo mai visto prima. O forse sí? Poi scomparve.

Egil fissava assorto il suo telefono.

– La pistola della pompa due non è inserita bene, – dissi.

– La sistemerò, – disse, guardandomi. Aveva un'espressione apatica, come se avesse appena venduto pane e latte, e non la pillola del giorno dopo, a Natalie Moe. Forse non era poi cosí strano, non gli avevo detto che sarei andato a Cracovia con qualcuno, e probabilmente non sapeva che io e Natalie stavamo insieme. O quello, oppure pensava che la pillola le servisse perché non eravamo stati attenti, niente di grave, ahi ahi. Tornai nella stanza sul retro, mi sedetti e continuai. Non avevo ancora trovato quel dannato errore.

Poco prima delle dodici, da oltre il bancone arrivò una voce con un melodioso accento islandese.

– Ho sentito che tu e Børge siete stati a un raduno di motociclisti.

– Sí, – disse Egil. – Pompa uno. Settecentosessanta corone.

– Spero che fossero persone pacifiche. In Islanda la situazione è fuori controllo. Hell's Angels, Bandidos, Outlaws, vengono tutti lí.

– In Islanda? Perché?

– Tutti vogliono essere il re di qualcosa. Ti sei già comprato una moto?

– Non ancora, c'è poca roba in vendita.

– Vero. Forse ti può interessare la mia? Da quando c'è l'hotel, lavoro talmente tanto col taxi che non ho piú tempo per la moto. Posso farti un buon prezzo.

– Sí? È vero che l'ho vista, ma in che condizioni è?

E lí Dagur iniziò una spiegazione che avrebbe richiesto molto tempo.

Mi alzai e uscii dalla porta che conduceva dalla stanza sul retro a dove avevo parcheggiato la Volvo, fra il distributore e l'officina. Girai attorno all'edificio e mi diressi verso la Mercedes rossa alla pompa uno. Lanciai un'occhiata verso l'interno della stazione – si vedeva la schiena di Dagur – prima di sedermi al posto di guida.

Non che fossi un mago del computer, ma avevo preso dei taxi a Os e avevo visto che i viaggi comparivano sul display che c'era sotto la radio. Toccai lo schermo, che si attivò all'istante. E voilà, ecco i viaggi notturni. Con punto di partenza, chilometraggio e prezzo. Ce n'erano diversi che iniziavano dall'*Os spa*, ma solo uno alle nove e mezza, anzi alle 21:23, per l'esattezza. I chilometri mostravano che il viaggio era stato piú lungo che dall'hotel a Meierigården, ma non indicavano la destinazione. Cliccai sul viaggio per controllare se si vedevano piú informazioni, e cosí fu. Non c'era il punto di arrivo, ma c'erano le informazioni sul pagamento.

Non era stata Natalie Moe a pagare.

Rabbrividii.

Vicino al numero della carta di credito c'era il nome di Anton Moe. L'idraulico. Il padre. E allora mi ricordai dove avevo già visto quel parka: addosso ad Anton Moe.

La nausea arrivò talmente all'improvviso che per poco non vomitai. Aprii la bocca, incapace di respirare dal naso. Chiusi gli occhi e li riaprii, ma no: se era un sogno, ero ancora nel bel mezzo. Premetti il pulsante «indietro» e scesi dall'auto.

– Caspita, che servizio! – gridò Dagur uscendo dal negozio pochi secondi dopo, vedendomi passare la spugna insaponata sul parabrezza.

– I buoni clienti devono ricevere un buon servizio, no? – Spruzzai ancora un po' d'acqua e mi misi al lavoro con il tergivetro.

Dagur si fermò accanto a me.

– Mi spiace di non averti potuto aiutare stamattina, Roy. Tutto risolto?

Aveva una folta barba e occhi scuri e gentili, Dagur. Ora, suppongo che non tutti gli islandesi siano buoni e gentili, ma fino ad allora non avevo mai avuto la sfortuna di incontrarne uno che non lo fosse. Certo, forse poteva dipendere dal fatto che ne avevo conosciuti circa tre.

– Tutto risolto, – dissi. – Natalie si è ubriacata alla festa e non ha capito niente quando si è risvegliata a casa di suo padre.

Dagur rise. – Già, ho pensato che fosse meglio portarla lí.

– Hai pensato che fosse *meglio*?

– So che lei abita a Meierigården, ma ho ritenuto che nelle sue condizioni fosse piú sicuro che qualcuno si occupasse di lei, sí.

Lo guardai. – Sei stato molto premuroso, Dagur.

Mi fece un sorriso amichevole. – Ci mancherebbe. Abitiamo in un paese piccolo e ci aiutiamo a vicenda, vero o no?

– Vero, – dissi. – Quindi Anton è uscito, ha pagato e l'ha aiutata a entrare in casa?

– Sí, – rispose Dagur. – Lei era davvero stordita, poverina, ho dovuto aiutarla anch'io. Ma lui non ha detto niente, l'ha aiutata e basta, da buon padre. Gran brav'uomo, Anton. Io…

Dagur si interruppe, come se gli fosse tornato in mente l'obbligo di riservatezza.

– Be', – concluse. – Grazie per il lavaggio.

Si sedette e io gli rimisi a posto il tergicristallo. Presi un pezzo di carta dal rotolo e asciugai il tergivetro mentre guardavo la Mercedes rossa dirigersi verso la piazza.

Sette omicidi.

Avevo sette omicidi sulla coscienza.

Avevo sperato che il conteggio si fermasse lí.

## Capitolo 26

– Devo trovare quel cazzo di errore, – dissi.

– Ah, sí? – Egil mi guardò da dietro il bancone, mentre riempivo la tazza di caffè.

– Mi fa impazzire. Adesso vado nel retro, chiudo la porta e non voglio essere disturbato per nessun motivo. Okay?

Egil mi guardò un po' sorpreso, ma annuí.

Prima di andare nella stanza sul retro, alzai il volume della musica di due tacche.

– Roba buona, questa, – mentii.

Nella stanza sul retro chiusi a chiave la porta del negozio e mi infilai il giubbotto. Nel mettere il telefono nel cassetto della scrivania, vidi che c'era una chiamata persa da Kurt Olsen. Esitai un istante, ma solo un istante, poi uscii dalla porta sul retro e raggiunsi l'officina. Mi chiusi dentro e andai nella sala di lubrificazione. Dietro il trattore c'era la bici con cui pedalavo fino a Opgard da ragazzo. Ogni tanto io e Carl avevamo anche cronometrato quello che chiamavamo «Tour de Opgard». A volte d'estate andavo ancora in bici fino al lago di Budal, a qualcuna delle sue spiagge piú belle, per fare il bagno. O no? In quel preciso istante non riuscivo a ricordare l'ultima volta che l'avevo fatto.

Presi le tenaglie dalla parete con gli attrezzi, indossai un paio di guanti e tagliai la catena della bici, pensando alla conversazione che avevo avuto con Moe quella volta nella sua cucina, quando gli avevo raccontato cosa gli avrei fatto se avesse toccato di nuovo sua figlia.

«Come hai intenzione di uccidermi, vuoi dire?»

«Ti picchierò a morte. È abbastanza biblico, non è vero?»

Mi avvolsi le nocche in un po' di filaccia di cotone, poi arrotolai la catena un paio di volte attorno alla mano chiusi a pugno. Sí, era molto biblico.

Infilai la catena nella tasca del giubbotto. Uscii nella nebbia, salii in macchina e partii alla minima velocità possibile, in modo che Egil non sentisse.

Presi la statale in direzione est per non farmi nemmeno vedere. Uscii vicino all'antica rampa di carico del latte, feci inversione e mi avviai verso ovest. Attraversai la piazza e, oltre il velo di nebbia, vidi una luce alla finestra del secondo piano di Meierigården. Quella luce era spenta quando ero stato lí qualche ora prima.

Bene, almeno Natalie era fuori dalla linea di tiro. Proseguii verso ovest.

La nebbia cascava a fagiolo. Con quella visibilità, chi avrebbe potuto dire con certezza di aver visto passare la mia macchina? Avevo scelto il momento adatto. D'altro canto, però, c'era quella chiamata di Kurt. Cosa voleva adesso? In effetti, uccidere qualcuno proprio mentre la polizia cercava di mettersi in contatto con te non era una buona idea.

Forse fu quello a farmi tornare in me.

O forse fu il ricordo improvviso di ciò che diceva mio padre quando mi insegnava a boxare: «Chi si arrabbia, ha perso». Era uno dei vantaggi che avevo alle feste di paese quando affrontavo i tizi che volevano picchiare Carl perché aveva flirtato con la ragazza sbagliata. Loro erano arrabbiati, io ero calmo e freddo.

Ma adesso no, adesso ero io l'arrabbiato.

Rallentai. Mi dissi che dovevo pensarci bene. Anche in una nebbia come quella, sarebbe stato molto difficile farla franca se fossi andato a casa sua a picchiarlo a morte. Soprattutto in un villaggio dove c'era un solo uomo già sospettato di omicidio.

Rallentai ancora di piú.

Nella stessa barca.

Esatto. Avrei potuto punire Moe nello stesso modo della volta prima, solo piú duramente, facendogli male per davvero. Un cadavere non poteva difendersi, ma Moe l'avrebbe fatto, pur di non tradirsi e rivelare che aveva sodomizzato sua figlia. Anche se sapevo di aver bisogno di ragionare a mente fredda, non potei fare a meno di immaginare Natalie sdraiata a letto priva di sensi con il vestito tirato fin sulla pancia e suo padre sopra di lei. Di immaginare quella mattina, quando si era svegliata, da sola, e aveva guardato in basso, rendendosi conto di cos'era successo. Cos'era successo *di nuovo*. Solo che questa volta aveva incolpato sé stessa. Sí, era cosí tormentata dai sensi di colpa da non riuscire a guardarmi negli occhi per raccontarmi l'accaduto. Pensava di essere una merce danneggiata, indegna dell'amore vero e puro di qualcuno. Come facevo a saperlo? Be', perché anch'io ero merce danneggiata.

Mi accorsi di aver accelerato di nuovo e sollevai il piede dal pedale.

– Chi si arrabbia, ha perso, – sussurrai tra me, provando a scacciare quelle immagini. – Adesso limitati a fargli del male. Puoi sempre ammazzarlo piú avanti.

Il podere di Moe si trovava nei campi pianeggianti tre o quattro chilometri a ovest della piazza, dall'altra parte della statale. Svoltai e percorsi lentamente la strada sterrata verso la fattoria e il fienile. Con quel nebbione e diverse centinaia di metri di terreno coltivato tra la fattoria e il vicino piú prossimo, potevo star certo di non essere visto da nessuno.

Parcheggiai tra il fienile e la casa e scesi.

La finestra della cucina era illuminata e il furgone era nel fienile, la cui porta era spalancata. Era a casa, senza dubbio.

Salii i gradini e bussai alla porta.

– Cerchi qualcuno, Opgard?

Mi voltai lentamente.

Moe, con la sua testa a forma di clessidra, stava sulla soglia del fienile. Natalie aveva ragione, il fucile di suo padre era un Remington. Lo teneva all'altezza del petto, puntato verso di me.

– Cercavo te, – dissi. – Non pensavo che mi avresti visto arrivare.

– No, ma il suono si propaga bene nella nebbia, sai? E comunque, penso proprio che tu stia cercando Natalie, non me.

– No, sto cercando te, – dissi. – Avevamo un accordo, ricordi?

– Mi pare di capire che le hai messo gli occhi addosso, – disse. La sua voce strideva e scricchiolava come cardini non oliati e la peluria gli danzava sul cranio, anche se io non sentivo alcun movimento nell'aria. – Ecco perché eri cosí ansioso di mandarla via da casa. La volevi già allora, bisognava solo mandarla al pascolo a ingrassare e a compiere vent'anni –. Uscí dal fienile, nella luce piatta della nebbia. – O no, Opgard?

– No, – dissi con voce roca.

– Oh sí, invece, – continuò lui. – Ma Natalie è una ragazza intelligente, perciò non succederà. E sai una cosa? Sono stufo di dovermi sempre guardare le spalle pensando a cosa ti stai inventando. Sei un maledetto assassino, a quanto ho saputo.

Deglutii. Essere sotto il tiro di un'arma da fuoco ha un certo effetto sulle funzioni corporee, e questa era la seconda volta in un tempo troppo breve.

– Andiamo, – disse Moe, con un cenno verso la porta del fienile. – Facciamo un giro dentro.

Io non mi mossi.

– Come vuoi, – fece Moe, appoggiando il fucile alla guancia.

Io scesi i gradini.

– Entra, – disse, allontanandosi dall'apertura per mantenersi a distanza di sicurezza da me. Probabilmente si ricordava del mio destro dall'ultima volta.

Entrai e mi misi accanto al furgone.

– Piú avanti, – disse Moe, indicando con la canna del fucile.

Feci come mi diceva. Andai verso quello che una volta era stato il recinto dei maiali. Lui mi passò accanto in modo da stare verso l'interno, e io rimasi con la luce del giorno dietro di me. E in quel momento mi resi conto di cosa voleva fare. Cazzo, sí. Mi avrebbe sparato. Avevo la bocca cosí secca che dovetti provare due volte prima di poter sentire la mia voce.

– Come intendi spiegarlo dopo, Moe?

– Lascia che ci pensi io, – disse. – Quando qui dentro troveranno un assassino disprezzato da tutti con un coltello in mano, capiranno che si è trattato di legittima difesa.

In effetti ciò che diceva aveva senso, bastava che mi piantasse un coltello in mano, ed era per quello che si teneva dentro la stanza, per far sembrare che l'avessi costretto in un angolo, senza lasciargli altra scelta. Inclinò appena la testa per guardare nel mirino e strizzò l'altro occhio. Sarebbe stata dura mancarmi a due metri di distanza, perciò immaginai che stesse mirando con tanta attenzione perché voleva colpirmi alla testa, almeno era sicuro che sarei rimasto nel punto in cui cadevo, e per i tecnici della Scientifica sarebbe stato piú semplice ricostruire l'accaduto. Premette il dito sul grilletto.

Siccome mirava alla testa e io ero controluce, non si accorse di quando infilai la mano nella tasca del giubbotto e tirai fuori la catena. Abbassai il braccio lungo il fianco e guardai in avanti e all'insú. Sapevo che una catena di bicicletta da centosedici maglie era lunga centoquarantotto centimetri, che il mio braccio destro teso era settanta centimetri e che quindi non era cosí importante quanto fosse lunga la canna di un Remington 700 Bdl. Si udí uno schiocco quando la catena di metallo si avvolse attorno alla canna come una frusta. Abbassai di nuovo il braccio. Il fucile venne strappato dalle mani di Moe nel momento in cui partí il colpo, e prima ancora che l'arma toccasse terra mi resi conto che il proiettile mi aveva ferito al polpaccio.

Ho letto che quando ti sparano non si sente troppo dolore. Ho anche letto che non bisogna credere al fatto che quando ti sparano non si sente troppo dolore. Io posso dire di aver sentito un bel po' di dolore, ma non abbastanza da impedirmi di afferrare la catena e tirare il fucile verso di me prima che Moe, che si stava lanciando in avanti, riuscisse a prenderlo.

Quello che successe dopo, non mi è molto chiaro.

Ricordo che lui corse verso la porta e io dovevo aver resistito al dolore al polpaccio per corrergli dietro, perché subito dopo ci ritrovammo sdraiati per terra accanto al furgone. Gli salii sopra, mi sedetti sul suo petto e gli bloccai le braccia con le ginocchia. Tirai fuori la filaccia di cotone, ci avvolsi la mano e arrotolai intorno la catena della bici, e cominciai a colpire. Non troppo forte, per cominciare. Poi ho di nuovo una lacuna nella memoria. E infine ricordo di aver abbassato lo sguardo su una faccia – cioè, quello che restava di una faccia, è orribile come possa lacerare e distruggere una catena del genere – e mi sembrò il muso di Dog, e pensai la stessa cosa che avevo pensato allora, che dovevo sopprimere quel disgraziato. Dog gemeva prima che lo uccidessi, e anche Moe lo stava facendo. La rabbia accecante era sparita, e quando iniziai a colpire di nuovo non fu piú per infliggere dolore, ma per fermarlo. Colpii e colpii finché non rimase piú niente da colpire, finché non sentii le assi del pavimento contro le nocche, *sotto* la sua testa.

Poi c'è un momento buio.

Il ricordo successivo è di me, in piedi sopra Moe che aveva smesso di respirare, con il polpaccio che mi faceva un male *da morire*. Vedevo il foro del proiettile nella gamba dei pantaloni e sentivo un gorgoglio nella scarpa quando spostavo il peso. Accorgermi del sangue che scorreva lungo il piede e impregnava le assi del pavimento mi ridestò. Perché era il mio sangue, in quella che era diventata la scena di un crimine, e ciò significava vent'anni di prigione.

Il riflesso di fuga scattò, si impadroní del mio corpo per farlo scappare, mentre io cercavo di ignorare il consiglio dell'amigdala e di ascoltare invece ciò che il resto del cervello aveva da dire. Mi diceva che avevo una scelta. O fregarsene di tutto, scappare e farsi catturare dopo, oppure restare, essere costruttivo, fare ciò che era necessario fare e rischiare di essere colti in flagrante. Perché era vero, i suoni si propagavano bene nella nebbia, come aveva detto Moe, e i vicini da entrambi i lati avevano sicuramente sentito lo sparo. Se non fossero venuti loro, sarebbe arrivato Kurt Olsen, cinque o dieci minuti dopo aver ricevuto la telefonata. In sintesi: se fossi scappato, sarebbe stato un disastro di sicuro. Se fossi rimasto, sarebbe stato solo un probabile disastro. Quindi scelsi la seconda opzione.

Mi guardai intorno. Moe aveva un banco da falegnameria con un buon assortimento di attrezzi alla parete, ed era probabile che ce ne fossero altri nel baule lí accanto. Per prima cosa presi un rotolo di nastro adesivo, tirai su la gamba sinistra dei pantaloni e avvolsi piú volte con forza il nastro attorno al buco sanguinante. Dall'altro lato del polpaccio non c'era nessun buco, perciò il proiettile doveva essersi conficcato nell'osso. Guardai di nuovo la parete con gli attrezzi. Martello, tenaglie, seghe. Contro il muro erano impilati quattro pneumatici per auto, con sopra un cric. Moe, o meglio, il cadavere di Moe, mi ricordava uno di quei dipinti di Picasso che Rita Willumsen mi aveva mostrato, quello in cui le facce sono tutte scombinate. Rita aveva detto che Picasso usava il surrealismo per dipingere in modo piú realistico della realtà stessa. La scena davanti ai miei occhi era proprio cosí: surreale e maledettamente reale allo stesso tempo. E allora capii che cosa dovevo fare: dipingere un quadro. Un'immagine che sembrasse piú realistica dell'orrore appena accaduto.

## Capitolo 27

Avevo quasi finito di dipingere il quadro.

Mentre uscivo dal podere di Moe guardai l'orologio. Erano passati quaranta minuti da quando avevo ucciso l'idraulico, e la nebbia era ancora fitta. Per fortuna, perché le previsioni del tempo avevano detto che si sarebbe alleggerita nel corso della giornata.

Otto minuti dopo passai davanti al distributore di benzina, feci inversione alla rampa di carico del latte, tornai indietro, uscii dalla statale e mi infilai dietro il negozio, lontano dalla vista di Egil. Scesi, sentendo il dolore che saliva dal piede sinistro, alzai lo sguardo verso il salone di Grete e sperai che di sabato avesse troppo da fare per stare alla finestra.

Mi chiusi in officina, aprii un flacone di detergente Fritz, ci misi dentro la catena della bicicletta e avvitai il coperchio a metà in modo che il barattolo non esplodesse quando fosse iniziata la reazione chimica. Non sapevo quanto tempo ci sarebbe voluto per sciogliere il metallo, le ossa e le gambe del vecchio agente rurale ci avevano impiegato alcuni giorni per dissolversi del tutto. Siccome non ero sicuro della reazione, misi il flacone nella benna del trattore e la sollevai il piú in alto possibile. Vidi che c'era un'altra chiamata persa di Kurt Olsen sul telefono. Poi uscii, chiusi a chiave ed entrai senza far rumore dalla porta sul retro della stazione, mi sbottonai il giubbotto, spazzolai via l'umidità dalle spalle, aprii la porta del negozio ed entrai. Andai allo scaffale dei medicinali e presi una confezione di paracetamolo.

– Fatto? – chiese Egil, alzando lo sguardo dal telefono.

Anche se dubitavo che avrebbe annunciato con tanta calma e freddezza di avermi smascherato, devo ammettere che sentii i battiti del cuore che acceleravano.

– Trovato l'errore? – aggiunse.

– Forse, – risposi. – Ma devo andare –. Mi riallacciai il giubbotto, avviandomi alla porta.

– A proposito, l'agente Olsen ha chiesto di te.

Mi bloccai. Se Kurt era stato lí, aveva anche bussato alla porta. E scoperto che né io né la mia macchina c'eravamo, e cosí addio alibi.

– Gli ho detto che c'eri, ma che eri occupato, – continuò Egil. – Che ti avrei detto di richiamare.

Respirai di sollievo. – Ah, quindi ha solo telefonato?

– Sí.

– Bene. Ci sentiamo.

– Perché zoppichi? – chiese Egil.

– Mi sono sparato in una gamba stamattina, – risposi.

Egil ridacchiò e tornò a concentrarsi sullo schermo del telefono.

Uscii, girai sul retro dell'edificio, salii sull'auto dalla quale ero appena sceso, ingoiai quattro pillole di paracetamolo senza bere e misi in moto. C'era mancato poco, con Olsen, e Grete era una potenziale testimone, ma se avessi finito di dipingere il quadro, forse non mi sarebbe servito nessun alibi.

Nove minuti piú tardi mi fermai nel cortile di Opgard. La macchina di Carl non c'era, doveva essere all'hotel. Andai in cucina barcollando, aprii il cassetto con i medicinali e cinque minuti dopo avevo fasciato il polpaccio, che era già parecchio gonfio. Staccai il fucile Remington dal muro del portico, lo caricai, sollevai la botola e scesi le scale fino alla cantina delle patate, fredda e umida, alta un metro e mezzo. Chiusi la botola sopra di me per insonorizzare ancora di piú e, nel buio, sparai un colpo a uno dei sacchi di legna che c'erano là sotto.

Quando uscii vidi che la nebbia si era alzata e nel cielo azzurro sopra di me c'erano solo pochi batuffoli. Accidenti, era troppo tardi.

Ma quando girai intorno alla casa vidi che nella valle la nebbia era ancora fitta.

Zoppicai fino alla macchina, piú veloce che potevo.

Quando mi fermai sulla statale a valle del podere di Moe, non si vedevano né la sua casa né quelle dei vicini. Abbassai il finestrino e rimasi in ascolto. Tutto tranquillo, nessun segno che qualcuno avesse già dato l'allarme.

Percorsi piano la strada sterrata e mi fermai nel cortile. Entrai nel fienile e passai accanto al furgone e a Moe senza guardare il corpo, con il cuore che mi stantuffava in petto.

Quando uscii e feci per risalire in macchina, mi fermai e rimasi a guardare la fattoria. Avevo toccato la maniglia della porta? Tornai indietro e pulii l'ottone con la manica del giubbotto. La abbassai. La porta ovviamente era aperta, non c'era motivo perché fosse chiusa. Esitai un istante e poi entrai. Sulla parete accanto alle scale che salivano al primo piano era appeso un ricamo incorniciato. Lessi il testo.

«Qual vantaggio infatti avrà l'uomo se guadagnerà il mondo intero, e poi perderà la propria anima?»

Guardai su, era lí che doveva essere successo. E poi iniziai a salire.

C'erano due camere da letto, ognuna con un letto sfatto.

Spostai il piumone, prima sul letto matrimoniale, poi su quello singolo. Non c'era sangue su nessun lenzuolo. Per quanto ne sapevo, però, magari era successo in soggiorno, prima che lei si svegliasse sul divano nel cuore della notte e andasse da sola in camera da letto. Chiusi gli occhi per pensare. Pensai che era un peccato aver già ucciso Anton Moe, perché adesso non potevo ucciderlo un'altra volta.

Quando riaprii gli occhi, mi accorsi che fuori c'era molta piú luce.

Due minuti dopo ero di nuovo sulla statale.

Avevo un dolore pulsante al polpaccio. Lo studio del medico era chiuso di sabato, quindi chiamai il numero privato di Stanley Spind. Una voce femminile annunciò che l'abbonato non era raggiungibile e mi venne in mente che aveva detto che sarebbe andato allo chalet nel fine settimana.

L'asfalto bagnato luccicava, il sole stava per penetrare la coltre di nebbia.

Poi, nel giro di un centinaio di metri, successe proprio cosí, e all'improvviso il villaggio fu inondato di fasci di luce che sbucavano dallo strato di nuvole, proprio come nelle immagini di Gesú su alla casa di preghiera. E forse avrei anche colto la bellezza della scena, se non fosse stato per la disperazione che provavo e che mi faceva dubitare della salvezza.

C'era stato un cambio della guardia alla reception dell'hotel.

– In questo momento sta facendo un massaggio, – rispose il ragazzo quando chiesi di Carl, visto che il suo ufficio era vuoto.

Zoppicando, scesi nella spa e passai dritto oltre il bancone senza rivolgere la parola alla ragazza che vi sedeva dietro. Trovai Carl dopo essere entrato in due stanze dove i massaggi erano in pieno svolgimento. La persona sul lettino era sdraiata a pancia in giú, con la faccia in un buco e un asciugamano sul sedere, ma riconobbi i nei sulla schiena di mio fratello.

– Lasciaci soli, – dissi alla massaggiatrice, che mi fissava indignata.

– *Please leave, Sir...* – iniziò lei, ma Carl la interruppe.

– *It's okay, Petra, just continue.* Roy, non capisce una parola di norvegese. Che cosa c'è? Perché non sei in viaggio per Cracovia?

Mi sedetti su una sedia, mi chinai in avanti e parlai al naso e al mento che vedevo sporgere dal buco sul lato inferiore del lettino.

– Cracovia è saltata, – spiegai. – Natalie non è voluta venire.

– Ah, no? Mi sembra abbastanza disponibile, di solito.

Rimasi sorpreso. Ma era difficile decifrare cosa intendesse perché, appunto, non si vedeva granché della faccia, e comunque la voce è distorta quando uno ti si appoggia sulla schiena mentre stai parlando.

– Kurt mi sta cercando, – dissi. – Non so esattamente perché, ma non credo sia un caso che lo faccia di sabato, e credo che sia meglio contattare Goebbel.

– Bene, allora fallo.

– Ma è la *tua* avvocata.

– Adesso è la nostra. Chiamala e basta.

– Grazie.

– Grazie? Dio santo, Roy, ti sei rammollito?

– Forse, – dissi. – Volevo solo avvertirti.

– Potevi chiamarmi per darmi questo messaggio.

– Come ho detto l'altro giorno, penso che dovremmo stare piú attenti al telefono.

– Sí, l'hai detto. Un po' paranoico, no?

– Un po' di paranoia non fa male, – dissi, e mi stavo alzando per andare quando mi venne un'illuminazione e gli feci la domanda che prima avevo pensato di evitare. – Cosa significa che Natalie è abbastanza disponibile?

Carl non rispose. La massaggiatrice gli fece scorrere degli aggeggi sui fianchi e il suo sedere oscillò da una parte all'altra, come se stesse scodinzolando.

– Petra –. La sua voce rimbombò sulle piastrelle del pavimento. – *Take a break and leave us alone for a minute, okay?*

Quando la massaggiatrice fu uscita, Carl si tirò su a sedere. L'asciugamano gli scivolò di dosso. Doveva aver messo su qualche altro chiletto dall'ultima volta che l'avevo visto nudo.

– Sei pallido, c'è qualcosa che non va? – chiese.

– No, mi sono solo fatto male a un piede.

– Okay. Per prima cosa, Natalie te la porti solo a letto, no?

– A letto? E cosa te lo fa credere? Stavo per andare con lei a Cracovia, cazzo.

– Ma è proprio quello che fai con una che ti porti a letto e basta. Un fine settimana, biglietto aereo da cinquecento corone, alcol a buon prezzo e scopate. Se è una storia seria, la porti a Parigi o New York, no?

Lo fissai. Qualcosa nel suo sguardo da cane mi suscitò un profondo disagio, piú profondo di quello che già provavo.

– Cosa stai cercando di dirmi, Carl?

– Non è che state *insieme*, vero? Cioè, non hai l'esclusiva.

– Arriva al punto –. Mi tremava la voce. Perché lo sapevo, lo sapevo già.

– Al punto? – Mi fece un sorrisetto sciocco e colpevole. – Il fatto è, be'… che ieri alla festa me la sono scopata.

Deglutii. Ma era troppo da accettare, erano solo parole, suoni.

– Dimmi che non è vero, Carl.

– Non è vero, – fece, poi sospirò. – Ma invece è vero, già. Abbiamo bevuto qualche bicchiere di troppo e… be', è successo.

– Alla festa? Com'è possibile?

– La festa era qui all'hotel, non è che manchino le possibilità. Forse è stato proprio questo, il problema.

– Dove e quando? – chiesi.

– La suite nuziale era vuota, – disse. – Era presto. Verso le nove? Comunque poi ha svuotato il minibar ed era talmente ubriaca che le ho suggerito di restare per la notte mentre io tornavo alla festa. Ma non voleva dare scandalo e ha insistito per andare a casa, cosí ho chiesto alla reception di chiamarle un taxi.

Mi sentii vuoto, svuotato di tutto. Di forze, sentimenti, scopi, idee e della voglia di continuare a vivere quella vita.

– Immagino che volesse andare a casa perché doveva prendere il volo per Cracovia, – sussurrai.

– Può essere, ma non me ne ha parlato, – disse Carl. – Non ha fatto il tuo nome, quindi ho pensato... be', immagino di non aver pensato molto. Mi dispiace davvero, Roy. Soprattutto ora che vedo quanto sei triste.

Chinai la testa, fissando il pavimento. E il polpaccio, che si era gonfiato e premeva contro la gamba dei pantaloni.

– Perché lo sei, vero?

– Che cosa? – chiesi.

– Triste.

– Credo proprio di sí.

– Deve fare molto male.

Non risposi, mi limitai a guardarlo. Il suo viso e la sua voce si rischiararono, ma era come vedere e ascoltare uno sconosciuto. Sembrava anche che stesse cercando qualcosa nel mio viso, e lo trovò, o almeno annuí come se l'avesse fatto.

– Dimmi come posso farmi perdonare, – chiese.

– Non importa, – risposi. – Tanto comunque l'ho persa –. Deglutii e ricacciai indietro le parole che volevano uscirmi di bocca. *E adesso ho perso anche te*.

Tornai su alla reception e chiesi la chiave della suite nuziale. Dissi che la dovevo ispezionare per alcuni amici che volevano organizzare il loro matrimonio all'hotel.

Il ragazzo guardò lo schermo del computer. – La stanza non è stata ancora rifatta, – disse.

– La vedo cosí com'è, – risposi, tendendo la mano. E, vedendolo esitare, aggiunsi: – Possiedo il trentasei per cento delle azioni di questo posto.

La porta della suite si richiuse alle mie spalle con un morbido *clic*.

La luce entrava a fiotti e si rifletteva sulla biancheria candida del grande letto a baldacchino destinato agli sposi felici. C'era cosí tanta luce che dovetti stringere gli occhi. Ma li riaprii del tutto quando scostai il piumone e vidi le piccole macchie di sangue rosse sul lenzuolo.

Controllai il minibar. Dovevano averlo già riempito di nuovo, e calcolai che c'era abbastanza roba perché una persona già brilla potesse ubriacarsi del tutto.

Scesi alla reception, riconsegnai la chiave e andai a Opgard.

Erano le quattro del pomeriggio quando il Suv di Kurt Olsen svoltò nel cortile di Opgard e lui e Johnny ne scesero.

Dopo essere tornato dall'albergo, avevo cambiato la benda e cercato degli antidolorifici nel cassetto delle medicine. Avevo trovato un sacchetto di ansiolitici, verde oliva, che ricordavo di aver visto prendere a Carl dopo la morte di Shannon, e mi era caduto lo sguardo su una scatola di tramadolo che gli era stata prescritta per i dolori post-appendicectomia. Avevo preso tre pillole, e mi avevano stordito talmente che feci una fatica enorme ad alzarmi e aprire la porta.

– Perché non rispondi al telefono? – chiese Kurt con la sigaretta che gli guizzava tra le labbra.

– È un dovere civico? – chiesi, tenendomi allo stipite.

– No, ma se l'avessi fatto e ti fossi presentato al comando, ci saremmo risparmiati questo replay.

– Mi arresti di nuovo?

– L'altra volta è stato solo un fermo.

– E stavolta?

– Stavolta è una cattura.

– Cioè?

Lui spostò il peso sull'altro piede. – Se vuoi puoi chiamarlo arresto.

– Per cosa?

Non sapevo cosa avrebbe risposto e, per dirla tutta, in quel preciso istante non me ne fregava niente, era quasi un sollievo, per me, farla finita. Tirare una riga. Concludere.

Kurt scrollò la cenere dalla sigaretta. – Abbiamo scoperto che hai acquistato dei biglietti aerei per Cracovia.

– Ah, sí? E allora?

– E allora? – mi scimmiottò. – Se non fossi dislessico forse avresti visto che nel documento che hai firmato da noi c'è scritto che tentare di lasciare il Paese è considerata una violazione dell'obbligo di firma. Ed è punibile di per sé, Roy. E rende molto piú facile convincere la corte ad accettare di sottoporti a custodia cautelare, durante l'udienza.

Stavolta non mi puntarono addosso una pistola e non mi ammanettarono.

Ma quando entrammo al comando di polizia capii subito che stavolta facevano sul serio.

## Capitolo 28

La prima cosa che mi colpí quando entrai al comando di polizia rurale fu che sembrava che Kurt e Johnny avessero riordinato per l'occasione. Il tavolo che prima era all'interno della cella era stato spostato al centro del piccolo ufficio e lí erano già sedute due persone. Gilliani, con i suoi occhiali da geek, e una donna pallida e cicciottella che non avevo mai visto, ma che, come Gilliani, aveva una targhetta della Kripos appesa al collo.

Sí, stavolta era una cosa seria, quella gente non veniva a Os dalla capitale di sabato per divertimento.

Inoltre, c'era un tizio con un vestito che pareva glielo avesse prestato Vendelbo.

Kurt mi prese una sedia.

– Confesso, – dissi, lasciandomi cadere sulla sedia.

– Che cosa confessi? – chiese la donna cicciottella, premendo il pulsante di un piccolo registratore sul tavolo.

– Quello lo lascio decidere a voi, – dissi sbadigliando. Sbadigliare può significare che sei stanco, ma, come può testimoniare un qualsiasi psicologo, può anche essere una reazione nervosa, ed è molto comune nei cani.

Nel mio caso era causata dal troppo tramadolo.

– Non ti consiglio di lasciar decidere a loro, – disse l'uomo vestito da Vendelbo.

– E tu chi sei? – chiesi.

– Io sono il secondo e ultimo nome della lista di quelli

che la polizia chiama quando serve un avvocato difensore a Notodden e dintorni.

Con la faccia da bulldog che si ritrovava era difficile capire se stesse cercando di essere spiritoso. Ma ero abbastanza sicuro che l'avessero tirato giú dal letto dopo una nottata di festa.

Bene, quindi eravamo in due ad aver solo voglia di dormire, in quel momento. Il tizio aprí un taccuino.

– La prima domanda è se mi accetti come tuo difensore.

– Dovrei?

Lui ridacchiò. – Se vuoi, posso tornare indietro. Sono pagato a ore, comprese quelle di viaggio, e ho una serie di cose che preferirei fare oggi.

Kurt Olsen si schiarí la voce. – Di' di sí, Roy. Solo i criminali professionisti chiedono avvocati diversi da quelli forniti dalla polizia.

Guardai Gilliani, che annuí quasi impercettibilmente.

– Allora diciamolo, – risposi. – Sono in arresto perché ho prenotato un biglietto aereo per Cracovia o perché avete qualcosa di nuovo?

– Lascia che sia io... – cominciò l'avvocato, ma io alzai la mano e lui si zittí.

– Quello che abbiamo è piú che sufficiente, – disse Kurt. – La Kripos qui può confermare che il sangue dietro la targa è di mio padre. Giusto?

Si voltò verso la cicciottella, che annuí facendo saltellare su e giú allegramente la coda di cavallo bionda.

– Sí, è vero, abbiamo ritrovato del sangue appartenente al defunto sovrintendente del comando di polizia, sí.

– Sovrintendente?

– Sí, del comando di polizia.

Rivolsi lo sguardo a Kurt, che sembrava imbarazzato. – Non si chiama piú agente rurale, – disse.

– Il termine era troppo generico, – disse la cicciottella. – Comunque, il sangue...

– Quindi tu hai perso il titolo che aveva tuo padre, – la interruppi senza staccare gli occhi da Kurt. Glielo leggevo in faccia. Aveva mentito, avevano trovato qualcos'altro. Ma cosa?

– E non l'hai detto a nessuno, Kurt. Sul cartello fuori c'è ancora scritto «Agente rurale».

– Lo cambieremo, – sibilò lui tra i denti. – Risponderai a quello che ti chiederemo o no, Roy?

– Qui devo obiettare, se il mio cliente...

– Stai zitto! – sbottammo Kurt e io all'unisono senza rivolgere nemmeno un'occhiata all'avvocato.

– Chiedete pure, – li invitai.

– Che tipo di rapporto diresti di aver avuto con tuo padre? – chiese la cicciottella.

– *Mio* padre? – risposi io. – Che cosa c'entra?

– Lo chiediamo perché abbiamo alcune domande anche su quell'incidente.

– Ah, sí? E quali?

Gilliani si schiarí la voce. – Noi della Scientifica abbiamo riscontrato un paio di strani difetti tecnici sulla vettura che non possono essere stati causati dalla collisione dopo l'uscita di strada. Visto che all'epoca tu aggiustavi macchine...

– Sbagliato, io ero un meccanico, – lo interruppi, solo perché avevo bisogno di una piccola pausa per riflettere. Allora era questo, ciò che Kurt non voleva rivelare. Era ovvio che non si erano limitati a controllare la presenza di sangue sulla Cadillac.

Gilliani si sistemò gli occhiali, irritato. – Non sono sicuro di quale sia la differenza, ma come dicevo...

– La differenza, – lo interruppi, – è che si tratta di una

professione. Quando la gente ti chiede cosa fai, dici che giochi a guardie e ladri?

Gilliani guardò l'avvocato con sguardo rassegnato, come per indurlo a chiedermi di comportarmi bene.

– Comunque, – disse poi, – abbiamo trovato due fori nel tubo del freno e il piantone dello sterzo svitato da quella che, a quanto ho capito, si chiama cremagliera. Secondo... ehm, il meccanico con cui abbiamo parlato, questo potrebbe essere il motivo per cui tuo padre e tua madre non sono riusciti a fare la curva. Che cosa hai da dire a questo proposito?

Annuii. Piano e a lungo.

L'avvocato coi postumi della sbornia fece del suo meglio per decifrare la situazione e giudicò opportuno sporgersi in avanti e rispondere in automatico.

– Il mio cliente non è obbligato a rispondere a domande ipotetiche.

– No, non è obbligato a rispondere a nessuna domanda, se non vuole, – disse la cicciottella, senza staccarmi gli occhi di dosso.

Sbadigliai. Proprio cosí. Non voleva essere una provocazione, era solo che il mio cervello aveva bisogno di un po' piú di ossigeno. Quando l'ebbe avuto, mi appoggiai allo schienale della sedia.

– Sentite, gente, questa è già stata una lunga giornata per me. Quindi permettetemi di farla breve. Se non ho capito male, l'agente rura... scusate, il sovrintendente Olsen prima mi ha arrestato e poi mi ha lasciato andare per sorvegliarmi, nella speranza che fossi cosí spaventato da tradirmi facendo capire che ho ucciso suo padre. Siccome, con suo gran disappunto, non l'ho fatto, allora usa questo biglietto per Cracovia come pretesto per farmi arrestare di nuovo, per vedere se crollo dopo essere stato rinchiuso per un po'. E per mettermi addosso un po' piú di pressione, arrivate voi con la folle ipotesi che io abbia avuto qualcosa a che fare anche con la morte dei miei genitori. Mi sbaglio? No, non rispondere, Kurt, era una domanda retorica. Allora vi faccio una proposta. Chiamo qui un testimone che darà al sangue sull'auto una spiegazione plausibile e per niente drammatica. In piú riceverete da me una sincera confessione di aver ucciso i miei genitori. Cosa ne dite?

Le facce intorno al tavolo mi guardarono per alcuni secondi interminabili. Poi la coda di cavallo della cicciottella ricominciò a ballare. Stava annuendo.

Erik Nerell si sedette accanto a me e fissò il registratore sul tavolo.

In casi normali, Kurt e la Kripos non lo avrebbero interrogato in mia presenza, ma Erik aveva insistito che restassi lí per aiutarlo a ricordare. Quando Kurt aveva risposto che era fuori discussione, Erik si era rivolto ai due della Kripos e aveva annunciato che, se volevano sentire la sua versione, dovevo esserci anch'io nella stanza, altrimenti potevano scordarselo.

Quindi adesso eravamo Erik, io e l'avvocato da un lato del tavolo, Kurt e i due della Kripos dall'altro.

– Racconta tu, – disse Erik. – Io preferisco intervenire se c'è qualcosa di sbagliato.

Vidi che Kurt stava per protestare, perciò mi affrettai.

– È successo l'inverno prima dell'incidente in cui morirono i miei genitori, – dissi. – Papà e io eravamo fuori in macchina ed eravamo vicini alla fattoria Nerell. La curva era dolce e non andavamo molto forte, ma c'era gioco nel volante e i freni erano difettosi. Queste cose, mio padre le sapeva fin dal giorno dopo aver comprato la Cadillac usata a un prezzo troppo caro da quel viscido imbroglione di Willumsen. Comunque, siamo usciti di strada e siamo finiti con il retro contro un cumulo di neve. Nessun danno né all'auto né a noi, ma non riuscivamo a tornare in strada. Poi sono arrivati Erik e suo padre, che ci avevano visti, e mi hanno aiutato a spingere la macchina. Stavamo quasi per farcela, ma le ruote sono sprofondate nella neve e alla fine il padre di Erik è andato a prendere il trattore per poterci trainare.

Qui mi fermai in modo che Erik potesse annuire e dire che sí, era andata cosí.

– Forse da qui in avanti potrebbe proseguire Nerell, – disse la cicciottella.

Erik mi guardò incerto. Annuii e lui si asciugò le mani sulle gambe dei pantaloni prima di parlare.

– Sí, è quello che è successo. Poi l'agente rurale, cioè il vecchio agente rurale, è passato in macchina e si è fermato. Quando ha saputo che mio padre stava andando a prendere il trattore, ha detto che bastava una piccola spinta per rimettere in strada il veicolo. Non è cosí, Roy?

Erik mi guardò e io ripresi il comando prima che intervenisse la cicciottella.

– Sí. E noi abbiamo risposto che ci avevamo già provato, ma l'agente rurale ha detto che era importante spingere nel posto giusto e metterci un po' di forza. Probabilmente voleva dimostrare che era piú forte del padre di Erik, cosí si è messo dietro la macchina, ha afferrato bene il paraurti da sotto e ha detto a noi ragazzi dove spingere. Poi ha chiesto a mio padre di accelerare piano. Papà l'ha fatto, e l'agente rurale si è sforzato piú che poteva, al punto da gridare per la fatica. E l'auto si è mossa. Ma l'agente è scivolato. Devono essere stati quegli stivali di pelle di serpente, con le suole troppo lisce, o no? In ogni caso, ha battuto la testa proprio sul bordo della targa. E ha perso sangue. Ti ricordi, Erik?

– Certo.

Guardai dritto verso Kurt. – Forse te l'ha raccontato quando è tornato a casa?

– No, – disse lui. – Non ricordo nemmeno nessuna ferita sulla fronte.

Mi strinsi nelle spalle. – Forse non è stato uno di quegli interventi di cui un poliziotto torna a casa a vantarsi. E il taglio era un po' sopra l'attaccatura dei capelli, vero, Erik?

Erik scosse la testa. – È passato molto tempo, non mi ricordo, ma può essere.

– Aveva tanti capelli, tuo padre, – dissi fissando Kurt. – Può darsi che tu non abbia visto il taglio.

Abbandonai la gara di sguardi con Kurt e mi rivolsi agli altri. – A proposito, il padre di Erik ha rimesso l'auto in strada con il trattore. Quindi è finita bene. Cioè... *quella* giornata è finita bene.

Le persone dall'altra parte del tavolo, e dalla parte giusta della legge, si scambiarono un'occhiata. La cicciottella sussurrò qualcosa all'orecchio di Gilliani, poi riportò gli occhi su di me.

– La confessione che ci hai promesso, Opgard?

– C'entra proprio con quello che ho appena detto.

– In che senso?

Mi strinsi nelle spalle. – Ero un meccanico. L'auto di mio padre era talmente in cattivo stato che era pericolosa da guidare. E io non ho fatto nulla. È chiaro che è colpa mia.

Nella stanza scese il silenzio.

La cicciottella si schiarí la voce. – E la tua confessione è tutta qui?

– Be', per me non è poco.

Lei scambiò uno sguardo con i colleghi. – Hai una spiegazione del motivo per cui non gli hai riparato la macchina?

Mi strinsi di nuovo nelle spalle. – La mia unica giustificazione è che non me lo ha mai chiesto. È come quella storia dei figli del calzolaio. Solo che… al posto dei bambini c'è…

– Grazie, ho capito, – disse la cicciottella, raccogliendo i fogli che aveva davanti, come se nell'inconscio stesse preparandosi ad andare. Senza aver cavato un ragno dal buco. Ma forse loro non la vedevano cosí, forse erano professionisti in tutto e per tutto, e pensavano che quell'interrogatorio fosse servito a sollevare dai sospetti un uomo innocente. Può darsi, ma Kurt Olsen non la vedeva allo stesso modo. Quando ce ne andammo, era accasciato sulla sedia e fissava nel vuoto con espressione assente.

Fuori era buio. Erik si offrí di accompagnarmi a Opgard.

– Bel lavoro, là dentro, – dissi, quando fummo saliti sull'auto parcheggiata in fondo alla piazza.

– Ho fatto del mio meglio, – rispose. – Quando pensavi di darmi i documenti della mia quota nel *Fritt Fall*?

– La prossima settimana, – dissi, gli occhi rivolti verso Meierigården. La finestra della sua camera da letto era illuminata.

## Capitolo 29

Dopo aver preso due pillole di tramadolo, mi sedetti in veranda ad aspettare, con sei birre davanti a me.

Non so esattamente cosa aspettassi.

Che telefonasse Natalie?

Che tornasse Carl?

Che qualcuno mi riferisse che Anton Moe era stato trovato morto?

O che Kurt e la Kripos entrassero in cortile con i lampeggianti accesi e mi arrestassero per uno o piú degli ormai otto omicidi di cui ero colpevole o complice?

Aprii la prima bottiglia e ricapitolai la situazione.

Natalie mi aveva lasciato e, a quanto pareva, c'entrava il fatto che si era scopata mio fratello. Non ero del tutto sicuro di quale fosse la causa e quale l'effetto, se avesse già deciso di scaricarmi e quindi pensasse di potersi scopare Carl o se fosse successo come sosteneva lui, e di conseguenza lei credesse di non poter piú continuare a vedermi. Forse pensava che mio fratello non avrebbe detto niente, che non sarei venuto a saperlo se lei e io non ci fossimo piú visti. L'alcol per Natalie non era un'attenuante, al contrario: significava che mi aveva deluso su piú livelli.

Che Carl, ubriaco, si fosse portato una donna, qualsiasi donna, in una stanza d'albergo per scoparsela non era certo uno shock. Ma che si fosse spostato consapevolmente nel mio territorio era piú difficile da digerire. Portarmela a letto e basta? Sapeva che ero innamorato perso di quella ragazza. E allora perché era andato proprio con lei? Ne era innamorato anche lui? No, me ne sarei accorto. Era mio fratello e ci conoscevamo a fondo.

O no?

Io ero stato con Shannon senza che lui se ne accorgesse, e non ero esattamente un attore da premio Oscar.

Aprii la seconda birra.

Forse era strano che il pensiero di Natalie e Carl mi facesse piú male del fatto di aver appena ammazzato un uomo innocente. Cioè, proprio innocente non direi. Quindi, va be', sentivo che avrei potuto convivere con quell'idea, davvero. E questo forse è l'unico vantaggio di avere già altre sette uccisioni all'attivo: diventi un po' meno sensibile.

Ma ovviamente potevo essere arrestato per quell'omicidio, c'è sempre qualcosa di cui ci si dimentica quando si cancellano le tracce. Come il sangue del vecchio Olsen sull'auto giú nel Salto, o il tubo dei freni bucato o il piantone dello sterzo allentato. Quella faccenda però l'avevo sistemata, adesso.

Avevo sistemato tutto.

Erik aveva ricevuto la sua quota del *Fritt Fall*.

Halden e Fuhr avevano intascato i loro dodici milioni.

Asle Vendelbo e Johnny Depp avevano ottenuto la mia promessa di tenere la bocca chiusa.

Quasi sorrisi, perché mi venne in mente il titolo dell'unico libro che avevo mai visto leggere a mio padre negli anni Ottanta. *L'arte di fare affari*. Che un pazzo come quello sia diventato presidente è una follia. Il Re d'America, in pratica. Ma a quanto pare è raro che a finire lí, nella *Mansion on the Hill*, siano le persone giuste.

E, a proposito della quota di Erik, non avevo ancora

informato Julie che anche lei avrebbe ricevuto un terzo della proprietà. Tirai fuori il telefono e feci il suo numero.

Riuscí a dirmi un «ciao» nel bel mezzo di uno sbadiglio.

– Scusa, eri già a letto?

– No, – rispose. – Solo che ieri ho lavorato fino a tardi, perciò sono un po' stanca.

– Pensavo che ieri fosse il tuo giorno libero.

– Sí, ma Carl mi ha chiesto se potevo lavorare al bar dell'hotel. C'era una festa per i dipendenti e voleva che la maggior parte fosse libera di andarci.

– Capisco. Senti, ti volevo fare un'offerta.

– Ah, sí? È una cosa positiva, o...?

– Ho detto *offerta*, no?

– Sí, ma la chiamano *offerta* anche quando ti devono dire che ti mandano in prepensionamento perché sei in esubero.

Risi. A volte pensavo che, a parte Carl, Julie fosse l'unica persona con cui potevo stare per ore nella stessa stanza senza che subentrasse la mia solita ansia sociale.

– Domani lavori? – chiesi.

– Sí. Apriamo alle undici, come il pastore.

– Allora faccio un salto.

Riattaccammo. Finii la seconda birra e presi in considerazione di aprirne una terza. Avevo cercato il tramadolo su Google e avevo letto che, siccome è un oppioide, non è una buona idea mischiarlo con l'alcol. Allora forse avrei dovuto concedermi un altro tramadolo e andare a letto. Non ne sono sicuro, ma penso sia quello che feci. Perché i sogni di quella notte furono per forza scatenati dagli oppioidi. Vidi Shannon seduta su una sedia che cercava di liberarsi, ma non ci riusciva perché aveva due enormi chiodi conficcati nelle cosce. Urlava e allungava le braccia verso un bambino che era seduto su un'altra sedia accanto a lei e succhiava il seno di Natalie, che a sua volta era seduta in braccio a

Carl. L'asciugamano di Carl era scivolato giú, quindi lui era nudo e muoveva i fianchi su e giú canticchiando *Trotta, trotta cavallino*. Poi, all'improvviso, il bambino iniziava a cantare con una voce bassa e profonda: «Kari Midtgard di Tinn, forse la conosci già? I ragazzi, i ragazzi lei entrar non lascerà». E in quel momento mi accorgevo che aveva la faccia di un vecchio. Mi ci era voluto un po' prima di capire chi era, ed ero scoppiato a ridere anche se avrei preferito piangere. Perché quel vecchio ero io.

## Capitolo 30

Le campane della chiesa risuonavano nella valle.

«Caffè dopo la messa e perdono», aveva scritto Erik sulla lavagna fuori dal *Fritt Fall*.

– Perché zoppichi? – fu la prima cosa che mi disse Julie quando entrai.

– Ho una pallottola nel polpaccio, – risposi, guardando il locale vuoto. – Aprire alle undici non è un po' troppo presto?

Lei si appoggiò al bancone. – Sí, ma a stare a casa ad aspettare divento irrequieta. Sei inciampato nel fucile o qualcosa del genere?

– Puoi dirlo, – risposi. – La mia offerta è di trasferire un terzo della quota di possesso del locale a te e un terzo a Erik. In cambio, avrai una riduzione del quindici per cento dello stipendio fisso e l'obbligo di gestire il locale per almeno altri due anni, esclusi il congedo di maternità e simili.

Per prima cosa nei suoi occhi vidi la sorpresa, ma poi la calcolatrice iniziò a girare al massimo.

– Per me sarà un guadagno, – disse dopo un po'. – Sempre che non mandiamo in fallimento il locale. E se riusciamo a sfruttare il suo potenziale come intendo io, ci guadagnerò *molto* di piú.

– E allora fallo, – dissi.

Julie rise, fece il giro del bancone e mi abbracciò.

– Grazie, – disse, asciugandosi una lacrima.

– Grazie? Lo faccio perché cosí tu ed Erik lavorerete cosí tanto che anch'io guadagnerò di piú.

– Lo so, ma grazie lo stesso.

– Preparo i documenti in settimana, – dissi mentre Julie mi versava un caffè.

– Com'è stato lavorare di nuovo al bar dell'hotel? – le chiesi.

– Come prima, – rispose lei. – Non è strano, in fondo? La nostra generazione vive una vita completamente diversa rispetto ai nostri nonni. Ci vestiamo, mangiamo, leggiamo e guardiamo altre cose. Ma sbevazziamo come loro. Andiamo al bar e ci ubriachiamo. Allo stesso identico modo, da cento, anzi, mille anni! Come minimo.

– Da questo punto di vista gli affari sono al sicuro. C'era molta gente ubriaca fradicia, venerdí?

– Sí, direi di sí.

Bevvi un po' di caffè. Tenni la tazza vicino alla bocca e pensai di bere un altro sorso per bloccare le parole che stavano per sfuggirmi, ma non ci riuscii.

– Hai visto Natalie Moe?

– Natalie? Certo. È diventata una vera donna, l'hai vista?

Guardai i grandi, innocenti occhi azzurri di Julie. A quanto pareva, le voci su me e Natalie non erano ancora arrivate fin lí.

– Sí, – dissi. – Mi ha aiutato un po' con un progetto. Era ubriaca quanto gli altri?

Julie posò la sua tazza, guardò nel vuoto e sembrò mordersi l'interno delle guance.

– No, non come gli altri.

– Di piú?

– Sí e no.

– No?

– Non so cos'aveva bevuto a cena, ma quando sono arrivati al bar ha ordinato dell'acqua. E in realtà mi sembrava sobria. E poi, mezz'ora dopo, ciondolava. Come se avesse preso una pillola o qualcosa del genere. Le cadeva la testa e non riusciva a stare dritta sulla sedia. Se non fosse che era Natalie, le avrei chiesto di andarsene dal bar, sai? Ma avevo già visto situazioni simili, e allora ho pensato: ecco una persona con problemi di droga. Per fortuna, Carl è intervenuto prima che dovessi farlo io.

Imprecai e pregai dentro di me. Cazzo, per favore, fa' che non sia cosí.

– E che cos'ha fatto?

– L'ha accompagnata fuori, poverina. Piú tardi ho chiesto di lei e qualcuno mi ha detto di aver visto Carl aiutarla a salire su un taxi. Brav'uomo, tuo fratello.

Annuii lentamente. Ringraziai per il caffè, l'abbracciai e me ne andai zoppicando.

Rimasi accanto all'auto che avevo parcheggiato proprio davanti alla porta e guardai l'appartamento di Natalie. Non si vedevano luci, ma la tenda si era mossa?

A differenza di quella di Carl, la mia macchina aveva il cambio manuale e facevo una smorfia ogni volta che dovevo schiacciare la frizione con la gamba ferita.

Non sapevo se tornare a Opgard o fermarmi alla stazione per vedere come andava. A volte però si può lasciare che sia il corpo a prendere una decisione, quindi feci cosí. E lui scelse la terza opzione, l'hotel. Certo, potevo far finta di non sapere perché, ma lo sapevo benissimo.

Posteggiai in sosta vietata davanti all'ingresso, zoppicai fino alla reception e chiesi dove si trovava la lavanderia. Dovevano avermi riconosciuto, perché si limitarono a indicarmi un corridoio verso l'interno senza fare domande, e io mi avviai zoppicando. In fondo al corridoio spinsi un'ampia porta con su scritto «Magazzino» e mi ritrovai in una grande stanza simile a un garage dove c'erano una dozzina di carrelli. Avevano le sponde alte e dovetti allungarmi per poterci infilare le mani. Tirai fuori un copripiumino bianco.

– *Can I help you, sir?*

Mi voltai e guardai la donna che mi aveva parlato. Aveva un accento che sembrava dell'Europa dell'Est e un'espressione piú brusca della domanda che aveva posto.

– *I'm looking for a ear...* – Cercai di ricordare come si diceva «orecchino» in inglese.

– Capisco un po' di norvegese, – disse la donna. Era robusta, sembrava forte, e aveva quell'autorità naturale delle persone sicure del proprio ruolo, a prescindere da dove si trovano nella gerarchia.

– Orecchino, – dissi. – Di una mia amica. Pensa di averlo perso a letto. Ha delle punte, quindi dice che potrebbe essere rimasto incastrato nel lenzuolo. Se non ci sono problemi, volevo guardare solo nei carrelli con le lenzuola.

– Ci sono lenzuola in tutti i carrelli.

– Tutti? – Feci un rapido conto. Undici. Trovare quello che cercavo poteva essere un'impresa.

– Quando è stata qui, la sua amica? – chiese la donna. L'espressione dura era scomparsa, lasciando posto a un viso diverso, vivace ed espressivo.

– Prima del fine settimana.

– Mi spiace, ma la roba da lavare viene ritirata tutte le mattine.

– Dalla Nor Tekstil di Skien, – dissi. – Però vengono solo nei giorni feriali. E la mia amica è stata qui la notte tra venerdí e sabato.

La donna mi guardò. – In quale stanza?

– La suite nuziale.

– Ma è davvero solo un'amica?

Sorrisi e lei ricambiò il sorriso con un sospiro. Poi mi indicò alcuni carrelli. – Non sono sicura, ma dev'essere uno di quei tre. Controllo e torno tra due minuti.

Ero arrivato in fondo al carrello numero due e avevo già trovato un lenzuolo macchiato di – almeno speravo – sangue mestruale, quando trovai quello con sopra delle piccole macchie di sangue. Non avevo un coltello con me, ma era da un po' che non mi tagliavo le unghie, quindi le usai per raschiarlo via.

– Trovato qualcosa? – chiese la donna, che era tornata proprio mentre ributtavo dentro il lenzuolo.

– No, purtroppo, – risposi.

– Ho appena parlato con le mie ragazze. Non hanno trovato niente, mi spiace.

– Gli orecchini non erano poi cosí costosi, gliene comprerò un altro paio.

La donna fece un sorriso malizioso con metà della bocca. – E magari essere un po' piú delicato, la prossima volta?

Tornato a Opgard, usai uno stuzzicadenti per rimuovere il sangue essiccato da sotto le unghie e lo raccolsi in una scatoletta di *snus* vuota. Poi chiamai Vera Martinsen.

– Ciao, – disse, e scoppiò a ridere.

– Eh?

– Gilliani mi ha raccontato che Olsen era sbalordito, quando hanno saputo come ha fatto il sangue a finire dietro la targa della macchina.

– Kurt non si arrenderà mai, – commentai.

– Te l'ho detto quando ci siamo visti, dovresti denunciarlo alla Commissione affari interni in modo che possano valutare se si tratta di accanimento nei tuoi confronti.

– Lo so, ma adesso ho altre domande. Due, in realtà. La prima è se il mio telefono è sotto controllo.

– No.

– No? Lo puoi dire con certezza?

– Qualcuno ci ha chiesto informazioni sulla possibilità di ottenere l'autorizzazione, ti lascio indovinare chi. In ogni caso, abbiamo risposto che ci vuole ben altro per ottenere un ordine del tribunale per le intercettazioni. Piú di quello che ha lui. E l'altra domanda qual è?

Glielo dissi.

Quando riattaccammo sentii che il dolore era peggiorato di nuovo. Su internet avevo letto che il tramadolo creava una forte dipendenza e che si poteva rischiare un'overdose. Ma dopo qualche minuto non ce la facevo piú e riaprii il cassetto dei medicinali. Considerai l'idea di prendere una delle pillole verde oliva, sapevo che funzionavano anche come sonniferi, ma alla fine ne presi un'altra di tramadolo. Poi zoppicai fino al secondo piano e andai in camera da letto. Mentre mi toglievo la maglietta, guardai fuori dalla finestra. La casa di Opgard è un po' troppo lontana dal Salto perché si possa vedere l'intero villaggio, ma si scorgeva la collina con la casa di Carl laggiú in basso. C'era una luce all'interno, quindi lui doveva essere lí. Forse stava esaminando i lavori, o forse si era portato Mari per chiederle un'opinione. E visto che erano lí, chissà se gli era venuto in mente che meno di quarantott'ore prima aveva tradito la donna con cui ora stava discutendo delle stanze dei bambini? E con una sua dipendente, nonché la donna di cui suo fratello era innamorato.

Pensai che forse proprio in quel momento era davanti ai finestroni della terrazza, a guardare le luci di Opgard. Che avrei potuto usare la tenda per mandargli segnali Morse.

Dirgli che avevo già perso abbastanza, che non volevo perdere anche lui. Che cercavo di odiarlo, ma che era vero che il sangue è piú denso dell'acqua, e non solo: è anche piú denso di ciò che è giusto e sbagliato. In guerra, la famiglia è una parte che non ti sei scelto, ma nella quale sei stato schierato. Di sicuro non avevo scelto di nascere lí ed essere un maledetto Opgard. Ma era andata cosí.

Squillò il telefono.

Mi chinai e lo tirai fuori dai pantaloni gettati per terra.

Era Stanley.

– Sono tornato a casa solo adesso e ho visto il tuo messaggio. Ti sei sparato a una gamba?

– Sí.

– E non sei andato all'ospedale di Notodden?

– Troppo male. Mi sono messo una benda.

– Oddio, Roy. Un'ora e sono a Os, ce la fai a venire al mio studio?

Stanley studiò il polpaccio mentre io ero sdraiato sul lettino e guardavo il soffitto.

– Hai avuto una fortuna sfacciata, – disse.

– Sí, mi sa di sí.

– Il proiettile si è fermato contro la tibia e non sembra che ci siano fratture. In realtà, la ferita è talmente superficiale che riesco a vedere la pallottola. Ma ti porteremo a Notodden, faremo una radiografia e la tireremo fuori.

– Davvero? Ma se vedi il proiettile, non puoi pensarci tu?

Stanley fece una risatina, prima di rendersi conto che dicevo sul serio. – Se fossimo su un'isola deserta sí, Roy, ma è meglio ridurre al minimo il rischio di infezione, quindi un ospedale è piú sicuro.

– Non voglio.

– Capisco, ma…

– Intendo dire che mi rifiuto. O mi tiri fuori la pallottola oppure prendo un paio di pinzette a casa, le riscaldo con un accendino e lo faccio da solo.

Stanley mi guardò pensieroso. – Conosci le possibili conseguenze di un'infezione?

– Sí, sí, – dissi. – Amputazione e pensione di invalidità. Cosa sarà mai?

Lui fece un sospiro pesante.

– Bene, – dissi. – E niente anestesia, per favore.

Stanley inarcò una delle sue folte sopracciglia. – Sicuro?

Ci ripensai. – Mi correggo. Tutta l'anestesia possibile.

Qui è di nuovo tutto nero. È possibile che non l'avessi informato che avevo assunto il tramadolo e che la combinazione di quello con gli anestetici mi abbia messo fuori combattimento, ma in pratica non ricordo quasi niente prima di sentire un *pling* e riaprire gli occhi e dire a Stanley che suonava proprio come in un film western quando il Doc apre le pinze e lascia cadere il proiettile in una bacinella di metallo come la sua.

Stanley si mise a ridere e mi mostrò la bacinella con dentro il proiettile insanguinato.

Mi fasciò, mi prescrisse altri antidolorifici e mi fece un certificato di malattia, dicendomi che nelle mie condizioni non dovevo guidare; poteva riportarmi a casa lui.

Gli dissi che era gentile da parte sua, ma che avevo chiamato Dagur, che era uno dei suoi compiti portare i malati in macchina.

Quando uscii dallo studio medico con le stampelle, vidi una sigaretta ardere nell'oscurità vicino al comando di polizia.

– Buonasera, – dissi.

– Buonasera, – rispose Kurt, staccandosi dal muro contro cui era appoggiato e lasciando cadere la sigaretta. Le scintille sull'asfalto si alzarono nel vento prima che lui abbassasse il tallone per spegnerla. – Cosa ti è successo alla gamba?

– Incidente col fucile in casa. Ma dimmi, questo è il tuo orario d'ufficio regolare o mi stai seguendo?

Fece una risatina secca. – Perché dovrei farlo?

– Perché ti accanisci a voler dimostrare che ho ucciso qualcuno, ad esempio?

Kurt sbuffò. – Sei un maledetto assassino, Roy. Ti ricordi il videogioco che c'era nel corridoio del vecchio *Kaffistova*? – Fece un cenno verso il *Fritt Fall* oltre la piazza. – Quello in cui un asteroide esplodeva davanti alla tua navicella spaziale e tu dovevi evitare tutti i pezzi? All'inizio era facile, solo che man mano che salivi di livello, si avvicinavano sempre piú in fretta e alla fine non riuscivi piú ad andare avanti.

– Me lo ricordo benissimo, – dissi. – Insomma, ero in testa alla classifica dei giocatori, o no?

Kurt scosse la testa. – Non se lo ricorda nessuno, Roy.

La Mercedes di Dagur arrivò scivolando davanti a me. Misi le stampelle sul sedile posteriore, aprii la portiera del passeggero e dissi, da sopra la spalla: – Chiedilo a Rita, penso che lei se lo ricordi.

Partimmo e nello specchietto laterale vidi la fiamma dell'accendino: Kurt si era messo in bocca un'altra sigaretta.

## Capitolo 31

Trovarono Anton Moe il lunedí mattina e prima delle dieci lo sapeva tutto Os.

Io avevo pensato che lo avrebbe trovato Natalie, ma secondo Grete Smitt era stato un vicino, sorpreso dal fatto che Moe non fosse andato in chiesa né avesse issato la bandiera quella domenica, nonostante fosse in casa perché c'era la luce accesa.

– È stato spaventoso, – disse Grete, portandosi la mano sulla guancia come se il corpo lo avesse scoperto lei. Era nel negozio della stazione di servizio con Egil, me e Simon Nergard come ascoltatori. – Aveva la testa tutta schiacciata.

– Non c'è niente di strano, – disse Simon. – Quel furgone pesa due tonnellate. È piú strano che lui ci si sia sdraiato *sotto* per cambiare una gomma.

– Magari voleva controllare qualcosa sul telaio, visto che aveva già il furgone sul cric, – dissi.

– Okay, ma come si fa a calciare via per sbaglio un cric con sopra due tonnellate di peso?

Allargai le braccia. – Forse non ha toccato il cric, ma ha fatto oscillare il furgone. Ha spinto il cerchione della ruota, per esempio, e non ha visto che il cric era storto.

– Oh, cazzo, – disse Egil con una smorfia. – E cosí si è preso il cerchione dritto in faccia.

– Non era un bello spettacolo, – sospirò Grete. – Kurt è dovuto andare a prendere Natalie per identificare Anton.

– Perché? – mi lasciai sfuggire.

Gli altri tre mi guardarono. Mi inumidii la bocca. – A quanto ne so, negli ultimi otto anni Anton ha visto piú Kurt che lei.

– Vero, – disse Grete. – E ad Anton è stato asportato un testicolo, perciò potevano identificarlo da quello.

Ora tutti fissarono lei.

– Non lo sapevate? – disse Grete, sorpresa. – Anton aveva il cancro.

Per l'intera giornata, continuai a pensare a come doveva stare Natalie. Sí, le avevo promesso di non chiamarla, ma una morte in famiglia non cancellava una promessa simile? Forse lei *sperava* che la chiamassi? Era piú probabile che io sperassi che lei lo sperasse. Ma riuscivo a immaginarmi di non parlare *mai piú* con Natalie? E se no, non era proprio adesso il momento di farlo?

All'una telefonò Vera Martinsen.

– Ho parlato con il laboratorio. Come ti ho detto ieri, preferiscono i campioni di urina, ma lo faranno. Si chiedevano se sia necessario un test cromatografico o se basti un test di screening immunologico.

– Che differenza c'è?

– L'ultimo è piú veloce e piú semplice se stai cercando una determinata sostanza.

– Sí, è cosí –. Le dissi quale.

– Okay, – rispose. – Ma prima di farti questo favore, ho bisogno di essere sicura che non mi si ritorcerà contro, Roy.

– Te lo prometto, – dissi. – Non c'entra niente con la faccenda di Olsen.

– Allora mi fido di te.

– Fidati, – dissi, sperando di suonare convinto, e riattaccai.

C'era un flusso costante di clienti, e ogni volta che sentivo un Suv fermarsi davanti alle pompe alzavo lo sguardo, aspettandomi quasi che fosse Kurt. Ma non venne. Solo alle cinque sentii il rumore inconfondibile di una Land Rover. Lui scese e scomparve, a quanto pareva stava facendo un giro intorno all'edificio. Poi riapparve e venne lentamente verso l'ingresso, con le gambe piú storte che mai. Entrò e si fermò davanti al bancone con i pollici infilati nella cintura, come lo sceriffo che sono sicuro si immaginava di essere.

– Non possiamo continuare a vederci cosí, Roy.

Chissà da quanto tempo stava pensando a quella battuta.

– Ho un po' di domande da farti, qui o... – Esitò.

– Al comando di polizia, – conclusi io. – Qui va bene.

Fece un rapido sorriso. – Immagino tu abbia saputo che Anton Moe è stato trovato morto.

Annuii. Vidi che Kurt si aspettava che dicessi qualcosa al riguardo, quindi non parlai.

Lui spostò il peso da un piede all'altro. – A questo proposito, mi chiedevo dov'eri sabato alle dieci e mezza.

Nel silenzio, mentre ci fissavamo, si udí il rumore dello scarico nel bagno dei dipendenti e una porta che si apriva.

– Egil! – chiamai.

Arrivò a passi pesanti.

– Egil, dov'ero sabato alle dieci e mezza?

Guardò prima me, poi Kurt e viceversa. Si grattò l'orecchio. – Non eri qui?

– Il sovrintendente vuole una risposta certa, – dissi.

– Chi?

– Kurt.

– Ah, sí. Vediamo... sabato mattina. Sí, eri qui. Non ti ricordi? Eri nella stanza sul retro a cercare quell'errore nei conti.

Volevo interromperlo ma non fui abbastanza veloce.

– Hai chiuso a chiave la porta e hai detto che non volevi essere disturbato, – disse lui, soddisfatto di poter aggiungere dettagli non necessari. Imprecai dentro di me.

– E tu non l'hai disturbato? – chiese Kurt.

– Ci ho provato, – disse Egil. – Il contatore di una delle pompe si è rotto, ma lui non ha risposto, quindi sono uscito e l'ho dovuto aggiustare da solo.

Kurt alzò un sopracciglio e mi guardò.

– Auricolari, – dissi, indicando le orecchie. – J. J. Cale e la contabilità stanno davvero molto bene insieme.

Lui annuí. – Posso vedere la stanza sul retro?

– Se vuoi, – dissi, cercando di sembrare disinvolto.

Fece un sorrisetto ed ebbi di nuovo la sensazione che avesse qualcosa, un asso nella manica, come si suol dire.

– Sí, voglio, – disse.

Entrai con le stampelle nella stanzetta e mi misi tra lui e la porta sul retro, indicando la scrivania ingombra. – Ho un po' di scartoffie in arretrato, come noti.

Ma Kurt non era interessato alle carte, guardava alle mie spalle. – Dove conduce quella porta?

– Questa?

– È l'unica che c'è, – disse e mi passò cosí vicino che quasi dovetti spostarmi. Girò la maniglia e aprí.

– Ecco qua. C'è anche la tua Volvo –. Adesso sembrava compiaciuto. – Vogliamo prendere una boccata d'aria fresca, Roy?

Appoggiai con cautela le stampelle sull'asfalto bagnato. Il pastore uscí dall'autolavaggio con la sua macchina, ma non ci vide e se ne andò.

Kurt si dondolò soddisfatto sugli stivali di pelle di serpente mentre accendeva una sigaretta.

– Non è che sia un grande alibi, eh? – disse. – Anzi,

è cosí appariscente che può dare l'impressione opposta. Cioè, cosa credi che penserà la giuria quando il pubblico ministero chiederà a Egil quante volte in tutti questi anni hai chiuso a chiave la porta di quella stanza, o non hai risposto quando lui ti ha chiamato? E lui dirà che è successo una sola volta? Guarda caso, il giorno in cui Anton Moe è stato ucciso.

– Ucciso? – Soffocai uno sbadiglio. – Pensavo che gli fosse caduto sopra il furgone.

– Qualcuno la pensa cosí, – disse Kurt, aspirando una boccata dalla sigaretta mentre dava un calcetto alle gomme della mia Volvo. – E anch'io l'ho pensato, per un po'. Finché non ho parlato con il vicino, e lui mi ha detto che l'ultimo segno di vita nella fattoria è stato uno sparo, sabato alle dieci e mezza. Il vicino è riuscito a indicare l'orario in modo cosí preciso perché stava ascoltando la radio e il rumore ha interrotto l'inizio dell'episodio di quella serie sulla stirpe reale, sai.

– Scusa, non la conosco.

– Quindi mi chiedevo, a cosa si spara alle dieci e mezza di sabato mattina?

– A un capriolo?

– Anche il vicino ha detto cosí, – convenne Kurt. – È stagione di caccia, e sicuramente i caprioli vengono spesso a pascolare nei campi, soprattutto all'alba. Il vicino stesso ha sparato a un cervo dalla finestra della cucina quattro anni fa, ha detto.

– Mistero risolto, – commentai.

– Non proprio, – disse lui, tirando una boccata dalla sigaretta. – Sabato c'era una nebbia che non si vedeva di qui a lí, specie verso i campi. E so cosa dirai, che il cervo potrebbe essere stato vicino alla casa. Ma per poterlo vedere in quel momento doveva essere al massimo a cinquanta metri, e da quella distanza non puoi mancarlo. Eppure non c'è nessuna carcassa.

Mi strinsi nelle spalle. – Forse non è stato uno sparo, forse è stato il botto di qualcos'altro.

Lui scosse la testa. – C'era un fucile Remington appeso al muro del fienile. Ho controllato. Puzza per almeno una settimana dopo aver sparato, e non ci sono dubbi. Ha sparato di recente, garantito –. Le ginocchia di Kurt scricchiolarono mentre si dondolava su e giú. Sembrava che si stesse divertendo molto. – Allora inizi a pensare al motivo per cui Moe ha sparato. Se lo ha fatto per difendersi, ad esempio. Da qualcuno che per lui rappresentava un pericolo.

Guardai l'orologio. – Possiamo andare un po' piú in fretta, Kurt?

Lui rise. – Se vuoi. Ma troviamo un posto dove siamo sicuri di non essere disturbati?

– Perché?

– Lo capirai.

Feci un cenno verso l'officina.

– Va bene, – disse, schiacciando la sigaretta col piede.

Aprii la porta e feci strada nel locale. Appoggiai le stampelle al muro accanto alla bici, presi una sedia per Kurt e mi sedetti sull'altra. Lui rimase in piedi davanti alla bici.

– È rotta? – chiese, mettendo la punta dello stivale dove prima c'era la catena.

– No, l'ho usata per un'altra cosa, – risposi.

– Ah, sí, ho visto che le usano per fare delle chiavi inglesi.

– Esatto, – dissi, rabbrividendo. Forse perché l'arma del delitto, o almeno ciò che ne restava, si trovava nella benna a meno di un metro sopra la sua testa. O forse perché mi venne in mente che ciò che stava veramente cercando, il corpo di suo padre, era stato dissolto sempre in quella benna. O forse era solo perché lí dentro era cosí freddo e umido.

– Peste o colera, – disse Kurt, guardandosi intorno nell'officina, ancora in piedi, come se volesse fare il punto della situazione prima di sedersi. – Scelta difficile, vero, Roy? – Si lasciò cadere sulla sedia, incrociò le braccia e sorrise.

– No, – dissi. – Colera.

– Davvero?

– È meno mortale delle forme piú comuni di peste.

– Va bene, – disse lui. – In tal caso, questa è la peste. Si frugò in tasca, tirò fuori la mano a pugno e l'aprí davanti a me. Dentro c'era un piccolo pezzo di metallo. – Lo riconosci?

– Dovrei?

– Questo proiettile era conficcato nel tuo polpaccio.

– Cristo, – dissi, cambiando posizione. – E tu come l'hai avuto?

Kurt prese il proiettile insanguinato tra il pollice e l'indice e lo studiò. – Quando il vicino ha detto di aver sentito uno sparo, mi sono ricordato che tu avevi parlato di un incidente col fucile in casa. E poi mi sono ricordato alcune altre cose. Come quella volta che ti sei precipitato da me ad accusare Moe di aver violentato sua figlia.

Anch'io me lo ricordavo. Il posto in cui mi ero precipitato era il solarium di Grete, e l'unica cosa che avevo visto mentre esponevo i miei sospetti era il fumo di sigaretta che filtrava tra i pannelli del lettino. E Kurt aveva respinto le accuse.

Continuò: – E poco dopo, Moe girava con un taglio sul viso e tu con una mano ferita. Non credi che sappia fare due piú due, Roy?

Fui tentato di rispondere, ma mi trattenni.

– Cosí stamattina ho chiamato Stanley, – disse. – Gli ho spiegato che consideriamo questa morte un caso di omicidio con rischio di reiterazione, e che quindi ha il dovere di fornirci informazioni. Gli ho detto di cercare il proiettile nella spazzatura, e voilà.

Sorvolai sul francese e gli chiesi che cosa intendeva per rischio di reiterazione.

– Non guardi la tivú, Roy? C'è sempre quel pericolo, con i serial killer come te –. Kurt chiuse la mano attorno alla pallottola. – E tu e io sappiamo benissimo che, se mando questo proiettile e il fucile di Moe alla Kripos, l'analisi balistica dimostrerà che il proiettile nel tuo polpaccio proviene dal fucile di Moe. Il che ti colloca sulla scena del delitto piú o meno al momento della sua morte. E questo può spiegare alcune cose.

– Tipo?

– Tipo che non penso che tutte le ferite sul viso di Moe corrispondano ai segni del cerchione. E che nel pavimento ci sono tacche fresche, come se qualcuno avesse usato un coltello o una pialla per togliere uno strato di legno. Pensi di essere stato furbo, Roy, ma in realtà non è molto difficile ricostruire cos'è successo. Sei andato da Moe, l'hai aggredito e lui ha cercato di difendersi con un fucile, ma è riuscito solo a spararti alla gamba prima che tu lo picchiassi a morte con qualcosa, ovviamente non a mani nude, questa volta, visto che le tue mani sono integre. Hai rimosso il sangue tuo e di Moe con una pialla o un coltello e hai sistemato la scena del crimine in modo che sembrasse un incidente. Quanto ci sono andato vicino? Non sei obbligato a rispondere, Roy, la domanda è... come l'hai definita, tu? Retorica?

Kurt riaprí la mano.

– Questo proiettile significa vent'anni di prigione per te, Roy. Ed è per questo che è la peste. Ma poi abbiamo il colera –. Mi guardò finché non feci come voleva e gli chiesi che cosa fosse.

– Il colera è che tu confessi di aver ucciso mio padre. Di averlo spinto giú dal Salto e di aver messo in acqua una barca vuota con dentro i suoi stivali in modo da farlo sembrare un povero suicida. Okay?

Mi guardò come per assicurarsi che avessi capito.

Mi schiarii la voce. – A me sembra piú o meno la stessa cosa.

– Già, non è vero? Incidenti combinati, è il tuo... – cercò la parola.

– Modus operandi, – proposi.

Lui scosse la testa. – Il tuo *metodo*, – disse.

– Okay, – risposi. – Ma quello che volevo dire io è che la peste e il colera mi sembrano abbastanza simili.

– No, no. In primo luogo, quando hai ucciso mio padre avevi solo diciotto anni, ed è un'attenuante. E poi, per un omicidio commesso cosí tanto tempo fa la pena è ridotta. Al massimo ti daranno cinque anni.

– E tu cosa ottieni, in cambio?

La temperatura nello sguardo di Kurt scese. – Io potrò riabilitare il nome di mio padre.

Annuii. – Quindi quello che mi stai proponendo è...?

– Un accordo. Tu confessi l'omicidio di mio padre e io lancio questa pallottola nel lago di Budal.

Il movimento della mia testa rallentò al punto da essere quasi impercettibile. – Quindi, – dissi, – Natalie Moe non saprà mai chi ha ucciso suo padre perché tu pensi che sia piú importante ripristinare l'onore della tua famiglia o qualcosa del genere?

Adesso era come se potessi avvertire fisicamente la freddezza nello sguardo di Kurt. – Non otterrai un accordo migliore di questo, Roy. Allora, cosa ne dici?

Mi grattai il mento. Dopo che Natalie si era lamentata del fatto che la mia barba di cinque giorni la graffiava, mi ero rasato ogni giorno. Fino a sabato. E adesso mi prudeva.

– So che vorresti essere un mago degli affari, Kurt, come con il campeggio. Ma non ne capisci molto.

– Ah, no? – disse con voce piatta.

– Il modo migliore per concludere un accordo è assicurarsi che tutte le parti siano sulla stessa barca.

– E noi lo siamo, – disse. – Tu otterrai una pena inferiore, io potrò riabilitare mio padre.

– Ascoltami bene, Kurt. Diciamo, in via ipotetica, che hai ragione e che sono stato io a commettere i due omicidi. Non appena avrò confessato quello di tuo padre, non avrai piú alcun motivo per buttare via quella pallottola e io sarò condannato per due omicidi. Al contrario, se iniziamo con te che butti via la pallottola, io non ho piú motivo di confessare, e ti ritrovi con due casi insoluti. Quello che devi fare è creare un equilibrio del terrore, una situazione in cui la rovina di una parte sia anche la rovina dell'altra. Ma è chiaro, ci vogliono capacità intellettuali che…

Stavolta lo vidi arrivare ma non feci nulla. Kurt non mi colpí, ma si lanciò contro di me. Mi afferrò il braccio e il polso, torcendoli, tanto che il dolore mi costrinse a inginocchiarmi e chinarmi a terra mentre lui stava dietro di me e mi sibilava all'orecchio: – Non prenderò lezioni da un cazzo di paesanotto analfabeta con una pompa di benzina in una mano e l'arma del delitto nell'altra, capito?

– Capito, – gemetti dall'angolo della bocca che non era schiacciato sul freddo pavimento di cemento.

– Quindi che cosa scegli?

– Peste.

– Eh?

– Peste! Accidenti a te, ti metti a picchiare un uomo infortunato.

Mi lasciò andare e mi rialzai in piedi.

– Quindi preferiresti essere processato per l'omicidio di Moe? – Kurt si sistemò il giubbotto di jeans come se fosse una giacca costosa.

– Be', comunque non confesso niente che non ho fatto, – dissi.

– Come vuoi, ma te ne pentirai. Perché prima o poi troverò le prove che hai ucciso anche mio padre.

– Fai un po' come credi, – dissi, pulendomi la guancia. – Ah, a proposito, quella descrizione di me con una pompa di benzina in una mano e l'arma del delitto nell'altra mi ha impressionato. Che finezza.

Mi lanciò un'ultima occhiata della serie se-lo-sguardo-potesse-uccidere e si voltò. I suoi passi echeggiarono secchi e rabbiosi nel locale. Poi la porta gli sbatté alle spalle e io sprofondai nella sedia.

Tirai fuori il telefono e digitai un messaggio.

«Condoglianze».

Lo cancellai, era troppo freddo anche per Roy il Terribile. Non che il secondo che scrissi fosse migliore: «Ho appena saputo di tuo padre. Chiamami pure se vuoi parlare».

Ma cosa potevo fare altrimenti? Confessare che avevo avuto l'intenzione di pestare suo padre perché ero sicuro che l'avesse violentata mentre era indifesa e alla fine l'avevo ucciso? A chi avrebbe giovato? L'unica era offrirle il mio sostegno in caso ne avesse bisogno. Cosí poteva decidere di non rispondermi, se adesso odiava tutti quelli che si chiamavano Opgard.

Premetti invio.

## Capitolo 32

Il mio cervello aveva bisogno di una pausa.

Quindi mi concentrai su compiti pratici. Il solito tran-tran quotidiano al distributore di benzina, una chiacchierata con il mio commercialista a Notodden e scrivere, firmare e inviare i documenti relativi alla cessione delle quote del *Fritt Fall.* Avevo attinto al mio prestito e trasferito cinquanta milioni di corone norvegesi all'*Os spa*, e grazie alla nuova emissione ero il maggiore azionista della società, con il trentasei per cento. Carl si offrí di convocare un'assemblea generale in modo che potessi essere eletto nel consiglio, ma gli dissi che non era necessario, tanto avrei tenuto le azioni solo sei mesi e avrei comunque dovuto adeguarmi alla volontà della maggioranza nel consiglio, che a sua volta si adeguava a Carl.

Le distrazioni erano riuscite a distogliere la mia mente da Natalie e dalle bombe a orologeria che mi circondavano, ma non avevano cancellato il dolore alla gamba. Non riuscivo nemmeno a dormire, nonostante le potenti dosi di antidolorifici.

Cosí decisi di provare una delle pillole verde oliva di Carl. E quella notte dormii come un sasso.

Ovviamente sapevo che automedicazioni del genere erano sconsigliate e che rischiavo di diventare dipendente da quelle pillole, ma erano davvero troppo efficaci.

Dopo tre giorni decisi di smettere, rimasi sveglio fino

alle quattro del mattino, scesi in cucina e ne presi un'altra che doveva essere l'ultima, o cosí mi dicevo. La cosa successiva che ricordo è che ero sdraiato a letto e Carl mi scuoteva.

– Hanno telefonato dal distributore e chiedono che fine hai fatto, – disse a voce altissima. Doveva essere un po' che cercava di svegliarmi. Presi il telefono dal comodino. Sei chiamate perse da parte di Egil. E una di Vera.

– E tu cos'hai risposto? – chiesi, alzandomi su una gamba sola e infilandomi i pantaloni.

– Che sei in malattia. Ma Egil ha detto che non lo sapeva.

– Non ho trovato nessuno che potesse sostituirmi, cosí all'ultimo momento –. Appoggiai con cautela entrambi i piedi a terra. – E poi adesso va molto meglio.

Pioveva, quella pioggia scrosciante che arriva quando una perturbazione non si esaurisce nel Vestlandet. Mi misi al volante ancora in preda allo stordimento, ma chiamai Vera lo stesso.

– Vaffanculo, – disse ancora prima che riuscissi a salutarla.

– Ehi! Perché?

– Mi hai promesso che il favore non mi si sarebbe ritorto contro. E adesso ho saputo che la balistica sta controllando un proiettile estratto dalla tua gamba, in relazione a un possibile caso di omicidio. Hai idea dei guai che potrei passare se venisse fuori che ti sto aiutando?

– Oh, merda, quello. Quando ti ho parlato non sapevo che Kurt si sarebbe attaccato all'incidente che ho avuto col fucile a casa mia.

– Quale incidente?

– Stavo pulendo il fucile e ho provato il grilletto. Mi ero dimenticato che c'era un proiettile in canna.

– E ti sei sparato nel *polpaccio*?

– Ero sdraiato sul divano con le gambe sollevate.

Nel silenzio teso che seguí, cercai di capire se credesse alla mia storia o meno. Alla fine, si schiarí la voce. – Ho ricevuto una risposta dal laboratorio.

– Bene! Hanno trovato qualcosa?

– Niente alcol, ma flunitrazepam. Meglio noto come Roipnol. Non so se lo conosci.

Avevo ancora la testa confusa. – Sí, – risposi. – Ma credevo che lo usassero solo i tossici.

– È da un bel po' che non si compra piú in farmacia. Il Roipnol è diventato una droga da strada, come le anfetamine o l'eroina. Sei sicuro che non sia una tossicodipendente?

– Sei sicura che sia una *lei*?

– Questi esami del sangue dànno un po' di informazioni.

– Pensavo che avessi chiesto un semplice test di screening.

– A volte ottieni piú di quello che chiedi, Roy.

– Cosa intendi?

– Ho saputo da Gilliani che avevi prenotato un viaggio in Polonia con una donna, ed è strano, ma ci sono rimasta un po' male. Tu e io non siamo mai andati da nessuna parte.

– Ci rimani meno male se ti dico che non è stata una mia proposta?

– Un po'. È il suo sangue? Vuoi sapere se fa uso di droghe?

– L'altra volta hai detto che non volevi sapere perché avevo bisogno del test, in modo da non essere coinvolta.

– Sí, è vero. Non voglio saperlo. E infatti questa telefonata finisce qui.

– Va bene. Grazie, Vera. Ti chiamo.

– Ti amo?

– Chiamo.

– Ah, no.

– Invece sí.

– Allora va bene.

Scoppiammo a ridere e riattaccammo.

Chiamai l'hotel. Riuscii a trovare la stessa donna con cui avevo parlato in magazzino e le chiesi informazioni sui minibar.

Cinque minuti dopo ero al distributore, ringraziai Egil per essere rimasto al lavoro anche se avevo dormito tre ore di troppo e gli dissi che in cambio poteva prendersi tutta la domenica libera. Lui ridacchiò felice mentre io sentivo il telefono che mi vibrava contro la coscia. Lo tirai fuori e lessi il nome sullo schermo. Sentii un'ondata di calore attraversarmi il corpo, seguita da una di freddo. Premetti su «rispondi».

– Ciao, – dissi, avviandomi verso la stanza sul retro.

– Ciao, – disse Natalie. – Oggi c'è il funerale.

– Lo so.

– Puoi venire con me?

Il pastore pronunciò parole di benvenuto con tutta la sacralità consentita dallo spirito del tempo.

Ero corso a casa e avevo indossato un completo nero, senza stirare la camicia, ma almeno non sembravo del tutto fuori posto seduto in seconda fila. Anche se in realtà lo ero, fuori posto, al funerale dell'uomo che io stesso avevo mandato lí. Natalie mi aveva aspettato davanti alla chiesa e avevamo deciso che non mi sarei seduto con lei e i pochi familiari in prima fila, ma subito dietro di loro.

Mentre il pastore recitava meccanicamente la preghiera iniziale, ebbi il tempo di guardarmi intorno.

Non si poteva dire che fossero venuti in tanti. C'era stata maggior partecipazione al funerale di Willumsen. Anche a quello del vecchio agente rurale, nonostante non ci fosse niente da seppellire. Ma c'era piú gente che a quello di mamma e papà, e molti di piú che alla cerimonia commemorativa di Shannon, che, in fondo, era un'immigrata arrivata da poco. Sí, forse ero fuori posto, ma in un certo senso era una tradizione. A parte il picchiatore danese, ero stato ai funerali di tutti quelli che Carl e io avevamo spedito al creatore.

C'erano l'ex sindaco Jo Aas, Grete Smitt, Kurt Olsen. Vidi anche Julie.

Il pastore annunciò che il fratello del defunto avrebbe detto qualche parola. Un uomo magro in prima fila si alzò, si fece avanti e si mise dietro il leggio. Lesse un discorso breve e impersonale, agitando il foglio con tale vigore che il fruscio venne captato dal microfono. L'impressione che diede di Anton Moe fu quella di un uomo onesto e laborioso, che non dava nell'occhio e il cui unico desiderio era provvedere alla sua famiglia e dare il proprio contributo alla comunità. E poi era piú spiritoso di quanto molti pensassero. Per esempio, una volta il fratello aveva preso una fetta di pane dal cestino del pranzo di Anton, e Anton lo aveva colpito sulla nuca con un battipanni morbido e aveva detto che, se avesse preso la fetta di pane con il prosciutto, l'avrebbe colpito con un pezzo di legno. I presenti risero, educati. Non so perché, ma quel goffo aneddoto mi commosse. Forse perché era il racconto di un fratello. Forse perché testimoniava un amore, una tenerezza tra fratelli che io stesso ricordavo di aver provato prima, in un altro tempo. Quando lui era il mio fratellino, quello di cui avrei dovuto prendermi cura, ma che non riuscivo a proteggere da papà. Il fratellino a cui avevo voluto molto bene, un bene incondizionato, fino al giorno in cui avevo capito che ci sono sempre delle condizioni.

La prima volta che me ne ero reso conto era stata quando avevo scoperto che picchiava regolarmente Shannon.

La seconda quando mi aveva rubato la mia parte di terreni falsificando una firma.

Era stato allora che ero passato dall'essere un assassino al pianificare un fratricidio.

Ma l'uomo pianifica e Dio ride, come dice un proverbio yiddish.

Proprio il giorno in cui stavamo per mettere in atto il piano, Carl aveva affrontato Shannon dicendole che non poteva essere il padre del bambino che lei portava in grembo. Avevano litigato e lui l'aveva uccisa con un ferro da stiro.

Poi era successo qualcosa che nemmeno ora capisco del tutto.

Come al solito quando c'era un problema, Carl aveva chiesto aiuto al fratello maggiore, non sapendo che io ero coinvolto. Perché non mi ero rifiutato di aiutarlo? Non lo so davvero. Forse perché era contro natura. O forse no. Forse è perché aveva ragione papà, che il sangue è piú denso dell'acqua. Perlomeno quando tutto il resto è perduto. Essere uniti contro tutto il resto sarà pure la benedizione della famiglia, ma è anche la sua maledizione, che cazzo. In ogni caso, avevo aiutato Carl a fare ciò che ormai era diventata la mia specialità: mascherare un omicidio da incidente o suicidio. Mi ero mai pentito di averlo salvato? È come chiederti se ti penti di aver reagito la prima volta che hai ricevuto un pugno sul naso. Non c'era scelta, era già prestabilito. Forse, in fin dei conti, non sarei riuscito a uccidere Carl. Perché anche quando avevo manomesso l'auto di mio padre, l'avevo fatto per lealtà. Lealtà verso mio fratello che mi aveva implorato di fermare papà, e lealtà verso papà che mi aveva chiesto di fermarlo quando aveva tirato fuori il fucile perché lo uccidessi. Ma stavolta poteva essere diverso? Potevo anteporre qualcun altro a me e alla mia famiglia?

Ci fu un fruscio di vestiti, intorno a me calò l'ombra e capii che il pastore era nella navata centrale con la Bibbia, cosí mi alzai anch'io. Subito dopo, le campane cominciarono a suonare e la bara fu trasportata sotto la pioggia.

– Grazie per essere venuto, – disse Natalie, raggiungendomi mentre uscivo dal cimitero dopo la sepoltura.

– Ci mancherebbe, – dissi e passai l'ombrello nell'altra mano in modo da riparare anche lei. – Come stai?

Incrociò le braccia e rabbrividí, come se stesse congelando nonostante il cappotto. – Non molto bene. Sono in malattia.

– Immagino che non sia cosí strano, visto che hai appena perso…

– Non per via di papà. Per quello che è successo alla festa.

– Ah, sí? – Vidi Kurt e Rita salire sulla Land Rover e andarsene. – So che mi hai detto che non vuoi parlarne, e va bene, ma mi sto ancora chiedendo come sono andate le cose.

– Anch'io, – rispose lei.

– Anche tu?

– Non mi ricordo niente, Roy. O *quasi* niente.

– Già, è un effetto del Roipnol, vero?

– Cosa?

– C'era del flunitrazepam nel tuo sangue.

Si fermò e mi fissò. – Come fai… a saperlo?

Fu interrotta da un paio di persone che si avvicinarono per porgerle le condoglianze. Io proseguii verso il parcheggio e poco dopo lei fu di nuovo al mio fianco.

– In effetti, mi è passato per la mente, – disse.

– Davvero?

– Mi è capitato di prenderlo a Notodden, quindi ho riconosciuto i postumi. È come se non ricordassi nulla. Ma non avevo portato niente alla festa, perciò devo averlo comprato o ricevuto da qualcuno lí.

– Oppure qualcuno te l'ha messo nel bicchiere.

Lei sorrise. – Questa non è Oslo, Roy. Nessuno mette la droga nei bicchieri, a Os.

– Sí, quella sera uno c'era.

– Chi?

Le aprii la portiera del passeggero della mia macchina e lei salí. Mi misi al volante. L'acqua scorreva come lacrime lungo il parabrezza mentre guardavamo gli ultimi convenuti salire in auto e partire.

– Chi? – ripeté.

– Carl, – dissi.

Mi guardò incredula.

– Voi due avete fatto sesso, – dissi. – Te lo ricordi?

Lei scosse lentamente la testa senza distogliere lo sguardo da me.

– Immagino sia per questo che in America le chiamano *forget me pill*, – dissi.

– Ma sapevo di aver fatto sesso con qualcuno alla festa, – disse. – Quando mi sono svegliata avevo macchie di sangue e sperma nelle mutandine. Scusa i dettagli.

– Infatti, perché hai macchiato anche le lenzuola della suite nuziale. È lí che ho trovato il sangue che è stato analizzato.

– Ma come fai a sapere che è stato Carl?

– Me l'ha detto lui.

– Te l'ha detto *lui*?

– Omettendo la parte della droga nel bicchiere. Mi ha mentito, dicendo che eravate entrambi ubriachi già prima di arrivare alla suite nuziale.

– Come fai a sapere che non è andata cosí? Magari mi sono drogata e lui non poteva certo distinguere se ero fatta o ubriaca.

– Può essere. Ma di sicuro mi ha mentito quando ha detto che avevi svuotato il minibar. Questo avrebbe spiegato perché hai avuto bisogno d'aiuto per salire sul taxi. Ma nel tuo sangue non c'era traccia di alcol...

– Potrei aver iniziato a bere dal minibar *dopo* aver fatto sesso.

– No. Ho controllato all'hotel. Il minibar nella suite nuziale non è stato rifornito né sabato né domenica. Perché era pieno.

Natalie soffiò fuori l'aria, appannando il parabrezza.

– Okay, quindi ha mentito sul fatto che io avessi bevuto, – disse. – Non significa che abbia mentito anche sul resto. Dove può aver preso il Roipnol? Non se ne trova quasi piú per le strade.

Mi infilai una mano in tasca e le mostrai una delle pillole verde oliva.

– Ce l'hai tu, – disse.

– Non io, è di Carl. L'ha preso otto anni fa. Contro l'ansia e per dormire.

– Non può averglielo prescritto un medico, – disse Natalie. – Hanno smesso di prescriverlo secoli fa. Gli avrebbero dato qualcos'altro.

– È vero, ma infatti non è andato dal dottore.

– Perché?

La guardai. Cosa dovevo rispondere? Che un uomo che ha appena ucciso la moglie vuole evitare di destare sospetti dicendo al medico che non dorme e che è in ansia? E che quindi si procura ciò di cui ha bisogno tramite un prestanome a Oslo?

– Lascia perdere, – disse. – Capisco. È stato lui. È stato Carl.

– Non credo che tu l'abbia capito solo adesso, – dissi. – Secondo me avevi già capito che era lui quando mi hai parlato, la mattina dopo.

Lei non rispose.

– Non è vero?

Chiuse gli occhi all'improvviso, come se le avessi battuto le mani davanti al viso.

– Ricordo che era brillo e flirtava con me al bar dopo cena, – disse. – E ho pensato che fosse imbarazzante.

– Perché è il tuo capo?

Alzò gli occhi al cielo. – Perché è *tuo fratello*, stupido. Quando ho visto lo sperma nelle mutandine, sono andata per esclusione e l'unico rimasto era lui.

– È per questo che hai deciso di non vedermi piú? Pensavi di esserti drogata e di aver fatto sesso con mio fratello di tua spontanea volontà?

– Non so che idea hai di me, ma non sarebbe la prima volta che accade una cosa del genere. Tranne la questione del fratello. Ed è la prima volta che vado con un altro quando ho una storia.

– Già, perché la nostra lo era? – dissi, guardandola. – Una storia?

– Secondo te no?

– Non sono pratico, ma per me lo era.

– Bene. Anche per me.

Ci guardammo a lungo. Sapevo che, se avessi provato a baciarla adesso, mi avrebbe fermato. Innanzitutto, perché suo padre era stato appena sepolto e da dove eravamo seduti si vedeva la tomba. In secondo luogo, perché era passata meno di una settimana da quando aveva avuto dentro di sé lo sperma di mio fratello. E poi perché c'erano troppe informazioni da elaborare. Solo una mente malata come la mia poteva aver voglia di sbaciucchiarsi in un momento come quello. O no? Sí, era cosí.

– Cosa mi suggerisci di fare adesso? – chiese.

– Tu cosa pensi di fare?

– O denuncio tuo fratello alla polizia oppure mi cerco

un lavoro da qualche altra parte, in un posto dove sono sicura che non lo rivedrò mai piú.

– Okay.

Lei gemette. – Cosa intendi con «okay»?

– Intendo che devi decidere tu.

– Ma cazzo, Roy, sei stato tu a mettermi di fronte all'accaduto, sei tu quello con tutte le informazioni.

– E adesso ce le hai anche tu –. Feci due respiri profondi. – Lascerai che uno stupratore ti scacci dal tuo villaggio natale e ti porti via la vita che desideri?

Guardò pensierosa davanti a sé. Adesso pioveva forte. – Se lo denuncio, mi aiuterai?

Strinsi forte il volante. – Mi piacerebbe, Natalie. Ma se lo denunci a Kurt Olsen, probabilmente il miglior aiuto che posso darti è stare in disparte.

– Capisco, – disse. – Ce l'ha con te. Chiaro.

– Ti ho dato tutte le informazioni. Fa' finta di averle ottenute tu stessa e lascia che sia Kurt a ricontrollarle. Il sangue, le pillole, il minibar, tutto.

Lei annuí. Mise la mano sulla maniglia della portiera, ma poi si bloccò.

– Perché? – disse.

– Perché cosa?

– Perché tradisci tuo fratello cosí? In fin dei conti è…

– … tutta la famiglia che mi resta, – conclusi. – Be'…

– Be'?

– Alcuni alberi genealogici sono portatori di malattie. Avrebbero dovuto essere abbattuti molto tempo fa.

Mi guardò come se avesse i brividi. Poi scese dall'auto e scomparve nella pioggia. Le mie parole echeggiavano nell'abitacolo. Avevo i brividi anch'io.

# Capitolo 33

Arrivarono i primi disegni di Glen Moore e della Rocky Mountain Constructions. In realtà erano solo specifiche tecniche basate sull'originale di Shannon, eppure erano cosí belli ed emozionanti che non riuscivo a distogliere lo sguardo.

Moore scrisse anche che la signora doveva essere molto portata per la matematica, perché quella non era la fisica che si imparava studiando architettura, eppure tutto era delle dimensioni corrette. Inoltre inviò un calendario, un piano di pagamento e una bozza di contratto basati sul lavoro svolto dalla Rmc in Polonia. A prima vista sembrava ragionevole, però ero d'accordo con gli avvocati dell'hotel perché esaminassero con attenzione tutti i dettagli contrattuali. Non c'erano potenziali motivi di rottura dell'accordo, ma vidi che potevamo negoziare su alcune limitazioni e introdurne qualcuna noi.

Il dibattito sulla statale ormai non verteva piú sulla relazione della GeoData, ma si concentrava sui possibili percorsi alternativi della strada. Tutti, probabili o improbabili che fossero, comprendevano il mantenimento e la riqualificazione del tratto che attraversava Os.

Natalie mi chiamò e mi invitò a cena.

– Sicura? – chiesi.

– No, – rispose. – Ma possiamo iniziare da lí.

– Intendevo: sicura che vuoi invitarmi *a cena*? Dici che non sai cucinare.

– Preparo qualcosa di semplice.

– Se no vengo io ad aiutarti.

– Significa che preferiresti qualcosa di elaborato?

Quando riattaccammo mi posi la stessa domanda, perché in effetti poteva sembrare che preferissi cosí. Feci una doccia, mi vestii e mi preparai come se fosse un primo appuntamento.

– Hai buttato via le stampelle, – disse lei, aprendo la porta.

– Non mi sentivo a mio agio, – dissi.

Fu generoso da parte sua premiarmi con una risata, ma ne fui felice lo stesso.

– No, grazie, – disse, vedendo la bottiglia di vino che avevo portato.

– Analcolico, – dissi.

Arricciò il naso. – Fa schifo, vero?

– Probabilmente. Ma sto pensando di venderlo alla stazione di servizio. Sai...

– Per i clienti disperati che non hanno fatto in tempo ad andare al monopolio?

– Esatto.

Tornò sull'argomento mentre mangiavamo le sue lasagne, che mi sorpresero per quanto erano buone, bevendo il vino che, in effetti, non era buono.

– Sei l'unico a Os che usa quella parola. Esatto.

– Io e Carl, – dissi. – Per via di nostra madre. Lavorava come governante in città prima di venire qui.

– Quindi è per questo che Carl parla con l'accento di città?

– Ha iniziato quando studiava a Minneapolis. Ha detto che era per farsi capire piú facilmente dagli altri studenti norvegesi, che venivano piú che altro da Oslo e Bærum. E poi il norvegese standard era piú facile per Shannon, che aveva iniziato a studiarlo.

– Cazzate.

– Ben detto, cara la mia indigena.

Lei sorrise. – Non voglio dire che io non l'ho mai fatto, ma perché non siamo mai soddisfatti di quello che siamo?

– Mmh. È una domanda?

– Se hai una risposta, sí.

– Vediamo... Non ci accontentiamo perché pensiamo sempre che ci manchi qualcosa. Ecco perché imitiamo sempre quelli che ci sembrano completi, che si bastano da soli. Ci vestiamo, parliamo, mangiamo, desideriamo e cerchiamo le stesse cose loro.

– Sono i nostri modelli, – disse. – Desiderio mimetico.

– Ahi –. Alzai il bicchiere. – Hai letto René Girard.

– No, ma avevamo un docente di marketing che era molto preso da lui. Dalla sua teoria per cui vogliamo ciò che hanno coloro che ammiriamo, i nostri modelli. Pensi che sia questo il motivo?

Capii a cosa si riferiva, ma le chiesi comunque cosa intendeva.

– Carl, – rispose. – Mi voleva perché ero tua?

Pensai a Shannon. – Non penso che sia cosí semplice, – dissi.

– Perché no? Tu sei il fratello maggiore. Il modello da seguire.

– È piú il contrario.

– Il contrario?

– Io sarò anche il maggiore, ma è sempre stato lui ad avere quello che volevo io. Era piú bravo di me a scuola. Affascinante, bello, benvoluto da tutti, sapeva conquistare chiunque. *Otteneva* chiunque volesse.

– E tu volevi quello che aveva lui?

Mi strinsi nelle spalle.

– Anche adesso? – chiese.

Bevvi un sorso di quel vino disgustoso. – Con l'età forse ti senti piú completo, piú soddisfatto di ciò che sei e hai. Quindi no, non voglio quello che ha lui.

– No? Non vorresti il suo albergo? La sua nuova casa? Non vorresti essere il re di Os?

– Tu lo vorresti?

– No! – disse lei ridendo. Poi, come se si fosse ricordata di cosa stavamo parlando, tornò seria. Abbassò lo sguardo e giocherellò con il cibo. – Quindi, se tuo fratello è abituato a ottenere le donne che vuole, perché provarci con la ragazza che sa che piace a suo fratello?

Mi strinsi di nuovo nelle spalle. – Perché è ubriaco e tu sei la ragazza piú attraente della festa.

– Quindi uno che può ottenere tutte le donne che vuole deve mettermi la droga nel bicchiere per potermi avere?

Non risposi.

– Sei stato *tu* a dire che non era cosí semplice, – continuò. – E adesso invece cerchi di semplificare.

Io sospirai e guardai fuori dalla finestra. Le giornate avevano incominciato ad accorciarsi. – Non lo so, Natalie. Forse non lo sa nemmeno lui. Forse è una forma di cleptomania.

– Questa me la devi spiegare.

– Forse è una sorta di compulsione. Alcuni diventano dipendenti dal gioco d'azzardo, lui cerca l'eccitazione nel fare qualcosa che sa potrebbe significare non solo il carcere, ma una piena condanna sociale.

Natalie non sembrava per nulla convinta.

– Va be', – dissi. – Ma a proposito di prigione, hai…?

Lei annuí. – L'altro ieri sono stata al comando di polizia, ma non ho ricevuto risposta.

– Hai parlato con Kurt Olsen?

– Sí. Mi ha consigliato di aspettare a sporgere denuncia

finché non avrà fatto qualche indagine. Per il mio bene, ha detto.

– Ah, sí?

Lei si strinse nelle spalle. – Ha detto che voleva verificare che le mie informazioni fossero sufficienti. Che una denuncia che non porta a nulla potrebbe mettermi in cattiva luce. E lo capisco. La gente pensa a quelle donne che per salvare la propria reputazione sostengono di essere state stuprate, o che si vendicano perché l'uomo non vuole piú avere niente a che fare con loro. Cambiamo argomento? Ho bisogno di...

– Volentieri, – dissi.

Allontanò un po' la sedia dal tavolo, in modo che potessi vederla per intero. Il suo sguardo si accese. Io mi spinsi un po' indietro e incrociai le braccia sul petto.

– Com'erano le lasagne? – chiese, sbattendo le palpebre indolente.

– Come ho già detto prima, erano... molto buone.

– Le hai lodate solo due volte.

– Con questa, tre, – dissi lentamente.

– Non conta, perché ho dovuto chiedertelo.

– Okay, allora quante volte bisogna esprimere le lodi?

– Quattro per la portata principale, due per il dolce.

– Quindi ci sarà anche il dolce?

– Sí, – disse lei, alzandosi. Sbottonò il vestito, lo lasciò cadere a terra e iniziò a camminare per il soggiorno.

– Hai dimenticato di metterti la biancheria intima, – le dissi.

– Oops, – disse e salí sul divano a quattro zampe con il sedere rivolto verso di me. Poi girò la testa e mi lanciò uno sguardo offuscato.

– Il dolce mi pare... – dissi e dovetti passarmi la lingua sulle labbra, – molto buono.

Tornai a casa dopo mezzanotte perché la mattina dopo non dovevo andare al lavoro. Carl era in veranda con una birra.

Dalla cucina gli dissi che andavo a letto, ma lui mi chiamò.

– Cosa c'è? – dissi, fermandomi sulla soglia.

– Kurt è venuto all'hotel, – disse senza distogliere lo sguardo dal panorama. – Quella brutta stronza sta pensando di denunciarmi.

– Quale stronza?

– Natalie Moe. Sostiene che le ho dato una droga da stupro che chiamano Roipnol. Come se io ce l'avessi.

– Ah, no? Non era quello che ti procuravi a Oslo ai tempi, contro l'ansia e l'insonnia?

– Era *Roipnol*? Forse, ma comunque adesso non farebbe piú effetto.

– Chissà. Ho appena letto che la maggior parte delle pillole fa effetto anche anni dopo la data di scadenza riportata sulla confezione.

– Ah, sí? – Mi fissò. Ancora una volta notai una stranezza nel suo sguardo, che allo stesso tempo mi ricordava qualcosa. E in quel momento capii cosa. Mi ricordava lo sguardo che lanciava a papà a colazione, ferito e accusatorio allo stesso tempo.

– Forse è stato stupido da parte mia allora, – disse. – Le ho buttate via un sacco di tempo fa.

Mi limitai ad annuire, sapendo che se avessi guardato nel cassetto non avrei piú trovato il sacchetto con le pillole. Se ero fortunato, non si era accorto che ne mancava qualcuna.

– E cosa dice Kurt? – chiesi. – Sei nei guai?

Carl si strinse nelle spalle. – Kurt ovviamente mi sta addosso, soprattutto perché non è ancora riuscito ad acchiappare te. Ma riconosce che il Roipnol nel suo sangue non prova nulla, tranne che ha preso il farmaco. E non è una novità, visto che ha già una condanna per droga.

– Davvero?

– Non lo sapevi, eh? Dovresti essere contento di non avere piú niente a che fare con quella, Roy. No, non sono nei guai, non andrà da nessuna parte con la sua denuncia.

– Hai detto a Kurt che sei andato a letto con lei?

– Sei pazzo? – Carl fece una risata amara. – Non che scoparsela sia un crimine, ma non voglio complicare le cose confessandolo. Dirò le stesse cose che ho detto a Kurt, che era ubriaca fradicia e che l'ho fatta sdraiare nella suite nuziale, e basta. Il resto è la sua parola contro la mia. Cioè, non è nemmeno quello, perché ha ammesso di non ricordare un cazzo di cosa è successo.

– Allora sei a posto, – dissi.

Carl bevve un sorso dalla bottiglia. – Se la polizia ti chiede cosa ti ho raccontato, non dirai niente, vero?

Inclinai la testa. – Secondo te, fratellino?

Lui accennò un sorriso. – No, sappiamo troppe cose l'uno dell'altro. Sarebbe una guerra nucleare totale, giusto?

Non risposi. Si voltò del tutto e mi esaminò.

– Come sei vestito bene. Dove sei stato?

– Cena, – dissi.

– Con chi?

Riflettei. Passò qualche secondo.

– Con uno che vuole comprare il distributore di benzina, – dissi.

– Che cosa? Stai pensando di vendere?

– No, – dissi sbadigliando. – Ma volevo sentire quanto mi offriva. È sempre interessante scoprire quanto valgono *davvero* le cose. O no?

Carl sembrava un po' dubbioso.

– Buona notte, – dissi. Mi voltai e uscii.

## Capitolo 34

Erik e io studiammo il manifesto che stavo affiggendo sul muro accanto all'ingresso del *Fritt Fall*.

– Mi sembra di aver già visto questa foto da qualche parte, – disse.

– Infatti è cosí, – dissi.

– Hell Spelemannslag? Non mi si accende nessuna lampadina, in realtà.

– Sono bravi. A me basta quello.

– Hanno accettato cinquemila piú una percentuale sull'incasso, – disse Erik. – E a *me* basta quello.

– Vedremo, forse verrà piú gente di quanto ti aspetti.

– In ogni caso è un'occasione. Lo vedo come un investimento per far diventare il *Fritt Fall* un locale di tendenza qui a Os.

– E chi sarebbero i nostri concorrenti?

– Be'. La casa di preghiera. Il negozio di Grete. Il distributore di benzina.

Erik entrò e io misi le ultime puntine. Mi voltai, e stavo per entrare, quando vidi Natalie attraversare la piazza da Meierigården. Rimasi fermo a osservarla. Si era raccolta i capelli in una crocchia e camminava con le braccia incrociate su uno spesso maglione grigio, come se stesse congelando nella luce piatta e grigia del mattino. Indossava un paio di jeans attillati e slavati e mentre camminava i suoi fianchi ondeggiavano e mi ricordavano una di quelle pompe petrolifere americane. E la bocca: ampia, quasi avida, con le labbra morbide che avevo baciato e non vedevo l'ora di baciare di nuovo. Il tremito di benessere che le aveva attraversato il corpo quando giacevamo nudi l'uno accanto all'altra e, piú avanti, quello piú intenso dopo che lei, in tono pratico ma anche un po' sconsolato, mi aveva sussurrato all'orecchio: «Sto venendo». E quando si era rannicchiata accanto a me come un gatto, come se fosse arrivato il suo turno di penetrarmi, cosí che potessimo diventare una cosa sola. Ma ora c'era qualcosa di spigoloso nella sua andatura – mi ricordava la prima volta che avevamo camminato in montagna – e quando si avvicinò vidi che aveva gli occhi rossi. Si fermò a una certa distanza da me.

– Cosa c'è? – chiesi.

– Ha chiamato Kurt Olsen.

– E?

– Dice che non ho abbastanza per sporgere denuncia.

– Scemenze!

– Dice che ha parlato con Carl. La sua versione è che mi ha solo fatto sdraiare perché potessi riprendermi. Kurt dice che è la mia parola contro la sua, e nemmeno tanto, visto che non ricordo un cazzo di cosa è successo.

– Non ricordi un cazzo? Ha usato quelle parole precise?

– Sí.

Scossi la testa e feci un passo verso di lei per abbracciarla, ma mi fermai quando le vidi alzare la mano.

– Che c'è?

– Kurt mi ha detto anche un'altra cosa.

– Ah, sí?

– Ha detto che secondo lui la morte di mio padre non è stata un incidente.

– Davvero?

– Crede che sia stato picchiato a morte. Da una persona a cui ha prima sparato per legittima difesa –. Mi fissò con gli occhi cerchiati di rosso, stringendosi le braccia incrociate cosí forte attorno al corpo che sembrava indossasse una camicia di forza. – Dice che molto presto avrà le prove.

Deglutii e annuii.

– Preferirei sapere la verità da te piuttosto che da Kurt Olsen, Roy. Hai ucciso tu mio padre?

Avrei dovuto essere preparato a quella domanda, ma non lo ero. Presi fiato per poter far vibrare le corde vocali, per produrre un suono che non sapevo ancora quale sarebbe stato. Perché non sapevo se ce l'avrei fatta, se sarei stato in grado di mentire ancora. Ad altri sí, ma a lei, alla ragazza che avevo appena visto attraversare la piazza pensando che, cazzo, era riuscita in quello che non credevo fosse piú possibile, farmi amare di nuovo, no.

Lasciai uscire l'aria dai polmoni, ma non produssi alcun suono.

Gli occhi le si riempirono di lacrime. – Capisco, – sussurrò. – Papà mi diceva che aveva paura di te. E io gli ripetevo che non ce n'era motivo, che ormai ci eravamo lasciati tutto alle spalle. Ma adesso capisco che aveva ragione.

– Natalie… – Feci un altro passo avanti, ma lei indietreggiò.

– Non voglio vederti piú. Mai piú –. Si voltò e tornò a passi rapidi da dove era venuta. Vidi che la schiena iniziava a tremarle. Poi si mise a correre. Solo quando fu inghiottita dalla porta di Meierigården, chiusi gli occhi e sussurrai tutte le imprecazioni che mi vennero in mente.

Nel pomeriggio, nell'ampia sala riunioni dell'hotel, si tenne il consiglio di amministrazione della *Os spa* AS. Non avevo mai partecipato a una riunione prima, ma lo svolgimento fu proprio come me l'immaginavo. In realtà i membri devono essere eletti dall'assemblea dei soci, ma il presidente Jo Aas spiegò che, siccome il rappresentante di Alpin si era dimesso prima della fine del mandato, e la loro sede a Parigi non aveva insistito per sostituirlo, allora il consiglio d'amministrazione poteva eleggere me.

Mi sedetti in fondo al tavolo e ascoltai gli altri mentre esponevano l'ordine del giorno.

Carl e Aas erano quelli che parlavano di piú, i loro colleghi annuivano e facevano finta di seguire. L'atmosfera era rilassata e non c'erano domande critiche. Dato che ero stato eletto prima di fare in tempo a esaminare la contabilità, vidi solo i dati cumulativi dei conti d'esercizio e del bilancio presentati in assemblea, e mi sembrarono accettabili, perciò pensai che era per quello che nessuno sollevava obiezioni. Ma in effetti alcune delle voci avrebbero potuto essere dettagliate meglio di quanto avesse fatto Carl. Notai che quella relativa ai costi di manutenzione era aumentata notevolmente nell'ultimo anno, ma non ricordavo di aver visto molti artigiani in albergo. E quando posi alcune semplici domande sul valore di certe immobilizzazioni, se il tasso di ammortamento fosse corretto eccetera, Carl sembrò piú rassegnato che disponibile a rispondere, per cosí dire.

– Su questo si pronunceranno il contabile e il revisore dei conti nel bilancio consuntivo, e non adesso, – rispose. Quasi che non fosse stato lui a stabilire le linee guida di come dovevano apparire le cifre sui documenti. Ma forse non era stato lui, e comunque nessun altro dei presenti sembrava sospettare qualcosa di losco.

Mentre andavo al parcheggio, Jo Aas mi prese da parte.

– Volevo solo ringraziarti per aver agito, Roy.

Osservai l'uomo alto e scheletrico che si dirigeva verso la sua auto, una Opel che sembrava avere da sempre e che, per quanto ne sapevo, non aveva mai avuto alcun difetto. Tutti abbiamo difetti e mancanze nascoste, ma Aas e la sua macchina no, loro rappresentavano qualcosa, una solidità di cui ci si poteva fidare. Quindi di che tipo di *azione* stava parlando? Agire non era qualcosa che si faceva quando la situazione prendeva una brutta piega? Io avevo solo contribuito con il capitale per rendere possibile un'espansione, no?

Mi sedetti nella Volvo ad aspettare e, mentre Carl scivolava sul sedile del passeggero, misi in moto.

– Cosa voleva Aas? – mi chiese lui.

– Dirmi che era felice della mia presenza, – risposi, guardando nello specchietto retrovisore anche se potevo vedere tutto sullo schermo del cruscotto. Viaggiammo in silenzio mentre la radio locale parlava della statale.

– A proposito, ti ho detto che ho parlato di Natalie con Goebbel? – riprese Carl.

– No.

– Mi ha detto che per quanto riguarda la polizia non ho nulla da temere. Ma se Natalie lo segnala alla direzione dell'azienda, e altre dipendenti si fanno avanti con storie simili, la faccenda si complica.

– C'è qualche pericolo in questo senso?

Carl scosse la testa. – Ci sono state un paio di neoassunte, quando lavoravo in Canada, e volendo si potrebbe dire che ero in una posizione di potere rispetto a loro, ma all'epoca non la pensavamo cosí. Tra l'altro, ho appena sentito parlare di un caso interessante successo in un hotel di Bergen un paio di anni fa. Due dirigenti si erano innamorati della stessa donna, una receptionist piú giovane, e la corteggiavano. Sai, inviti, fiori, messaggini ammiccanti e cosí via. Quello dei due che l'ha conquistata l'ha sposata e ora è il direttore dell'hotel. L'altro è stato licenziato per molestie sessuali e poco dopo si è sparato.

In seguito, si è scoperto che i messaggi di testo all'origine del licenziamento erano abbastanza simili a quelli che lei aveva ricevuto dall'uomo che piú tardi aveva scoperto di amare e sposato.

Superammo Nergard e io scalai per iniziare la salita.

– E la morale qual è?

– Che essere attraenti paga, – disse Carl. – E anche saper valutare il tuo pubblico.

– Immagino che non sia cosí semplice. Le molestie riguardano il contesto, non solo il contenuto dei messaggi o il punto esatto del corpo in cui il capo ha toccato il dipendente.

– Certo, non è cosí semplice, no, – disse lui. – Ma per quello che ha perso il lavoro e la reputazione e si è ritrovato con una pistola in mano, penso che lo sia stato.

Quella sera andai a fare un giro da solo. Mi ha sempre calmato i nervi sedermi al volante, guardare le curve familiari della strada, ascoltare e sentire che il motore va bene, ascoltare e sentire che J. J. Cale non sta bene, ma in senso positivo. Quella sera però i nervi non si calmavano. Mi costrinsi a smettere di pensare a Natalie, e quindi i miei pensieri andarono all'uomo di Bergen con la pistola. E a Carl. Forse fu per quello che all'improvviso mi ritrovai fuori dalla sua nuova casa.

Ero stato lí con mio fratello quando cercava un terreno, ma non ho una buona spiegazione per il fatto che poi non ci ero piú tornato. Lui mi aveva invitato, ma riuscivo sempre a trovare una scusa, qualcosa di grande o piccolo che si metteva in mezzo, e non c'era fretta, dicevo, la casa non sarebbe andata da nessuna parte.

Parcheggiai dietro una betoniera e scesi. Accesi la torcia del cellulare e mi feci strada tra le assi di legno e i mattoni imballati. La porta principale era chiusa a chiave, ma io girai intorno alla costruzione, andai sul lato che dava verso Os e trovai una finestra della cantina socchiusa. Strisciai dentro. C'era puzza di cemento e lana isolante. Attraversai le stanze semifinite, una dopo l'altra. Erano tante, mi sembrava una casa troppo grande anche per una famiglia di quattro persone. Alla fine, salii al piano superiore. Dal soffitto, che era almeno sei o sette metri sopra di me nel punto piú alto, pendeva un'unica lampadina accesa. La luce non arrivava alle pareti, riuscivo a vedere solo i soppalchi e dovetti usare il telefono per avere una visione completa della stanza. Immaginai che comprendesse il soggiorno, la sala da pranzo e, a giudicare dalle prese nel muro, la cucina in arrivo dalla Germania. Sparsi qua e là c'erano vari attrezzi, pistole sparachiodi, seghe, una pialla e un banco con una sega circolare, tutti con lo stesso logo che avevo visto nella nuova ala dell'hotel, quello dell'Aub. La parete rivolta verso Os era tutta di vetro, dal pavimento al soffitto, e davanti aveva un ampio terrazzo. Mi fermai di fronte al banco di lavoro e guardai fuori.

Era una casa fantastica.

Fredda, impersonale e fantastica. O forse non era cosí impersonale, per una persona fredda. Ma era veramente fantastica.

Mentre ero lí, mi venne in mente di colpo che Carl doveva aver pensato non solo che la casa avrebbe avuto una vista completa di Os, ma che anche Os avrebbe avuto una vista completa della sua tenuta reale. L'altezza della casa non aveva nessuno scopo pratico, serviva solo a far sí che chi era laggiú vedesse Carl Opgard svettare nel cielo all'orizzonte. Era la prova concreta di chi era il re di Os. Fui colto da un'improvvisa malinconia. Ripensai al testo sul ricamo di Moe.

«Qual vantaggio infatti avrà l'uomo se guadagnerà il mondo intero, e poi perderà la propria anima?»

Forse non era una questione che preoccupava molto mio fratello, ma lui era sempre stato il piú duro tra noi. Sí, ero stato io, non lui, a usare il coltello per porre fine alle sofferenze di Dog. Ma era stata una necessità, un atto di misericordia, addirittura. Quando si trattava di fare ciò che era necessario per conquistare il dominio del mondo, era Carl l'uomo, il duro.

*Perderà la propria anima.*

Era di questo che mi ero reso conto, quando non ero riuscito né a mentire né a dire la verità a Natalie? Che era una scelta impossibile? Che la verità me l'avrebbe portata via subito, ma che la menzogna avrebbe fatto lo stesso, solo in maniera piú lenta e dolorosa? In questo senso, sarebbe stata una liberazione quando fosse arrivata la fase successiva alla malinconia, quella in cui tutto sembra privo di senso e di valore, perché allora la perdita della persona che ami non è piú cosí importante.

E quella fase stava arrivando, lo sentivo.

Alzai lo sguardo verso il filo che teneva la lampadina. Sembrava che fosse attaccato ben saldo al soffitto.

Squillò il telefono.

Pensai quasi di non rispondere. Sullo schermo c'era il nome di Vera.

– Sí?

– Ciao. Sei solo?

– Penso di sí.

Lei esitò, come se volesse chiedermi di approfondire la risposta.

– Sono arrivati i risultati delle analisi balistiche.

– E?

– Non riescono a collegare il proiettile estratto dal tuo polpaccio al fucile appeso nella stalla di Moe.

– Non riescono?

– Rimane pur sempre la possibilità che il proiettile provenga da lí. Ma ho parlato con Gilliani, e concorda sul fatto che qui sembra che ci troviamo di fronte a un poliziotto impegnato in una crociata personale. Quindi presenterà i risultati a Kurt Olsen in modo che… be', in modo da non dargli la scusa per fissarsi sulla possibilità teorica che ci sbagliamo.

Vidi una luce al largo, sul lago di Budal.

– Grazie, Vera.

– Sono solo sollevata che tu mi abbia detto la verità. Perdonami se ho dubitato di te.

– Non c'è problema.

– Ti sento… triste?

– Davvero? Be', sarà questo periodo dell'anno. La stagione buia. Aspettiamo con ansia la primavera e la stagione riproduttiva, tu e io. Grazie ancora. Ti amo.

– Ciao, ma *adesso* hai detto…

– Tu senti quello che vuoi sentire, Vera. Sai che esiste una diagnosi per cose come queste, vero?

– Ah, ma piantala.

Riattaccammo e mi guardai intorno un'ultima volta prima di tornare indietro dalla stessa strada grazie a cui mi ero intrufolato nella tenuta reale.

## Capitolo 35

– *Yes, I do speak English*, – rispose l'uomo al telefono, in tono quasi offeso.

– Mi dispiace, signor Gerard, – dissi, a mia volta in inglese. – Non ero sicuro, visto che… – Feci una pausa.

– Visto che sono francese? – chiese l'uomo in tono di sfida.

Cercai svogliatamente nel mio cervello una risposta diplomatica, ma poi mi resi conto che non ne avevo voglia.

– Sí.

L'uomo all'altro capo rise. – Sono molto occupato anch'io, signor Opgard. Allora, in che cosa consisterebbe questo *aiuto*?

Non capii se fosse un errore o una battuta.

Gli dissi che al momento possedevo il trentasei per cento delle azioni della *Os spa*, che avevo preso il posto del consigliere per la sua società, l'Alpin, e gli spiegai la questione. Gerard ascoltò. Quando terminai mi suggerí di andare a Parigi e mi chiese come fosse il mio calendario.

– Se ne avessi uno, sarebbe vuoto.

Gerard rise di nuovo e propose una data e un'ora.

Riagganciammo. Era stata la mia seconda chiamata all'estero quel giorno. La prima l'avevo fatta a Vilnius, dove avevo aspettato un quarto d'ora prima che l'addetto alla reception dell'Aub mi trasferisse a Lewi Wirkus. Ero andato dritto al punto. Gli avevo detto che avevo controllato i documenti contabili dell'*Os spa* e trovato una fattura dell'Aub di tre milioni di corone con la causale «Lavori preliminari». Poteva specificare di cosa si trattava? Scoprii di aver sprecato il mio tempo.

«Non forniamo informazioni di questo tipo, ma in generale nelle fatture scriviamo quello che desidera il cliente, – aveva risposto Lewi Wirkus. – Il nostro cliente può rispondere a qualsiasi altra domanda». E poi aveva riattaccato.

E io avevo telefonato a Parigi.

Quello era il secondo passo. Mi rimaneva il terzo. Il piú faticoso. Ero esausto, ma non c'era modo di evitarlo. Non che una via d'uscita non ci fosse: c'è sempre.

Uscii dal distributore di benzina, andai alla scarpata, mi misi in bocca un po' di *snus* e guardai oltre il lago di Budal, la neve fresca in cima dell'Ottertind come un cappello. Lí, sotto un cielo terso, con il sole autunnale che faceva del suo meglio, calò l'oscurità. La vera oscurità. Quella insopportabile.

Il pensiero era sempre presente ma se ne stava ben nascosto, era da molto tempo che non si muoveva. Ora però non solo si mosse, addirittura si alzò, si mise in piedi e si fermò davanti a me, al riparo dal sole. Io feci un cenno a quel gigante invisibile, come se fossimo arrivati a un accordo.

Entrai in officina e mi fermai davanti alla parete degli attrezzi. Come farla finita? L'unico limite era la mia fantasia, e al momento era proprio limitata. Entrai nella mia stanzetta e guardai le targhe. Cioè, ne guardai una: quella di Barbados che mi aveva dato Shannon. Poi aprii un cassetto e sollevai il coperchio della scatoletta di velluto rosso che c'era all'interno.

Passai l'indice sul sottile anello d'oro che avevo comprato a Kristiansand. Avevo in programma di farle la proposta durante il viaggio, il viaggio che ci avrebbe portati via da Os, a Barbados. Saremmo riusciti, lei, io e nostro figlio, a rifarci una vita, come avevamo programmato? Le cose sarebbero andate diversamente o l'oscurità mi avrebbe raggiunto anche laggiú? Non lo so, so solo che quell'oscurità non era stata cosí buia prima che Shannon e la nostra bambina morissero. Perciò, se qualcosa fosse riuscito a riportarle in vita, forse anch'io sarei resuscitato, tornando a essere l'uomo che ero prima dell'omicidio dei miei genitori, prima di diventare un bastardo depresso e senza cuore. Perché non solo gli assomigliavo, ma ero addirittura *diventato* mio padre.

Chiusi gli occhi.

Quando li riaprii, tirai fuori il cellulare dalla tasca e lo appoggiai sul davanzale della finestra. Mi affrettai a uscire e tornai in negozio. Egil stava pulendo i forni, che Dio lo benedica.

– Egil, puoi tenere in piedi la baracca per il resto della giornata?

– Certo.

– Quella barca di tuo zio al Gudimvannet, posso prenderla in prestito, secondo te?

– Come no. Però non posso garantirti che tenga.

– Allora vado a pesca per un po'.

– A pesca?

– Ho bisogno di una pausa per pensare.

La faccia di Egil sembrava un punto interrogativo. Probabilmente perché l'unica cosa che mi aveva sentito dire sulla pesca era che non la capivo.

Andai a Opgard e considerai le due possibilità. Il fucile appeso al muro o il resto del tramadolo nel cassetto dei medicinali. Scelsi le pillole, per diverse ragioni. Quella piú pratica era che non avrei dovuto portarmi dietro il fucile ed Egil non avrebbe dovuto lavare la barca, dopo. Quella piú importante, però, era che con il fucile rischiavo un altro giro di esami balistici che avrebbero solo creato guai a chi rimaneva. Soppesai in mano la scatola di tramadolo. Avevo letto che la dose letale era di sei grammi, e lí ce n'era almeno il doppio.

Ritornai sulla statale e mi diressi a est, superai il distributore di benzina e parcheggiai l'auto nel bosco dove Rita Willumsen lasciava la sua Saab Sonett quando ero il suo giovane amante e ci incontravamo alla malga.

Presi due pillole di tramadolo e iniziai a camminare. Fu una cosa rapida e facile. Il piede mi faceva molto meno male, il che in un certo senso era un po' fastidioso perché comunque ormai non mi serviva piú. Dopo venti minuti di cammino arrivai sul crinale. Non c'era vento, e il laghetto di Gudimvannet non aveva nemmeno un'increspatura e rispecchiava il cielo azzurro come se fossero un tutt'uno.

Trovai la barca di plastica verde dello zio di Egil sotto lo stesso albero di quella rossa dei Willumsen, la spinsi in acqua e ci saltai dentro. Continuavo a perdere l'equilibrio, forse era colpa del tramadolo. Presi i remi e arrivai fino in mezzo al lago. Osservai la sua superficie pensando la stessa cosa di otto anni prima, quando mi ero ritrovato su un ponte. La differenza adesso era che avevo già fatto tutte le valutazioni del caso. Ero anche fortunato, perché nella tasca della giacca avevo ancora il biglietto d'addio pronto, cosí non rischiavo nemmeno i soliti errori di battitura.

NE HO ABBASTANZA DI QUESTA VITA. ADDIO. OPGARD.

Divertente.

Svitai il coperchio del flacone di tramadolo e ci guardai dentro. Mi venne in mente che non avevo pensato che mi sarebbe servita dell'acqua per ingoiare le pillole. Mi guardai intorno, trovai una sassola, la immersi nell'acqua, mi svuotai il flacone in bocca e bevvi. Mi sembrò di tirare una catena lungo l'esofago, ma andò giú tutto.

Mi sdraiai sul fondo della barca riscaldato dal sole e chiusi gli occhi. Ora che il dado era tratto, accolsi con piacere l'oscurità della mente e sentii una piccola fitta di panico quando mi sembrò che il mio peggior nemico mi avrebbe deluso. Ma poi eccolo lí. Grande, nero e schiacciante. La cosa migliore del dolore è sapere che prima o poi finirà.

Il sonno e lo stordimento dovettero arrivare lentamente, perché ogni volta che aprivo gli occhi, il sole si era spostato un po' nel cielo. Cioè, questo è quello che pensai allora, ma forse era solo la barca che virava.

Dentro di me tutto si calmò. Poi diventò tutto nero. Un nero piacevole.

Camminavo attraverso un paesaggio piatto e desolato disseminato di carcasse d'auto. Dovevano essere piovute dal cielo, non capivo da dove altro potessero venire. Alcune avevano il muso schiacciato a terra, a mo' di fisarmonica, altre invece giacevano su un lato e qualcuna era ribaltata e aveva il tetto appiattito. C'erano macchine nuove e vecchie, certe arrugginite, altre con la vernice lucida. Da alcune erano stati rimossi gli pneumatici, come dopo il passaggio di predatori di tombe. Gli uccelli volavano alti sopra di me, ma non cantavano né urlavano. All'improvviso ci fu un boato alle mie spalle. Mi voltai e vidi un'auto in posizione verticale che ondeggiava in una nuvola di polvere, e capii che era appena caduta. Poi tornò il silenzio. Stavo cercando qualcuno, ma mi resi conto che avevo dimenticato chi e perché. Allora rinunciai, mi sdraiai sul terreno arido e duro e chiusi gli occhi. Qualcosa sibilò nell'aria. Non mi mossi, mi limitai ad aspettare di essere investito. Invece il sibilo cambiò, divenne un suono lungo e triste che saliva e scendeva. Aprii gli occhi e mi accorsi di essere in acqua. No, ero in un vagone delle montagne russe. Ero in un vagone delle montagne russe che galleggiava sull'acqua. Mi tirai su e vidi da dove proveniva il suono. Sulla riva, poco lontano da me, c'era una ragazza. Indossava un costume tradizionale e soffiava in un *langlur*, uno strumento simile a un corno. Poi lo mise giú e iniziò a camminare verso di me. Camminava sull'acqua. O forse no, l'acqua le arrivava alle ginocchia. E poi alla vita. Lei andava avanti lo stesso, era come se si rifiutasse di sprofondare ulteriormente o avesse poteri soprannaturali.

Mi sdraiai di nuovo, il sole mi riscaldava il viso.

Poi qualcosa lo oscurò e sentii freddo.

– Roy.

Era il mio nome e qualcuno lo stava pronunciando.

– Roy.

Se solo l'avessi ignorata, forse la voce sarebbe scomparsa.

– Roy!

La voce stava parlando a me, questo lo capivo. Ma non volevo tornare dov'ero prima, volevo restare lí.

Fui spinto di qua e di là, qualcuno faceva dondolare il vagone.

Aprii un occhio. Era Natalie.

– Roy! Che cos'hai fatto?

Provai a formulare la frase «Ho fatto a pezzi la testa di tuo padre», ma la bocca non si apriva.

Poi la luce si spense.

## Capitolo 36

La luce era tornata. Era cosí forte che la vedevo anche con gli occhi chiusi. Sentii delle voci che mormoravano e sollevai una palpebra. C'era molto bianco intorno a me: le pareti, le tende, la biancheria da letto, i vestiti di due delle tre donne che confabulavano al mio capezzale. Richiusi l'occhio. Percepii parole come «veleno» e «ingredienti» e mi vennero in mente le tre streghe di cui Rita mi aveva letto, quelle che predicono a Macbeth che diventerà re.

Riaprii gli occhi, controvoglia.

– È sveglio, – disse una strega vestita di bianco.

– Roy? – disse l'altra. Misi a fuoco il suo viso, ma non la riconobbi. – Sono la dottoressa Helgesen, – disse, con un sorriso. – Sai dove ti trovi e cos'è successo nelle ultime ventiquattr'ore?

Stavo per scuotere la testa, ma capii che forse sarebbe stato meno doloroso dire di no.

– Non so nemmeno che giorno sia, – dissi.

– Hai dormito per diciotto ore, – disse lei mentre il suo sguardo esaminava i fogli che aveva agganciato a un portablocco di plastica. – Ti abbiamo fatto la lavanda gastrica e dato il carbone attivo.

– Come... sono finito qui?

– Ti ha portato qui la tua fidanzata.

– Fidanzata?

La donna in bianco sorrise e fece un cenno con la testa verso la terza strega, non in bianco.

– Cosí dice.

Misi a fuoco la terza donna. Era Natalie. Si avvicinò a me e afferrò qualcosa che giaceva sopra il piumone, e mi resi conto che era la mia mano solo quando il cervello, con un certo ritardo, registrò il calore della sua. La dottoressa continuò con la sua spiegazione, ma io la capii solo in parte, perché la mia attenzione era rivolta a Natalie. Aveva gli occhi lucidi e un sorriso tremolante.

– Adesso vi lasciamo un po' da soli, – disse la Helgensen.

Sentii la porta chiudersi ma non staccai gli occhi da Natalie né lasciai andare la sua mano. Lei si sedette sul bordo del letto.

– Fidanzata? – chiesi.

– L'ho detto per comodità, – rispose. – Altrimenti avrebbero cominciato a chiamare i parenti, e visto che ne hai solo uno e non voglio avere a che fare con lui... – allargò la mano libera.

– Bene, – dissi. – Ma come...?

– Come cosa?

– Come tutto. E perché?

– Allora, – disse, come se avesse bisogno di qualche secondo per ricostruire la storia. – Ieri ho ricevuto una telefonata da Kurt Olsen. A sentire lui, pensavano che mio padre avesse sparato a qualcuno alla gamba, per legittima difesa. Ma si è scoperto che il proiettile conficcato nella gamba della persona in questione non proveniva dal fucile di mio padre. Quindi credono che lo sparo sentito dai vicini fosse quello di mio padre che sparava a un capriolo. O a un lupo.

– Lupo?

– L'ha detto Olsen. Comunque, ha detto che hanno abbandonato la teoria secondo cui mio padre è stato picchiato a morte, lo considerano un incidente. Ero cosí felice, Roy. Perché papà non è stato assassinato, ma soprattutto perché tu non sei un assassino –. Deglutí e mi guardò. – Puoi perdonarmi per quello che ho pensato di te?

– Certo, – dissi. – Non c'è da stupirsi che lo pensassi.

– Avrei dovuto saperlo, invece. Solo che avevo la sensazione che... be', che sarebbe finita proprio cosí, tra voi due. E quindi ti ho giudicato. Ma tu eri innocente. Dopo la telefonata di Kurt Olsen sono venuta subito al distributore per scusarmi. E chiederti se... se mi volevi ancora, anche se ti avevo deluso. Ma tu non c'eri, ed Egil ha detto che eri appena andato a pescare. Sono uscita e ho provato a chiamarti. Nessuna risposta. Poi ho riprovato. E di nuovo non hai risposto. Ma ho visto una luce a una finestra dell'officina. Allora sono andata lí e ho visto il tuo telefono sul davanzale. E mi sono preoccupata.

– Perché?

– Perché sembrava... abbandonato. Non c'è motivo di mettere un telefono su un davanzale sporco come quello. E tanto meno di dimenticarlo. Ed era una cosa che io avrei fatto se avessi voluto...

– Avessi voluto?

– Scomparire.

Grugnii e le strinsi la mano. – E poi?

– Poi ho chiesto a Egil dove fossi andato esattamente e lui mi ha spiegato della barca verde e mi ha indicato la posizione su Google Maps.

– Cosí hai trovato il posto. Come sei arrivata fino alla barca?

– Ero presa dal panico, quindi ho guadato.

– Allora eri tu. Pensavo di avere un'allucinazione –. Scoppiai a ridere. – Be', di sicuro qualcuna l'ho avuta. E poi...

– Sono salita sulla barca. C'era un flacone di pillole,

vuoto, che rotolava avanti e indietro sul fondo. Ho visto che era tramadolo e ho capito tutto. Quindi ho tirato fuori la bottiglia di ipecac…

– Oh, cazzo. Quella roba contro l'overdose che ti porti sempre dietro?

Lei sorrise. – L'ho quasi svuotata.

– E io ho vomitato?

– Come Robert in *Fuori di testa*. Diciamo che lo zio di Egil dovrà lavare la barca.

– Oh, cazzo. E poi?

– Poi ho remato fino a riva e ti ho portato sulla strada.

– Sono riuscito a camminare?

– No.

– Tu…?

– Piú o meno, sí.

– Oh, cazzo.

– Ehi, dovresti ampliare un po' il tuo vocabolario.

Annuii. Sentii che stavo sbattendo di nuovo le palpebre.

– Tra poco verrà uno psichiatra a parlarti prima di dimetterti, – disse. – Che gli racconterai?

– Riguardo a cosa?

– Riguardo a quando intendi fare il prossimo tentativo di suicidio.

Scossi la testa. Non mi faceva poi cosí male. – Non ci sarà nessun prossimo tentativo.

Fece un sorrisetto. – Lo diciamo tutti.

– Parlo sul serio. Tu mi hai salvato la vita e non deve essere stato uno spreco. Cioè, la mia vita sarà anche uno spreco, ma continuerò comunque a viverla.

– Perché?

– Non aver paura, Natalie, non è perché mi hai lasciato che ho preso quelle pillole. Non hai alcuna responsabilità, okay?

– Questo non l'ho mai pensato. Ma non voglio comunque avere un fidanzato con pensieri suicidi.

Guardai la sua mano che accarezzava la mia. Feci un respiro profondo.

– L'unica altra volta in cui mi sono avvicinato a fare una cosa del genere è stato otto anni fa. Direi che due volte in quarant'anni non è molto. Se facciamo una media, significa che avrò settant'anni la prossima volta che ci proverò e a quel punto potrei essere morto per un altro motivo.

Lei piegò la testa. – E secondo te questo è un buon modo di convincermi a scommettere su di te?

– È il meglio che mi è venuto in mente in questo momento, e sono ancora cosí fatto che potresti anche darmi un po' di tregua.

Lei annuí e si alzò. – Vado a pranzo con Ola. Torno piú tardi. Forse ti dimetteranno e potremo tornare a casa.

Le lasciai la mano solo all'ultimo momento. – Fidanzato? – chiesi. – Con te?

– Non ancora, – disse lei, con un sorriso.

– Ah. E cosa ci vorrà?

– Un viaggio a Cracovia.

Riflettei un istante. – Penso che rilancerò.

– Rilancerai?

– Cosa ne dici di Parigi?

## Capitolo 37

– Questo è il nostro prezzo, – disse Gerard.

– Okay, – risposi.

– Okay?

– Noi Opgard non mercanteggiamo.

L'uomo che Gerard aveva presentato come avvocato finanziario si chinò verso di lui e gli sussurrò qualcosa all'orecchio. Quando si spostò, la Torre Eiffel apparve nella finestra alle sue spalle. Non che conoscessi Parigi o dubitassi che gli uffici dell'Alpin fossero in una posizione esclusiva, ma cominciavo ad avere la sensazione che quella dannata struttura di ferro si vedesse ovunque in città. In ogni caso, io e Natalie la vedevamo dalla nostra camera d'albergo, Natalie aveva addirittura preteso che ci vestissimo per poter aprire la portafinestra del cosiddetto balcone e guardare quella torre tanto decantata.

«Cos'è che non ti piace della Torre Eiffel?» mi aveva chiesto.

«La luce in alto, – dissi. – Disturba gli uccelli migratori nella loro rotta dall'Africa a Os. Torre di merda».

Lei aveva riso e io ero stato contento.

«Come fai a sapere cosí tanto, tu che dici di non essere mai andato da nessuna parte, Roy?»

«Ho sempre letto tanto. Immagino che quello fosse il mio modo di viaggiare».

«Allora di' qualcosa che ti piace di questa città», aveva chiesto.

«Okay, – avevo risposto. – Questo».

«Questo?»

«I balconi alla francese. Sono nati qui a Parigi affinché le persone senza giardino avessero un posto dove piantare fiori. Ma in Inghilterra li chiamano *Juliet balcony*. Perché è sotto uno di questi che Romeo si trova quando si dichiara a Giulietta. Carino, no?»

Natalie era rimasta in silenzio per un bel po' prima di chiedere: «Stai alludendo a qualcosa?»

«Niente affatto», avevo detto.

Aveva annuito lentamente, come facciamo a Os. «Vogliamo toglierci tutti i vestiti e scopare?»

«Certo».

E adesso, quando Gerard mi guardò e disse: – È tutto tuo, – sentii come un'eco della serata precedente.

– Bene, – risposi.

Ci scambiammo una stretta di mano e l'avvocato di Gerard spinse i documenti che dovevo firmare sul tavolo. Guardai la prima pagina e inarcai un sopracciglio.

– Mi spiace, – disse subito Gerard. – C'è anche una copia in inglese, ma l'uso vuole che in Francia tutte le transazioni vengano svolte nella nostra lingua. In realtà, l'uso francese è quello di diffondere la nostra lingua ovunque.

– Perché? – chiesi, leggendo la versione inglese.

– Perché? Orgoglio, gelosia e dominio del mondo, ovviamente. Ci sono altri motivi?

Gerard mi accompagnò all'ascensore.

– Ora che abbiamo firmato, – dissi, – vorrei sapere... ma perché avete venduto?

– A parte il prezzo, cioè?

– Non credo che fosse una questione di prezzo.

– Questo è vero. Si tratta dei conti. Non ci sono piaciuti. O, per essere piú precisi, non ci è piaciuta la contabilità. Conosco Carl fin dai tempi di Toronto. È un uomo intelligente, forse troppo.

La porta dell'ascensore si aprí, salii, mi voltai e feci un cenno al francese. Il suo vestito doveva costare cinque volte il mio, che avevo comprato a Notodden, presumibilmente nello stesso negozio in cui si serviva Asle Vendelbo. Non so se fosse solo a causa del vestito, ma dal viso di Gerard capii che pensava di aver fregato l'ingenuo fratello maggiore che veniva dal Nord. Non sapeva che mi era capitato di vendere qualche macchina usata, in officina, e che appena ero entrato in quella sala riunioni avevo notato quanto fossero ansiosi di vendere, e che il prezzo che avevo pagato per la loro quota del quindici per cento dell'*Os spa* era circa il trenta per cento inferiore alla somma che ero disposto a offrire.

In ascensore, mentre scendevo, pensai a quello che Gerard aveva detto riguardo alle motivazioni. Orgoglio, gelosia e dominio del mondo. Provai a cercarne altre, ma invano.

Il giorno dopo io e Natalie noleggiammo un'auto e andammo a Plailly, a nord di Parigi, a visitare il Parc Astérix. Si stava avvicinando la fine della stagione e ci eravamo coperti bene, ma c'era molta gente lí per essere una giornata cosí fredda. Era un parco divertimenti molto piú piccolo di Disneyland Paris, ma aveva sette montagne russe e io avevo intenzione di provarle tutte. Ero particolarmente ansioso di salire sulla Tonnerre 2 Zeus che, almeno prima della ricostruzione, era considerata la migliore pista in legno del mondo. Natalie non era altrettanto ansiosa. O, meglio, forse era un po' troppo ansiosa.

– Devo proprio? – chiese mentre ci trovavamo in riva a un laghetto e guardavamo la cima di un binario a forma di cuore mentre il vagone scendeva a precipizio verso di noi accompagnato da un coro di urla isteriche.

– Non devi fare proprio niente, – dissi. – Fai solo quello che vuoi.

– Con te, voglio fare quasi tutto, – disse, appoggiandomisi contro.

– Ah, sí? – Dovetti piegarmi all'indietro per vedere i vagoni che salivano dritti sopra le nostre teste. – Anche sposarmi?

Lei mi tirò per il braccio. – Non scherzare sul matrimonio!

Risi. – Scusa, stavo solo chiedendo.

– No, stai sondando il terreno per vedere se dico di sí. Perché hai intenzione di filmare la tua proposta mentre siamo in cima alle montagne russe per pubblicarla su YouTube.

– Dici?

– Lo spero.

– Okay, mi hai scoperto.

Lei rise. – Come no!

Sospirai. – Se vuoi scoprirlo, devi venire anche tu.

Lei si voltò, mi appoggiò la testa sulla spalla e guardò il cielo. – Se vuoi scoprirlo, devi venire anche tu, – ripeté lentamente.

E, mentre i vagoni salivano seguendo i binari, la mia mente seguiva il pensiero che lei ci aveva piantato. Se le montagne russe di Os non erano piú solo un memoriale per Shannon, ma la mia personale cattedrale, perché non chiederle di sposarmi lassú in cima, quando fossero state terminate? Dopotutto, il re Sigurd il Crociato si era sposato nella cattedrale che lui stesso aveva fatto costruire a Oslo.

Ma quando i vagoni tornarono a sfrecciare in discesa i pensieri diventarono vertiginosi, e io li scacciai dalla mente.

Dal parco, andammo direttamente all'aeroporto Charles de Gaulle. Mentre aspettavamo nell'area piuttosto dimessa dedicata alle partenze per la Scandinavia, chiamai Jo Aas e lo informai della quota che avevo appena acquistato, chiedendogli quando avrebbe potuto convocare un'assemblea straordinaria dei soci dell'*Os spa*. Lui rispose che tutti gli azionisti con piú del dieci per cento potevano convocarne una e che la riunione si sarebbe dovuta tenere entro un mese. Mi chiese cosa ci fosse di tanto urgente.

Quando glielo dissi, dall'altro capo calò il silenzio.

– Ne hai discusso con Carl? – chiese alla fine.

– No.

– Sei sicuro di volerlo fare, Roy?

– Hai qualche obiezione?

– Potresti danneggiare molte persone.

– A breve termine, forse. Ma a lungo termine, l'azienda e la comunità locale ne usciranno piú forti. Sei d'accordo?

– Il pericolo qui è che una palla di neve si trasformi in valanga, Roy. Sai cosa? Penso che io e te dovremmo incontrarci e parlarne quando torni a casa.

– Ti ho chiesto se sei d'accordo perché sono curioso, Jo, non perché puoi farmi cambiare idea.

Mi sembrò di sentire l'ex re di Os che si agitava sulla sedia quando non solo lo rimbeccai, ma lo chiamai addirittura per nome. Però non disse nulla. Da astuto esperto di realpolitik, sentiva che l'aria stava cambiando.

– Come vuoi, – disse. – Comunque c'è anche un'altra possibilità.

– Che sarebbe?

– Lasciare che il consiglio si occupi di tutto. Ora, non so di preciso perché vuoi licenziare Carl, ma se il licenziamento avviene a opera del consiglio, possiamo tenere le ragioni all'interno delle mura domestiche, per cosí dire. Abbiamo piú libertà nel comunicare i cambiamenti di gestione al mondo là fuori.

– Mi stai dicendo che possiamo concludere la cosa e rendere meno umiliante il licenziamento per Carl?

– Non è questo che vogliamo, alla fine?

Vidi l'auto con Shannon che sfrecciava verso la curva delle Capre, vidi Natalie priva di sensi nel letto a baldacchino della suite nuziale.

– Roy, ci sei?

– Devo riattaccare, ci stiamo imbarcando. Sí, lasciamo che il consiglio si occupi di tutto.

## Capitolo 38

Era mezzanotte passata quando tornai a casa.

Mi fermai sulla soglia della veranda e Carl si voltò a guardarmi dalla sedia a dondolo.

– Com'è andata a Parigi?

– Alla grande. Vuoi venire a fare un giro?

– Un giro? Adesso? E dove?

Era qualcosa che aveva preso da papà, credo. La convinzione che fosse inutile muoversi, bruciare energia, se non era proprio necessario. Tirare pugni a un sacco di sabbia andava bene, serviva da allenamento per qualcosa che poteva tornare utile, un giorno. Ma camminare o fare un giro in macchina solo per guidare, non lo capiva.

Carl si mise gli stivali di gomma e il cappotto di lana di cammello.

Io lo precedetti attraverso l'erica, nella luce della luna, sentendolo ansimare dietro di me. Dopo un quarto d'ora di cammino mi fermai in cima a una collina. Da lí, sotto di noi, si vedeva l'hotel illuminato nella notte.

Aspettai finché Carl non mi raggiunse. – Ti ricordi questo posto? – chiesi.

Annuí mentre riprendeva fiato. – È dove ci trovavamo tu, io e Shannon quando ti ho mostrato dove volevo costruire l'hotel.

– Prima di quella volta, – dissi.

Lui scosse la testa.

– Volevi dimostrare a papà che non eri una pappamolla incapace di uccidere. Quindi hai preso il suo fucile e Dog. Quando sei arrivato a pochi metri da uno stormo di pernici, gli uccelli si sono alzati in volo e tu hai sollevato il fucile sulla spalla, non era cosí?

Carl annuí. – Ho fatto come ci aveva insegnato papà.

– Solo che non ce l'hai fatta, a sparare.

Carl si strinse nelle spalle. – Immagino di aver pensato che fossero esseri viventi. E che stavano insieme, che erano una famiglia.

– Cosí hai abbassato il fucile e hai premuto il grilletto.

– Per farvi sentire. Pensavo che papà fosse in cortile e avesse visto le pernici alzarsi in volo, quindi doveva aver sentito anche il mio sparo.

– Ma hai colpito Dog.

– Ho colpito Dog.

– E poi sei corso a casa a chiamare me. Solo me. Perché non volevi farlo sapere a nessun altro. Volevi che venissi io a sistemare il tuo guaio.

Carl annuí.

– E io ho ucciso Dog con il coltello, ho fatto il lavoro sporco per te, – dissi. – E dopo abbiamo detto a papà che eri stato tu, che comunque ti eri preso la responsabilità e avevi fatto quello che andava fatto dopo aver sbagliato.

Carl spostò il peso da un piede all'altro, e vidi che stava diventando impaziente. – Ti ho già ringraziato per questo, Roy. Quindi dov'è che vuoi andare a parare? Vuoi che ti ringrazi ancora?

– No, – risposi. – Non mi devi niente.

– Un tempo ti ero debitore, ma dopo aver costruito l'hotel sul nostro terreno ho reso ricco anche te. Senza quello...

– Non avrei mai potuto permettermi di comprare il distributore di benzina, – dissi.

– O una qualsiasi delle altre proprietà.

– Vero.

– È tardi e fa freddo, Roy. Arriviamo al dunque, cosí torniamo a casa?

Annuii. – Devo uccidere di nuovo per te, visto che tu non lo farai.

Carl si limitò a guardarmi.

– Ho comprato le azioni, a Parigi, – dissi.

Lui alzò il mento. Conoscevo quel gesto, significava che stava cominciando a capire.

– La mia quota in quell'hotel laggiú, in questo momento, è del cinquantuno per cento. Ciò significa che io da solo posso uccidere, o comunque deporre, l'amministratore delegato. E proprio come con Dog mi ringrazierai per averlo fatto.

Alla luce della luna eravamo già cosí pallidi che era impossibile dire se Carl fosse diventato ancora piú pallido. La sua prima domanda fu quella che mi aspettavo.

– Perché?

– Perché hai chiesto a Lewi Wirkus di fatturare all'*Os spa* i lavori che l'Aub ha fatto a casa tua. Glieli hai fatti indicare come lavori…

– Non è quello che ti ho chiesto, – mi interruppe. – Perché pensi che io ti ringrazierò?

Presi fiato. – Prima o poi qualcuno farà domande su quelle fatture, Carl. Se non sarà qualcuno del consiglio, allora sarà qualcuno all'assemblea dei soci, o peggio ancora… Dan Krane. Vendelbo ha avuto sentore di qualcosa. E anche Gerard. Ma lui è un uomo d'affari, è pragmatico. Tra farti licenziare e vendere le azioni prima che scoppi lo scandalo, naturalmente ha scelto la seconda opzione. E tu dovresti esserne felice. Perché con me come azionista di maggioranza e unica persona a conoscenza di questi spiacevoli fatti, possiamo sdrammatizzare le tue dimissioni e dire che hai bisogno di una pausa e che lascerai il timone a me, ma che non escludiamo il tuo ritorno, in futuro.

– *Tu* diventerai amministratore?

– E presidente del consiglio. Farò in modo che il contabile corregga quello che è un evidente errore dell'Aub e che la fattura venga inviata all'intestatario corretto, cioè a te personalmente. Se non mi sbaglio, dovrai vendere qualcosa per recuperare tre milioni e passa. La soluzione piú semplice forse è vendere le azioni dell'*Os spa*, e nel caso io potrei acquistarle a un prezzo piú alto di quello che ho pagato a Gerard. Diciamo che ti do un aumento del venti per cento. Comunque, ti lascio la scelta.

Carl fu scosso da una risata silenziosa. – Non puoi fare sul serio, Roy.

– Ah, no?

– Mi rubi l'albergo e hai il coraggio di farlo passare come se mi stessi facendo un favore.

– Non è cosí, secondo te?

Lui alzò un indice davanti al mio viso. – E se vado da Vendelbo e gli dico che cinquanta milioni del prestito che ti ha concesso per le montagne russe sono stati utilizzati per tutt'altro scopo, cosa pensi che succederà?

– Penso che Vendelbo sarà felicissimo che i soldi vengano investiti in qualcosa di molto meno rischioso. L'*Os spa* con il miglioramento della strada statale, una nuova ala e senza di te a dirigerlo è il sogno proibito della banca. Vendelbo mi ringrazierà, Carl.

Mi accorsi che sapeva che avevo ragione, quindi la sua reazione mi stupí. Ricominciò a ridere. Doveva essere piú ubriaco di quanto avessi immaginato.

– Sai, ho pensato un po'. Al perché papà non ti ha fatto quello che ha fatto a me. Tu eri il piú grande, sei stato il primo ad arrivare a quell'età, – disse.

– Ma eri tu a somigliare a mamma, – dissi. – A com'era quando si era innamorato di lei.

– Idiota, – disse lui. – È stato perché ha sempre avuto un po' paura di te. Si rendeva conto che se ti avesse toccato, anche se eri adolescente, l'avresti ammazzato. Ha visto in te un assassino spietato, Roy. E, vedi, aveva ragione.

– Io invece direi che aveva torto, – risposi. – Sono un assassino premuroso. Prendi in considerazione quello che ti ho detto. La riunione del consiglio è tra due settimane.

Mi avviai verso Opgard. A metà strada mi voltai. La sagoma di Carl svettava sulla collina nello stesso punto, sembrava che fosse lí ad ammirare il suo hotel.

Trascorsi i successivi dieci giorni con Natalie nel suo appartamento. Quando non ero al distributore di benzina eravamo sempre insieme. Dormivamo, mangiavamo, guardavamo film, leggevamo, facevamo l'amore e parlavamo. Io sono un tipo taciturno e non avevo mai pronunciato cosí tante parole e frasi come in quei giorni, nemmeno Shannon era mai riuscita a farmi parlare in quel modo. Ma a volte era giusto tacere. Come quando andammo al cimitero e Natalie depose un fiore sulla tomba di suo padre e, con mia sorpresa, la vidi versare una lacrima. Avrei voluto chiederle cosa pesasse di piú sulla sua bilancia, se un padre e violentatore meritasse di essere pianto, ma non lo feci. Forse perché avevo provato la stessa schizofrenia. Forse perché avevo paura che, se avessi attaccato suo padre, lei avrebbe visto nei miei occhi, avrebbe sentito nella mia voce, che stavo difendendo un omicidio. «Riposa in pace», era inciso sulla lapide grigia. Negli incubi che avevo avuto negli ultimi tempi non lo faceva, ma se lui e gli altri nel cimitero riposavano davvero in pace, li invidiavo. Sí, c'erano stati giorni in cui avrei fatto volentieri cambio. Ma era già da un po' che non mi capitava una giornata del genere.

Facevamo passeggiate in montagna e discutevamo della vita, del futuro e di ciò che vedevamo intorno a noi. Oltre che di come gestire l'impresa. Non tanto il parco divertimenti, quanto l'*Os spa*. In fin dei conti avevo seguito Carl da vicino e, secondo me, in linea di principio non era tanto diverso dal gestire un distributore di benzina. D'altro canto, Natalie conosceva il settore alberghiero meglio di me, e inoltre intuiva le implicazioni a lungo termine dell'amministrazione di un'azienda.

«Delegare», diceva almeno cinque volte durante ogni passeggiata.

Le avevo spiegato che conoscevo il significato di quella parola, ma lei la ripeteva lo stesso. Diceva che era cosí che faceva un leader, si fidava della sua squadra. Ed era cosí che doveva essere un leader, come un allenatore che spiegava ai giocatori il loro ruolo e i motivi per cui erano una parte importante della tattica per vincere la partita. Ma poi restava a bordo campo, non poteva giocare la partita.

– È quando vedi i giocatori abbracciarsi dopo aver segnato che capisci di essere un buon allenatore. Non vogliono vincere solo per te, ma anche per sé stessi. Vogliono essere orgogliosi di lavorare all'*Os spa*.

– Dovresti tenere uno di quei discorsi motivazionali ai dipendenti.

– Ah, ma il giorno in cui sarò amministratrice delegata lo farò, – disse, sorridendo maliziosamente al mio sopracciglio alzato.

– E nel frattempo, cosa farai?

– Non lo so –. Il dialetto di Os aveva cominciato piano piano a riguadagnare il terreno perduto nella sua parlata. – Ma so cosa voglio in questo momento.

– Cosa?

– Che torniamo a casa in fretta, ci togliamo tutti i vestiti e scopiamo.

La sera in cui suonò l'Hell Spelemannslag c'era il pienone al *Fritt Fall*. Forse dipendeva anche dal fatto che il *Fritt Fall* era comunque affollato, a prescindere dal giorno della settimana e dal programma. In ogni caso fu un successo, era come se l'intero villaggio non aspettasse altro che un concerto hard core di violini dell'Hardanger. Quando Ola, con la sua lunga frangia infilata negli orecchini, si mise in equilibrio sul bordo del monitor mentre il violino strideva, gemeva e ululava, la gente rimase in piedi, e io vidi Johnny e i suoi amici accalcarsi davanti al palco alto venti centimetri come se fossero a un concerto dei Satyricon.

Ola agitò la testa e il ciuffo si liberò, lanciando una pioggia di sudore e acqua battesimale sui nuovi convertiti piú vicini a lui, e io vidi – avevo bevuto qualche birra, ma sono sicuro di averli *visti* – Egil e Børge tirar fuori la lingua per catturarne qualche goccia.

Poi entrò in scena Natalie, si fermò al limite del palco con il suo *langlur* e guardò il pubblico: i suoi compaesani non l'avevano mai vista cosí, capace di esigere, e ottenere, la piú completa sottomissione. Calò il silenzio, come in una chiesa. Quando lei iniziò a cantare, sentii un braccio attorno alla vita. Era Julie, che con l'altro braccio cingeva Alex. Si alzò in punta di piedi e mi sussurrò all'orecchio: – Bastardo maledetto. Me la farei anch'io.

Quando finalmente il locale fu vuoto, fatta eccezione per Julie, Alex, Erik Nerell, io e la band, erano quasi le due.

Tutti, tranne Julie e Natalie, ci dividemmo una bottiglia di cognac; Erik quasi piangeva di felicità. Non perché il bar avesse battuto ogni record di incassi, perché non era cosí, ma perché noi, e in particolare lui, avevamo contribuito a regalare alla gente di Os un'esperienza che avrebbe ricordato a lungo. Sí, per tutta la vita, affermò Erik con sicurezza. E mi ringraziò ancora per avergli dato una seconda occasione. Quando addirittura mi abbracciò, pensai a quello che aveva detto Natalie sui giocatori di calcio esaltati dopo aver segnato e sul lasciare che le persone creassero il proprio entusiasmo, e riconobbi che aveva ragione.

Tornando a casa, Natalie dovette sostenermi.

– Pensi che avrei dovuto rimanere sobrio, per solidarietà? – farfugliai.

– No, – disse. – È bello vedere che anche Roy Opgard ogni tanto si lascia andare.

In breve, per dieci giorni fui davvero felice. E anche se non avevo molta esperienza di quel tipo di felicità, immagino che la mia sensazione fosse rafforzata dal fatto che il sole non splendeva in un cielo senza nuvole. Al contrario, su tutti i fronti c'erano nubi enormi, plumbee e temporalesche. Ma è proprio in quei momenti che sai di doverti godere il caldo, no? Quando ti rendi conto che il tuo tempo è in prestito, che devi approfittare di ogni secondo e che, se chiudi gli occhi e senti il calore aumentare, è perché il sole è arrivato vicino al bordo di una nuvola, e i raggi per qualche istante assumono un'angolazione diversa e diventano come quelli di uno specchio ustorio. Ma è anche l'attimo prima che il sole si spenga, la temperatura precipiti e, in un cielo come il mio, possa scatenarsi una tempesta infernale.

E io ero proprio lí, sotto il mio cielo assolato, in preda a una felicità disperata ai massimi livelli, quando Carl mi chiamò chiedendomi di fare un giro in hotel. Non sapevo cosa volesse, ma conoscevo ogni sfumatura della sua voce, come lui sicuramente conosceva la mia, e già in quel momento la temperatura precipitò.

E quando mi trovai nel suo ufficio, un'ora dopo, si scatenò la prevedibile tempesta infernale.

# Capitolo 39

Carl era alla scrivania quando entrai.

– Siediti, – disse.

Siccome tra noi non ci scambiamo frasi di cortesia, la interpretai come un'introduzione, un avvertimento che aveva qualcosa di serio da comunicare.

Mi sedetti, e nello stesso istante lui si alzò.

Sicuramente qualcosa di serio.

– Ti piace quest'ufficio? – chiese, dando una pacca all'alto schienale della sua poltrona. Continuò senza aspettare risposta. – Anche a me.

Si avvicinò alla finestra.

– E mi piace la vista sui campi. Mi piace che mi portino il pranzo dal ristorante, se lo chiedo, o mi trovino un posto nella spa se ho bisogno di un massaggio. Mi piace il mix di responsabilità e libertà che mi dà un lavoro da dirigente come questo. Mi piace il rispetto che ricevo. E mi piace il potere. Il potere di fare cose buone. Cose buone per me, per i miei dipendenti e per Os. Mi piace cosí tanto, Roy, che ho deciso di tenermi tutto –. Si girò verso di me. – L'ultima volta che abbiamo parlato hai detto che mi avresti lasciato libertà di scelta. Ma non è vero, non me l'hai lasciata. E ho dovuto farlo.

– Fare cosa?

Carl sorrise, ma aveva uno sguardo rassegnato e carico di sensi di colpa. Uno sguardo che riconoscevo. Era lo sguardo di quando mi aveva raccontato di aver sparato a Dog. Lo sguardo di quando aveva ammesso di aver spinto l'agente rurale giú dal Salto. Di quando aveva detto di aver picchiato a morte Shannon. Deglutii.

– Cosa, Carl? Dimmi cos'hai fatto.

– Ho fatto un patto con Kurt Olsen. Gli racconterò come hai ucciso mamma e papà, e come hai fatto sembrare che Sigmund Olsen si sia annegato e che Willum Willumsen si sia sparato.

Lo osservai cercando di capire quello che aveva appena detto. Perché non tornava. Come ho detto, non sono un campione nella lettura, ma sono abbastanza bravo in matematica e questo semplicemente non tornava, non quadrava.

– Confesserai di aver ucciso il vecchio agente rurale solo per non lasciarmi quest'ufficio? – chiesi.

– Testimonierò che sei stato tu a uccidere Sigmund Olsen. E Kurt ha già detto che mi crede. Chiunque sia stato a una festa a Årtun sa che eri tu quello violento tra noi.

Chiusi gli occhi e strinsi i denti cosí forte da sentir scricchiolare i molari. – Stai dicendo che ne hai già parlato con Kurt?

– Esatto.

Soffiai fuori l'aria dal naso con tale forza da emettere un sibilo. – Mi farai condannare, e poi? Tu perderai comunque il lavoro quando verrà scoperta l'appropriazione indebita.

– Ma non succederà, – disse. – E forse non sarai condannato nemmeno tu.

Riaprii gli occhi. – Ah, no? E cosa succederà, visto che gli hai già parlato?

Un sorriso, ampio e genuino questa volta, si allargò sul suo viso. – Una dichiarazione alla polizia e una testimonianza in tribunale sono due cose diverse, Roy. Una dichiarazione falsa si può ritirare, posso dire che Kurt mi ha messo sotto pressione o che volevo solo prenderlo in giro e vendicarmi dopo che lui ci ha perseguitati in tutti questi anni. Posso ritirarla anche oggi, Roy, ma a una condizione. Che tu non faccia niente alla riunione del consiglio, cosí io mi tengo il lavoro. E che tu personalmente, e senza che nessuno se ne accorga, copra quella fattura da tre milioni. Se l'errore verrà scoperto piú avanti, potremo incolpare l'Aub e dimostrare che è tutto sistemato.

Annuii. Mi sentivo stordito. Carl aveva seguito il consiglio che papà ci aveva dato sulla boxe: se vuoi colpire un avversario con la massima forza, devi farlo quando ti sta attaccando e sta venendo verso di te.

– Mi sembri un po' scosso, fratellone. Ma vedila in questo modo, ti sto facendo un favore. E io almeno ti do la possibilità di scegliere.

Riuscivo solo a continuare ad annuire, come quei dannati pupazzetti a forma di cane che i vecchi tengono sulla cappelliera in macchina.

– So come ti senti, – disse Carl. – Ma cosí saremo pari e potremo ricominciare. Siamo gli Opgard. O no?

– *Pari?* – chiesi.

– Sí, sapevo che eri innamorato di Natalie Moe. Sapevo quanto ti avrebbe fatto male scoprire che me l'ero scopata. Ma dovevo farlo. In modo che anche lí fossimo pari.

Lo fissai.

E perfino quell'idiota di Roy Opgard incominciò a capire.

Carl non aveva drogato Natalie per portarsela a letto. Lo aveva fatto per vendicarsi di me. E questo poteva significare solo una cosa.

Che lo sapeva.

– Come… – cominciai, ma dovetti schiarirmi la voce.

– Kurt, – disse lui. – È venuto a chiedermi di testimoniare contro di te nell'omicidio di suo padre. In cambio, mi scagionava dall'accusa di complicità. Aveva informazioni che potevano raffreddare un po' l'amore fraterno, ha detto. Perché non hanno solo analizzato il sangue del vecchio Olsen dietro la targa dell'auto di papà, ma anche il sangue di Shannon nella sua auto. Da lí è venuto fuori che era incinta, cosa che già sapevo. Quello che non sapevo è che, dal sangue della donna incinta, si può scoprire chi è il padre. Tu lo sapevi?

Annuii, iniziavo a sentire dolore alla nuca.

– Fantastico, vero? Fantastico quanto il fatto che il padre eri tu, senza dubbio. Tu, Roy, mio fratello, ti sei scopato mia moglie e non me l'hai mai detto –. Inclinò la testa. – Mi sono chiesto quale sarebbe stata la prossima mossa tua e di Shannon. Me l'avreste tenuto segreto, e io avrei nutrito e allevato un figlio bastardo come se fosse mio?

Deglutii. Non pensavo di potergli dire che il piano era stato piú drastico.

– Kurt era convinto di provocare una rottura tra noi. Il che non è falso. Gli ho detto che avrei preso in considerazione la sua proposta. E poi ci ho riflettuto, Roy. Potrei gettarti nella fossa dei leoni, vendicarmi e allo stesso tempo smettere di dovermi guardare le spalle, chiedendomi quand'è che Kurt Olsen verrà a prendermi.

Adesso capivo cos'era, quella stranezza negli sguardi che mi aveva rivolto. Gli sguardi che, un tempo, aveva rivolto a papà. Era un misto di odio, ma anche di sensi di colpa per quello che sapeva che avrebbe fatto.

– All'inizio ho pensato che bastasse scoparmi Natalie Moe, – disse. – Volevo vedere il tuo dolore, guardare il tuo cuore spezzarsi, e speravo che mi bastasse. E sai cosa? È stato proprio cosí. Avrei potuto fermarmi lí, Roy. Ma tu hai iniziato questa guerra nucleare e allora – come diceva papà a proposito di una terza guerra mondiale – poi conta solo una cosa.

– La rappresaglia. – dissi io.

– La rappresaglia, – mi fece eco Carl. – Bombardare tutti, specie i comunisti, e farli tornare all'età della pietra.

Non riuscii a trattenere un sorriso.

Carl si risedette sulla sua poltrona da dirigente. – Allora che ne dici, fratello? Imbrogliamo insieme Kurt Olsen per la vittoria? Diciamo che ci siamo dati un paio di colpi pesanti, ma finisce qui? Cosí io continuerò a gestire questo hotel e tu avrai il tuo parco a tema e la tua principessa?

Ci osservammo. Non so cosa vedesse lui, ma io vedevo il fratellino con cui avevo giocato e fatto a botte, litigato e gareggiato, protetto quando potevo e confortato quando ne aveva bisogno. Quando entrambi ne avevamo bisogno. Le notti in cui papà arrivava e poi se ne andava, e io scendevo dalla cuccetta in alto e mi infilavo dietro Carl, lo abbracciavo e lo tenevo finché non smetteva di piangere. Lui che si alzava di notte, mentre pensava che stessi dormendo, mi apriva lo zaino e tirava fuori il tema che avrei dovuto consegnare il giorno dopo per correggere gli errori di ortografia, mentre io facevo finta di niente. Lui che ballava con tutte le piú belle ragazze di Årtun, e io dovevo intervenire e picchiare fidanzati e corteggiatori gelosi.

– È stato per questo che la denuncia di Natalie non è andata da nessuna parte? – chiesi. – Kurt ti ha protetto, perché sei il testimone chiave nell'unico caso a cui tiene davvero?

– Be', non credo che Kurt abbia detto niente di falso a Natalie. La maggior parte delle denunce di stupro finiscono senza condanna.

– Esatto –. Mi accarezzai il mento.

Carl si sporse in avanti e mi tese la mano destra.

– Pace, fratellone?

La mia mano continuava ad accarezzare la pelle insolitamente liscia del mento. Non mi ero ancora abituato a essere rasato ogni giorno. Uno strano pensiero mi passò per la mente. Che quando avessi stretto la sua mano tesa, il palmo caldo e ruvido dell'unico altro membro rimasto della famiglia Opgard mi sarebbe sembrato piú familiare e rassicurante della mia pelle. Mi schiarii la voce.

– Sí, ricordo bene quello che diceva papà sulle rappresaglie e sulla guerra mondiale, – fu la mia risposta. – Intendeva dire che il giorno in cui ci saremmo bombardati a vicenda fino a tornare all'età della pietra, bisognava che tutti tornassero indietro, in modo da poter continuare la lotta su un piano di parità, con asce di selce.

Lui mi guardò incerto, con la mano sospesa in aria come una frase incompiuta. Mi alzai.

– Vai da Kurt con la tua testimonianza, Carl. Cosí io me ne torno a casa dalla mia ascia di selce.

Mentre attraversavo la stanza e chiudevo la porta dietro di me, sentii la poltrona scricchiolare come se stesse dondolando.

# Capitolo 40

Quel pomeriggio, sapendo che era in corso la terza guerra mondiale e che tutti avrebbero perso, preparai il *lapskaus* per Natalie. Non l'imitazione norvegese, ma il vero spezzatino tedesco. Non era la semplice variante che servivano in mare, composta da carne scadente e gallette inzuppate, ma quello che mangiava la gente «in» di Amburgo e Brema, quella che mia madre aveva imparato a cucinare quando faceva la governante, con carne di manzo salata, aringhe, patate, barbabietola rossa e cipolla, prezzemolo e spezie. Quando Natalie si serví la terza porzione, le chiesi inutilmente se le piaceva.

Per tutta risposta, lei si limitò a ridere e indicò il mio piatto. – La domanda, piuttosto, è se piace *a te*.

– Sí, solo che non ho molta fame.

– C'è qualcosa che non va?

– Qualcosa che non va... c'è sempre *qualcosa* che non va, – risposi, perché è piú facile mentire quando non si raccontano delle vere e proprie bugie.

– Il lavoro?

– Il lavoro, – confermai, e stavo dicendo la verità, tecnicamente, visto che si trattava anche del lavoro di direttore d'albergo.

– Ti ascolto volentieri, se vuoi parlarne, – disse.

– Grazie, amore, ma non c'è molto da dire –. Mi accorsi di star usando sempre piú spesso la parola «amore», come faceva lei. All'inizio, entrambi l'avevamo usata in modo scherzoso, con una certa ironia, ma l'ironia era diventata sempre meno evidente.

– Capisco, – disse, sospirando. – È solo che sento di aver bisogno di mettere in moto il cervello. Questa inattività mi dà sui nervi.

Spinsi via il piatto. – E io invece devo schiarirmi un po' le idee. Vado a fare una passeggiata e poi faccio un salto da Erik. Devo comprare qualcosa?

– Non saprei... È aperto solo il benzinaio, ma è un po' lontano andarci a piedi quando piove.

– Già, un po' lontano, – dissi. La baciai sulla fronte e uscii nella sera piovosa.

Piovigginava senza sosta, cosí sollevai il cappuccio del giubbotto, attraversai la piazza e svoltai sulla pista ciclopedonale che portava al distributore di benzina. Poco piú avanti vidi una donna scendere da una Skoda, un'ibrida, un modello per famiglie. Riconobbi la macchina, ma non la donna, e pensai solo che era un posto strano in cui scendere, non c'erano case o altro in quel tratto di strada. Lei salí in fretta sulla pista ciclopedonale e s'incamminò verso di me, verso la piazza, con la Skoda andava nella stessa direzione. Allora capii cosa stava succedendo. L'auto mi superò e dietro i tergicristalli vidi Dan Krane con lo sguardo fisso davanti a sé, come se bastasse non guardarmi per farmi scomparire. Quando la donna si avvicinò, riconobbi anche lei, era la tizia con l'accento dell'Est europeo che mi aveva aiutato a ritrovare le lenzuola in hotel. Feci un cenno di saluto, ma il suo volto era di pietra, malgrado un certo rossore sulle guance, e lei guardava impassibile di fronte a sé.

Eppure. Ciò che avevo intravisto non era felicità, nemmeno felicità rubata. Quei due non avrebbero potuto sembrare piú soli nemmeno se li avessi visti andare alla deriva in mezzo al mare.

Alla stazione, comprai il piacere proibito di Natalie, una grossa tavoletta di cioccolato al latte, e tornai indietro. Mi misi a contare i passi e decisi che prima di arrivare a trecentotrentatre avrei dovuto compiere la mia scelta. Carl voleva davvero presentarsi in un'aula di tribunale e testimoniare contro di me? Era difficile da immaginare. Se fosse stata solo una minaccia, un attacco preventivo, quello che stavo considerando poteva essere un errore catastrofico. Trecentotrentuno. Ero arrivato al *Fritt Fall.* La pioggia aveva lasciato strisce nere sulle scritte in gesso di Erik. L'annuncio «Oggi crêpes» ora assomigliava a «Oggi crepa».

Entrai.

Erik ripeté la mia domanda. – Che tipo di amici siamo? Be', all'epoca perlomeno eravamo quel tipo di amici in cui lui decideva e andava avanti per primo, e noi lo seguivamo. Noi del gruppo ammiravamo Kurt, almeno da piccoli. Un po' perché era figlio dell'agente rurale, e pensavamo che avesse una vita piú emozionante della nostra. Un po' perché era di gran lunga il miglior calciatore, il talento piú grande che Os avesse mai visto, diceva la gente. Ma soprattutto per il suo atteggiamento cosí indipendente.

Erik mi versò dell'altro caffè. Aveva lasciato Alex dietro il bancone del bar mentre noi ci eravamo seduti al tavolo vicino alla porta, dove nessuno poteva sentirci. Bevvi un sorso, sapevo che ci sarebbe voluto un po' perché arrivasse al punto.

– Era il migliore e lo sapeva benissimo. Non il piú intelligente, non era un alunno brillante, ma appena suonava la campanella diventava il numero uno in tutto. È stato anche il primo ad avere delle ragazze. A loro piaceva la sua sicurezza. E poi, ovviamente, c'erano quei capelli biondi, spessi e folti come la criniera di un leone. Avrebbe dovuto suonare in una band, Kurt. In effetti suonava la chitarra, e non era affatto male. Quella che gli mancava era la pazienza. E poi ha dovuto dare priorità al calcio, ha esordito in Serie A a sedici anni. Gli hanno fatto un'offerta da Notodden ed è andato a Skien a fare un'audizione per l'Odd. È stato in panchina per un paio di partite, ha giocato un po' ed è andato cosí cosí. Era teso, sai, non ha saputo dimostrare il suo valore. E quindi è tornato a casa abbastanza in fretta. Ha detto che Skien non gli piaceva. Non conosceva nessuno. A lui piaceva Os, si sentiva al sicuro qui. Gli piaceva avere amici su cui sapeva di poter contare.

– Gli piaceva essere il migliore in un gruppo piccolo, – dissi.

Erik annuí. – Se Kurt aveva un punto debole, era che non sopportava le sconfitte. Cioè, forse quello era anche il suo punto di forza, correva fino a sfinire gli avversari. Non si arrendeva mai. Ma a volte perdeva la testa. Mi ricordo una partita di coppa contro il Notodden. Avevano un giocatore tecnico, giovane, che ha fatto due volte tunnel a Kurt. La gente rideva e applaudiva quel ragazzino che aveva fregato il nostro capitano. La terza volta che ha provato a fare tunnel, Kurt gli è entrato in pieno sul ginocchio e hanno dovuto portarlo via. Rottura del legamento crociato. Sei mesi dopo ho letto che si è dovuto ritirare.

Vidi Johnny in uniforme, seduto a un tavolo con due amici, che di tanto in tanto ci lanciava un'occhiata.

– A proposito di amici su cui contare, – dissi. – Mi chiedo se Kurt ne ha mai approfittato.

– A cosa ti riferisci? – chiese Erik. Si portò la tazza alla bocca, ma era vuota.

Ero all'ingresso del *Fritt Fall* e stavo per uscire, quando squillò il cellulare.

Bent Halden.

Di solito devi conoscere le persone per capire che sono fuori di testa, anche se parlano tranquillamente del tempo. Non era il caso di Halden.

– Sí, anche qui fa piú freddo, – risposi, strizzando gli occhi per guardare attraverso il vetro della porta. – Cosa succede?

– Jon Fuhr, – rispose lui.

– Ah, sí?

Mi spiegò il problema in poche parole.

Rimasi sorpreso, ma non fu proprio uno shock.

Chiesi a Halden di venire a Os al piú presto. Lui disse che essere visto con me lo preoccupava, ma gli risposi che poteva portare la macchina in officina e che, se qualcuno avesse chiesto, potevamo dire che dovevo sistemare qualcosa che non avevo avuto il tempo di fare l'ultima volta che mi aveva portato l'auto.

– Va bene, – disse, e riattaccammo.

Io rimasi a fissare il parquet logoro dell'ingresso. C'era un quadrato piú chiaro e mi resi conto che era stato messo lí dopo che avevano tolto il videogame. Gli asteroidi esplodevano sempre piú in fretta, adesso, e Kurt Olsen ovviamente aveva ragione. Alla fine, non si riusciva piú ad andare avanti. Ma cosa si poteva fare, oltre a giocare finché non usciva la scritta «game over», la musica si interrompeva e le luci si spegnevano?

## Capitolo 41

Era quasi mezzanotte. Bent Halden aveva portato l'Audi dentro l'officina, si era seduto su una sedia vicino al muro e mi aveva spiegato. C'era un freddo umido e avevamo dovuto tenerci i giubbotti addosso.

Jon Fuhr gli aveva detto di essersi reso conto che io e mio fratello avremmo guadagnato tantissimo dal loro rapporto e voleva farsi pagare di piú. Nello specifico, sei milioni di corone in piú.

– Perché proprio sei? – chiesi.

– Non lo so, – disse Halden con la disperazione nella voce. – Penso che debba dei soldi a qualcuno... deve aver perso al gioco d'azzardo.

– Qualunque cosa sia, – dissi, – non succederà. Avevamo un accordo e mi aspetto che voi lo manteniate.

– Jon dice che, se non paghi, cambierà il rapporto.

– Se cambiate anche solo una virgola, verremo a cercarvi.

– Lui non pensa che tu e tuo fratello siate chissà che minaccia, – disse Bent.

Annuii. – Non si rende conto che anche se cambiaste il rapporto e noi vi lasciassimo in pace, qualcun altro solleverà dei sospetti? Potrebbero scoprire tutto e noi quattro finiremmo in prigione. E voi ricevereste una condanna piú pesante della nostra.

– Io lo capisco, – disse Halden. – E penso che anche Jon lo capisca, ma...

– Ma?

– Ma non demorde. È... spericolato.

– Spericolato?

– È un po' fuori di testa, potremmo dire.

– Steroidi, – risposi.

Lui mi guardò con aria interrogativa.

– Non lo sapevi? – feci io. – Che il tuo socio prende steroidi anabolizzanti?

Halden scosse la testa. – Prende delle pillole che ha nel cassetto dell'ufficio, ma sono integratori alimentari... o cosí dice.

– Gli steroidi hanno come effetto quello di renderti spericolato, aggressivo, collerico e un po' pazzo, in generale, – dissi. – Non è cosí Jon, ultimamente?

– Sí.

– Ed è per questo che mi hai contattato a sua insaputa. Hai paura di quello che potrebbe escogitare.

– Non voglio piú aver niente a che fare con questa storia, – disse Halden tremante, sfregandosi le mani. – Ho una famiglia a cui pensare.

– Non si può scendere dalle montagne russe dopo che sono partite, – dissi.

– Ma lui... tu non lo conosci, non si fermerà. Ha già cominciato a scrivere un rapporto rivisto. Lui non sa che io so, ma ho guardato sul suo computer e l'ho visto.

Tirai fuori la scatola di *snus* e lo offrii a Halden, un po' per scherzo, prima di infilarmene una bella presa in bocca. Mi ci volle tempo. Elaborai quello che mi aveva detto. Iniziavo ad avere una panoramica della faccenda.

– Dimmi, Halden, qual è il vero motivo per cui sei qui?

– Perché voglio che tu sappia che io non c'entro.

– Vuoi anche che faccia qualcosa?

– Come? No! – Mi guardò. – Oppure… be', certo, se puoi *fare* qualcosa…

Incontrai il suo sguardo, forse cercando di leggergli nel pensiero. Non potevo, certo, ma immaginavo che uno dei suoi pensieri riguardasse la storia che gli avevo raccontato quella sera nel suo garage, quella dell'ingegnere che era opportunamente precipitato dalla finestra della sua camera d'albergo.

– Sapevi che hanno avvistato dei lupi in questa zona?

Halden sembrò confuso. Scosse la testa.

– Molti proprietari di pecore vorrebbero spararagli, ma è proibito. Quindi cosa fanno? Scoprono dove va il lupo a cercare il cibo e mettono fuori carne di pecora avvelenata. Lasciano che il lupo si uccida da solo, per cosí dire.

Halden sbatté le palpebre. Vidi il suo cervello macinare. Sono svegli, questi geologi.

– Non è altrettanto illegale? – chiese.

– Probabilmente. Ma è un po' piú difficile da scoprire, e soprattutto è difficile dimostrare chi è stato.

– Capisco. E tu ti occupi… ehm, di questo genere di cose?

– No, – dissi con fermezza. – Ma se lo facessi, userei il fentanyl. Cinquanta volte piú forte dell'eroina. Se sei fortunato, puoi procurarti delle pillole simili a quelle che il lupo sta già prendendo. E poi le metti dove va il lupo a mangiare le sue, no?

– E l'autopsia cosa dimostrerà?

– Che il lupo è andato in overdose di una droga conosciuta. Sorprendente, ma non certo uno shock, se da ulteriori indagini verrà fuori che il lupo in questione faceva uso di altre droghe da tempo. A proposito, di recente ho letto che gli steroidi anabolizzanti sono il secondo farmaco piú popolare negli Stati Uniti, le persone li usano non solo per mettere su massa muscolare, ma per aumentare il desiderio sessuale e i livelli di energia, un po' come le anfetamine, no?

Halden mi guardò e annuí. Non lentamente come facciamo noi di Os, ma quasi. Sí, era abbastanza sveglio. Abbastanza sveglio da sapere quando un problema deve essere affrontato alla radice. Abbastanza sveglio da capire la differenza tra dodici milioni divisi per due e divisi per uno.

Ci scambiammo ancora qualche frase sul tempo, io richiusi il cofano dell'Audi, aprii il cancello e lo salutai con la mano.

Quando entrai a casa di Natalie, la trovai sul divano in camicia da notte. Disse che mi stava aspettando. Era cosí bella, lí seduta in silenzio a guardarmi. La baciai e poi facemmo l'amore, non avemmo nemmeno il tempo di arrivare al letto. E lei era come me, selvaggia, intensa, quasi disperata. Come le donne e gli uomini in tempo di guerra che nel loro inconscio sanno che quella notte, proprio quella, potrebbe essere l'ultima.

Quando stavo per venire, mi trattenni come al solito, ma questa volta lei non me lo permise.

– Continua! – mi sussurrò piano nell'orecchio.

– Ma... – cominciai.

– *Shhht!* – Mi affondò le unghie nelle natiche.

Chiusi gli occhi e mi lasciai andare.

## Capitolo 42

Era domenica e mancavano due giorni alla riunione del consiglio.

A colazione chiesi a Natalie se piú tardi voleva venire alla partita di calcio.

– Non mi interessa molto il calcio, – disse. – Pensavo che valesse anche per te.

Mi strinsi nelle spalle e sorrisi. – Potrebbe essere emozionante.

– Emozionante? Ma non ci siamo già guadagnati la promozione?

– Non mi riferivo alla partita.

Mi studiò con la fronte aggrottata. – A cosa ti riferivi, allora?

– Già, a cosa mi riferivo? E poi è gratis.

– Ah, sí?

– Sí. Come maggior azionista dell'*Os spa* ho due biglietti per la tribuna Vip.

Vidi che iniziava a capire. – Vuoi che andiamo a… farci vedere?

Annuii. Ai vecchi tempi, a Os, una ragazza e un ragazzo erano considerati una coppia ufficiale quando arrivavano insieme al ballo del sabato o alla funzione domenicale in chiesa.

– Decidi tu, – dissi. – Possiamo aspettare. O non farlo mai. Magari non vuoi, magari vuoi solo il mio corpo.

Lei si alzò, fece il giro del tavolo e mi si sedette in braccio. – Sei troppo carino, – disse, baciandomi sul naso. Poi si irrigidí. – Ma tuo fratello... non ci sarà anche lui in tribuna a mettersi in mostra?

– Cosa rispondi, se ti dico che non c'è?

– Allora ci vengo, – disse, e questa volta mi baciò sulla bocca.

Ero seduto sul water con il telefono in mano e sentivo Natalie in soggiorno che faceva il corso Duolingo di francese.

Carl rispose al secondo squillo.

– Dove sei? – chiesi.

– Alla casa nuova. I tedeschi sono qui con la cucina –. Dalla sua voce o, meglio, dal silenzio che seguí, capii che aspettava che dicessi quello che sperava. Che avevo cambiato idea e gli offrivo un trattato di pace.

– Natalie vorrebbe venire alla partita, oggi, – dissi. – Ma solo se tu *non* ci sei. Penso che potrebbe essere un gesto rispettoso, Carl. E potrebbe pesare sulla bilancia, se deve decidere se sporgere denuncia o meno.

Nella pausa di riflessione di Carl, sentii il sibilo della lama di una sega e il colpo di un martello.

– Lascerò cadere tutto se abbandoni il tuo piano di conquista, – disse.

– Non succederà, – dissi. – Salvo l'albergo ma anche *te*, non capisci?

Lui sospirò. – Ah, sí, capisco, Roy. Capisco fin troppo bene. Hai le tue motivazioni, non prendermi in giro con quella cosa del salvarmi. Speravo che tornassi in te e quindi ho aspettato a schiacciare il pulsante rosso. Ma adesso devo farlo. Ricordati solo che è stata una tua scelta, Roy. Ricordatelo. Ciao.

– Carl, aspetta!

Non riattaccò e percepii di nuovo quel qualcosa. Forse lo sentivo nel suo respiro, quello che avevo sentito fin da quando eravamo piccoli nel letto di sotto, e ne conoscevo ogni sfumatura. Comunque, lui si aggrappò al mio «aspetta» come a un filo, pensando che alla fine avrei ricordato ciò che papà ci aveva inculcato: siamo una famiglia. Abbiamo noi stessi e nessun altro.

Mi schiarii la voce. – Vai alla partita o no?

Mi sembrò di sentirlo sgonfiarsi. – Sei fortunato, fratellone –. Aveva la voce piatta come una gomma a terra. – Oggi devo restare qui a controllare che vada tutto bene.

– Che vada tutto bene, – ripetei.

Riattaccò e io tirai lo sciacquone.

Uscii con lo scroscio dell'acqua alle mie spalle. – *On y va!*

Per essere una partita cosí marginale, l'affluenza allo stadio di Os era davvero impressionante.

– È come alle feste delle persone di successo: tutti gli invitati fanno in modo di esserci, – disse Natalie quando glielo feci notare.

Per me era comunque un'esagerazione, stavamo pur sempre parlando delle serie inferiori. Per un paio d'anni, l'Os aveva avuto un biatleta nella nazionale juniores, ed era stato un avvenimento molto piú importante. Eppure, ai campionati di biathlon avevano assistito piú che altro genitori e tipi strani. Il calcio, invece, attira le masse perché tutti hanno giocato e sanno apprezzare una buona prestazione in campo. E si strappano i capelli per quelle cattive, per chi sbaglia un tiro in porta in cui loro stessi avrebbero fatto gol, nove volte su dieci. Mentre per la maggior parte di noi è un miracolo ogni volta che un biatleta a cinquanta metri di distanza colpisce un bersaglio grande quanto un lumino, perché si riesce a malapena a vedere.

– Un lumino? – disse Natalie mentre ci dirigevamo verso le tribune Vip. – Devo provare!

Sembrava del tutto indifferente agli sguardi che ricevevamo. Io facevo finta di niente, ma leggevo i pensieri dietro quegli occhi sgranati. Come: «Cristo, la figlia dell'idraulico Moe con Roy il benzinaio, cioè». E: «Ci è andata per i soldi, sí». E: «Potrebbe essere sua figlia». Oppure: «Guarda come sembrano felici, insieme». O anche: «Grete Smitt ha detto che Carl Opgard ci ha provato alla festa aziendale. Ma lei ha dovuto accontentarsi del fratello, Carl ha già abbastanza da fare con Mari Aas».

– Ciao, – disse Rita Willumsen mentre salivamo in tribuna. – È bello vedere che hai compagnia. Ciao, Natalie.

– Ciao, Rita.

Le due si sorrisero calorosamente. Non si erano mai scambiate una parola prima, l'unica cosa che si fossero mai scambiate ero io, e ora all'improvviso sembravano amiche intime. Roba da donne. Io non capivo, e non credo che l'avrei capito nemmeno se me l'avessero spiegato.

Mari Aas e Dan Krane erano lí insieme. Dan evitò il mio sguardo, cosa che non mi sorprese in modo particolare, considerando che avevo intravisto la sua tresca e lui lo sapeva. Era molto piú buffo vedere che lui e Mari si tenevano per mano. Perché era proprio quello che facevano.

Personalmente, ho sempre pensato che anche la macchina piú complicata sia piú facile da capire delle persone.

Feci un cenno di saluto ad Asle Vendelbo e a Jo Aas, che fecero spazio a me e Natalie.

– Contro chi giochiamo? – chiesi loro.

– Kongsberg 2, – rispose Natalie. – È a metà classifica.

La guardai sorpreso e vidi che Vendelbo annuiva in segno di conferma.

Come ho detto: datemi una macchina da aggiustare, piuttosto.

Aas si schiarí la voce senza dire nulla, ma capii cosa voleva: sapere se ci avevo pensato. Cioè, se avevo cambiato idea su Carl. Io sputai un po' di tabacco oltre il bordo della nostra piccola tribuna di legno, e lui fece un cenno impercettibile per dire che aveva capito.

Durante l'intervallo bevemmo birra. Non so come, ma avevano fatto in modo che la tribuna Vip fosse equiparata a un circolo privato e quindi era esente dall'obbligo di licenza per gli alcolici e dal divieto della Federazione calcio di servire alcolici durante le partite. Vendelbo, a nome della banca, versava la birra in bicchierini, e noi bevevamo come se fosse champagne, mentre la feccia là sotto ci guardava e in molti scuotevano la testa, come se ci considerassero bastardi in giacca rossa che partecipavano alla caccia alla volpe. Ma nessuno protestava a voce alta, capivano che in fondo eravamo stati noi o, meglio, erano stati i nostri soldi a permettere alla squadra di guadagnarsi la promozione, e forse l'avremmo fatto ancora.

Verso la fine del secondo tempo la plebaglia a lato della tribuna iniziò a esultare. Visto che in campo non stava succedendo niente di importante, ci voltammo per vedere di cosa si trattava. Sulla torba tra il pubblico e la linea laterale stava arrivando Kurt, con le sue gambe a parentesi traballanti, e si dirigeva verso la tribuna Vip.

Le grida di giubilo si trasformarono in un ritmato «Kurt, Kurt». Lui ridacchiò, fece un cenno con la mano per dimostrare di stare allo scherzo, ma entrambe le parti sapevano che non era uno scherzo, stava arrivando il *loro* re di Os. Kurt rivolse lo sguardo verso gli spalti, mi trovò, e io capii per cosa era venuto.

Questa volta non c'era Johnny con lui, ma non c'erano dubbi che mi avrebbe arrestato per la terza volta in poco tempo, e non era riuscito a pensare a un momento migliore di quello, nel bel mezzo della partita, mentre ero nella tribuna Vip, davanti a tutti. Non ultima Rita. Il che poteva solo significare che questa volta era assolutamente sicuro di avere prove inconfutabili.

Jo Aas, che si era messo a parlare della nuova ala dell'hotel con Natalie, doveva aver capito cosa stava per succedere. Si interruppe, guardò Kurt che stava arrivando e guardò me. Poi fece i tre passi necessari alle sue lunghe gambe per raggiungere la prima fila e tagliò la strada al *sovrintendente*. Gli posò una mano sulla spalla e si chinò verso di lui, parlandogli nell'orecchio. Kurt si fermò ad ascoltare – tutti, a Os, ascoltano quando l'ex sindaco Aas ha qualcosa da dire – e replicò, ma Aas scosse la testa e continuò a parlare. Kurt annuí. Si voltò verso il campo, cosciente di avere tutti gli occhi puntati addosso, si tirò su i pantaloni per la cintura, proprio come faceva suo padre, e finse di guardare la partita. Rita si avvicinò e disse qualcosa, anche lei, ma lui scosse la testa. Dopo qualche altro minuto, controllò l'orologio con ostentazione e se ne andò. Lo seguii con gli occhi finché non si allontanò dietro le baracche tedesche. Rimasi in ascolto del motore della Land Rover, ma c'era troppo vento.

– Cosa voleva Kurt? – chiese Natalie.

– Niente che non possa aspettare un'occasione piú appropriata, – disse Aas. Poi si rivolse a me. – Forse dopo dovresti chiamarlo, Roy. Credo che tu possa aiutarlo con alcune cose che ha in sospeso.

Annuii.

Natalie si era offerta di guidare, perciò avevo bevuto qualche bicchiere di birra, e a un paio di minuti dalla fine della partita le dissi che andavo a fare pipí nel bagno della clubhouse prima dell'ora di punta e che l'avrei aspettata vicino alla macchina.

La clubhouse era deserta.

C'era un basso orinatoio vecchio stile nel bagno degli uomini e io mi fermai lí. Era uno di quelli in cui l'acqua scende secondo uno schema che non mi sono mai preso la briga di capire. Comunque, deve essere stato il rumore dello sciacquone a non farmi sentire la porta che si apriva. Anzi, non mi accorsi di niente finché non sentii un colpetto alla parte bassa della schiena, seguito dalla voce di Kurt.

– Questa è la canna di una Glock-17, Roy. Stai immobile e metti le mani dietro la schiena.

Se una scena del genere fosse accaduta in qualsiasi altro momento della mia vita a Os, avrei riso di una simile parodia.

– Kurt... – iniziai.

– Fai come ti dico, altrimenti diventa resistenza all'arresto, e ciò significa che dal punto di vista legale posso fare di te quello che mi pare. E penso che tu sappia cosa voglio...

– Lasciami solo...

– Subito!

Feci come diceva. Sentii il rumore e il metallo delle manette attorno ai polsi.

– E adesso voltati, – disse.

Mi girai.

– Cazzo! – urlò Kurt, mentre il getto di urina gli bagnava le gambe dei pantaloni. Fece uno scatto all'indietro, ma il flusso lo seguí. Non posso proprio dire di essermi trattenuto. Il getto stava per esaurirsi e gli bagnò i polpacci, ma fu quando colpí la punta degli stivali di pelle di serpente che lui si disperò e iniziò a urlare in modo confuso. Allora perse la testa e, quando il flusso di urina si interruppe, fece due passi avanti e quello che successe fu come una replica, che io avrei ovviamente dovuto prevedere. Mi colpí. Con la pistola. Sulla fronte. Sentii tirare i punti prima che la ferita si aprisse.

Chiusi gli occhi sentendo un liquido caldo che scorreva sulla guancia. Quando li riaprii, la faccia di Kurt era proprio davanti alla mia.

– Ti ammazzerò, – disse. – Lo sai, vero, Roy?

Reagii d'istinto. Non in modo saggio e ponderato, ma nemmeno in preda a rabbia, paura o altre emozioni controproducenti. Fu come se il cervello avesse fatto un semplice calcolo e avesse inviato ordini ai muscoli in base al risultato ottenuto, cioè che dovevo salvarmi. Quindi, con le mani dietro la schiena, piegai appena il collo all'indietro e annuii. Non piano come si fa ad Os, ma veloce come a Årtun. Kurt doveva aver dimenticato il trucco piú vecchio del mondo, il colpo di testa. Sentii qualcosa cedere e le ossa del naso scricchiolarono, proprio come era successo a Fuhr. Lui perse l'equilibrio, scivolò nella pipí e cadde a terra. Si udí un tonfo sgradevole quando la testa colpí le piastrelle di pietra.

Feci quello che avevo fatto con Moe: mi sedetti sul petto di Kurt e gli bloccai gli avambracci a terra con le ginocchia. Sí, era una replica. Tutto era una replica. La mia vita stava girando in un circolo infernale e non sapevo come uscirne, come scendere dal carro. Il sangue mi colò dal mento e finí in faccia a Kurt. Forse fu quello a svegliarlo. Si mosse, aprí gli occhi e mi fissò. Gli ci volle un secondo per rendersi conto di dove si trovava.

– Adesso sei proprio nei guai, Roy, – sussurrò con voce roca.

– Anche tu, – dissi. – Quando usciremo di qui, la gente vedrà che hai picchiato un uomo in manette.

Kurt sbatté le palpebre, una goccia di sangue gli aveva colpito lo zigomo. Sbuffò, doveva sentirsi comunque al sicuro perché non potevo usare le mani. Accennò a dimenarsi.

– Spostati, Roy. Altrimenti ti lancio via.

– Perderai il lavoro, Kurt.

– No. Dirò che sei stato tu a colpire per primo, che ho dovuto metterti fuori gioco eccetera. E che ti ho ammanettato dopo. La dichiarazione di un poliziotto contro quella di un assassino. Chissà a chi crederanno, eh?

Sul suo volto si allargò un sorriso. Era un tipo tosto, dovevo ammetterlo. E forse non era nemmeno cosí stupido come sospettavo. Ma in quell'istante la porta si aprí. Rumore di tacchetti sul pavimento di pietra. Alzai lo sguardo e l'uomo con la divisa dell'Os FC si fermò di colpo. Era la punta di diamante nigeriana, quella per cui avevamo speso un bel po'. Ci fissò nell'improvviso silenzio.

– Mister? – disse in tono interrogativo.

– Sí, Umar?

– Hai bisogno di aiuto?

Kurt girò la testa e guardò il suo campione. – No, Umar. Lasciaci soli, per favore.

Umar rimase a fissarmi. Per essere piú precisi, fissava il mio cazzo che usciva ancora dalla patta e che, mi resi conto in quel momento, era un po' troppo vicino alla bocca di Kurt. Sembrava che stesse cercando di mettere insieme gli elementi del quadro: sangue, sesso, un uomo in manette e il luogo pubblico; poi annuí, come se avesse capito e accettato, e ci voltò la schiena.

La porta si chiuse alle sue spalle e il rumore dei tacchetti si allontanò.

– E cosí la tua versione è andata in fumo, – dissi.

– Spostati.

– Prometti di togliermi le manette?

– Spostati!

Mi alzai. Kurt fece lo stesso, raccolse la pistola che era scivolata sotto il lavandino, tirò fuori la chiave e mi tolse le manette. Io rimisi il pisello nei pantaloni e tirai su la cerniera.

– Sei in arresto, – mormorò lui, porgendomi della carta dal distributore sopra il lavandino.

– Per cosa?

Fece una risatina triste. – Non saprei da dove cominciare.

– Carl? – chiesi mentre mi lavavo via il sangue. Era inutile, continuava a scorrere.

Annuí. Si sfiorò il naso con un dito e fece una smorfia.

– Stamattina è venuto tuo fratello e ha raccontato tutto. Quindi è fatta. Non ho neanche bisogno di una tua confessione. Che però potrebbe attenuare la sentenza, ovvio. Anche se con tutti questi omicidi sarà difficile. Allora, cosa ne dici? Vuoi andare subito in galera o preferisci spiegarti, prima?

– Cosa ti ha detto Aas per non farti venire ad arrestarmi mentre tutti mi guardavano?

Si strinse nelle spalle. – Qualcosa sulla discrezione professionale. L'ha messa giú in modo ragionevole.

– È bravo, Aas.

– Già.

Eravamo lí, ognuno davanti a un lavandino, a sistemarci, mentre l'acqua scorreva dai rubinetti.

– Non puoi provare che sono stato io a colpirti per primo, – disse lui. – Anzi, non puoi neanche provare che ti ho colpito.

– Non ci proverò, – dissi.

– No? E perché?

– Perché comprendo come mai hai reagito in quel modo. Ti ho pisciato addosso, no?

Mi guardò per capire se lo stavo prendendo in giro.

– Cioè, ti ho letteralmente pisciato addosso, – lo rassicurai. E lo stavo prendendo in giro.

Kurt grugní. – Avresti potuto girarti dall'altra parte, almeno.

– Sí, di questo potresti convincere la giuria.

Nello specchio, lo vidi ridacchiare. Sí, stava davvero ridacchiando.

So benissimo perché all'improvviso avevamo assunto un tono cosí allegro. Kurt, perché forse la caccia era finalmente finita. Roy Opgard era stato catturato e suo padre era stato scagionato dal sospetto di essersi tolto la vita. Non ho mai compreso appieno la vergogna del suicidio. Dev'essere perché sembra che uno non sia riuscito a crearsi una vita che vale la pena di essere vissuta. Ma chi può dominare qualcosa di cosí complicato e casuale?

– Allora, posso avere una confessione? – chiese lui.

– Ce ne occuperemo dopo, – dissi. – Prima devo fermare l'emorragia.

Uscimmo dal bagno e andammo nello spogliatoio. I giocatori non erano ancora tutti vestiti, ma salutarono e abbracciarono Kurt. Si vedeva che era davvero amato. La punta di diamante si tenne alla larga, però.

– Stanley, – disse Kurt.

Stanley Spind, che era accucciato e impegnato a muovere e torcere delicatamente il ginocchio di un calciatore, si girò verso di noi.

– Ahi, – disse. – Cos'è successo?

– Siamo scivolati in bagno, – disse Kurt. – Qualcuno ha pisciato sul pavimento e siamo caduti, battendo la testa. Dove hai la roba per ricucirci?

Stanley spostò lo sguardo da lui a me e viceversa. Era ovvio che non aveva creduto nemmeno per un secondo a quella storia, ma aprí la borsa da medico e tirò fuori una scatoletta.

– Sei molto sfortunato, negli ultimi tempi, – disse laconico, ricucendomi di nuovo la ferita sulla fronte. Non ribattei e lui mi rimise una benda.

Poi guardò il naso di Kurt, che aveva iniziato a gonfiarsi. – Posso darti degli antidolorifici e mandarti in otorinolaringoiatria a Notodden, cosí ti fanno una radiografia.

– Si è stortato, – disse Kurt. – Tu puoi farci qualcosa?

– Posso provare a raddrizzarlo, ma sarà dolorosissimo. E mi sembra una brutta frattura, quindi non è detto che funzionerà.

– Vai, – disse Kurt, sedendosi sulla panchina e chiudendo gli occhi.

Rabbrividii, ricordando quando Stanley aveva eseguito il cosiddetto riposizionamento del mio dito indice otto anni prima: mi aveva fatto un male cane.

Kurt non fece una smorfia, non emise alcun suono. Ma il suo naso scricchiolante sí, e anche i giocatori, che gemettero mentre guardavano, inorriditi e affascinati allo stesso tempo. Kurt ringraziò Stanley, si alzò e si avvicinò a me, asciugandosi le lacrime di dolore.

– Allora adesso andiamo a fare un giro, Roy.

Mi mise una mano sulla spalla e uscimmo.

Il parcheggio era vuoto, fatta eccezione per Natalie, in piedi a braccia incrociate accanto alla mia Volvo. Quando ci vide, si immobilizzò.

– Posso…?

– Sí, ma fai in fretta, – disse Kurt.

Andai da lei. Vidi la confusione e la preoccupazione sul suo volto.

– Cos'è successo?

– Carl gli ha raccontato come sono morti i miei genitori.

– Cosa? Ma…

– Devo andare da Kurt adesso. Ti chiamo appena ne so di piú. Okay? – Le diedi le chiavi della macchina e la baciai sulla guancia. – Ti amo.

Lei sbatté le palpebre. – Tornerai… tornerai a casa?

– Sí.

– Sicuro?

– No, ma è probabile.

– Quanto…

– Circa il settantuno per cento.

– Stupido.

Fu l'ultima cosa che mi disse prima che andassi al Suv di Kurt, dove lui mi teneva aperta la portiera del passeggero.

– È diventata una bella ragazza, Natalie, – disse lui avviando la macchina.

– Dove stiamo andando?

– Notodden.

– In prigione?

– Dovrai avere vitto e alloggio adeguati, visto che ci rimarrai per un bel po'.

Nel momento in cui arrivammo sulla statale e la imboccammo diretti a est, il sole fece capolino attraverso la coltre di nubi.

– Ti racconterò tutta la storia, – dissi.

– Meglio che aspetti fino alla polizia di Notodden, cosí la registriamo, – disse lui.

– No, non dirò nulla a Notodden. Quindi è meglio fare una sosta. Meglio per entrambi. Un po' di *snus*, una sigaretta e una storia.

Kurt mi lanciò una rapida occhiata.

– Cosa intendi con «meglio per entrambi»?

– Sai cosa? – dissi, indicando oltre il parabrezza. – L'ideale sarebbe svoltare laggiú, dove la storia in un certo senso finisce.

Kurt guardò davanti a sé strizzando gli occhi. Esitò. Però capí cosa intendevo. Proprio di fronte a noi c'era l'uscita verso la rimessa con la barca che era stata ritrovata alla deriva con a bordo gli stivali di Sigmund Olsen. Per un momento fu incerto, ma poi sbatté le palpebre e frenò.

– Vediamo se la barca tiene, – dissi aprendo la portiera.

– Fai piano, – disse lui. Aveva l'aria di voler estrarre la pistola dalla fondina, ma cambiò idea.

Mi seguí fino alla vecchia rimessa per barche dipinta di rosso, isolata in riva al lago e immersa nel sole pomeridiano. Sulla porta di legno c'era un lucchetto. La socchiusi in modo da aprire una fessura per guardarci dentro. Ed eccola lí, la barca.

– Avete cambiato il lucchetto, – dissi. – Ce n'era uno grande e lucido all'epoca.

– Siamo stati costretti, – disse Kurt, offrendomi una sigaretta. – Le chiavi sono scomparse con papà.

Fu quel «papà», successe qualcosa quando pronunciò quella parola. Capii qualcosa che avrebbe dovuto essere ovvio per me, da molto tempo. Solo che non l'avevo mai sentito chiamare suo padre «papà», e adesso che lo faceva era come se abbassasse la guardia e mi mostrasse non solo la sua vulnerabilità, che certo vedevo, ma altro. Il legame familiare. L'intimità. L'amore per suo padre. Perché pur essendo una vulnerabilità, era anche una forza, impossibile da sconfiggere. Io non avevo amato mio padre, non ero stato amato. E quindi Kurt Olsen mi sconfiggeva ogni volta. Poiché lui aveva uno scopo nella sua caccia, ci trovava un senso. Mentre io stavo semplicemente scappando da qualcosa, non *andando verso* qualcosa. Io lo sapevo, Kurt lo sapeva, e adesso che finalmente aveva vinto era come se l'odio che mi aveva rivolto contro si fosse spento. Come se volesse ringraziare un degno avversario per il combattimento, in un certo senso. Con la trita sportività del vincitore.

Mi sedetti sul pendio davanti alla rimessa delle barche e tirai fuori la scatola del tabacco.

– Ho manomesso i freni e il volante, cosí i miei genitori sono finiti giú nel Salto, – dissi. – In realtà doveva esserci solo mio padre. Abusava di Carl.

– Sí, me l'ha detto –. Kurt si sedette accanto a me e accese una sigaretta.

– Tuo padre l'aveva scoperto e Carl l'ha spinto giú nel Salto.

– Per sbaglio, – disse lui, soffiando fuori il fumo. – Aveva diciassette anni, non lo condannerebbero comunque. E poi?

– Poi ho dovuto aiutarlo. Dovevamo far sparire il corpo. Io l'ho smembrato in officina, l'ho messo nella benna del trattore e ci ho versato dentro detergente professionale Fritz. Come forse saprai, corrode tutto.

Vidi che deglutiva.

– Poi ho preso i suoi stivali e il portachiavi, ho aperto la rimessa delle barche durante la notte, ho tirato fuori la barca, ci ho ficcato dentro gli stivali e l'ho spinta fuori. È tornata indietro, perciò alla fine ho dovuto remare fino ad arrivare nella corrente, dopodiché mi sono tuffato in acqua e ho nuotato fino a riva.

– Un omicidio e una complicità in omicidio, – disse Kurt. – Avevi diciotto anni, quindi c'è un limite agli anni che ti daranno. Ma con Willumsen è peggio.

– Carl ti ha detto che l'ho ucciso io?

– Mi ha raccontato che prima l'hai pianificato e poi l'hai messo in pratica.

Sospirai. Mio fratello non si era davvero trattenuto. – Willumsen ha approfittato del fatto che Carl era in difficoltà, gli ha prestato dei soldi a interessi da usuraio e, quando lui non ha pagato, ha scatenato quel picchiatore danese contro entrambi.

– Quindi li hai uccisi tutti e due?

Mi strinsi nelle spalle. – Legittima difesa, direi. Ho dovuto difendere la famiglia. Capisci, Kurt?

Lui annuí lentamente. – Ma l'ultimo omicidio non è stato per legittima difesa, vero?

– L'ultimo?

– La moglie di Carl.

Quello fu un colpo basso. Davvero Carl aveva detto che ero stato io a uccidere Shannon? L'aveva fatto perché pensava che mi sarei vendicato dicendo a Kurt che era stato lui a ucciderla e quindi aveva giocato d'anticipo? Non aveva alcun senso. Mio fratello era arrabbiato e voleva fermarmi in modo da mantenere il suo posto di lavoro, ma non era diventato stupido. Sapeva che io sapevo che entrambi avevamo molto da perdere se si fosse scoperto che quello di Shannon non era stato un incidente.

– Cosa ti fa pensare che io l'abbia uccisa? – chiesi, lanciando uno sputo cosí lontano che finí in acqua.

– Be', se tua cognata è incinta di tuo figlio e si rifiuta di abortire, il problema deve essere risolto. E hai maturato una certa esperienza nel settore degli sgomberi, perciò… – Fece un gesto con la sigaretta in mano che voleva essere la conclusione della frase.

– Quindi non te l'ha detto Carl, che Shannon è stata uccisa?

Kurt aspirò intensamente dalla sigaretta, forse sentiva che il suo cervello aveva bisogno di piú nicotina per poter valutare se continuare con il bluff oppure no.

– Non ho detto che l'ha detto lui, – rispose.

– Allora è una tua ipotesi?

– Ipotesi... È piú una domanda che sorge spontanea, considerando che tutti quelli che sembrano essere morti per cause piú o meno naturali da queste parti in realtà sono stati uccisi da te e tuo fratello. Ma capisco che tu lo neghi e va bene... – Lasciò cadere il mozzicone di sigaretta sulla lastra di pietra grigia e lo schiacciò. – Quello che ho basta e avanza per incastrarti –. Frugò nella tasca della giacca e tirò fuori un paio di occhiali da sole Ray-Ban autentici, non le imitazioni da poco che vendiamo alla stazione. Li indossò e alzò il viso verso il sole.

– Sai una cosa, Roy? In realtà è un peccato. Perché io ti capisco. A volte ho anche pensato che avrei potuto esserci io al tuo posto. Sí, anche a mettere incinta la moglie di mio fratello, perché quella Shannon era un bel pezzo di figa. Ti capisco perché siamo abbastanza simili, tu e io. Non solo abbiamo gli stessi gusti in fatto di donne, ma siamo dei tipi tosti, perseveriamo dove gli altri si arrendono, finché non otteniamo quello che vogliamo. Siamo fatti cosí –. Mi sorrise. Non il sorriso trionfante di chi ha vinto, ma quello di apprezzamento, invitante, addirittura amichevole di un pari. – Ti perdono, hai fatto quello che dovevi. E penso che se le cose fossero andate in modo un po' diverso, tu e io saremmo diventati amici, Roy.

Annuii. Il sole si stava avvicinando all'Ottertind. Di lí a poco un altro giorno sarebbe finito, e un'altra notte era alle porte. Poi di nuovo. All'infinito.

– Be', ci conviene avviarci, – disse Kurt alzandosi. Continuò a guardarmi sorridente; io rimasi seduto.

– Intendi amici come te ed Erik Nerell? – chiesi.

Il suo sorriso si spense.

– Uno di quegli amici che può farti un favore un po' losco. Un buon amico che può aiutarti a uscire da una situazione difficile in cui ti sei cacciato perché sei stato un po' avventato? Non vuoi sederti, Kurt?

– Perché? – disse con voce raschiante.

– Perché ho detto che ti avrei raccontato tutta la storia. Ed è *questa* la storia.

Il suo pomo d'Adamo si alzava e abbassava. Si risedette.

– Dunque, – dissi. Tirai fuori lo *snus* e lo appoggiai a terra. – Volevi far salire il prezzo di una proprietà che dovevi vendere per la tua fidanzata. Non perché sei avido, ma per dimostrarle che sei un tipo intraprendente. Quindi dici che hai già ricevuto un'offerta per convincere l'acquirente a farne una piú alta. Sembra una cosa abbastanza innocente, tutti i venditori dicono cose del genere: «C'è un sacco di gente che lo vuole, dovresti buttarti intanto che ne hai la possibilità». Solo che quando vendi un immobile ci sono delle regole. Perciò quando l'acquirente – cioè io – conosce un po' queste regole e chiede di vedere per iscritto l'offerta del concorrente, ti rendi conto di quello che hai fatto e vai nel panico. Se ammetti la truffa, non solo perdi la faccia con l'acquirente e la tua fidanzata, ma sei anche colpevole di frode. Non è come rubare una mela, è una vera e propria frode con la *f* maiuscola, di quelle definite dalla legge norvegese. Potresti non solo essere condannato, ma perdere anche il lavoro da agente rurale. E, visti i nostri rapporti, dubiti che mi lascerò intenerire, se lo scopro. Senza contare che Rita è una donna inflessibile, onesta e di solidi principî. Non puoi coinvolgerla in una frode. Al contrario, ti chiederebbe di vedere la seconda offerta. Allora ci pensi e ti viene in mente che, invece di falsificare un documento rischiando che Rita controlli, puoi chiedere a Erik di fingere che sia stato lui a fare l'offerta e gli fai scrivere il prezzo su un foglio di carta. Poi lo mostri a Rita, che probabilmente è un po' sorpresa sia dal fatto che Erik abbia sei milioni e quattrocentomila corone, sia dal suo desiderio di acquistare un campeggio. Ma va bene, pensa lei, Erik ha perso il *Fritt Fall* e lei sa che è un tipo a cui piace avere delle proprietà, essere il capo, quindi perché no? E quando mi mostri il biglietto, ti astieni dal mostrare il nome, perché sai che io sono già sospettoso e andrei a controllare, se sapessi chi è. Invece io prendo l'offerta per buona senza vedere il nome, mi basta l'assicurazione di Rita. È solo che quando vedo la calligrafia con cui è scritta, capisco chi è. È la stessa calligrafia ordinata che vedo ogni giorno sul cavalletto fuori dal *Fritt Fall*. E siccome so benissimo che Erik ha poco da spendere e che voi siete buoni amici, capisco anche cos'è successo. Quindi l'altro giorno ho parlato con lui, che ha ammesso tutto e ha affermato che non gli avevi spiegato che l'altro offerente ero io. Avevi solo detto che era un favore da amico. Che il campeggio era già stato venduto, e che a lui serviva solo un'offerta da far vedere all'acquirente, cosí si sarebbe sentito meglio e non avrebbe pensato di aver pagato un prezzo esagerato. Cosí ci sarebbe stata un'atmosfera serena, no? Quindi ho spiegato a Erik che non l'avevi fatto per l'atmosfera, ma per estorcermi un'offerta piú alta. Che a me avevi fatto tunnel, ma lui, Erik, l'avevi colpito all'altezza delle ginocchia. Non ti nascondo che la sua lealtà si è rivolta altrove, dopo che gli ho dato un terzo del *Fritt Fall* gratis, e che anche lui si è reso conto che lo avevi usato per un trucchetto che avrebbe potuto mandarlo al fresco per complicità in una frode.

Kurt impallidí come uno che aveva il mal di mare.

– Cosí Erik ha firmato un documento che spiega passo passo l'accaduto, e che ora si trova presso un avvocato a

Oslo. Per adesso siamo solo noi tre, con te quattro, a conoscerne il contenuto.

– Per... – Kurt dovette inumidirsi le labbra. – Perché hai mantenuto il segreto?

– Secondo te?

Ci guardammo. Come due pugili esausti al quindicesimo round, lui col naso rotto che continuava a gonfiarsi, io con una benda insanguinata intorno alla testa.

– Perché sapevi che ti sarebbe tornato utile, – disse.

Annuii. E lui sembrò avere un'illuminazione.

– Lo sapevi già quando hai acquistato il campeggio, – disse. – Di essere stato ingannato.

Mi strinsi nelle spalle. – Ho pagato un sovrapprezzo di quanto? Poco piú di un milione? Credo che ne sia valsa la pena, come assicurazione.

– Mi hai trasformato in un truffatore.

– Ah, no, hai fatto tutto da solo, Kurt. Io semplicemente non ti ho fermato.

– Cazzo.

Pronunciò l'ultima parola emettendo cosí tanta aria che per un attimo mi chiesi se dovesse vomitare. Forse mi ero immaginato che quel momento sarebbe stato dolce e piacevole. Ma stranamente non fu cosí. Perché mi dispiaceva per lui, accidenti se mi dispiaceva.

– E quindi eccoci qui, – dissi mettendogli una mano sulla spalla. – Sulla stessa barca e con un bel po' di merda l'uno sull'altro.

– Era questo che intendevi per «controllare se la barca tiene»? – disse sconsolato.

– Qualcosa del genere, – dissi, dandogli una pacca di conforto sulla spalla. – Se teniamo la bocca chiusa entrambi, la barca rimarrà a galla.

– È una situazione perversa, – sussurrò lui.

– Sono d'accordo.

Si accese un'altra sigaretta. – Immagino che tu abbia pensato anche al dopo, Roy. Cosa suggerisci di fare adesso? Cancelliamo tutto e andiamo ognuno per la sua strada?

– Il problema è Carl, – dissi.

– In che senso?

– Quando si renderà conto che non mi arresterai, potrebbe andare alla polizia di Notodden o di Oslo.

– Okay, ma quello non posso impedirglielo.

– Devi farlo. Altrimenti il mio avvocato renderà pubblico il documento. Senza nominare Erik, tra l'altro.

– Ma cazzo, Roy, come credi che possa fare a fermare Carl?

– Carl è razionale. È venuto da te perché sapeva che gli avresti proposto un patto che l'avrebbe tenuto fuori. Non è detto che otterrebbe la stessa cosa, altrove. A meno che tu non ti metta d'accordo coi tuoi colleghi. Ma senza questa garanzia non rischierà di essere accusato di complicità nell'omicidio di Willumsen, per esempio. Quindi, se non gli fai questo favore, io e te saremo abbastanza al sicuro.

– Dici?

– Sí. Inoltre, quando il consiglio di amministrazione dell'*Os spa* avrà scelto un nuovo presidente, per Carl la corsa sarà comunque finita e non avrà piú nulla da guadagnare a sganciare bombe nucleari.

Kurt si grattò la zazzera. – Sei suo fratello, quindi di sicuro lo sai meglio di me.

Ci alzammo e ci avviammo verso la macchina mentre lui parlava al telefono con la polizia di Notodden e cancellava la richiesta d'assistenza per l'interrogatorio e la cella di detenzione.

Riagganciò e si mise al volante. Io occupavo il sedile del passeggero. Fece inversione, e stavamo aspettando che finissero di passare le auto in entrambe le direzioni sulla statale, quando la domanda mi sfuggí di bocca, semplicemente.

– Mi odi, Kurt?

Lo vidi pensare mentre guardava a destra e a sinistra per cogliere il momento giusto e immettersi. Accelerò, e solo quando fummo sulla strada per Os a velocità di crociera, e io mi ero convinto che avesse dimenticato o scelto di ignorare la domanda, rispose.

– L'ho creduto per molti anni, Roy. Ma immagino che fosse la solita cosa.

– La solita cosa?

– Quando odi qualcuno cosí intensamente, è perché odi te stesso.

Proseguimmo in silenzio mentre io guardavo fuori dal finestrino e pensavo a papà. Il sole tramontò dietro l'Ottertind. Presto l'oscurità, che a Os non cala ma si alza dalla terra, sarebbe arrivata.

Quando tornai a casa raccontai a Natalie cos'era successo.

Mi ascoltò a bocca aperta, con lo sguardo incredulo.

Quella notte non facemmo l'amore, ma ci tenemmo stretti nel sonno, tanto da sudare, come se entrambi stessimo sognando che l'altro stava per cadere in mare.

## Capitolo 43

– Mi vuoi sposare?

Era la prima volta nella mia vita che mettevo insieme quelle tre parole. Natalie sbatté le palpebre alla luce del mattino, con gli occhi assonnati, e si guardò attorno come per controllare se la domanda fosse rivolta a qualcun altro.

Ero in ginocchio accanto al letto con una tazza di caffè appena fatto in una mano e nell'altra un piatto con un tovagliolo, una fetta di pane e formaggio e una scatoletta di velluto rosso con un anellino d'oro. Lei afferrò la fetta, le diede un morso e masticò alzando lo sguardo al soffitto.

– Okay, – disse, come se la domanda riguardasse il sapore della fetta di pane. Poi esplose in una specie di risata isterica e non fece in tempo a mettersi la mano davanti alla bocca prima di schizzare pane bagnato e formaggio su tutto il piumone. Pulimmo con il tovagliolo.

– Riproviamo? – chiesi.

Lei annuí.

Uscii dalla stanza, rientrai e mi inginocchiai accanto al letto. Ripetei quelle tre parole, per la seconda volta in vita mia.

– Sí, – disse lei, forte e chiaro, ricominciando a singhiozzare e ridere.

– Ri-riproviamo? – chiesi.

– Stupido, – disse, trascinandomi a letto con lei e usando la mia maglietta per asciugarsi le lacrime. – Baciami, stupido.

Recuperammo ciò che ci eravamo persi durante la notte, poi lei tirò fuori l'anello dalla scatola. – Che bello, – disse, cercando di infilarselo all'anulare. – Pensavi che avessi le dita cosí magre? – disse ridendo. Quando alzò lo sguardo e vide l'espressione sul mio viso, si fece seria.

– Non l'hai comprato per me, vero?

Annuii. – L'avevo comprato per Shannon, ma non sono mai riuscito a darglielo. Ora lo regalo a te. Va bene?

Era come se dietro i suoi occhi vedessi scorrere il ragionamento. *Se va bene essere la numero due, vuoi dire? Hai preferito risparmiare piuttosto che acquistare un nuovo anello? Oppure vuoi che lo indossi cosí puoi immaginarti che io sia Shannon, quella che davvero ami ancora?*

Non lo so, suppongo che abbia pensato queste cose, come le avevo pensate anch'io. Ma poi il suo sguardo duro si addolcí, come se Natalie avesse capito qualcosa. Che qui in montagna non si buttano le cose utilizzabili, nemmeno quelle che hanno un valore simbolico. Il nostro amore è poco sentimentale, come la natura e le condizioni di vita. Ami qualcuno, lo perdi e piú avanti, se sei fortunato, ami qualcun altro. Puoi fingere, inventarti una storia mielosa piena di romanticismo, ma sarebbe una bugia, e io e Natalie avevamo un patto a questo riguardo. Niente bugie.

– È bello, – disse a voce bassa, facendo scorrere la punta del dito sull'anello. – Andrò da un gioielliere e lo farò allargare.

Ci addormentammo e quando mi svegliai ero solo a letto. Mi alzai e trovai Natalie davanti al portatile in soggiorno.

– Sono stata convocata per un colloquio a Lillehammer, – disse. – Sto rispondendo adesso.

– Quel lavoro da direttrice?

– È un piccolo albergo. Ma Lillehammer ti piacerà. E probabilmente riuscirai a vendere il distributore a buon prezzo.

Risi, ma poi mi resi conto che non stava scherzando. O forse solo un po'. Lei fece un sorrisetto. – È solo un colloquio preliminare.

– Riceverai altre offerte, – dissi. – Cosa ci vorrebbe per trattenerti a Os?

Si strinse nelle spalle. – Le solite cose.

– Le solite cose?

– Una paga piú alta, un lavoro migliore, una casa piú bella, un marito. In quest'ordine.

– Ora il marito ce l'hai e questa casa non è male, no?

Scosse la testa, continuando a scrivere. – Troppo piccola per due. O tre, magari.

Mi sembrò che il cuore saltasse qualche battito. Lei alzò lo sguardo dal portatile e rise.

– Ti sei spaventato? Rilassati, sto scherzando. Le donne incinte non cercano nuovi posti di lavoro –. Riprese a digitare.

– Si può trovare una casa piú grande, – dissi. – Carl se ne va.

– La casa di mio padre è piú grande, – disse lei.

– Vorresti vivere lí? Con...

– Con quei brutti ricordi? Ma non è lo stesso a Opgard? Non è per questo che tuo fratello sta costruendo una nuova casa?

– In parte sí, ma probabilmente lo fa per lo stesso motivo dello scricciolo.

Natalie rimase confusa per un momento, ma poi si ricordò. E capí.

– Vuoi dire che deve costruire un nido che piaccia a Mari Aas?

Annuii.

– Cosí possono essere il re e la regina di Os, – disse lei.

– Già. È quello che Mari e Dan pensavano di diventare una volta trasferiti qui. Ma non è successo, quindi lei adesso cambia maschio.

Natalie rifletté. – Ma hai visto che lei e Krane si tenevano per mano alla partita?

– Sí.

– Perché, se sta per lasciarlo?

Mi strinsi nelle spalle. – Forse sanno che girano voci di una separazione e vogliono smentirle.

– No, – disse lei, spingendo via il portatile. – È per via di Irini.

– Irini?

– La governante dell'hotel, quella che hai visto scendere dall'auto di Krane. Mari ha saputo della loro relazione.

– Dici?

– Sí.

– E allora?

– E allora accade una cosa strana. Mari si rende conto che l'uomo per cui ha perso interesse e di cui non si fida è attraente per gli altri. Che forse sarà *lui* a lasciarla. Ergo lo riscopre e lo rivuole indietro.

– Desiderio mimetico? – Mi passai la mano sulla benda. – Ma secondo la teoria, Mari dovrebbe considerare Irini un modello da imitare, e anche se Mari viene da una famiglia del Partito laburista, non è… come si dice? Un tipo egualitario.

– Non puoi racchiudere tutta la realtà in quelle teorie, – sospirò Natalie, tornando al portatile.

Jo Aas mi telefonò mentre ero al campeggio a ispezionare alcuni bungalow. Mi invitò per un caffè e andai da lui. Mi accolse sulle scale in cardigan e pantofole. La moglie, Elin, ci serví caffè e *kransekake,* la torta tradizionale norvegese, nel soggiorno con vista sui campi, talmente ampi e ondulati che era facile immaginare di trovarsi in uno dei villaggi di pianura della Norvegia orientale. Da lí, non si vedevano la statale e nemmeno il lago di Budal o la casa che Carl aveva costruito, ma era comunque magnifico, e glielo dissi.

– Eh, ma è una casa un po' troppo grande per due anziani, quindi ci trasferiremo nell'alloggio del contadino, col nuovo anno, – disse Aas, indicando con un cenno del capo la casa dove vivevano sua figlia e Krane. – Loro hanno bisogno di piú spazio adesso, sai.

Io non risposi. Se fingeva o se davvero non sapeva dei piani di Carl e Mari, non ne avevo idea.

– In qualità di presidente uscente, ho pensato che fosse una buona idea dare qualche suggerimento al mio sostituto, – disse. Aspettò che sua moglie uscisse dal soggiorno prima di continuare. – Il consiglio generale è quello che ci si potrebbe attendere da un uomo piú anziano a uno piú giovane: non agire *übereilen*. Non farti prendere dalla fretta. È la radice di molti mali, Roy.

Io continuai a masticare. – Buona questa torta.

– Per la maggior parte delle persone, dare un taglio ai legami familiari è piú drammatico di quanto si aspettino. Sapevi che Elin proviene da una famiglia di testimoni di Geova?

– No.

– Le regole sono che o sei con loro o non possono avere contatti con te. Elin ha smesso di credere in ciò che predicavano abbastanza presto, ma non è stato per quello che ha dovuto tagliare i ponti. È perché si è messa con un esterno come me –. Sorrise, senza che il volto granitico, identico a quello sui manifesti di propaganda politica, si addolcisse. – È una storia che si ripete e tutti quelli come noi credono che sia l'unico lieto fine possibile. Ma si sbagliano –. Mescolò il caffè. – Elin ha ancora dei momenti in cui dubita di aver preso la decisione giusta. E so cosa ti stai chiedendo. Se davvero pensa che preferirebbe fingere una fede per far parte della comunità piuttosto che vivere nella verità al di fuori di essa. E la risposta alcuni giorni è sí, e alcuni giorni no –. Mi guardò. – Prendi Mari. Lei ha una famiglia e sappiamo che non è sempre appagante, specie per voi che siete giovani e... sí, avete semplicemente piú esigenze. Ecco perché succede che dimentichiate quanto è importante la famiglia, e noi che siamo piú anziani e, in teoria, piú saggi dobbiamo ricordarvelo. Riportarvi sulla strada giusta, quella verso il lieto fine.

Non potei fare a meno di annuire. Jo Aas sapeva tutto di Mari e Carl. Forse anche di Dan e della donna che lavorava all'*Os spa*. Non era stato il desiderio mimetico o qualche altro strano motivo a riunire Mari e Dan. Era stata una filippica del vecchio sindaco. La minaccia di troncare i legami familiari, forse addolcita con la promessa della casa padronale se avessero fatto come diceva. Ma perché Aas era intervenuto solo adesso? La risposta mi era altrettanto chiara. Adesso sapeva che Carl Opgard sarebbe stato licenziato e che avrebbe dovuto affrontare un futuro incerto, e per lui non valeva piú la pena che la figlia divorziasse.

– Quando Carl e Mari stavano insieme, da ragazzi, Carl era come un figlio per me, – continuò. – Come sai, l'ho aiutato a ottenere quella borsa di studio per gli Stati Uniti. E forse è perché, in un certo senso, ho contribuito a tracciargli il percorso, che sento una certa responsabilità per la situazione in cui si trova adesso. Pertanto, mi sento obbligato a chiederti di stare molto attento al modo in cui tratti tuo fratello in queste spiacevoli circostanze.

– Grazie, – dissi. – Ci proverò. Tutto qui?

– Sí, – disse Aas.

Mangiai l'ultimo pezzetto di torta e mi alzai.

– Un'ultima cosa, – disse lui quando fummo in corridoio. – Stavo proprio parlando con Dan. Un certo Fuhr della GeoData ha indetto per questo pomeriggio una conferenza stampa sulla statale.

La torta che stavo ancora masticando mi si gonfiò in bocca.

– Speriamo che non siano brutte notizie per Os e per l'*Os spa*, – disse Aas, aprendomi la porta. – Allora, ci vediamo domani alla riunione del consiglio?

Conferenza stampa.

Fuhr sarebbe andato avanti.

Lungo la discesa da casa di Aas premetti a fondo l'acceleratore, come se dovessi raggiungere qualcosa. Ma era troppo tardi, era finita, me ne rendevo conto. Perché se un maledetto pilota kamikaze imbottito di steroidi ha deciso di mandare tutto al diavolo, non hai possibilità di salvezza.

Ovvio. Cosa mi ero immaginato?

Dopo essermi sbarazzato di Kurt Olsen, che era la mia piú grande vulnerabilità, ero diventato cosí presuntuoso da pensare che sarei riuscito a evitare qualsiasi pezzettino di asteroide? Che avrei raggiunto il livello piú alto del gioco, dove l'orizzonte è sgombro e si tratta solo di navigare verso il tramonto?

Tuttavia, come ho detto, l'uomo pianifica e Dio ride.

Dovetti ridere anch'io.

Mi accorsi che il tempo in un certo senso sottolineava la situazione, proprio come accadeva nei romanzi delle Brontë che leggeva Rita. Perciò, in quel preciso istante, era bello e parzialmente nuvoloso, ma nel pomeriggio sarebbe piovuto, e intuivo già le pesanti nuvole che si stavano accumulando a ovest.

Natalie mi guardò sorpresa quando entrai in soggiorno e le proposi di fare la stessa passeggiata che avevamo fatto la prima volta.

– Adesso?

– Il tempo non reggerà.

Lei sospirò. – Di solito una passeggiata significa che hai qualche confessione raccapricciante.

– Pensi che possa superare quello che sai già?

– Tutto può essere superato. Forse hai mangiato dei bambini.

– Vieni o no? – ripetei.

– Sono il tuo piviere, – disse, chiudendo il portatile e andando a cambiarsi.

La guardai.

Sul sito dell'«Os Blad» lessi che la conferenza stampa alla GeoData si sarebbe tenuta alle sei. Avevo quattro ore prima che si scatenasse l'inferno. Prima di perdere tutto. E poi mi venne in mente una cosa: che non era una tragedia perdere l'*Os spa*, il distributore di benzina e le montagne russe, se avessi avuto Natalie. Perché le credevo. Lei era il piviere, la compagna del solitario, non come Mari, lo scricciolo che badava piú al nido che all'uomo.

– Continuo a non avere gli scarponi da trekking, – mi gridò dal corridoio.

– Carl è al lavoro, prenderemo le scarpe di mia madre a Opgard. Cosí posso prendermi anche qualche vestito.

– Okay.

Andammo con la sua macchina e sulla strada per Opgard le raccontai della conferenza stampa. E il pensiero mi attraversò di nuovo la mente. Quanto era liberatorio avere qualcuno a cui poter dire qualsiasi cosa? Be', tranne una. A un certo punto era stato cosí anche con Carl, ma ormai sembrava fosse passata un'eternità.

– Quindi Fuhr presenterà un rapporto rivisto dove dirà che la galleria si può costruire, – disse Natalie, scalando per imboccare la prima ripida salita.

– Sembrerebbe di sí.

– Allora perché non lo chiami e gli dici che sei d'accordo con le richieste? Probabilmente è quello che si aspetta.

– Perché non si fermerà qui. È imbottito di steroidi e avanzerà nuove richieste.

– Ma hai altra scelta?

– Posso scegliere di lasciar accadere ciò che deve accadere.

– Quindi tutto quello per cui hai lavorato va a puttane?

– Sí, tutto. Tutta questa merda –. Non osavo guardarla, mi limitai ad aspettare di sentire la sua reazione. Che arrivò.

– Okay –. Leggera come un passerotto a primavera.

– Okay?

– Se pensi che sia una merda, allora che vada a puttane. Sul serio. Puoi fare il padre di famiglia a Lillehammer. Poco fa mi hanno chiamato e quando ho detto che non ero sicura di essere disponibile per un colloquio, mi hanno piú o meno offerto il lavoro al telefono.

– Davvero?

– Sí. Quindi abbiamo una scelta, tesoro.

Soppesai la sua idea. Vendere tutto, compreso Opgard, e andarsene. Un nuovo inizio. Questo era stato il mio sogno, un tempo. Mi era stato portato via insieme a Shannon. Potevo ancora realizzarlo? Riflettei. Di sicuro potevamo trasferirci, bastava farlo. Quindi cosa mi tratteneva? Ero diventato vecchio e avevo paura del cambiamento? No, non era quello, era lei. Era l'idea di mettere la mia vita nelle mani di qualcun altro.

– Fidati di me, – disse.

Mi voltai e la fissai incredulo. – Cos'hai detto?

– Fidati di me, – ripeté.

Deglutii. Mi leggeva anche nel pensiero, adesso?

– Ti amo, – dissi. Suonò imbarazzante, ma era vero.

– E quanto?

– All'infinito –. Era proprio vero.

Senza distogliere lo sguardo dalla strada, si chinò e mi baciò sulla guancia. Sí, mi fidavo di lei. Forse il nuovo rapporto avrebbe portato a un esame piú attento di ciò che era accaduto al momento della stesura del primo, forse un giorno avrebbero scoperto l'accaduto, anche se Fuhr ovviamente avrebbe cercato di evitarlo. In ogni caso, con Natalie al mio fianco non mi sembrava una gran catastrofe.

Cosí pensai, in quel momento.

Cinque minuti prima della catastrofe.

Tutte le catastrofi dovrebbero avere dei preludi. Una preparazione, un avvertimento di ciò che avverrà, come quella conferenza stampa. Come quei secondi in cortile in cui papà mi guarda prima che lui e mamma salgano in macchina e se ne vadano. Come Carl che mi chiama e dice che qualcosa non va. Come l'abbaiare di un agente rurale che ti sta alle calcagna cercando di azzannarti. Come il rimbombo in montagna prima della frana.

Ma non è sempre cosí. A volte, quando ti rendi conto che il disastro non sta arrivando, ma è già accaduto, il sole splende in un cielo senza nuvole e gli uccelli cinguettano.

Ero di sopra in camera mia a infilare magliette, calzini e mutande in una borsa che avrei messo in macchina e portato da Natalie dopo la passeggiata. La sentii battere i piedi mentre indossava gli scarponi da trekking di mia madre giú nell'ingresso in fondo alle scale.

Presi altri vestiti e sentii lo stridore di una sedia al piano di sotto.

Misi in valigia un paio di giubbotti e due camicie stropicciate. Avrei potuto stirarle e poi mettermi elegante prima di servire a Natalie una bella cena.

Nell'ingresso era sceso il silenzio. Guardai in un paio di cassetti per vedere se trovavo qualcosa che mi potesse servire, richiusi la cerniera della borsa e scesi le scale.

Natalie era in piedi sulla panchetta e mi voltava la schiena. Una spalla e un braccio pendevano in un modo che non avevo mai visto, come attaccati al filo a piombo. L'altro braccio era sollevato e la mano sfiorava ciò che pendeva proprio davanti al suo viso: un fucile Remington. Quello di suo padre. Il fucile di mio padre, identico, era appeso al muro nel fienile di Moe. E, ovviamente, la porta era stata chiusa a chiave dopo la morte di suo padre e io non avevo ancora trovato una scusa per chiederle di prestarmi la chiave in modo da andare a scambiare i fucili. Avevo sperato che quell'occasione arrivasse. Ma non sarebbe successo.

Natalie sfiorò con la mano la parte posteriore del calcio di noce, l'unica cosa che distingueva i due fucili e che bisognava sapere dove fosse, per vederla: un cuoricino che la figlia aveva inciso in omaggio a suo padre.

Poi si voltò. Le scese una lacrima su ciascuna guancia, quella a destra andava piú veloce. Io mi ero fermato sul secondo gradino in modo che fossimo alla stessa altezza, come se entrambi fluttuassimo sopra il pavimento. C'era talmente tanto silenzio che si riusciva a sentire il suo respiro rapido e tremante. Scese dalla panchetta e si tolse gli scarponi da trekking. Infilò i piedi nelle sue scarpe, tirò fuori qualcosa dalla tasca e lo posò sulla panchetta. I movimenti non furono affrettati o titubanti, ma efficienti, e il viso – lacrime a parte – sembrava risoluto: il viso di una persona che aveva deciso, che si era rassegnata al fatto di avere un'unica scelta. Fu la sua apparente, totale assenza di rabbia a farmi capire che quella scelta era definitiva. Le persone in preda all'ira a un certo punto si calmano e allora potrebbero vedere la questione in modo leggermente diverso. Ma Natalie non sembrava nemmeno sorpresa, proprio come chi ha avuto la conferma di qualcosa che aveva in parte sospettato, le cui conseguenze aveva già preso in considerazione.

– Già, già, – disse. Nel senso di «Già, già, cosí è la vita» oppure «Già, già, capita» oppure «Già, già, almeno ci abbiamo provato». Poi si strinse nelle spalle, aprí la porta e se ne andò.

Io rimasi paralizzato.

Sentii il motore avviarsi e l'auto allontanarsi.

Solo allora lasciai cadere la borsa, mi avvicinai alla panchetta e vidi l'anello.

## Capitolo 44

Mi svegliai di soprassalto e intorno a me era buio pesto. Un rumore profondo e rimbombante si spense a poco a poco.

Il temporale. Avevo avuto un incubo. Non con i sette vecchi fantasmi che mi inseguivano e nemmeno con quello nuovo, l'idraulico Moe. Stavolta l'incubo era che Natalie mi aveva lasciato per la terza volta e papà mi urlava nell'orecchio «tre strike e sei fuori» come faceva quando insegnava a me e Carl a giocare a baseball in cortile. Quindi sí, risvegliarsi fu un sollievo finché non mi ricordai che la realtà non era molto meglio. Mi rigirai in quello che pensavo fosse il letto e caddi dal divano. Atterrai sul pavimento, sentii l'odore del logoro tappeto persiano che papà aveva portato dall'America e capii di essere in soggiorno. Le lancette dell'orologio da polso brillavano appena: le 11.30. Ricordavo vagamente cos'era successo dopo che Natalie se n'era andata. Non molto, in pratica.

Avevo spento il telefono e iniziato a bere le bottiglie di Budweiser che Carl aveva comprato a Notodden, anche se lui stesso era d'accordo nel giudicarle piuttosto scialbe. La tv e la radio erano rimaste spente mentre mi ubriacavo per attenuare un po' il dolore che mi assaliva non appena pensavo a Natalie. Mi bastava la birra, questa volta non avevo intenzione di prendere la scorciatoia. Mi bastava dormire.

Adesso che mi ero svegliato, mi sembrava tutto abbastanza tranquillo. Mi venne un pensiero folle. Che Natalie avesse chiamato, che avesse cambiato idea e volesse portarmi a Lillehammer o da qualsiasi altra parte. Mentre cercavo a tentoni il telefono che avevo lasciato sul tavolo rovesciai le bottiglie di birra vuote, che tintinnarono.

Un lampo illuminò per un attimo il soggiorno e vidi il telefono appoggiato sopra un libro. Lo accesi mentre il tuono rimbombava. Sette chiamate perse e due messaggi di testo. Niente da parte di Natalie. Sospirai. Tre delle chiamate erano di Carl, due di Dan Krane e una di Jo Aas. I due messaggi di testo erano di Dan Krane. Aprii il primo.

> Ho provato a telefonarti. Tu sei un investitore importante a Os e l'«Os Blad» vorrebbe un tuo commento su quanto emerso nella conferenza stampa della GeoData sugli errori nel loro rapporto precedente.

Per poco non scoppiai a ridere. Non sapevo bene quali sarebbero state le conseguenze per me, cosa avrei perso, ma era tutto insignificante in confronto all'aver perso Natalie. Certo, la stazione di servizio, il parco divertimenti e magari anche l'*Os spa* sarebbero andati in fumo, ma almeno sarebbe stato un avvenimento epico. Un fallimento in grande stile. Sí, mi venne proprio voglia di ridere mentre aprivo il secondo messaggio di testo.

> Posso avere un tuo commento su questa tragedia e sulle accuse di frode a Fuhr e alla GeoData?

Avrei potuto chiamare Krane e commentare che la parola «tragedia» doveva essere usata per definire mutilazioni, morti e pene d'amore, non per parlare di strade da ampliare o dello spopolamento che colpiva le campagne norvegesi.

Com'era il detto? Che la morte di Os era pane per Todde? A proposito, non mangiavo niente da colazione. Decisi di mangiare qualcosa, andare a letto e alzarmi presto. Mancavano dieci ore alla riunione del consiglio e avevo molto da preparare alla luce della nuova situazione. Una cosa era destituire Carl e nominare me stesso direttore generale, un'altra questione altrettanto importante era decidere se interrompere la costruzione della nuova ala ora che la statale sarebbe stata spostata.

Mi alzai per andare in cucina e, senza accendere la luce, tagliai qualche fetta di pane casereccio, trovai in frigo del prosciutto cotto e mi sedetti al tavolo vicino alla finestra. Mangiai fissando il muro nero dell'oscurità. E in quel momento mi colpí la rapidità con cui la mia mente si era distolta dalla rottura con Natalie per concentrarsi sulle questioni pratiche. La statale, la riunione del consiglio, il cibo. La stessa cosa era accaduta quando Shannon era morta. Forse era istinto di conservazione. Allora, probabilmente, significava che dopotutto volevo vivere.

Un nuovo lampo solcò il cielo.

E fu allora che lo vidi.

Di nuovo.

Il lupo.

Doveva aver rovesciato il piccolo bidone dell'immondizia vicino al fienile, e in quell'istante di luce lo vidi con il muso infilato tra i rifiuti che ne erano caduti fuori.

Poi fu di nuovo buio.

Dovetti sbattere le palpebre. L'avevo visto davvero? Era stato come quell'anno in cui zio Bernard era tornato dagli Stati Uniti con un View-Master, o minicinema, come lo chiamavamo a Os, per me e Carl. Erano i visori VR dell'epoca e mostravano foto illuminate che regalavano un'affascinante esperienza 3d. Il nostro View-Master aveva foto del Grand Canyon e delle Montagne

Rocciose. Era bello, ma le montagne in realtà impressionavano di piú la gente di pianura che noi quassú. L'immagine che io guardavo, senza stancarmi mai, era quella di un grande puma giallo su un pendio. Non per via della montagna, appunto, ma perché mi sembrava cosí solitario, là dov'era. Avevo cercato sull'enciclopedia di papà e c'era scritto che il puma cacciava e viveva da solo in un vasto territorio. Il maschio voleva compagnia solo quando trovava una femmina in calore. Allora, se lei lo permetteva, si accoppiavano e rimanevano insieme due settimane. C'era scritto cosí. Due settimane, né piú né meno. Poi il maschio si rifugiava di nuovo nella solitudine per continuare a governare il suo regno vuoto. Era davvero triste, ma in senso positivo, non so come spiegarlo. Sei nato puma, è la tua natura e fai quello che è necessario, quello che devi, non c'è bisogno di piagnucolare. Ma è ovvio che, se sei un lupo, un animale emarginato dal branco che deve rovesciare i bidoni per sopravvivere, allora è diverso.

Fissai nell'oscurità, aspettando un altro lampo. Per vederlo. Per vedermi. Il re della spazzatura. Un disgraziato che sacrifica la sua dignità sull'altare della sopravvivenza, come facciamo tutti. Spostiamo semplicemente il confine di ciò che chiamiamo dignitoso, cambiamo la definizione in modo da poter vivere con noi stessi. Anche chi uccide quelli che si mettono sulla sua strada e ruba la moglie e il lavoro al proprio fratello sente di avere un onore da difendere. E lo difende in modo piú disperato di tanti perché la linea non può essere spostata oltre, non rimane piú molta dignità da erodere.

Alla fine un altro lampo illuminò il cortile. Ma il lupo non c'era piú.

Accesi la luce e continuai a mangiare. Cercai di non pensare, di concentrarmi solo sul temporale. Era difficile capire se stesse arrivando o allontanandosi.

Dopo un po' buttai via gli avanzi, sciacquai il piatto ed ero in piedi accanto allo sportello aperto del frigorifero quando sentii un altro rumore. La Bmw di Carl. Andai alla finestra e lo vidi entrare in cortile. Invece di parcheggiare davanti alla casa, però, salí la rampa ed entrò nel fienile. Spense il motore e per alcuni secondi fu buio pesto prima che la luce al neon sul soffitto lampeggiasse alcune volte e si accendesse. Carl era nascosto alla vista dal muro su cui si trovava l'interruttore e ci volle un po' prima che riapparisse. Scese la rampa, vide il bidone rovesciato e la spazzatura nel rettangolo illuminato che si allargava davanti alla porta, ma non fece nulla. Cosa stava combinando? Era ubriaco? Si avvicinò alla casa in controluce, e sapevo che aveva visto la mia sagoma, stagliata nella finestra della cucina.

– Cosa ci fai qui? – chiese quando entrò in cucina, dove io ero seduto ad aspettarlo.

– Be', ci abito, – dissi.

– Ah, sí? – Era rimasto in piedi sulla soglia. La voce era bassa, inanimata. – Dov'è la tua macchina?

– C'era anche Natalie. Abbiamo usato la sua.

– E adesso se n'è andata?

Annuii.

– Allora forse hai tempo di aiutarmi con la mia.

– C'è qualcosa che non va?

– I freni, – disse. – Non funzionano come dovrebbero.

– Posso guardarci domani mattina.

– Preferirei farlo adesso.

I nostri sguardi si incontrarono. Sembrava sobrio. Mi strinsi nelle spalle.

Mi precedette nel cortile mentre io mi guardavo intorno, anche se ero sicuro che il lupo fosse ormai lontano.

Ci fu un altro lampo seguito da un tuono lacerante. E, come se il cielo si fosse squarciato davvero, cominciarono a cadere pesanti gocce di pioggia. Salimmo di corsa la rampa ed entrammo nel fienile. Un altro lampo ancora, poi i tuoni e la pioggia aumentarono rapidamente di intensità e, dopo pochi secondi, nel buio si sentí martellare sul tetto di lamiera e sulla rampa. Carl si sedette al posto di guida e aprí il cofano.

Io lo sollevai e mi ci appoggiai contro. Controllai il liquido dei freni.

– Sembra tutto a posto, – dissi.

Non ricevetti risposta e capii che dovevo gridare per via del tamburellare assordante sul tetto.

– Sembra tutto a posto! Dobbiamo guardare…

Quando alzai gli occhi verso il sedile del conducente vidi che Carl non era piú seduto lí. Mi bloccai.

– Va bene, – sentii la sua voce proprio dietro di me. E nello stesso istante lo seppi.

– Mi sa che allora funzionano –. Nonostante fosse vicino a me, dovette alzare la voce. – Ma non mi fa piacere saperlo. Voglio dire, oggi mi sono preoccupato quando ho scoperto che la Scientifica ritiene che i freni dell'auto di Shannon avessero qualche problema e sarebbe per quello che è uscita di strada.

Non mi voltai. Rimasi ad ascoltare la pioggia. E il rumore di un altro tuono, adesso erano sempre piú frequenti.

– Voglio dire, era la mia macchina, – continuò lui. – E so che i freni erano a posto, l'ultima volta che l'avevo guidata. Quindi mi è venuto da pensare. Tu e Shannon avreste avuto un figlio, forse eravate anche felici di averlo, avevate fatto dei progetti. Solo che io vi bloccavo la strada, per diverse ragioni. Allora, cos'avete fatto? È abbastanza ovvio. Se devi fare qualcosa di rischioso, ma che ti è già venuto bene, riutilizzi lo stesso metodo, giusto? Hai manomesso i freni della mia macchina come avevi fatto con quelli dell'auto di papà. Cioè, devi aver trovato un modo piú raffinato, visto che la Scientifica in questo caso non sospetta nulla di criminale. Se non avessi picchiato a morte Shannon prima di andare alla riunione degli investitori dell'*Os spa* quella sera sarei morto io, non lei. Vero, Roy?

Mi voltai lentamente.

Carl era a due metri da me con il fucile da caccia all'altezza del petto. Aveva il dito sul grilletto e le due canne erano puntate dritte su di me. Mi conosceva, sapeva che avrei potuto provare ad attaccarlo. E questa volta non avevo la catena della bici.

– Riutilizzo, – dissi io.

– Cioè?

– Anche tu hai scelto lo stesso metodo. Quello che hai usato quando hai sparato a Dog. Solo che forse ripetiamo anche gli stessi errori. Tu non sei riuscito a uccidere Dog, l'hai solo ferito. Ed è stata una sfortuna. Come pensi di riuscire a uccidere tuo fratello?

Carl sorrise. – Caro Roy, forse è vero che la prima volta è stata la piú difficile, o forse è una stronzata, ma comunque dopo ho ucciso altre due volte. L'agente rurale e Shannon. No, aspetta, contando tuo figlio sono tre.

Deglutii. – Che cosa pensi di guadagnare uccidendomi? Il consiglio non ti ridarà il lavoro, ora che è a conoscenza di tutte le irregolarità.

– Ah, ma stai dimenticando l'eredità, Roy.

– L'eredità?

– Sí. Ci ho pensato un po' mentre ero nella mia nuova casa e guardavo in qua. Ho visto che la finestra della cucina era illuminata e ho capito che eri tornato a Opgard. Dall'eredità. E allora ho pensato. Che sono l'unica famiglia che hai. Che, se tu morissi adesso, erediterei tutto ciò che possiedi. Non solo Opgard, ma anche le quote dell'*Os spa*. Che alla riunione del consiglio di domani non potrò essere destituito, anzi: in quanto futuro azionista di maggioranza, potrò in pratica mandar via l'intero consiglio, o almeno quelli che non sono d'accordo che io continui a ricoprire la carica di direttore dell'hotel –. Carl rise, lo stupore doveva essere chiaramente visibile sulla mia faccia. – Semplice, vero, Roy?

– Okay, – dissi. – Ma come farai a farla franca, ci hai pensato?

– Farla franca? Sono sicuro che nessuno mi biasimerà quando si scoprirà che ti sei sparato qui nella stalla.

– Suicidio, quindi. Il giorno prima di prendere il controllo dell'*Os spa* e di destituirti. Pensi che la gente ci crederà?

– Magari all'inizio sarà difficile individuare la ragione del tuo suicidio. Ma quando scopriranno che di recente hai dovuto fare la lavanda gastrica all'ospedale di Notodden, sia la gente comune sia la polizia capiranno che avevi tendenze suicide da tempo. Non è raro negli uomini della tua età. Basta guardare Fuhr.

– Fuhr?

Carl tirò leggermente indietro la testa e mi studiò con la fronte aggrottata. – Non hai saputo?

– Saputo cosa?

– Sul serio? Ah già, avevi il telefono spento –. Fece una risatina. – Jon Fuhr si è tolto la vita. Non si è presentato alla conferenza stampa ed è stato ritrovato subito dopo. Sospettano un'overdose. Ma okay, lui aveva un motivo. Da quanto ha detto Bent Halden in conferenza stampa, si capisce che Fuhr si è preso la colpa dell'errore nel primo rapporto.

– L'errore? Cioè, quello che gli abbiamo chiesto noi?

– No, no, ed è qui che sta l'ironia. C'è una vena d'acqua nella montagna, che non avevano scoperto e non può essere né prosciugata né deviata. A prescindere dalle condizioni della montagna, non sarebbe stato possibile costruire la galleria. Halden ha riconosciuto che la GeoData avrebbe dovuto scoprirlo molto prima e quindi risparmiare alla collettività circa cento milioni in progettazione e preproduzione. Gira voce che Fuhr si sia vantato di aver ricevuto molti soldi di recente, e questo ha portato a ipotizzare che quelli a favore della galleria l'abbiano corrotto e lui abbia deliberatamente omesso la questione della vena d'acqua dal rapporto.

– Quindi la statale...

– Continuerà a passare da Os. E ora non ci sono piú dubbi, non si tratta di interpretare dati incerti e valutare rocce sciolte. Un'eventuale galleria si trasformerebbe in un fiume.

Avevo interpretato male il messaggio di Krane che voleva il mio commento su GeoData e «gli errori nel loro rapporto precedente». E il secondo doveva averlo inviato dopo il ritrovamento di Fuhr. «Posso avere un tuo commento su questa tragedia e sulle accuse di frode a Fuhr e alla GeoData?»

– A proposito di fiumi, – disse Carl, portando il fucile alla guancia. Io guardai nella canna. Vidi il suo dito che premeva il grilletto. Non avevo paura. Ero solo stanco e volevo farla finita.

– Aspetta! – dissi.

– Perché? – Mi fissò con un occhio, l'altro era chiuso.

– Non puoi spararmi da due metri di distanza con un fucile da caccia e farlo sembrare un suicidio. In primo luogo, dalla dispersione delle gocce di sangue capiranno che non posso averlo fatto da solo. E poi non è detto che muoia subito, e allora rimarranno tracce ovunque. Chi si spara con un fucile si mette la canna in bocca.

– Ah, sí? Quindi cosa suggerisci?

– Che usi l'altro fucile. È appeso nell'ingresso. Ha anche una pallottola in canna.

– Ah, sí? – Piegò la testa. – Mi stai aiutando o hai in mente qualcosa?

Scossi la testa. – Prima di tutto preferirei non soffrire a lungo. Secondo, sei mio fratello. Se devo morire, e non è che non me lo meriti, allora non voglio che l'ultimo Opgard rimasto finisca in galera solo perché non riesce a pensare in modo pratico. E terzo...

– Sí?

– Se adesso collaboro, voglio che Natalie si prenda il distributore di benzina e i condomini.

Carl rifletté. – Le darò il distributore di benzina.

– E i condomini, – dissi. – Ricordati che tu avrai il campeggio e le quote dell'*Os spa*. E Opgard.

Lui rise. – Affare fatto. In fin dei conti, tu hai sopportato tanto per me. Però penso che userò il fucile da caccia, mi spiace.

– Va bene, ma allora devi mettermi la canna in bocca.

– Sicuro? – Sembrava scettico.

– Guarda, non ti sto giocando uno scherzo, – dissi, cadendo in ginocchio e infilando entrambe le mani dentro la cintura dei pantaloni. – Poi devi pulire il grilletto e premerlo contro il mio indice destro. E non devi toccare niente, lascia tutto com'è. E quando parli con la polizia di' la verità, il piú fedelmente possibile, per esempio sull'orario in cui sei tornato a casa e cosí via. Sei entrato, non mi hai trovato, stavi andando a letto e hai sentito lo sparo. Sei venuto nel fienile, mi hai trovato, hai controllato se ero vivo e li hai chiamati. Capito?

– Capito.
– Okay, allora facciamola finita.
Spalancai la bocca. Carl mi guardò incredulo. Dopodiché, con espressione diffidente, fece un passo cauto verso di me. Io chiusi gli occhi. Un altro tuono, questa volta piú lontano. Poi sentii la doppia canna del fucile contro le labbra e dovetti aprire un po' di piú la bocca. Lui la infilò dentro e sentii il sapore amaro della polvere da sparo e dell'acciaio.
Ho letto questa teoria sul motivo per cui vedi tutta la tua vita passarti davanti quando sai che stai per morire. È perché il cervello sta disperatamente cercando nell'intera memoria delle esperienze qualcosa da usare per salvarti. Io non volevo piú essere salvato, eppure è proprio quello che successe. Iniziò con Carl e me, seduti dietro nella Cadillac con il mal d'auto, papà che guidava e fumava e mamma che leggeva la cartina e fumava. Papà si fermava per farci vomitare, ci arruffava i capelli e ci prometteva un gelato al prossimo distributore di benzina. Una promessa che aveva mantenuto. E prima di arrivare a Oslo avevamo fatto tappa in un fiordo e nuotato nel mare, nell'acqua salata. Anche mamma aveva fatto il bagno mentre papà stava appoggiato alla macchina a guardarci, fumando. Quando eravamo usciti, ci aveva dato un grande asciugamano. Ricordai che aveva sorriso e io avevo pensato che fosse felice in quel preciso momento. E forse lo era. In quel preciso momento.
E poi io in piedi di fronte a mio fratello con in mano il tema in cui ho preso ottimo. Lui che nega sorridendo di aver corretto i miei errori di ortografia, anche se io lo *so*.
La Cadillac con papà e mamma che parte mentre noi due restiamo in cortile.
Quattro persone nella vecchia Volvo che avevo ricevuto da zio Bernard il giorno del mio diciottesimo complean-

no, stiamo andando a una festa a Årtun. Sul sedile posteriore i fidanzatini, Carl e Mari, sul sedile del passeggero Grete Smitt, innamorata di Carl, al volante io, innamorato di Mari.

Mari che, siccome mio fratello si è scopato Grete mentre era ubriaco, si offre a me per vendicarsi. E io che, in quell'istante, mi rendo conto che non sono innamorato di Mari, ma di tutto ciò che è di Carl, e lei ormai non lo è piú.

Moe al negozio del distributore di benzina, piegato dal peso della vergogna e del terrore, che chiede la pillola del giorno dopo.

Shannon. Capelli rosso fuoco sulla pelle bianca come la neve, la palpebra gonfia e semiabbassata, come se stesse prendendo la mira su di me. Io al parapetto del ponte Varodd dopo che mi sono trasferito da Os a Kristiansand per allontanarmi da lei. Lei che, una sera, si presenta sui gradini davanti alla mia porta, con l'acqua piovana che le cola dai capelli, e mi chiede se può entrare.

Natalie sdraiata nell'erica. La meraviglia nello scoprire di poter amare di nuovo qualcuno in quel modo. Zator. La vista dall'alto, essere lí, sopra tutti gli altri, e allo stesso tempo sapere che mancano pochi secondi prima di precipitare verso il baratro.

Poi arrivò il colpo. E invece di diventare tutto nero, mi sembrò che i movimenti andassero al contrario. Il fucile sussultò e la canna mi fu tirata fuori di bocca. Era cosí che succedeva, quando si moriva? La vita veniva vissuta nell'altro verso? Avrei avuto e perso Natalie tre volte, finché lei non fosse ringiovanita? Avrei rivisto Shannon? Papà e mamma, Moe, Willumsen, il vecchio agente rurale e tutti gli altri fantasmi sarebbero risorti dal regno dei morti? Avrei guardato una Natalie adolescente uscire all'indietro dal distributore di benzina per poi non rivederla mai piú? Sentii qualcosa di caldo che mi scorreva lungo la guancia e sulle labbra e tirai fuori la lingua in un gesto automatico. Riconobbi immediatamente il gusto. Non di lacrime, ma di sangue.

Aprii gli occhi.

Carl non era piú davanti a me, io guardavo dritto nell'oscurità fuori dalla porta aperta del fienile e tutto ciò che vedevo era la luce proveniente dalla finestra della cucina. Ero vivo, vero? Il colpo. Doveva essere stato un tuono. Un lampo lacerò la notte e illuminò tutta la casa. Vicino alla parete ovest vidi una figura. Forse ero morto, forse vedevo quello che volevo vedere, forse quello era il paradiso. Perché era lei, Natalie, e sollevava un *langlur* che, a quanto pareva, stava suonando, anche se pioveva talmente forte che non si sentiva niente. Poi tornò il buio e lei sparí.

Un gemito. Alla fine, abbassai lo sguardo.

Era Carl.

Era sdraiato davanti a me sul pavimento, pallido in viso. Ma la camicia bianca era colorata. Di rosso.

Mi fissò mentre cercava il fucile a tentoni. Riuscí a metterci sopra le dita prima che io lo tirassi a me. Mi voltai e lo appoggiai alla Bmw. Vidi che la griglia era sporca di sangue.

– Co... cos'è successo?– sussurrò Carl con voce roca.

Io ero ancora in ginocchio e guardavo fuori, nell'oscurità.

E lei entrò nel rettangolo di luce. Coi capelli fradici.

– Ciao, – mi salutò Natalie. Avevo visto male, quello che teneva in mano non era un *langlur*, ma un fucile.

– Ciao, – risposi, in mancanza di qualcosa di piú significativo da dire.

– Vi ho visti mentre facevo il giro della casa per bussare. Lui stava per...

– Sí, – dissi alzandomi in piedi. – È il fucile che c'era nel portichetto?

Lei si avvicinò. – Ho fatto piú in fretta che potevo. È...?

– Non ancora.

Guardammo Carl. I contorni del suo viso erano diventati bianchi, era come una tavoletta di cioccolato rimasta aperta troppo a lungo. Il sangue gocciolava dalla camicia sulle assi di legno. Natalie aveva sparato dalla casa, da una distanza di settanta o ottanta metri. Il proiettile era entrato nella schiena ed era uscito dal petto. Mi voltai e vidi che l'interno del cofano aveva un'ammaccatura quasi invisibile nel punto in cui evidentemente il proiettile aveva terminato il suo percorso.

– Ma...?

– No, – dissi. – Non sopravvivrà.

Natalie mi guardò come se volesse chiedermi di piú, per esempio come facevo a sapere che non si sarebbe salvato. Ma forse qualcosa nella mia espressione glielo impedí.

– Andresti a prendere il coltello da caccia? – chiesi guardando Carl, che si dimenava come un verme appeso all'amo. – È nell'ultimo cassetto della cassettiera nel portichetto.

– Okay.

Natalie scomparve nell'oscurità della notte. Vidi la sua schiena illuminarsi di nuovo grazie a un altro lampo. Il tuono arrivò in ritardo, come un ripensamento.

Mi accovacciai accanto al cadavere vivente. Mio fratello aprí e chiuse gli occhi, la voce sibilante come l'aria che esce da una gomma bucata: – Sto per morire, vero?

Il dialetto di Os suonava quasi straniero in bocca a lui, dopo tutti quegli anni.

– Sí, – dissi. – Un ultimo desiderio?

Sembrò quasi che cercasse di ridere. – Uguale al tuo, – sibilò. – Che tu faccia in modo che il re di Os si chiami Opgard.

– Non so se mi interessa cosí tanto quel titolo, in realtà.

– Forse *tu* non lo sai, ma io sí. Perché hai sempre desiderato quello che avevo io.

– Ah, sí?

– Il trono. Shannon. E sí, Mari, quando eravamo adolescenti. L'avevo capito. E persino le attenzioni di papà, a parte… be', lo sai. Perverso ma vero, eh?

Rabbrividii. Era vero?

Le sue palpebre erano abbassate a metà, sembrava che si stesse addormentando. Gli presi la mano e gliela strinsi. Lui ricambiò la stretta.

– Cosa ne farai del mio cadavere? – sussurrò.

– Non ho avuto il tempo di pensarci.

– Sí, invece. Pensi in fretta quando si tratta di questioni pratiche. Qual è il piano?

– Sicuro di volerlo sapere?

– Non molto, quindi dimmi una bugia se è troppo orribile.

– Ti seppellirò qui nella fattoria. Con una bella vista.

Carl rise e tossí allo stesso tempo. – Devi dirle meglio, le bugie! – Sul mento e sul labbro superiore gli erano cadute goccioline di sangue.

– Fuori, nei campi, – dissi. – In profondità, cosí le volpi non riescono a prenderti.

– Bene –. Sorrise, le labbra bianche sembravano involucri di larve vuoti. – Bene. Grazie.

Natalie riemerse dall'oscurità. Mi porse il coltello da caccia a lama larga con entrambe le mani, come se fosse uno strumento chirurgico e io fossi il medico. Era il coltello di papà, quello con cui avevo ucciso Dog.

– Io esco, – disse.

– Vai.

Rimasi seduto a guardare il coltello. Era brutale, con una scanalatura su un lato per far scorrere via il sangue quando si smembrava la preda.

– Mi fa male da morire adesso, Roy. Puoi fare in fretta, per favore?

Annuii, ma non riuscivo a muovermi. Mi schiarii la voce.

– E se invece tu potessi sopravvivere, se io chiamassi Stanley?

– Pensaci, Roy, – gemette, sussurrando cosí piano che dovetti sporgermi in avanti per sentirlo sopra il rumore della pioggia. – Sopravvivo, domani vengo licenziato, vado in bancarotta e devo trasferirmi in quella maledetta casa da solo perché alla fin fine Mari non vuole lasciare Dan. Natalie va in prigione per il mio tentato omicidio e io per il tuo. Ma se scompaio, scompaiono anche tutti i problemi, sia per me sia per te. Quindi, per favore, posso *non* sopravvivere? E tu potresti sbrigarti?

Mi sedetti per terra dietro di lui e gli afferrai i folti capelli scuri con la mano sinistra. Fu come un déjà-vu delle notti in cui scendevo nel letto di sotto dopo che papà se n'era andato e mi sdraiavo dietro di lui per consolarlo mentre dormiva, accarezzandogli i capelli, al mio fratellino.

Gli tirai indietro la testa con forza, lo circondai con il braccio destro e appoggiai la punta del coltello sul lato sinistro della gola.

– Che ne pensi? – gli sussurrai all'orecchio. – Il nome *Os spa* suona un po' rigido. Cosa ne dici di rinominarlo *Carl's*?

– Idiota, – gemette.

– Dico sul serio.

Un sorriso increspò le sue labbra ormai scolorite. – Devo pensarci, – sussurrò.

Allora affondai la lama in profondità e tirai il coltello verso destra facendo attenzione a mantenere la pressione e a tenere la lama piatta.

Il sangue fluí. Poi arrivai all'arteria principale e iniziò a spruzzare. Tre schizzi finirono sul pavimento. Poi si fermò e sentii Carl afflosciarsi.

Lo lasciai andare con delicatezza e mi alzai. Lo vidi lí, steso a terra in una pozza di sangue. Non provai niente. Non pensai a niente. A parte che avrei dovuto dare una piallata alle assi del pavimento.

## Capitolo 45

Ho sentito dire che le persone in lutto di solito riescono a tenere il dolore a distanza finché il cervello è occupato con i preparativi per il funerale. Non so se fosse questo il motivo per cui mi sentivo indifferente alla morte di Carl, per strano che fosse. O forse ero semplicemente rovinato da tempo, incapace di provare tristezza.

In ogni caso, non seppellimmo mio fratello nei campi come gli avevo promesso.

In fin dei conti aveva ragione: perché rischiare con qualcosa di nuovo, quando puoi riutilizzare un metodo che si è dimostrato efficace?

Quindi lasciammo il suo cellulare sul tavolo della cucina, avvolgemmo il corpo in alcuni sacchi della spazzatura e lo caricammo nel bagagliaio della Bmw. Io portai la macchina in officina e Natalie mi seguí con la sua. L'orario e il tempo erano perfetti: la stazione di servizio era chiusa e non si vedeva anima viva in giro, sotto la pioggia che cadeva incessante. Aprii il cancello, entrai e Natalie mi aiutò a sistemare il corpo nella benna del trattore. Poi ci versammo dentro il detergente professionale Fritz. Lo sentii subito ribollire e sfrigolare nella carne che evaporava mentre sollevavo la benna in alto, appena sotto il soffitto. Lasciammo lí i cellulari e salimmo in macchina dirigendoci a est. Parcheggiammo nella stessa area di sosta deserta dove avevo incontrato Jon Fuhr e ricevuto il biglietto d'addio, che tirai fuori dalla tasca e misi sul sedile del passeggero.

NE HO ABBASTANZA DI QUESTA VITA. ADDIO. OPGARD.

Con uno straccio che avevo preso in officina, pulii il volante e altri punti in cui avevo messo le dita, anche se difficilmente ci sarebbero state delle indagini e il fatto di trovare le mie impronte non avrebbe destato sospetti.

Scesi, pulii le chiavi che avevo messo su una delle ruote anteriori e cancellai le orme che avevo lasciato sulla ghiaia mentre camminavo. Poi salii sulla Mitsubishi di Natalie.

Viaggiammo in silenzio, accompagnati solo dalla pioggia e dal rumore dei tergicristalli. Fino ad allora, ci eravamo limitati a scambiare qualche parola sugli aspetti pratici. Adesso invece avevamo il tempo di parlare dell'altra cosa, quella a cui dovevamo arrivare, prima o poi. Ma nessuno dei due lo fece. Forse avevamo entrambi bisogno di rallentare i battiti del cuore, prima, di far riposare un po' il cervello e il corpo dopo quello che avevamo passato.

Alla fine, fui io a rompere il silenzio.

– Perché sei tornata?

Seguí un altro lungo silenzio, ma vidi che Natalie continuava a deglutire mentre la pelle del mento si raggrinziva, come succede ai bambini quando cercano di trattenere il pianto.

– Perché adesso lo so, – disse, con voce tesa. Provò ad aggiungere qualcosa, si fermò, respirò affannosamente. Io rimasi in attesa. Alla fine ci riuscí.

– Lo hai fatto perché pensavi che fosse stato mio padre a violentarmi. Non so se l'hai fatto perché mi ami o se l'avresti fatto comunque per via di quello che tuo padre faceva a Carl. Ma ti capisco, ed è questo che mi spaventa. Dopo che me ne sono andata, ho pensato che *se* mio padre mi avesse toccata, allora avrei voluto che tu, o io, lo uccidessimo. Ho pensato che ero come te. Che sarei potuta diventare un'assassina. E ora... – una lacrima le scese lungo la guancia, – lo sono.

– No, – dissi. – Tu salvi le vite. Hai salvato la mia due volte.

Si asciugò la lacrima con il dorso della mano e tirò su col naso. – Non ho intenzione di prendere l'abitudine, se è questo che pensi.

Sorrisi. – Che fortuna che hai cosí fretta di dirmelo!

– Sciocco, non avevo fretta di dirti *quello*.

– Ah, no? E allora cosa?

– Sciocco, – ripeté, tirando su col naso e pulendosi con la manica del giubbotto.

– Giusto, è per questo che ho bisogno di sentirmi dire le cose chiare e tonde.

Sospirò rassegnata. – Allora immagino di doverti dire chiaro e tondo che ti amo.

La guardai. – Cosa...

– Fino all'infinito, – disse.

Scoppiammo a ridere. Davvero.

Natalie aspettò fuori dall'officina mentre entravo a prendere i cellulari. Non sentii piú nessun rumore provenire dalle reazioni chimiche nella benna, ma c'era puzza di veleno e dovetti trattenere il respiro finché non uscii. Quando fummo sdraiati nel letto di Natalie, dopo aver spento la luce per dormire un paio d'ore prima della riunione del consiglio, pensai che si fosse addormentata, ma sentii la sua mano accarezzarmi lo stomaco. Mi girai verso di lei un po' sorpreso, come per accertarmi che fosse davvero quello che voleva, poche ore dopo aver ucciso un essere umano i cui resti si stavano sciogliendo proprio in quel momento a poche centinaia di metri da noi. Il bianco dei suoi occhi riluceva nell'oscurità e no, non avevo interpretato male la sua mano. E all'improvviso mi resi conto che non era a dispetto, ma *a causa* di ciò che aveva appena fatto. Non era diventata una psicopatica che si eccitava a uccidere, era solo che la vicinanza con la morte risveglia il nostro appetito per la vita, la nostra volontà di prolungarla, di portare avanti qualcosa di noi stessi.

Meno di un minuto dopo aver finito, dormiva come una bambina.

Vidi Rita Willumsen uscire dalla Saab Sonett mentre svoltavo nel parcheggio dell'*Os spa*. Rimase lí ad aspettarmi finché non scesi dalla Volvo.

– Buongiorno, – disse. – Ti trovo bene.

– Grazie, altrettanto, – dissi. E io lo pensavo sul serio, ma capivo che lei non era stata sincera. Avevo dormito poco e quella mattina allo specchio dimostravo dieci anni piú del tizio che era andato a letto la sera prima.

– E complimenti per la tua fidanzata, – disse mentre ci dirigevamo verso l'ingresso. – Hai proprio trovato una con stile e cervello.

Stavo per ripetere il mio «grazie, altrettanto», ma riuscii a trattenermi.

Esaminai la lista dei motivi per cui Rita Willumsen avrebbe dovuto improvvisamente essere cosí gentile con Roy Opgard, il ragazzo che, per la verità, una volta teneva come animale domestico, ma che sapeva benissimo essere il responsabile della sua vedovanza.

La lista era corta. Aveva solo due voci, in pratica.

Una era che Kurt le aveva raccontato che lo tenevo in pugno, e che di conseguenza tenevo in pugno anche lei, per via del metodo illegale che avevano usato nella vendita del campeggio. Ma dubitavo che Kurt avesse detto qualcosa al riguardo, quindi propendevo per l'altra voce: che Rita aveva piú o meno capito cosa sarebbe successo durante la riunione del consiglio a cui stavamo andando, e che avrebbe sicuramente tratto beneficio dall'avere Roy Opgard dalla sua parte. Perché anche se Rita era una persona emotiva, anzi no, non lo era, quindi lasciatemi riformulare: anche se Rita era capace di nutrire forti antipatie, come si suol dire, era soprattutto una donna d'affari pragmatica che giocava le sue carte tenendo conto della situazione.

Gli altri sei membri del consiglio erano già seduti quando Rita e io entrammo nella grande sala riunioni, ovvero nell'istante preciso in cui l'incontro sarebbe dovuto iniziare. Feci un giro di saluti e mi sedetti, constatando che avevano lasciato libera la sedia vicina a dove sedeva il presidente, Jo Aas, piú o meno intenzionalmente.

– Dobbiamo aspettare Carl, – disse lui, guardando l'orologio. Tutti, me compreso, si limitarono ad annuire.

Nell'attesa, si parlò della scoperta della vena d'acqua da parte della GeoData, del fatto che la strada avrebbe quindi continuato a passare da Os e del tragico suicidio del tizio che, ovviamente, la prima volta si era sbagliato. Forse fu proprio il discorso del suicidio a influenzare l'atmosfera nella stanza, quando dissi che non vedevo né sentivo mio fratello da quando mi ero svegliato sul divano a Opgard la notte prima e lui se n'era andato.

– Ho provato a chiamarlo diverse volte, – disse Aas con un cipiglio piú profondo degli altri. – Ma non risponde.

– È comprensibile, – dissi. – Natalie è venuta a prendermi subito dopo che Carl se n'è andato e quando siamo partiti ho visto il suo telefono sul tavolo della cucina –. Guardai l'orologio. – È vero che è smemorato, ma è strano che non sia tornato a prenderlo. E in effetti sono un po' preoccupato. Non arriva e non ha avvisato nessuno di voi della sua assenza o di un ritardo.

Lasciai scorrere uno sguardo serio sui visi degli altri, che rivelavano i loro pensieri. E cioè che la gente, a Os, si toglieva la vita per molto meno che la perdita del lavoro.

– Di regola le persone saltano fuori, – disse Jo Aas. – Ma ovviamente ci sono delle eccezioni, e speriamo che non sia questo il caso. Comunque, non ci resta che dare inizio alla riunione.

Cominciammo con l'approvazione della convocazione e dell'ordine del giorno, poi si passò subito al punto successivo, vale a dire l'elezione di un nuovo presidente. Che era un'elezione pro forma, come viene definita.

– Penso che Roy sia una buona opzione non solo perché possiede piú del cinquanta per cento delle azioni, e quindi una scelta in realtà non ce l'abbiamo, – disse Aas, facendo ridere tutti i presenti, – ma anche perché, come sapete, Roy ha esperienza con la gestione del distributore di benzina, del *Fritt Fall* e del complesso di Meierigården, per citare alcune delle sue proprietà. E le attività procedono bene, per quanto ne so. A mio parere, quindi, l'hotel e il consiglio d'amministrazione saranno in ottime mani con lui alla guida.

Fui eletto con un'altra parola che raramente avevo pronunciato: acclamazione.

– Adesso dovrei darti il martelletto, – annunciò Aas con uno scintillio allegro negli occhi. – Ma temo sia solo un modo di dire. Non ne avevo uno nemmeno quando ero il sindaco qui a Os.

Nuove risate tra i presenti. Io mi accontentai di sorridere, giusto per dimostrare che non è facile ridere quando tuo fratello non si è fatto vedere e tu sei preoccupato. E io ero *davvero* preoccupato. Quello che era successo la notte precedente sembrava cosí irreale che una parte di me si chiedeva ancora se Carl non sarebbe entrato presto dalla porta, cosí avrei potuto tirare un sospiro di sollievo e constatare che era stato solo un brutto sogno.

– In ogni caso, – continuò Aas, – da questo momento sarai tu a condurre la riunione, Roy.

– Grazie, – dissi. – Però apprezzerei se oggi potessi continuare tu, Jo.

Qualche ruga si contrasse sul viso di Aas, ma erano molte meno di quando l'avevo chiamato per nome l'ultima volta.

– È un onore, – rispose con un sorriso. – Il prossimo punto è la nomina di un nuovo direttore generale.

Era una scelta delle parole ponderata, da parte sua, per descriverla come un'azione positiva ed evitare termini come destituire, sostituire, licenziare. Ma qualcosa cambiò nella stanza, come se i presenti si fossero ricordati del potenziale significato di quella sedia vuota intorno al tavolo.

– La proposta di Roy e Carl è che Roy prenda il comando. È un buon suggerimento, visto che Carl stesso pensa che sia ora di ritirarsi. Dico questo basandomi sulle impressioni che ho avuto parlando con lui. Ovviamente sarebbe stato meglio che fosse qui in persona, per approfondire la questione.

– Quello che pensa Carl è di importanza secondaria, – disse uno dei membri del consiglio. – Se Roy vuole licenziarlo, è una decisione di Roy.

Un indice con un'unghia laccata di rosso si sollevò in aria.

– Sí, Rita? – disse Aas.

– Invece quello che pensa Carl è di *grande* importanza, – disse. – In qualità di dirigente, ha firmato un contratto in cui viene ricompensato per la rinuncia alle tutele contro il licenziamento. Quindi il consiglio può licenziare Carl da un giorno all'altro, a sua discrezione e senza fornire motivazioni. Ma se si dimette di propria iniziativa, rinuncia a quel compenso, cioè a un cosiddetto «paracadute» che consiste in due anni di stipendio, se non ricordo male. Lo stipendio di Carl è talmente alto che secondo me il consiglio deve essere certo se si tratti di licenziamento o di dimissioni volontarie, prima di nominare un sostituto. Se il consiglio licenzia Carl prima che possa dimettersi, sarebbe un attacco preventivo...

– Cioè?

– Sarebbe come colpire senza attendere che il potenziale avversario possa sferrare l'attacco per primo, – dissi.

Aas si guardò intorno con un sopracciglio alzato, come per assicurarsi che quello non fosse un concetto nuovo solo per lui.

– Una cosa sono le conseguenze economiche a breve termine, – continuò Rita, – un'altra quelle a lungo termine, ovvero quanto influirà un licenziamento improvviso sulla reputazione dell'*Os spa*. Se dovesse risultare che Carl, nonostante ciò che l'ex presidente del consiglio d'amministrazione crede di aver percepito, non voleva dimettersi di sua spontanea volontà, io vorrei fare una proposta. Possiamo offrirgli di dimettersi a fronte di un compenso inferiore, diciamo un anno e mezzo di stipendio, che chiameremo bonus per un lavoro ben svolto e non paracadute. Quest'accordo ci farebbe risparmiare metà dello stipendio annuale di Carl e non scalfirebbe la reputazione dell'azienda, e nemmeno quella di Carl. Se il consiglio è d'accordo, proporrei inoltre di rinviare la nomina del prossimo direttore generale, in attesa della risposta di Carl. Convocheremo una nuova riunione non appena lo sapremo.

Aas si guardò di nuovo intorno. Tutti annuirono, me compreso, e nello stesso istante decisi che Rita Willumsen sarebbe stata la prima persona a cui avrei chiesto di far parte del nuovo consiglio.

Stava calando il crepuscolo quando vidi la Land Rover di Kurt Olsen entrare nella stazione di servizio. Si fermò un po' lontano dalle pompe, quindi intuii qual era il motivo della visita. E quando entrò barcollando dalle porte scorrevoli con le sue gambe a parentesi vidi che aveva la classica espressione di un prete al funerale.

Feci cenno a Egil di occuparsi dei clienti in fila e andai incontro a Kurt.

Quando fummo sul retro della stazione, lui si accese una sigaretta e io mi infilai in bocca un po' di Berry. Ci mettemmo fianco a fianco, voltati verso il lago, mentre lui mi spiegava che aveva ricevuto una telefonata da Grete Smitt. Un suo cliente aveva visto l'auto di Carl parcheggiata in un'area di sosta appena fuori dal territorio comunale, a est. E siccome Grete aveva saputo che Carl quella mattina non si era presentato alla riunione del consiglio, aveva pensato che fosse giusto riferirlo.

Annuii. – Le centrali di informazione ufficiose come Grete funzionano bene.

– Le chiacchiere di paese possono avere la loro utilità, in effetti. Comunque, sono andato a controllare. Era proprio la sua macchina. E sul sedile del passeggero c'era un biglietto. Non è mai un buon segno quando vedi qualcosa che assomiglia a una lettera. Ed è ancora peggio quando trovi anche la chiave della macchina sopra la ruota anteriore sinistra.

– Già, – dissi. – Ma non c'è bisogno che procedi per gradi, Kurt.

– Scusa –. Inspirò cosí forte che vidi la sigaretta consumarsi e diventare brace. Soffiò fuori il fumo. – Sembra un biglietto di autoeliminazione, Roy.

– Autoeliminazione?

– Terminologia della polizia. Suicidio, in pratica.

Terminologia, pensai, ma tenni la bocca chiusa.

– Queste parole di Oslo mi fanno impazzire, – disse. – *Sovrintendente del comando di polizia?* – Sbuffò per esprimere il suo disprezzo. Forse pensava che avrei gradito una digressione.

– E cosa c'era scritto? – chiesi, perché sarebbe stato strano se non l'avessi fatto.

– Vediamo, – disse Kurt. Prese il telefono, perché ovviamente l'aveva fotografato.

«Ne ho abbastanza di questa vita, – pensai. – Addio. Opgard».

Alla fine me lo lesse e io annuii molto lentamente, come se avessi bisogno di masticare e digerire quelle parole.

– In questo momento laggiú c'è un agente con il cane, per cercarlo, – disse Kurt. – Ma dubito che troverà qualcosa. C'è un pendio ripido che scende dall'area di sosta fino all'acqua.

– Sí, credo di aver capito di che area di sosta si tratta.

– Ora, potrebbe anche non essere ciò che temiamo…

Che *speriamo*, dissi. Perché dormiresti meglio anche tu, sapendo che Carl non può piú andare dalla polizia di Notodden o di Oslo a dire che l'agente rurale di Os non ha dato seguito a una denuncia di omicidio. Solo che ovviamente non lo dissi, lo pensai e basta. Cosí come Kurt di certo pensava che fosse opera mia. Chiaro, eravamo sulla stessa barca. Ed è per questo che non mi sentii per niente nervoso quando lui guardò verso l'officina, forse chiedendosi se la storia non si stesse ripetendo, se in quel preciso momento nella benna del trattore non ci fosse un corpo che veniva corroso dall'acido.

Fece un ultimo tiro fino al filtro. – Ma se trovano qualcosa, mi faccio sentire subito.

– Grazie, – dissi.

Lasciò cadere il mozzicone fumante in una piccola pozzanghera sull'asfalto e tornò alla macchina.

Io rimasi lí a guardare il mozzicone bagnato. Poi lo raccolsi e lo gettai nel bidone. Mi piace che sia tutto pulito.

## Capitolo 46

Poco prima di Pasqua ricevetti la telefonata di Liv Goebbel. Sul ghiaccio che ricopriva il lago di Budal c'era uno strato di neve fresca e il sole, lí al campeggio, era abbagliante. Mi allontanai un po' da Glen Moore e dai due ingegneri norvegesi che continuavano a parlare di cosa andava messo dove, indicando alternativamente i disegni e il terreno. Goebbel mi raccontò che era riuscita a convincere il tribunale distrettuale che il decesso era certo e aveva ottenuto una cosiddetta dichiarazione di morte presunta, e devo ammettere che la definizione mi aveva fatto sobbalzare, le prime volte che l'avevo sentita. Ciò significava che Carl Opgard era stato finalmente dichiarato morto e si poteva procedere con la liquidazione dell'eredità. Cioè, in realtà non c'era molto da sistemare perché non esisteva un testamento e io ero l'unico parente stretto. In quanto a liquidità, non c'era granché perché Carl aveva accumulato piú debiti che contanti. Comunque aveva un po' di proprietà e non era necessario vendere tutto per pagare gli insoluti. In qualità di curatore, prima di Natale avevo già venduto la Bmw e anche le azioni dell'*Os spa*, che erano state rilevate da Rita Willumsen in cambio della mia promessa di prendermi cura dell'hotel come avevo fatto un tempo con la sua Sonett. Dal suo sorriso, avevo capito piú o meno cosa significava «Sonett» in quel contesto.

– Entro una o due settimane, dovrebbe essere tutto a posto, – disse Goebbel. – Ci sarà un funerale?

– Un memoriale, – dissi. – E una lapide accanto a mamma e papà.

– Che bella cosa.

– Grazie, Liv. Ci vediamo mercoledí prossimo alla riunione del consiglio.

Riattaccammo e guardai l'orologio. Spiegai a Glen che io e Natalie avevamo appuntamento in hotel per pranzo e che dovevo scappare.

– Sarà favoloso, – disse lui, entusiasta. – Immagina che bello fare il giro dopo che è nevicato. Cazzo, fantastico.

Quando arrivai, dieci minuti dopo l'orario concordato, Natalie era seduta ad aspettarmi al solito tavolo vicino alla finestra.

– Scusa, ci siamo lasciati trasportare un po', – dissi e baciai la mano che mi tendeva con aria di clemenza. Sentii l'anello contro le labbra.

– Bene, – disse lei sorridendo. – Sembri contento.

– Lo sono, – risposi e ordinai al cameriere, che era subito arrivato da noi. Tè e insalata di Os per Natalie, trota e acqua per me.

– È bello che tu sia cosí preso dal parco, – disse. – Però comincio ad avere la sensazione che tu non abbia piú tempo per altre cose importanti.

Annuii e posai la mano sopra la sua sulla tovaglia bianca. – Hai ragione. Tu e io dovremmo passare un lungo fine settimana insieme. Anche tu lavori troppo, lo sai. Pensavo che quando sarà finito il trambusto di Pasqua, potremmo andare a Barcellona per Sant Jordi.

– Sant Jordi?

– È una festa catalana in cui si celebra il patrono della città, Jordi, e la donna regala un libro all'uomo che ama, mentre lui le regala una rosa. Questo ovviamente risale al tempo in cui le donne non sapevano leggere, ma siccome nel nostro caso è il contrario, sarò felice di ricevere la rosa.

Lei rise e mi colpí con il tovagliolo. – Che carino. Ma non intendevo dire che stavi trascurando noi due. Parlavo del lavoro qui in albergo.

– Ah, sí, – dissi, mettendomi il tovagliolo in grembo mentre il cameriere portava pane appena sfornato e pâté di olive. – A cosa ti riferisci, di preciso?

– Ho fatto una lista.

Sorrisi, ma dalla sua espressione capii che non stava scherzando.

– Ci sono decisioni che *devono* essere prese, – continuò. – E alcune altre che *possono* essere prese.

– *Possono*?

– Proposte valide e proattive.

– Da parte tua?

– E di altri. Ci sono tante persone in gamba, qui, a ogni livello. E nessun manager può essere bravo in qualsiasi cosa, quindi dev'essere bravo ad ascoltare.

– Tesoro, senti...

– Lo so, Roy, tu sei un buon ascoltatore. Il problema è che non hai mai tempo. E devi trovare una soluzione. Tutto qui.

Annuii. Osservai le mani di Natalie mentre spalmava il pâté sul pane. Aveva rimesso a posto l'anello il giorno dopo l'ultima «notte del Fritz», la notte in cui aveva staccato il fucile dal muro nel portichetto di Opgard e sparato a Carl. Era arrivata, aveva colto la situazione, analizzato le alternative, preso la decisione e fatto quello che andava fatto. E io mi ero chiesto: questo non era forse uno di quei casi fittizi che mettono di fronte ai candidati per lavori dirigenziali in America, per vedere quanto sono orientati alla soluzione?

– Prima che tu mi faccia vedere la lista, voglio farti vedere qualcosa io, – dissi.

– Ah, sí?

– Dopo pranzo.

Mentre mangiavamo, Natalie mi raccontò di un'altra offerta di lavoro: questa volta si trattava di una grande catena alberghiera che la voleva assumere nella sede centrale. Disse che, anche se era lusingata, lei voleva lavorare in prima linea, in hotel. La nostra conversazione veniva interrotta di continuo da persone che si avvicinavano per salutare. Il nuovo sindaco Gilbert Voss, il direttore della banca Asle Vendelbo e il responsabile dell'Ente per le strade, Dag Cappelen, che supervisionava l'ampliamento della statale. Commentavano la nuova ala, il tempo e le prospettive dell'Os FC per la stagione, mentre noi annuivamo in risposta a sottintesi che forse esistevano e forse no. Persino Dan Krane venne a stringermi la mano, voleva solo dirmi ciao. Anche lui si era ammansito, quindi cercava di sfruttare lo status quo, adesso che con Mari si erano trasferiti nella casa padronale e aspettavano il quarto figlio.

– Cristo, – disse Natalie dopo che Krane se ne fu andato. – Sembra che tutti vengano a sottomettersi e a baciarti l'anello.

Mi ci vollero alcuni secondi per rendermi conto che non si trattava di un riferimento alle mie parti anatomiche, come avevo pensato all'inizio, ma alla scena finale del *Padrino*.

Dopo aver pagato, perché io non mischio le mie finanze personali con quelle dell'azienda come faceva Carl, io e Natalie salimmo sulla mia Volvo, che sia Erik sia Kurt mi avevano suggerito di sostituire, adesso che ero direttore dell'hotel.

– Cosa stai rimuginando? – disse Natalie mentre svoltavo in una strada nel bosco prima di arrivare al villaggio.

– Aspetta e vedrai, – dissi.

Un paio di minuti dopo parcheggiai e scendemmo.

La casa, quella che chiamano la tenuta reale, scintillava per la neve fresca che ammantava il tetto e nascondeva tutto ciò che era rimasto dopo la progettazione, l'asfaltatura e la semina.

– Cosa ne pensi? – chiesi.

– È meravigliosa. Quindi è finita?

– Sí. Non resta che trovare qualcuno che ci viva.

– Forse troverai un acquirente, adesso che viene Pasqua, – disse Natalie. – Arriveranno tutti i ricconi di Oslo. Possiamo appendere un annuncio di vendita in albergo. È bella anche dentro?

– Vediamo, – dissi.

Nessuno aveva spalato, quindi la neve era cosí alta e le scarpe di Natalie erano cosí inadatte alle condizioni che feci prima a portarla in braccio fino alle scale e oltre la soglia.

– Oh mio Dio! – esclamò.

Già dall'ingresso si vedeva il panorama all'altro lato dell'ampio locale, che al momento aveva pochi mobili. La sera prima avevo acceso il riscaldamento, cosí lei scalciò via le scarpe e andò alla finestra, camminando scalza sul parquet appena lavato.

Mi misi alle sue spalle e guardammo il paese, laggiú, bagnato dal sole. Lei appoggiò la schiena contro di me mentre la abbracciavo.

– Pensi ancora che dovremmo mettere quell'annuncio di vendita? – le sussurrai all'orecchio.

All'inizio si irrigidí. Io non aggiunsi altro. Aspettai e basta. Poi, dopo un attimo, il suo corpo iniziò a tremare per una risata silenziosa.

– Che subdolo! – disse.

– Sei stata tu a chiederlo.

– Io? Non ho...

– «Una paga piú alta, un lavoro migliore, una casa piú bella, un marito». Erano le condizioni che avevi posto per rimanere a Os. Non ti ricordi?

– Sí, mi ricordo. E ricordo di aver anche detto «in quest'ordine».

– Lo so. Quindi la domanda successiva è: cosa ne pensi di assumere il ruolo di direttrice dell'*Os spa*? E che stipendio desideri? Comunque, la questione sarà gestita dal consiglio.

Si voltò verso di me con un'espressione incredula.

– Sai, – dissi sorridendo, – il posto sarà vacante perché l'attuale direttore costruirà un parco divertimenti.

Vidi che i pensieri macinavano dietro quegli occhi dal colore sbagliato.

– Se vuoi scoprirlo, devi venire anche tu, – dissi.

Fece una risatina e scosse la testa, fingendo rassegnazione. Quindi, okay, rimaneva poco altro da fare per convincerla. Si voltò di nuovo verso Os, e io appoggiai la guancia sulla sua.

– Guarda, – disse, indicando una nuvola bianca che scendeva lungo il crinale dell'Ottertind.

Era una valanga silenziosa. Presto avrebbe raggiunto il lago di Budal, ma si trattava perlopiú di neve fresca e leggera, non abbastanza pesante da poter rompere il ghiaccio. La neve avrebbe turbinato e si sarebbe espansa sul lago in direzione del villaggio, al sicuro sull'altra sponda. Un villaggio di appena mille abitanti, tremila considerando l'intero territorio comunale, ma che può crescere in fretta. Un villaggio che si trova a seicento metri sul livello del mare, ha estati brevi ma calde e secche, e inverni rigidi e intensi. La gente qui lavora duro e non parla piú del necessario, a meno che non consideriate superflui (anche) i piccoli pettegolezzi. L'invidia è umana e una certa dose di competizione è salutare, ma la solidarietà è un prerequisito per la sopravvivenza. Quindi, anche se qui sono tutti uguali e perlopiú tutti padroni di sé stessi, a volte hanno bisogno di un caprone che sappia indicare la strada nella nebbia, tra i burroni ripidi e quando ci sono lupi in giro.

Lasciai scorrere lo sguardo sul paesaggio. Là c'era la chiesa. Là Årtun. Nergard, con Opgard che lo dominava. La piazza e il campeggio. Piú avanti c'erano la casa di preghiera, la casa di Grete Smitt e il distributore di benzina. Avevo perso e guadagnato tutto in quel posto. Lo odiavo e lo amavo. In definitiva, cosa si può chiedere di piú al proprio villaggio natale?

La valanga colpí il ghiaccio sul lago di Budal e per un po' la neve turbinò sotto i raggi del sole.

Poi si posò e tutto tornò come prima.

*Nota al testo.*

Il verso a p. 141 è tratto dalla canzone *Don't Go to Strangers* di J. J. Cale. Testo e musica di J. J. Cale.

La citazione a p. 242 è tratta da Henrik Ibsen, *Un nemico del popolo*, in *I capolavori*, trad. di Luigi Squarzina, Newton Compton, Roma 2011.

La citazione alle pp. 259 e 323 è tratta dal *Vangelo secondo Matteo*, 16,26, in Bibbia Cei, 1974.

*Questo libro è stampato su carta contenente fibre certificate FSC®*
*e con fibre provenienti da altre fonti controllate.*

FSC
www.fsc.org
MISTO
Carta | A sostegno della gestione forestale responsabile
FSC® C115118

*Stampato su carta HOLMEN con fibra vergine*
*proveniente da foreste sostenibili*
*www.holmen.com/paper*

*Stampato per conto della Casa editrice Einaudi*
*presso ELCOGRAF S.p.A. - Stabilimento di Cles (Tn)*
*nel mese di marzo 2025*

C.L. 26436

| Edizione | | | | | | Anno | | | |
|---|---|---|---|---|---|---|---|---|---|
| 1 | 2 | 3 | 4 | 5 | 6 | 2025 | 2026 | 2027 | 2028 |